A
CAÇA

JUSSI ADLER-OLSEN

A CAÇA

Tradução de
CLÁUDIA ABELING

2ª edição

EDITORA RECORD
RIO DE JANEIRO • SÃO PAULO
2025

CIP-BRASIL. CATALOGAÇÃO NA FONTE
SINDICATO NACIONAL DOS EDITORES DE LIVROS, RJ

A185c Adler-Olsen, Jussi, 1950-
       A caça / Jussi Adler-Olsen; tradução de Cláudia Abeling. – 2ª ed.
       – Rio de Janeiro: Record, 2025.

       Tradução de: *Fasandræberne*
       ISBN 978-85-01-09699-9

       1. Ficção dinamarquesa. I. Abeling, Cláudia. II. Título.

14-17686   CDD: 839.813
                                   CDU: 821.113.4

Título original:
FASANDRÆBERNE

Copyright © JP/Politikens Forlagshus København 2008

Texto revisado segundo o novo Acordo Ortográfico da Língua Portuguesa.

Traduzido a partir do alemão *Schändung* por Cláudia Abeling.

Todos os direitos reservados. Proibida a reprodução, no todo ou em parte, através de quaisquer meios. Os direitos morais do autor foram assegurados.

Direitos exclusivos de publicação em língua portuguesa somente para o Brasil adquiridos pela
EDITORA RECORD LTDA.
Rua Argentina, 171 – Rio de Janeiro, RJ – 20921-380 – Tel.: 2585-2000, que se reserva a propriedade literária desta tradução.

Impresso no Brasil

ISBN 978-85-01-09699-9

Seja um leitor preferencial Record.
Cadastre-se e receba informações sobre nossos lançamentos
e nossas promoções.

Atendimento e venda direta ao leitor:
sac@record.com.br

EDITORA AFILIADA

Dedicado aos três encantos e damas de ferro:
Anne, Lenne e Charlotte

Prólogo

M ais um disparo ecoou sobre a copa das árvores.
Já era possível escutar claramente os gritos dos açuladores. O coração martelava nos ouvidos e os pulmões ardiam com a
respiração ofegante no ar úmido.

Vamos, vamos, continue, corra e não caia. Senão você nunca mais
vai se levantar. Merda, merda, por que eu não consigo soltar as mãos?
Continue, vamos... Ah, droga... Não posso deixar que me ouçam.
Eles me ouviram? Acabou? Minha vida realmente vai acabar assim?

Os galhos açoitavam o rosto e deixavam marcas sangrentas, o
sangue se misturava ao suor.

Os gritos dos homens vinham de todos os lados agora. Foi nesse
momento que o medo da morte tomou conta de mim.

Mais disparos. Os projéteis passavam cada vez mais perto. O
suor escorria em bicas, envolvendo meu corpo como uma compressa.

Daqui a um ou dois minutos eles vão me pegar. Merda, por
que as minhas mãos nas costas não me obedecem? Como uma fita
adesiva pode ser tão forte?

Batendo as asas com força, os pássaros assustados voaram por
cima da copa das árvores. As sombras tremulantes da densa floresta de pinheiros se tornavam cada vez mais nítidas. Agora talvez
faltassem apenas 100 metros até lá. Tudo ficou mais claro. As vozes
também. A sede de sangue dos caçadores.

Como eles vão fazer? Um tiro? Um dardo? Bum, acabou, já era?

Não, é provável que não, por que eles iriam se contentar com
isso? Esses porcos não são tão misericordiosos assim. Não esses.

Eles tinham suas armas e suas facas sujas. E conheciam muito bem os estragos de uma besta.

Onde posso me esconder? Não tem nenhum lugar? Eu vou conseguir voltar? Vou?

O olhar perscrutou o chão da floresta. Foi e voltou. Mas a fita adesiva cobria os olhos quase totalmente, era cansativo demais. Os pés tropeçavam sem parar.

Logo eu vou sentir na própria pele como é estar à mercê da violência deles. Não vão abrir uma exceção para mim. Afinal, precisam disso, o barato deles vem daí. E só assim eles vão ter uma chance de escapar.

O coração começou a bater tão forte que doía.

1

Descer o calçadão Strøget no centro de Copenhague era como andar na corda bamba. Um verdadeiro risco. Com o rosto meio escondido por trás de um lenço verde, ela dava passos apressados diante das vitrines bem-iluminadas da área de pedestres. Absolutamente alerta, examinava o lugar. Era preciso reconhecer os outros, mas não ser reconhecida. Era preciso viver em paz com os próprios demônios e deixar todo o resto àqueles que passavam. Àqueles que se desviavam dela com um olhar vazio, indiferente. E àqueles malditos que lhe desejavam coisas ruins.

Kimmie olhou para os postes, cuja luz fria iluminava a Vesterbrogade. Sentiu o ar nas narinas. Não ia demorar muito para as noites se tornarem frias. Ela tinha que preparar o abrigo de inverno.

Estava em meio a uma aglomeração de visitantes enregelados do parque Tivoli, perto do semáforo, e olhou em direção à estação central. Foi então que notou a mulher com o casaco de tweed a seu lado, que a observava com os olhos semicerrados e o nariz franzido. A mulher deu um passo para o lado. Poucos centímetros apenas, mas suficientes.

Mantenha a calma, Kimmie!, o sinal de alerta pulsou em sua nuca quando a raiva parecia querer tomar conta dela.

Seu olhar percorreu o corpo da mulher até as pernas. Meias-
-calças finíssimas, brilhantes, sapatos de salto alto. Kimmie sentiu
um sorriso traiçoeiro surgindo em seus lábios. Um chute forte e os
tornozelos frágeis se quebrariam. Quando estivesse deitada sobre
a calçada molhada, a sirigaita veria que um terninho Christian
Lacroix também podia ficar sujo. Isso lhe ensinaria a cuidar da
própria vida.

Kimmie olhou para cima, diretamente para o rosto da mulher.
Delineador marcante, nariz empoado, os cabelos cortados com re-
quinte. O olhar fixo e reservado. Ah, sim, ela conhecia esse tipo de
mulher. Ela mesma tinha sido assim. Ela mesma tinha sido da alta
sociedade e seu interior era inacreditavelmente vazio. Suas amigas
de antes eram assim. Sua madrasta também.

Como detestava todas elas!

Então faça alguma coisa!, uma voz sussurrou em sua cabeça.
Não deixe barato! Mostre a ela quem você é. Vamos logo! Agora!

Kimmie encarou o grupo de garotos de pele escura do outro lado
da rua. Se não fossem os olhares perdidos deles, ela realmente teria
dado um chute na mulher, bem na frente do ônibus da linha 47. Podia
ver com clareza diante de si a mancha de sangue que o ônibus deixaria
para trás. O corpo atropelado. Uma onda de espanto iria surgir dele e
se propagar pela massa. Que delicioso senso de justiça isso lhe daria!

Porém Kimmie não a empurrou. Em meio a uma multidão como
essa, sempre havia alguém alerta. Além disso, algo a impedia. Um
lamentável eco de dias distantes.

Ela levantou por um instante o braço e cheirou a axila. Ok, a
mulher tinha razão. Suas roupas fediam muito.

Quando a luz verde se acendeu, Kimmie atravessou a rua. A
mala com rodinhas tortas se arrastando atrás dela. Esse seria seu
último trajeto. Já havia passado da hora de jogar aquele lixo fora.

Já havia passado da hora de mudar de roupa.

*

As primeiras páginas dos jornais com as letras imensas de suas manchetes estavam expostas em um grande cavalete diante do quiosque da estação. Para aqueles que passavam apressados e para os distraídos, o cavalete de jornais, colocado intencionalmente bem no meio do saguão da estação, era um incômodo e tanto. Em sua caminhada pela cidade, Kimmie viu as manchetes várias vezes. Tinha vontade de vomitar de nojo.

— Porco — murmurou ela, olhando fixamente para a frente ao passar diante do cavalete. Depois, virou a cabeça e olhou a foto ao lado da frase em destaque.

Essa mera observação fez seu corpo tremer.

Sob a foto estava escrito: "Ditlev Pram compra clínicas privadas na Polônia por 12 bilhões de coroas." Kimmie cuspiu e parou por um tempo, esperando o corpo acalmar. Como odiava esse Ditlev Pram! Como odiava Torsten e Ulrik! Mas eles não sairiam ilesos dessa! Ela acabaria com eles, os três.

Agora Kimmie sorria, e um pedestre retribuiu seu gesto. Mais um idiota ingênuo que acredita saber o que se passa na cabeça das pessoas.

De súbito, ela parou.

Um pouco adiante, Tine-Ratazana estava em seu ponto habitual. Curvada para a frente e cambaleando um pouco, ela esticava as mãos sujas com as palmas voltadas para cima. Que babaquice achar que alguém no meio desse formigueiro tivesse dinheiro sobrando para ela! Só os chapados conseguiam passar horas de pé desse jeito. Pobres-diabos.

Kimmie se esgueirou atrás dela em direção à escada que descia até a Reventlowsgade. Mas Tine já a vira fazia muito tempo.

— Oi, Kimmie! Ei, espera aí! Que merda, Kimmie! — conseguiu dizer a outra em um breve momento de lucidez, porém Kimmie não reagiu. Misturada à multidão, Tine-Ratazana não funcionava bem, não servia para nada. Apenas quando estava sentada em seu banco o cérebro trabalhava minimamente.

Por outro lado, ela era a única pessoa que Kimmie suportava.

Por algum motivo inexplicável, o vento que soprava pelas ruas nesse dia estava gelado. Todos se apressavam para chegar em casa. Cinco táxis Mercedes faziam fila, com os motores ligados, diante da escada da estação, do outro lado da Istedgade. Um deles certamente estaria disponível para ela, caso precisasse, em uma emergência. Isso era tudo o que queria saber no momento.

Puxando a mala, ela atravessou a rua em diagonal e foi até a loja de produtos tailandeses no subsolo. Depois, colocou a mala ao lado da janela. Ela tinha sido roubada apenas uma vez naquele local. Com esse tempo, que fazia até os bandidos ficarem em casa, isso certamente não aconteceria. Além disso, tanto fazia. Não havia nada de valor dentro da mala.

Foram dez minutos esperando na praça diante da estação até chegar a hora. Uma mulher elegante de casaco de pele e mala com rodinhas de borracha firmes desceu de um táxi. Era muito magra, Kimmie chutou que o tamanho das roupas era 36 no máximo. No passado, ela escolhia somente mulheres tamanho 38, mas isso fazia anos. Ninguém engorda vivendo na rua.

Kimmie pegou a mala enquanto a mulher estudava uma máquina automática de venda de passagens, no saguão dianteiro da estação. Em seguida, foi direto para a saída e chegou ao ponto de táxi da Reventlowsgade em pouquíssimo tempo.

A prática leva à perfeição.

Ela colocou a mala no porta-malas do primeiro carro e pediu ao motorista que desse uma rápida volta com ela.

Então, tirou um maço grosso de notas de 100 coroas do bolso do casaco.

— Dou mais duzentas se você fizer o que eu pedir — acrescentou, ignorando conscientemente o olhar desconfiado e o tremor nas narinas dele.

Ela voltaria em cerca de uma hora para buscar a mala velha. Até lá estaria usando roupas novas e o perfume de uma estranha.

As narinas do motorista certamente iriam tremer de um jeito diferente.

2

Ditlev Pram era um homem bonito e sabia disso. Na classe executiva dos aviões sempre havia mulheres suficientes que não faziam nenhuma objeção em ouvir sobre seu Lamborghini e sobre quão rápido chegava com o carro a sua mansão em Rungsted.

Dessa vez, havia reparado em uma mulher de cabelos sedosos, volumosos. Ela usava óculos de armação preta pesada e, por isso, parecia inacessível. Isso o excitava.

Ele tinha puxado conversa com ela, sem sucesso. Havia lhe oferecido um exemplar de *The Economist*, com uma usina de energia nuclear à contraluz na capa. Mas ela recusara com um aceno de mão. Tinha pedido um drinque para ela. A mulher não tocou nele. Quando a aeronave vinda de Posen chegou pontualmente a Kastrup, os preciosos setenta minutos haviam se passado.

Essas coisas o deixavam agressivo.

Andou com pressa pelos corredores envidraçados do terminal. Quase chegando à esteira rolante, viu sua vítima: um idoso que andava com dificuldade e que caminhava na mesma direção.

Ditlev Pram apressou o passo e estava lá no exato instante em que o senhor colocou o pé na esteira. Ele imaginou direitinho: uma perna esticada de um jeito dissimulado e o corpo frágil trombaria contra o acrílico, assim como o rosto — os óculos fora de lugar estariam quebrados —, enquanto o idoso tentaria desesperadamente se reerguer.

A perna de Ditlev coçava de vontade de agir. Ele era assim. E seus amigos também. O que não era especialmente louvável nem especialmente vergonhoso. Eles simplesmente foram criados desse jeito. Embora, no caso desse velho, a culpa fosse, de alguma maneira, daquela vaca do avião. Ela bem que poderia ter ido para casa com ele. Em uma hora eles estariam deitados na cama.

A culpa era toda dela.

Quando o Strandmølle Kro apareceu no espelho retrovisor e o mar se abriu cintilante de novo para ele, seu celular tocou.

— Sim — respondeu depois de olhar a tela. Era Ulrik.

— Uma conhecida a viu há alguns dias — avisou ele. — Na Bernstorffsgade, na passagem de pedestres para a estação central.

Ditlev desligou o tocador de MP3.

— Ok. Quando exatamente?

— Na última segunda, 10 de setembro. À noite, por volta das nove.

— O que você fez?

— Torsten e eu demos uma busca por lá. Mas não a encontramos.

— Torsten estava junto?

— Sim. E você sabe como ele é. Não é uma grande ajuda.

— Quem está responsável pela tarefa?

— Aalbæk.

— Tudo bem. Como ela estava?

— Vestida, razoavelmente bem, foi o que ouvi. Mais magra que antes. E fedia.

— Fedia?

— Sim, a suor e mijo.

Ditlev assentiu. Isso era o pior em Kimmie. Ela não apenas podia sumir por meses, anos até, como nunca se sabia quem era. Invisível durante uma eternidade e, de repente, terrivelmente visível. Kimmie era o maior dos riscos para eles. A única que realmente podia ameaçá-los.

— Dessa vez temos que pegá-la, Ulrik. Ficou claro?

— Por que você acha que liguei para você?

3

Apenas quando estava no porão do presídio Carl Mørck se deu conta de que o verão e as férias haviam terminado definitivamente. As salas dos escritórios do Departamento Q eram escuras. Ele acendeu a luz. Seu olhar recaiu sobre uma mesa abarrotada, na qual pilhas de pastas se apoiavam umas às outras. Seu desejo era se virar e bater a porta atrás de si. Também não era de nenhuma valia, no meio de todo esse caos, o buquê de gladíolos que fora "plantado" ali por Assad, grande o suficiente para bloquear uma avenida.

— Bem-vindo de volta, chefe! — Escutou a suas costas.

Ele se virou e encarou os vívidos olhos castanho-claros de Assad. Os cabelos, escuros e finos, estavam espetados em todas as direções, e de certa forma pareciam um cartão de boas-vindas. O indivíduo como um todo irradiava vigor e mal parecia conseguir aguardar o retorno ao ringue, meu Deus!

— Ora, ora! — exclamou Assad quando percebeu o olhar baço do chefe. — Mal dá para acreditar que você acabou de voltar de férias, Carl.

Carl balançou a cabeça.

— Eu fiz isso?

O pessoal do segundo andar tinha se mudado de novo. Maldita reforma policial. Daqui a pouco, ele precisaria de um GPS para encontrar a sala de Marcus Jacobsen, delegado da Divisão de

Homicídios. Ausentara-se por apenas três semanas e pelo menos cinco rostos novos o olhavam como se ele tivesse vindo da lua.

Quem são esses?

— Carl, tenho uma boa notícia para você — anunciou Jacobsen.

O olhar de Carl passou pelas paredes do novo escritório. Os vidros esverdeados davam ao lugar um aspecto que variava entre uma sala de cirurgia e a de reuniões de emergência do thriller de Len Deighton que tinha acabado de ler. Como se estivessem perdidos, os olhos descorados dos cadáveres o miravam do alto. Mapas, diagramas e planos de ação estavam pendurados em uma confusão multicolorida. O conjunto possuía um efeito deprimente.

— Uma boa notícia, você diz. Isso não me soa bem.

Carl desabou em uma cadeira diante do chefe.

— Você logo vai receber visitas da Noruega, Carl, eu já tinha te adiantado isso há algum tempo.

Debaixo de suas pálpebras pesadas, Carl Mørck lançou um olhar cansado para ele.

— Uma delegação de cinco ou seis homens do principal departamento de polícia de Oslo vai vir aqui e eles querem dar uma olhada no Departamento Q. Vai ser na próxima sexta, às dez. Você se lembra, não? — Marcus sorriu. — Me pediram para dizer que estão ansiosos para encontrar você — continuou ele, dando uma piscadela.

Bem, o sentimento não era recíproco.

— Pensando nisso, reforcei a sua equipe. O nome dela é Rose.

Nesse momento, Carl estremeceu de maneira imperceptível.

Pouco depois, ele estava diante da porta da sala do delegado, esforçando-se ao máximo para voltar com as sobrancelhas erguidas à posição original. Não é verdade que notícias ruins nunca vêm sozinhas? Mais que verdade! De volta ao trabalho fazia apenas cinco minutos e ele já tinha que fazer as vezes de professor e de guia de um grupo de gorilas. Essa última tarefa, Carl havia conseguido esquecer totalmente por bastante tempo.

— Onde está a garota que vai trabalhar comigo? — perguntou à Sra. Sørensen, que estava atrás do balcão da secretaria.

A mulher nem sequer ergueu os olhos do teclado.

Ele bateu de leve no balcão. Não custava nada tentar.

Então, sentiu um tapinha em seu ombro.

— Aqui está ele em pessoa, Rose — escutou atrás de si. — Posso fazer as apresentações? Esse é Carl Mørck.

Carl se virou e olhou para dois rostos assustadoramente parecidos. A vida do inventor da tinta preta não foi em vão, pensou ele em uma fração de segundo. Cabelos pretíssimos, muitíssimo curtos e cortados em camadas, olhos emoldurados em preto e roupas escuras. A semelhança era muito estranha.

— Caramba, Lis. O que aconteceu com você?

A funcionária mais eficiente da secretaria passou a mão pelos cabelos, antes tão maravilhosamente louros. Um sorriso brilhou em seus olhos.

— Ficou lindo, não?

Carl assentiu devagar, antes de seu olhar chegar à outra mulher. Os sapatos dela tinham saltos que mais pareciam torres. Ela o encarou com um sorriso encantador. Depois ele fitou Lis de novo. Ambas estavam tão parecidas que era possível confundi-las. Carl queria saber quem tinha dado a ideia a quem.

— Esta é Rose. Ela está há alguns dias com a gente e trouxe vida nova a nossa secretaria com seu alto-astral maravilhoso. Agora eu a deixo aos seus cuidados. Cuide bem dela, Carl.

Muito bem-munido de argumentos, Carl entrou no escritório de Marcus Jacobsen. Mas, após cerca de vinte minutos, ele sentiu que era uma batalha perdida. Apenas uma semana e depois disso teria que levar a moça para baixo. A futura sala dela, que até o momento era onde ficava armazenado o equipamento para isolar as cenas dos crimes, ficava bem ao lado da sala de Carl. O lugar já estava arrumado, limpo e decorado, Marcus lhe disse. Rose Knudsen era a nova funcionária do Departamento Q e ponto final.

Quaisquer que fossem os motivos para o delegado da Homicídios reparar nela, Carl não gostava de nenhum.

— Rose Knudsen obteve as melhores notas na academia de polícia, mas não passou na prova de direção. Como você sabe, isso define as coisas, independentemente de quão adequada a pessoa possa ser — explicou Marcus Jacobsen, girando seu maço de cigarros amassado pela quinta vez ao redor do próprio eixo. — Talvez ela fosse mesmo um pouco sensível demais para o trabalho de campo, mas queria atuar na polícia de qualquer jeito, por isso fez um curso de secretariado. Ela trabalhou por um ano na delegacia do centro. Nas últimas semanas, Rose substituiu a Sra. Sørensen, que agora está de volta.

— E por que você não devolveu a moça ao centro, posso saber?

— Por quê? Bem, aconteceu algo podre por lá. Nada que nos diga respeito.

— Ok. — A palavra "podre" tinha algo de ameaçador.

— De qualquer forma, agora você tem uma secretária, Carl. E ela é esforçada.

No fundo, Jacobsen dizia isso sobre todo mundo.

— Ela pareceu bastante simpática. Foi o que achei. — Debaixo das lâmpadas fluorescentes, no porão, Assad tentava levantar o ânimo de Carl.

— Ela aprontou algo de podre no centro, é tudo que posso dizer. Ninguém é simpática por isso.

— Algo podre? Explique isso, Carl.

— Esqueça, Assad.

Seu assistente fez que sim e tomou um gole de uma substância com cheiro de hortelã, da qual tinha acabado de se servir.

— Escute, Carl. O caso que você me passou enquanto estava fora... Bem, não consegui avançar. Pesquisei aqui e em todos os lugares possíveis, mas todas as pastas sumiram no caos da mudança lá em cima.

Carl ergueu o olhar. Sumiram? Que merda! Mas tudo bem. Então estava, sim, acontecendo algo de positivo no dia.

— Sim, todas elas sumiram. Por causa disso, dei uma olhada nas nossas pilhas e encontrei isso aqui. Um caso muito interessante.

Assad lhe passou uma pasta verde-clara. Ele ficou sentado diante de Carl, mudo e estático como uma estátua de sal, observando-o cheio de expectativa.

— Sua intenção é ficar sentado aqui enquanto eu leio?

— Sim, obrigado — respondeu Assad, colocando sua xícara sobre a escrivaninha de Carl.

Carl inflou as bochechas e, abrindo a pasta, expirou bem lentamente.

Um caso antigo. Realmente antigo. Do verão de 1987, para ser preciso. Foi o ano em que ele e um colega foram ao Carnaval de Copenhague. Naquela época, uma garota ruiva havia lhe ensinado a dançar. Eles não perderam o ritmo nem durante a noite que passaram atrás de um arbusto no parque. Estava com 22 anos e, depois desse passeio, não era mais virgem em nenhum sentido.

Um bom verão, 1987. O verão no qual finalmente foi transferido de Vejle para Copenhague, na delegacia da Antonigade.

As mortes devem ter ocorrido de oito a dez semanas depois daquele carnaval. Foi mais ou menos a época difícil em que a ruiva decidiu lançar seu corpo dançante sobre outro caipira. Sim, exatamente nos dias em que Carl deu suas primeiras batidas noturnas pelas ruas estreitas de Copenhague. Na realidade, era muito estranho que ele não se lembrasse do caso, pois foi deveras bizarro.

Dois irmãos, uma garota de 17 e um garoto de 18 anos, foram encontrados desfigurados por maus-tratos em uma casa de verão em Rørvig, não muito longe do lago Dybesø. O corpo da garota estava bastante ferido e dava para perceber que ela havia sofrido terrivelmente tentando se defender durante o ataque — os machucados eram prova disso.

Carl olhou para o texto. Nenhuma agressão sexual. Nem roubo.

Em seguida, ele leu o relatório da necropsia mais uma vez e folheou os recortes de jornais. Eram poucos, mas os títulos vinham em letras garrafais.

"Espancada até a morte", foi como o *Berlingske Tidende* chamou o relato detalhado do cadáver, de uma maneira pouco comum para um jornal tão sério.

Ambos os corpos estavam na sala de estar, próximo à lareira, a garota de biquíni e o irmão, nu. Com uma das mãos, ele segurava uma garrafa de conhaque pela metade. Um golpe certeiro na nuca com um objeto pesado tinha sido a causa da morte. Mais tarde, um martelo encontrado na mata entre os lagos Flyndersø e Dybesø foi identificado como a arma do crime.

O motivo era desconhecido. A suspeita, entretanto, recaiu rapidamente sobre um grupo de jovens alunos de um internato, hospedado em uma das enormes casas de veraneio perto de Flyndersø. Eles já haviam arrumado muita confusão no Den Runde, a boate local. Alguns jovens do balneário foram severamente espancados.

— Você já chegou ao ponto onde os suspeitos são descritos?

Carl, com o cenho franzido, olhou para Assad. Uma resposta clara, em sua opinião, mas Assad continuou.

— Sim, é claro. E o relatório também indica que os pais de todos eles ganhavam bastante dinheiro. Mas isso era um tanto comum nos dourados 1980, ou seja lá como a época era chamada.

Carl assentiu. Agora ele tinha chegado nesse ponto do relatório.

Sim, estava certo. Os pais eram todos figuras conhecidas — e continuavam sendo.

Ele passou os olhos pelos nomes dos tais alunos do internato uma segunda vez. Não era possível. Não apenas os pais eram riquíssimos e conhecidos como, anos mais tarde, seus filhos também se tornaram famosos, ao menos alguns deles. Chegaram ao mundo em berço de ouro e logo o trocaram por um de platina. Entre eles estava Ditlev Pram, fundador de uma cadeia exclusiva de clínicas particulares; Torsten Florin, designer de moda de renome internacional; e Ulrik Dybbøl Jensen, analista e especulador de ações na bolsa de Copenhague. Todos estavam no topo da escada de sucesso da Dinamarca. O mesmo valia para o já falecido armador Kristian Wolf. Apenas os dois últimos nomes fugiam desse esquema. Kirsten-Marie Lassen também fazia parte da alta sociedade, mas seu paradeiro era completamente desconhecido. Apenas Bjarne Thøgersen, que tinha confessado o assassinato dos irmãos e que estava na cadeia, vinha de uma família mais modesta.

Ao terminar a leitura, Carl jogou a pasta sobre a mesa.

— Bem, não faço a mínima ideia de por que isso veio parar aqui com a gente — declarou Assad. Normalmente, Carl teria sorrido com o comentário, mas não o fez.

Em vez disso, balançou a cabeça.

— Também não entendo. Há um homem preso pelo crime. Ele confessou e foi condenado à prisão perpétua. Além do mais, ele mesmo se entregou. O que não está claro nesse caso? Acabou. *Game over.* — E bateu com a mão espalmada sobre a pasta.

— Hum. — Assad mordeu o lábio inferior. — Mas ele se entregou apenas nove anos depois do crime.

— E daí? O que importa é que ele confessou. Quando cometeu os assassinatos, ele estava com 18. Talvez os anos seguintes o tenham ensinado que uma consciência pesada não é um bom travesseiro.

— Travesseiro?

Carl suspirou.

— A gente costuma dizer que uma consciência tranquila é o melhor travesseiro. E uma consciência pesada não melhora com os anos, Assad. Pelo contrário.

Assad estava processando a informação. Era impossível não notar isso.

— Os policiais de Nykøbing Sjælland e de Holbæk trabalharam juntos nesse caso. E o Grupo de Ações Táticas também participou. Mas não consigo encontrar em nenhum lugar da pasta uma pista de quem mandou isso para cá. E você?

Carl lançou um olhar para a parte da frente da pasta.

— Não. Não tem nenhuma anotação. Muito estranho.

Se ninguém dos dois distritos policiais havia lhe enviado a pasta, quem tinha sido então? E por que reabrir um caso que já fora encerrado com uma condenação?

— Pode ter relação com isto? — perguntou Assad.

Ele havia folheado a pasta e encontrado um documento da secretaria de finanças. Entregou-o a Carl. No alto estava escrito *Balanço anual*, endereçado a Bjarne Thøgersen, residente na prisão federal em Vridsløselille, distrito de Albertslund. O homem que estava preso lá por ter matado os dois jovens.

— Veja só!

Assad apontou para uma soma considerável na rubrica de venda de ações.

— O que você acha disso?

— Acho que ele vem de uma família de posses e que está com tempo suficiente para brincar com o dinheiro. E parece que teve sucesso. O que você está querendo dizer?

— Então vou te lembrar, Carl, que esse Bjarne não vem de uma família de posses. Era o único bolsista do internato. Aqui você pode ver que ele era bem diferente do restante da turma. — Assad voltou às folhas.

Carl apoiou a cabeça na mão.

Férias são assim.

Elas terminam.

4

Outono de 1986

Os seis estudantes do segundo ano do ensino médio eram muito diferentes, mas tinham algo em comum: assim que a aula terminava, eles se encontravam em uma trilha na floresta para fumar, mesmo que o céu estivesse desabando com a chuva. Bjarne havia organizado para que tudo que fosse necessário ficasse a sua disposição em uma árvore oca. Cigarros Cecil, fósforos, papel-alumínio e a maconha mais pura possível de Næstved. Dinheiro não era problema. Eles ficavam bem próximos uns dos outros e logo davam algumas tragadas. Fortes, porém não fortes demais, afinal eles não podiam ficar tão chapados a ponto de serem traídos por suas pupilas.

Não estavam atrás do barato. O que importava mesmo era a autodeterminação. Era cagar para todo tipo de autoridade, da maneira mais radical possível. E fumar maconha tão perto do internato era o mais radical que se podia fazer.

Por isso, eles compartilhavam o baseado, ridicularizavam os professores e concorriam entre si imaginando o que de pior fariam com eles caso um dia os pegassem.

O outono inteiro se passou assim — até o dia em que Kristian e Torsten quase foram pegos com um bafo que nem dez enormes dentes de alho poderiam ocultar. Por isso, decidiram passar a comer a maconha. Pelo menos assim não seria possível sentir o cheiro dela.

E foi depois disso que a coisa pegou fogo de vez.

*

Quando foram pegos em flagrante, eles estavam em uma clareira perto do rio. Faziam palhaçadas, todos sentiam a mente muito leve. A geada sobre as folhas tinha descongelado e pingava sobre suas cabeças.

Um dos alunos mais novos se ergueu de súbito de trás dos arbustos e olhou diretamente para eles. Era um garotinho exemplar e irritante, um merdinha louro e determinado, que caçava um besouro para apresentar na aula de biologia.

Em vez disso, ele viu Kristian guardando todas as coisas de volta na árvore oca, Torsten, Ulrik e Bjarne em meio a um acesso de riso e Ditlev com as mãos dentro da blusa de Kimmie, que também gargalhava como uma louca. Era um dos melhores baratos que eles haviam experimentado.

— Vou contar para o diretor — gritou o garoto para eles e não percebeu a tempo como o riso dos mais velhos emudeceu abruptamente. O menino era ágil e gostava de provocar. Na verdade, ele poderia facilmente ter escapado correndo dali, de tão chapados que os garotos estavam. Mas a floresta era fechada e ele representava um perigo grande demais para que eles o deixassem fugir.

Bjarne era o que mais tinha a perder caso fosse expulso da escola. Por isso, foi ele quem Kristian incitou quando pegaram o idiota. E foi o primeiro a bater.

— Se meu pai quiser, ele pode quebrar a empresa do seu a qualquer momento — gritou o menino. — Você sabe disso, não é? Cai fora, Bjarne, seu merda! Ou você vai ver o que é bom! Me solta, seu idiota!

Eles hesitaram um pouco. O sujeitinho já havia irritado muitos de seus colegas. Antes dele, seu pai, seu tio e sua irmã mais velha já tinham passado pelo internato. Dizia-se que a família era uma daquelas que sustentavam generosamente a escola. Com dinheiro de doações, dos quais Bjarne era tão dependente.

Foi aí que Kristian se manifestou. Eles não conheciam problemas econômicos desse porte.

— Se você ficar de bico calado, vai ganhar 20 mil coroas — avisou ele, falando sério.

— Vinte mil coroas! — O garoto bufou com desdém. — É só eu ligar para o meu pai que ganho o dobro. — E cuspiu no rosto de Kristian.

— Seu merdinha, se você abrir o bico, vamos te matar. — Kristian deu um soco no garoto e ele bateu contra o tronco de uma árvore. Deu para ouvir algumas costelas se quebrarem.

Ele estava deitado no chão, choramingando de dor. Mas seus olhos ainda estavam repletos de teimosia. Ditlev se aproximou.

— A gente podia te estrangular agora, sem problemas. Ou te segurar debaixo d'água no rio. Mas vamos deixar você vazar com as 20 mil coroas e vai ficar de boca calada. Se voltar agora e disser que caiu, vão acreditar em você. Entendeu, seu bundão?

Mas o garoto, ainda deitado no chão, não respondeu.

Ditlev se aproximou dele e ficou observando. A reação desse merdinha o fascinava. Ele ergueu o braço lentamente, como se quisesse dar um soco, mas o menino continuava sem reagir. Depois, ele deu um tapinha no alto da cabeça e o garoto estremeceu, assustado. Em seguida, deu um soco nele. Uma sensação ótima. Ditlev sorriu.

Mas tarde, ele contou que aquele último soco tinha sido o primeiro barato de verdade de sua vida.

— Minha vez. — Ulrik riu e também se aproximou do menino em estado de choque. Ele era o maior do grupo e sua pancada deixou uma marca feia no maxilar do garoto.

Kimmie protestou fracamente, mas um acesso de riso, que fez todos os pássaros que estavam pelo chão da floresta saírem voando, inutilizou seu argumento.

Eles carregaram o garoto de volta para a escola e chamaram uma ambulância. No começo, ficaram preocupados, mas ele se manteve em silêncio. Na verdade, ele nunca mais voltou à escola. Corria um boato de que seu pai o levara para Hong Kong, porém isso podia não ser verdade.

Alguns dias depois, eles pegaram um cachorro na floresta e bateram nele até matá-lo.

Dali em diante, não havia volta.

5

A parede sobre as três janelas panorâmicas anunciava: Caracas. A mansão havia sido construída por uma riqueza originária do comércio de café.

Ditlev Pram reconheceu o potencial do edifício de imediato. Aqui e ali algumas colunas. Muito vidro verde-claro. Gramados generosos e esculturas futuristas. O suficiente para se tornar a moldura adequada para sua nova clínica particular na costa de Rungsted. A especialidade seria cirurgia plástica e odontologia. Nada realmente original, mas inacreditavelmente lucrativo — tanto para Ditlev Pram como para os vários médicos e dentistas indianos e do Leste Europeu que trabalhavam para ele.

Ele, seu irmão mais velho e as duas irmãs mais novas haviam herdado uma fortuna considerável. Nos anos 1980, seu pai a construíra especulando com ações e aquisições agressivas, e Ditlev administrava seu quinhão com habilidade. Nesse meio-tempo, seu império já abrangia 16 clínicas e outras quatro estavam sendo montadas. Ele tinha a ambição de contabilizar em sua conta-corrente ao menos 15 por cento do lucro de todas as cirurgias de mama e liftings da Europa setentrional. E estava no melhor caminho para tornar isso realidade. Não havia quase nenhuma madame ao norte da Floresta Negra que não tivesse corrigido os caprichos da natureza sobre uma das cintilantes mesas de cirurgia de Ditlev Pram.

Resumindo, ele estava muito bem.

No fundo, Ditlev tinha apenas um aborrecimento: Kimmie. Ela era sua cruz. Ele carregava há 11 anos a consciência de sua existência. Chega.

A caneta-tinteiro Montblanc sobre a escrivaninha estava meio torta e Ditlev Pram a alinhou. Em seguida, consultou de novo seu relógio, um Breitling.

Ainda havia tempo. Aalbæk chegaria apenas dali a vinte minutos; Ulrik, em 25, e apenas os deuses sabiam se eles podiam contar com Torsten.

Ditlev Pram se levantou. Atravessou os corredores revestidos de ébano, caminhou pela ala dos quartos e passou pelas salas de cirurgia. Acenou com a cabeça de maneira simpática para todos os lados. Todos sabiam que ele era o inconteste número um. Ditlev empurrou a porta vaivém até a cozinha, no andar de baixo, de onde se tinha uma vista maravilhosa do céu azul e do estreito de Øresund.

Cumprimentou o cozinheiro com um aperto de mão e o elogiou até o homem ficar sem jeito. Deu tapinhas nos ombros dos ajudantes e depois desapareceu na lavanderia.

Após muitos cálculos, ele sabia que os serviços da Berendsen Textile eram um pouco mais baratos e entregues com maior rapidez, mas não era por isso que possuía uma lavanderia em suas instalações. Tão importante quanto conseguir roupas limpas a qualquer momento era ter acesso às seis moças filipinas que ele havia empregado para se ocuparem de tudo.

Ditlev notou como as mulheres jovens, de tez morena, estremeceram ao perceber sua chegada e, como sempre, se divertiu com isso. Sem demora, pegou a primeira que viu pela frente e a puxou até a sala das máquinas de lavar. Ela parecia assustada, mas conhecia o procedimento. Era a que tinha os quadris mais estreitos e os menores peitos, porém possuía a maior experiência. Havia aprendido nos bordéis de Manila, e aquilo que Ditlev fazia com ela agora era inofensivo em comparação.

Ela abaixou a calça dele e, sem rodeios, começou a chupar seu pau. Ele batia nos ombros e nos braços dela, enquanto ela o lambia e massageava sua barriga com a mão.

Com ela, a ejaculação nunca vinha. O orgasmo se apresentava de outra maneira: a bomba de adrenalina trabalhava ao máximo no ritmo de seus movimentos. Depois de alguns minutos, seu tanque estava cheio.

Ditlev se afastou dela e a levantou, puxando-a pelos cabelos. Depois, forçou a língua no fundo de sua boca, tirou sua calcinha e meteu os dedos entre suas pernas. Quando ele finalmente a empurrou para trás e ela caiu no chão, ambos tinham tido mais que o suficiente.

Ditlev endireitou suas roupas, colocou uma nota de mil coroas na boca da moça e saiu da lavanderia, acenando amigavelmente com a cabeça para as outras. Elas pareceram ficar aliviadas, porém não deveriam estar. Ele passaria a próxima semana inteira trabalhando na Clínica Caracas. As moças iriam descobrir quem mandava ali.

Nessa manhã, a aparência do detetive particular estava simplesmente horrível, criando um contraste bastante inadequado com o escritório lustroso de Ditlev Pram. Dava para perceber nitidamente que o homem alto e muito magro havia passado a noite inteira zanzando pelas ruas de Copenhague. Mas, afinal, ele não era pago para isso?

— E então, Aalbæk? — grunhiu Ulrik, que estava sentado ao lado de Ditlev e esticava as pernas debaixo da mesa de reunião. — Tem alguma novidade no caso da desaparecida Kirsten-Marie Lassen?

Ele sempre começava as conversas com Aalbæk assim, pensou Ditlev, enquanto seu olhar vagava pelo mar, agora cinza escuro atrás da janela panorâmica.

Merda, como ele queria que essa história chegasse ao fim. Que a lembrança de Kimmie não ficasse o tempo inteiro presa em sua cabeça. Que eles finalmente conseguissem agarrá-la e dessem um sumiço nela. E iam descobrir como fazer isso.

O detetive particular alongou seu pescoço e tentou esconder um bocejo.

— Kimmie foi vista algumas vezes pelo chaveiro, que também conserta sapatos, na estação central. Ela está andando por aí com uma mala, uma dessas de rodinhas, que vai puxando. Na última vez, usava uma saia xadrez. A mesma roupa que a mulher no Tivoli descreveu. Mas, segundo minhas informações, Kimmie não vai sempre à estação. Não há uma regularidade. Perguntei a todo mundo. Funcionários da estação, policiais, vagabundos, comerciantes. Alguns sabem que ela existe, mas não onde mora ou quem ela é.

— Você precisa colocar uma equipe em ação para vigiar a estação central dia e noite, até ela reaparecer.

Ulrik se levantou. Ele era grande, mas parecia menor assim que eles começavam a falar de Kimmie. Talvez fosse o único do grupo que havia realmente se apaixonado por ela. Ele ainda se importava de ter sido o único a não transar com ela?, perguntou-se Ditlev Pram pela milésima vez e sorriu.

— Vigilância 24 horas? Isso vai custar uma fortuna — declarou Aalbæk. Ele estava em vias de puxar uma calculadora de sua risível bolsinha a tiracolo, mas não foi preciso.

— Pare com isso! — exclamou Ditlev, pensando rapidamente se ele deveria atirar algo na cabeça do detetive. Em seguida, voltou a se encostar na cadeira. — Não discuta sobre dinheiro como se tivesse alguma noção disso, entendeu? De quanto estamos falando, Aalbæk? Duzentos, trezentos mil? Nessa ordem de grandeza? O quanto você acha que Ulrik e eu ganhamos enquanto estamos sentados aqui discutindo seus honorários ridículos? — E acabou pegando a caneta--tinteiro e jogando-a contra Aalbæk. Mas não o acertou.

Depois de a porta ter se fechado atrás da figura esguia de Aalbæk, Ulrik ergueu a Montblanc e a guardou no bolso.

— Achado não é roubado — disse ele e riu.

Ditlev não falou nada. Quando chegasse a hora, ele daria um jeito de Ulrik não repetir mais isso.

— Tem notícias de Torsten? — perguntou ele.

Toda a energia do rosto de Ulrik pareceu ser sugada com essa pergunta.

— Sim. Ele foi hoje de manhã para Ejlstrup.

— Ele não se importa com o que está acontecendo por aqui?

Ulrik deu de ombros, que estavam mais corpulentos que nunca. Era o que dava levar para casa cozinheiros especializados em *foie gras*.

— Torsten não está muito bem, Ditlev.

— Tudo bem. Então temos de resolver por conta própria, certo? — Ditlev cerrou os dentes. Torsten iria desmoronar algum dia, deviam contar com isso. E então ele se tornaria uma ameaça tão grande quanto Kimmie.

Ditlev sentiu Ulrik observando-o.

— Ditlev, você não vai fazer nada contra Torsten, vai?

— Claro que não, camarada. Afinal, é o Torsten.

Por um instante, eles se encararam como se fossem aves de rapina. Baixaram as cabeças e analisaram o olhar do outro. Ditlev sabia que Ulrik Dybbøl Jensen era imbatível no esporte chamado teimosia. Seu pai havia fundado o instituto para análise de bolsas de valores, mas apenas Ulrik tinha conseguido lhe dar credibilidade. Quando queria algo com tenacidade, ele dava um jeito de obtê-lo. Mesmo que isso significasse chegar às últimas consequências.

— Ok, então, Ulrik. — Ditlev quebrou o silêncio. — Vamos deixar Aalbæk fazer seu trabalho e depois podemos decidir como prosseguir.

O semblante de Ulrik mudou.

— Está tudo pronto para a caça ao faisão? — perguntou ele, ávido como uma criança.

— Sim, Bent Krum juntou a tropa. Quinta-feira, às seis da manhã, na pousada Tranekær. Tivemos que convidar aquele idiota outra vez, mas isso realmente não vai acontecer de novo.

Ulrik riu.

— Acho que você tem um plano para a caçada.

Ditlev assentiu.

— Sim, espere pela surpresa.

Os músculos do maxilar de Ulrik se mexeram. A ideia claramente o animava. Animado e impaciente — esse era o verdadeiro Ulrik.

— O que você acha, Ulrik? Quer vir junto ver o que está acontecendo lá embaixo na lavanderia com as filipinas?

Ulrik ergueu a cabeça. Seus olhos estavam semicerrados. Às vezes isso era sim, às vezes era não — imprevisível. O homem tinha muitos impulsos contraditórios.

6

— L is, você sabe como esta pasta veio parar na minha mesa? Ela olhou de relance para a pasta que Carl segurava, depois voltou a mexer em seu novo penteado arrepiado. Os cantos da boca virados para baixo deviam significar um não.

Carl levou a pasta até a Sra. Sørensen.

— E a senhora? Sabe de alguma coisa?

Ela precisou de cinco segundos para passar os olhos pela primeira folha da pasta.

— Infelizmente, não — respondeu ela. Seu olhar deixava transparecer um sentimento de triunfo, que sempre surgia quando Carl estava com problemas. Esses eram seus grandes momentos.

Nem Lars Bjørn, o adjunto da Divisão de Homicídios, nem o próprio Jacobsen ou um dos investigadores deram alguma luz. A pasta parecia ter se materializado sozinha em cima da mesa de Carl.

— Carl, liguei para a polícia de Holbæk — avisou Assad de seu cubículo que fazia as vezes de sala. — Até onde eles sabem, a pasta está no arquivo, lá onde é seu lugar. Mas assim que tiverem tempo vão dar uma checada.

Carl colocou seus sapatos tamanho 43 sobre a mesa.

— E o que diz o pessoal de Nykøbing Sjælland?

— Um momento. Vou ligar. — Enquanto teclava o número, Assad assobiava uma música triste de seu país natal. Parecia estar assobiando de trás para a frente. Nada bom.

Carl dirigiu o olhar até o quadro de cortiça. Lá estavam expostas as primeiras páginas de quatro jornais, em uma harmonia quase comovente. O caso Merete Lynggaard havia sido desvendado de maneira brilhante. Todos concordavam: o Departamento Q, essa nova unidade de investigação para "casos que requeiram atenção especial" até então inconclusivos, com Carl Mørck como líder, era um estrondoso sucesso.

Ele olhou para suas mãos cansadas. Elas mal aguentavam segurar uma pasta de meros 3 centímetros de espessura, de origem desconhecida por Carl. A sensação que surgia com a palavra "sucesso" era de mal-estar. Carl suspirou, abriu a pasta e repassou rapidamente os pontos-chave do caso. Dois jovens assassinados. Com requintes de tortura. Entre os suspeitos, apenas filhos de gente rica. Depois de nove anos, um integrante desse grupo — de fato, o único pé-rapado entre eles — se apresenta e faz uma confissão. Mais três anos, no máximo, e Thøgersen seria libertado novamente. E também estaria rico com o dinheiro ganho especulando ações enquanto estava atrás das grades. Isso era permitido? Quando se estava atrás das grades?

Releu com cuidado as cópias das transcrições dos interrogatórios e apenas repassou o restante dos documentos do processo contra Bjarne Thøgersen. Supostamente, o assassino não conhecia previamente as vítimas. Mesmo que o condenado houvesse afirmado ter se encontrado diversas vezes com os irmãos, nada pôde ser provado. Sim, os documentos iam na direção contrária.

Mais uma vez Carl olhou a primeira página da pasta. Estava escrito *Polícia de Holbæk*. Por que não Nykøbing? Por que o Grupo de Ação Tática da polícia não havia trabalhado em conjunto? Seria porque o pessoal de Nykøbing tinha muita proximidade com o caso? Seria esse o motivo? Ou porque eles apenas não eram bons o suficiente?

— Ei, Assad — gritou ele do outro lado do corredor claro. — Ligue para Nykøbing e pergunte se alguém da delegacia conhecia pessoalmente as vítimas.

Nenhuma resposta do cubículo de Assad. Só murmúrios ao telefone.

Carl se levantou e atravessou o corredor.

— Assad, pergunte se alguém da delegacia...

Assad o interrompeu com um movimento da mão. Ele estava no meio de uma ligação.

— Sim, sim, sim — respondeu ele no telefone e repetiu mais outros dez "sim" com o mesmo tom de voz.

Carl expirou forte e esquadrinhou o escritório. Os porta-retratos haviam se multiplicado sobre a estante de Assad. Uma foto de duas mulheres mais velhas brigava por espaço com todas as outras fotografias da família. Uma das mulheres tinha um buço escuro, os cabelos da outra eram tão abundantes que cresciam em todas as direções e se pareciam com um capacete. Tias de Assad, se Carl fosse arriscar um palpite.

Quando Assad desligou, ele apontou para as fotos.

— São as minhas tias de Hama. A cabeluda morreu.

Carl assentiu. Pela aparência dela, ele teria ficado surpreso se a resposta fosse outra.

— E o que o pessoal de Nykøbing falou?

— Eles também não nos enviaram a pasta, Carl. E por um bom motivo. Eles nunca a receberam.

— O quê? Mas na pasta está escrito que Nykøbing, Holbæk e o Grupo de Ação Tática trabalharam em conjunto.

— Não. Lá está escrito que Nykøbing ficou responsável pela necropsia e o resto foi para os outros.

— Sério? Me parece um pouco estranho. Você sabe se alguém em Nykøbing tinha relações pessoais com uma das vítimas?

— Sim e não.

— Como assim, sim e não?

— Bem, os dois assassinados eram filhos de um investigador da polícia. — Assad apontou para suas anotações. — Ele se chamava Henning. Henning P. Jørgensen.

Carl viu a menina abusada diante de si. Esse era o maior pesadelo de todos os policiais. Encontrar os próprios filhos assassinados.

— Deve ter sido terrível. E, assim, acho que sabemos também por que o caso deve ser reaberto. Certamente existe um interesse pessoal por trás disso. Mas você acabou de falar sim e não. Por quê?

Assad se recostou na cadeira.

— Porque não existe mais ninguém na delegacia de Nykøbing Sjælland que seja parente dos assassinados. Logo depois da descoberta dos corpos, o pai voltou à delegacia. Ele cumprimentou os colegas, foi direto para a sala de armas e apertou o gatilho do seu revólver de serviço assim. — Com dois dedos curtos e largos, Assad apontou para a testa.

A reforma da polícia dinamarquesa havia trazido muitas coisas estranhas. Os distritos policiais foram renomeados, os funcionários não ocupavam mais os mesmos cargos e os arquivos foram transferidos. Resumindo, a maioria do pessoal estava ocupada demais em se manter de pé em meio a tanta instabilidade. Muitos também tinham aproveitado a ocasião para pular fora e solicitar logo a aposentadoria.

No passado, ser policial aposentado era tudo menos algo agradável. O tempo de vida médio depois de uma época exaustiva de trabalho não chegava aos dois dígitos. Apenas os jornalistas estavam em uma situação pior, porém, quase sempre, muito mais álcool havia escoado por suas gargantas. Afinal, a morte precisava ter uma causa.

Carl conhecia policiais que não conseguiram aproveitar nem um dia como aposentados. Mas esses tempos, graças a Deus, eram águas passadas. Até os oficiais queriam conhecer um pouco do mundo e festejar a formatura do ensino médio de seus netos. No entanto, isso fazia com que muitos pedissem transferência de posto ou deixassem a ativa. Assim como, por exemplo, Klaes Thomasen, policial aposentado de Nykøbing Sjælland, que agora estava diante deles com seu barrigão. Ele assentiu e disse que 35 anos usando o uniforme azul eram mais que suficientes.

— Agora as coisas também estão melhores com a patroa em casa.

Embora Carl soubesse o que ele queria dizer, a observação doeu um pouco. Bem, formalmente, Carl Mørck ainda tinha uma esposa. Mas já fazia muito tempo que ela o deixara. E, caso ele fizesse questão que ela voltasse, o amante de cavanhaque pontudo dela com certeza iria protestar.

Bem, isso era mera especulação.

— Sua casa é muito bonita. — Assad olhou impressionado através das grandes janelas os campos que cercavam a cidade de Stenløse e o gramado bem-cuidado de Klaes Thomasen.

— E muito obrigado por ter se disposto a nos receber, Sr. Thomasen — completou Carl. — Não sobraram mais muitos policiais que conheceram Henning Jørgensen.

O sorriso de Klaes Thomasen sumiu.

— Ele foi o melhor colega de trabalho e o maior amigo do mundo. Naquela época, a gente era vizinho de porta. Minha mulher e eu nos mudamos também por causa disso. Depois que a viúva ficou doente e enlouqueceu, perdemos a vontade de morar lá. As lembranças eram horríveis.

— Se entendi bem, Henning Jørgensen não estava preparado para aquilo que o aguardava na casa de veraneio.

Thomasen balançou a cabeça.

— Um vizinho de lá nos ligou. Ele tinha ido à casa ao lado dizer bom-dia e encontrou os jovens. Imediatamente, ligou para a delegacia. Fui eu quem atendeu o telefone. Jørgensen estava de folga. Mas, quando chegou para buscar os filhos, viu a viatura na frente da casa de veraneio. As férias de verão tinham acabado e os jovens começariam seu último ano do ensino médio no dia seguinte.

— E o senhor estava lá quando ele chegou?

— Sim, junto dos técnicos e do chefe da investigação. — Ele meneou a cabeça. — Sim, ele também já está morto. Acidente de carro.

Assad tirou um bloco de papel do bolso e fez anotações. Em pouco tempo, o assistente já saberia fazer tudo sozinho. Carl estava ansioso por esse dia.

— O que o senhor encontrou na casa de veraneio? Apenas por alto.

— Todas as janelas e portas estavam escancaradas. Várias pegadas. A gente nunca encontrou os sapatos, mas deu para determinar mais tarde a origem da areia na cena do crime. Vinha do terraço dos pais de um dos suspeitos. Quando entramos no cômodo com a lareira, encontramos ambos os corpos no chão.

Thomasen se sentou no sofá próximo à mesa de centro e sinalizou para os dois fazerem o mesmo.

— A menina. Eu queria poder esquecer a visão, você entende. Afinal, eu a conhecia.

Sua esposa de cabelos grisalhos serviu café. Assad não aceitou, mas de qualquer forma ela o ignorou.

— Eu nunca tinha visto um corpo tão ferido — continuou Thomasen. — Ela era tão pequena e delicada. Nunca entendi como ela conseguiu viver por tanto tempo.

— O que o senhor quer dizer?

— A necropsia revelou que ela estava viva quando foi deixada lá. Talvez mais uma hora. A hemorragia do fígado se acumulou na cavidade abdominal. Por fim, a perda de sangue foi grande demais.

— Os assassinos se arriscaram bastante.

— Na verdade, não. O cérebro dela estava tão danificado que ela nunca teria contribuído para o esclarecimento do caso se tivesse sobrevivido. Era fácil perceber isso. — Thomasen virou o rosto e olhou para os campos. Carl conhecia a sensação. Imagens interiores que despertavam o desejo de olhar o mundo e não o enxergar.

— E os assassinos tinham essa noção?

— Sim. O afundamento no crânio não deixa dúvidas. Foi bem no meio da cabeça. Muito incomum. Ou seja, era fácil perceber.

— E o garoto?

— Ele estava deitado ao lado dela. Com uma expressão espantada, mas pacífica. Era um menino bom. Eu o encontrava com frequência, em casa e na delegacia. Ele queria ser policial, como o pai. — Thomasen encarou Carl. Raramente se via um policial com uma expressão tão triste.

— E o pai foi ao local e viu tudo?

— Infelizmente, sim. — Ele balançou a cabeça. — Henning queria levar os corpos dos filhos imediatamente. Em seu desespero, ficou pisoteando a cena do crime e naturalmente estragou muitas pistas. Tivemos que forçá-lo a sair da casa. Hoje eu me arrependo de ter feito isso.

— E então vocês deixaram o caso para o pessoal de Holbæk?

— Não. Ele foi tirado da gente. — Thomasen acenou com a cabeça para a esposa. A mesa estava muito bem-servida. — Bolo ou biscoitos? — Mas a pergunta foi feita de tal maneira que parecia que eles tinham que agradecer, recusar e ir embora o mais rápido possível.

— Então foi o senhor que fez com que a pasta viesse parar nas nossas mãos?

— Não, não. — Ele tomou um gole de café e olhou as anotações de Assad. — Mas estou satisfeito que o caso tenha sido reaberto. Cada vez que vejo esses miseráveis na televisão, Ditlev Pram, Torsten Florin e esse corretor da bolsa, a coisa volta a ferver dentro de mim.

— O senhor tem uma opinião clara sobre a questão do culpado, pelo que estou entendendo.

— Pode apostar que sim.

— E o condenado Bjarne Thøgersen?

O pé do policial aposentado desenhava círculos no piso sob a mesa, porém seu rosto estava tranquilo.

— Esses seis metidos de famílias ricas, foram eles que aprontaram isso juntos, acredite em mim. Ditlev Pram, Torsten Florin, o sujeito da bolsa e aquela garota que estava com eles. Bjarne Thøgersen, esse merdinha, também estava junto, é claro. Mas foi feito em conjunto. E Kristian Wolf, o sexto do grupo, não morreu simplesmente de um ataque do coração. Se vocês querem ouvir a minha teoria, os outros deram um jeito para ele sumir porque estava querendo dar com a língua nos dentes. Foi um assassinato também.

— Pelo que sei, Kristian Wolf perdeu a vida num acidente durante uma caçada. Não foi assim? Li que ele atirou na própria coxa e sangrou até morrer. Nenhum outro participante da caçada estava por perto na hora do acidente.

— Não acredito nisso por nada neste mundo. Não, foi um assassinato.

— E no que se baseia a sua teoria? — Assad se curvou sobre a mesa e pegou um biscoito. Nisso, encarou demoradamente Thomasen.

Klaes Thomasen deu de ombros. Intuição de policial. O que o assistente sabia a respeito disso?, ele devia estar pensando.

— Bem, mas o senhor tem alguma coisa que podemos tentar relacionar com os assassinatos de Rørvig? Talvez algo que não vamos encontrar em outros lugares? — continuou Assad.

Klaes Thomasen aproximou a cestinha com os biscoitos de Assad.

— Acredito que não.

— Quem, então? — perguntou Assad, devolvendo a cestinha. — Quem poderia ajudar a gente? Se não descobrirmos isso, a pasta vai voltar para a pilha.

Uma observação surpreendente sem qualquer chancela superior.

— Eu tentaria enquadrar a mulher de Henning, Martha Jørgensen. Tente falar com ela. Nos meses seguintes às mortes e ao suicídio do marido, ela literalmente arrombava as portas dos investigadores. Tente falar com Martha.

7

A área vizinha à estação de trem estava coberta por uma neblina. No lado oposto, atrás do emaranhado de fios de alta-tensão, havia horas as vans amarelas dos correios zuniam de um lado para o outro. Os trens intermunicipais, entupidos de passageiros rumo ao trabalho, faziam o apartamento de Kimmie estremecer.

Poderia ser o início de um dia absolutamente normal. Mas os demônios estavam soltos dentro de Kimmie. Eles eram como delírios febris: anunciavam tragédias, ameaçavam, eram incansáveis. Cansativos.

Ela se ajoelhou por um instante. Rezou para que as vozes cessassem. Hoje, porém, as forças superiores pareciam estar de folga. Por isso, Kimmie tomou um grande gole da garrafa de uísque que ficava ao lado de sua cama improvisada.

Depois de metade do uísque ter passado queimando por seus órgãos, ela decidiu abandonar a mala. Já carregava ódio, nojo e raiva suficientes.

Torsten Florin seria o próximo, ele era um dos primeiros da fila. Desde a morte de Kristian Wolf. Esse pensamento havia passado por sua cabeça várias vezes.

Kimmie tinha visto o rosto de raposa de Torsten em uma revista. Ele aparecia orgulhoso na foto, diante do palácio de vidro reformado e premiado, sua loja de roupas na parte antiga do porto. E era exatamente lá que ela queria confrontá-lo com a realidade.

Apesar das costas doloridas, ela deslizou da cama lamentável e deu uma fungada nas axilas. O cheiro de suor ainda não estava tão forte, por isso o banho nos spas do DGI-byen podia esperar mais um pouco.

Ela esfregou os joelhos. Depois, tateou debaixo da cama, puxou uma caixa pequena e abriu a tampa.

— Dormiu bem, minha querida? — perguntou ela, acariciando a cabecinha com um dedo.

Como os cabelos são macios e os cílios longos, pensou, como em todos os dias. Então, sorriu carinhosamente para a coisinha, fechou a tampa com cuidado e empurrou a caixa novamente para seu lugar. Esse era sempre o melhor momento do dia.

Kimmie escolheu a meia-calça mais quente de seu monte de roupas. O papelão sob o teto estava todo mofado, o que parecia ser um aviso. O outono desse ano estava mal-humorado.

Depois de se aprontar, abriu com cuidado a porta de sua casinha e olhou fixamente para o conjunto de trilhos. Um pouco menos de 1,5 metro a separava das filas de vagões dos trens intermunicipais, que passavam trovejando quase 24 horas por dia.

Ninguém a viu.

Kimmie saiu de casa, trancou a porta e abotoou o casaco. Após vinte passos, circundou a casa dos transformadores, que raramente era verificada pelos funcionários da ferrovia, e continuou pelo caminho asfaltado que levava diretamente à entrada gradeada na Ingerslevsgade. Ela destrancou o portão.

Possuir a chave desse portão gradeado tinha sido seu maior sonho. No começo, só conseguia chegar a sua casa na ferrovia pela cerca da estação Dybbølsbro, caminhando junto aos trilhos. E isso precisava ser à noite, caso contrário poderia ser descoberta. Dessa maneira, Kimmie só conseguia dormir três, quatro horas por noite, antes de ter que sair novamente da casinha de tijolos amarelos. Sabia que seria levada de lá imediatamente caso fosse vista. Por isso, a noite se tornou sua companheira. E foi assim até aquela manhã, quando descobriu a placa no portão para a Ingerslevsgade. Estava escrito: Cercas & Portões Gunnebo, Løgstrup Hegn.

Kimmie ligou para a empresa de cercas e se apresentou como Lily Carstensen, do almoxarifado da Ferrovia Estatal Dinamarquesa. Combinou de se encontrar com o serralheiro na calçada diante do portão. Nessa ocasião, ela usava um conjunto azul-escuro de terninho e calça, bem-passado, e, quando o serralheiro veio, Kimmie estava incrivelmente parecida com alguém da chefia administrativa. Ela recebeu duas cópias da chave e uma nota fiscal, que pagou em dinheiro imediatamente. A partir de então, podia ir e vir quando bem quisesse.

Se Kimmie se mantivesse atenta e os demônios a deixassem em paz, tudo estava em ordem.

No ônibus para Østerport, sentiu os olhares das pessoas se voltando para ela. Sabia muito bem que murmurava consigo mesma. Pare com isso, Kimmie!, exclamou em silêncio, mas a maldita boca simplesmente não queria obedecê-la.

Às vezes, ela escutava as próprias palavras, como se um estranho estivesse falando, e foi assim também nesse dia. Ao sorrir para uma menininha, ela respondeu com uma careta e olhou para o outro lado.

A situação estava realmente complicada.

Com 10 mil olhos grudados nela, Kimmie desceu um ponto antes. *Essa foi a última vez que você andou de ônibus*, prometeu a si mesma. Nos ônibus, as pessoas simplesmente ficam muito próximas dela. Nesse ponto, os trens intermunicipais eram melhores.

— Muito melhores — disse em voz alta, e espiou a Store Kongensgade. Quase não havia pedestres e carros circulando. Também quase não havia mais vozes em sua cabeça.

Ela chegou ao edifício em Indiakaj pouco depois da hora do almoço. O estacionamento, que segundo uma placa esmaltada era de propriedade de Florin, estava vazio.

Kimmie abriu sua bolsa e espiou o conteúdo. Ela a roubara de uma garota que se olhava no espelho, completamente avoada, na entrada do Cinema Palads. A idiota se chamava Lise-Maja Petterson, dizia o cartão do plano de saúde. Provavelmente outra vítima da numerologia, pensou, empurrando a granada de mão para o lado. Em seguida, acendeu um dos maravilhosos cigarros Peter Jackson de Lise-Maja. No maço, lia-se em inglês: *Fumar causa problemas cardíacos.*

Uma risada alta e uma boa tragada: Kimmie fumava desde que havia fugido do internato, e seu coração ainda trabalhava direitinho. Sua *causa mortis* não seria um ataque cardíaco, disso ela tinha certeza.

Após algumas horas, o maço estava vazio e ela distribuíra as guimbas pisoteadas ao redor de si. Quando outra garota passou pela porta giratória, Kimmie segurou seu braço.

— Você sabe quando Torsten Florin vai chegar?

A jovem respondeu com silêncio e um olhar desdenhoso.

— Você sabe? — Kimmie sacudiu o braço dela com força.

— Me solta! — gritou a garota, agarrando o braço de Kimmie com ambas as mãos para começar a girá-lo.

Kimmie semicerrou os olhos. Ela odiava quando as pessoas a tocavam. Odiava quando não lhe respondiam. Odiava seus olhares. Por isso, deixou o braço livre balançar solto, pegou impulso na altura dos quadris e deu um soco no rosto da jovem, que caiu como um saco de batata. Por um lado, a sensação era boa; por outro, não. Sair distribuindo porrada não era legal, ela sabia disso.

Kimmie se curvou sobre a mulher em estado de choque.

— Vou perguntar mais uma vez: você sabe quando Torsten Florin vai chegar?

Quando a moça balbuciou seu terceiro não, Kimmie deu meia-volta sobre seus saltos. Ela sabia que não podia aparecer mais ali durante um bom tempo.

Na esquina de concreto desgastado diante do Jacob's Full House, na Skelbækgade, ela caiu direto nos braços de Tine-Ratazana. A outra estava com suas sacolas plásticas debaixo de um cartaz de ofertas da loja: *Cogumelos da estação*. A maquiagem havia borrado fazia tempos. Os primeiros clientes que ela chupara na rua lateral ainda a viram com pálpebras bem-marcadas e maçãs do rosto iluminadas de vermelho, mas os últimos tiveram que se contentar com bem menos. Agora ela estava lá, com o batom borrado e marcas visíveis de esperma sobre a roupa, que havia usado para limpá-lo. Os clientes de Tine não usavam camisinha. Fazia anos desde quando ela podia exigir isso. Desde quando ela podia exigir qualquer coisa.

— Oi, Kimmie! Oi, querida! Que bom ver você — murmurou ela, cambaleando com suas pernas ossudas em direção a Kimmie. — Eu estava te procurando, querida — disse ela, abanando o cigarro que tinha acabado de acender. — Tem um pessoal procurando você lá na estação central, sabia?

Tine pegou Kimmie pelo braço e a puxou pela rua até os bancos do Café Yrsa.

— Onde você esteve nos últimos tempos? Senti tanto a sua falta — declarou Tine, pegando duas garrafas de cerveja do saco plástico.

Kimmie olhou para o shopping Fisketorvet, enquanto a outra abria as garrafas.

— Quem perguntou por mim? — Ela empurrou a garrafa de volta para Tine. Apenas pobres tomavam cerveja. Isso ela havia aprendido em casa.

— Ah, uns caras aí. — Ela colocou a cerveja de Kimmie debaixo do banco. Sentia-se feliz por estar sentada ali, Kimmie sabia disso.

Era assim que costumava viver. Cerveja na mão, dinheiro no bolso e dedos amarelos, entre os quais havia um cigarro.

— Me conte tudo, Tine.

— Ah, Kimmie, você sabe que a minha memória parece uma peneira. A bebida, sabe? As coisas aqui em cima não andam muito bem. — Ela apontou para a cabeça. — Mas eu não falei nada. Só que não faço nem ideia de quem você seja. — Tine começou a rir. — Eles me mostraram uma foto sua, Kimmie. — Ela balançou a cabeça. — Merda, você era tão chique, querida. — Então respirou fundo. — Eu também já fui bonita, *hello*! Alguém falou isso algum dia. Ele se chamava... — E olhou para o céu. O nome também havia sumido.

Kimmie assentiu.

— Foi mais de um que perguntou por mim?

Tine fez que sim com a cabeça e tomou outro gole.

— Dois. Mas não ao mesmo tempo. Um veio no meio da noite, pouco depois de a estação fechar. Por volta das quatro, eu acho. Isso bate, Kimmie?

Kimmie deu de ombros. No fundo, tanto fazia. Agora ela sabia que eram dois.

— Quanto custa?

A voz vinha do alto. Alguém estava bem na frente de Kimmie, mas ela não reagiu. Esse era o território de Tine.

— Quanto é o boquete?

Ela sentiu o cotovelo de Tine em seu flanco.

— O cara está perguntando pra você, Kimmie — disse ela, apática. Por hoje Tine já havia ganhado o suficiente.

Kimmie ergueu o rosto e encarou um sujeito bem normal. As mãos dele estavam enterradas nos bolsos do casaco. Que visão lamentável.

— Dá o fora — ordenou ela, lançando-lhe um olhar matador.

— Dá o fora antes que eu te encha de porrada.

Ele se retraiu e se aprumou. Depois, riu de um jeito tímido, como se a ameaça em si já fosse um prazer suficiente.

— Quinhentos. Quinhentos se você enxaguar a boca antes. Não quero saliva sua no meu pau, entendeu?

Ele tirou o dinheiro do bolso e o abanou. A voz na cabeça de Kimmie se elevou. *Ora, vamos*, sussurrava uma. *Ele não quer nada de mais*, dizia o coro, e ela tirou a garrafa de debaixo do banco e tomou um gole. O sujeito tentou o tempo inteiro ficar observando os seus olhos.

Quando Kimmie ergueu a cabeça e cuspiu a cerveja na cara dele, o sujeito deu um pulo para trás, assustado. O espanto parecia entalhado em seu rosto. Depois, olhou furioso para seu casaco antes de buscar de novo os olhos dela. Kimmie sabia que agora ele tinha se tornado perigoso. Ataques na Skelbækgade não eram raros. E o indiano que distribuía jornais gratuitos lá na frente no cruzamento não iria se meter.

Por isso, ela se levantou e bateu com a garrafa de cerveja na cabeça do homem, fazendo os cacos voarem até a caixa de correio do outro lado da rua. Sobre a orelha dele se abriu um delta de sangue, que escorria sobre o colarinho do casaco. O homem encarava, mudo, o gargalo quebrado da garrafa apontado para ele. Certamente estava pensado febrilmente em como explicar isso à mulher, aos filhos e aos colegas de trabalho. Depois, correu na direção da estação, sabendo que agora era preciso encontrar um médico e um casaco novo a fim de colocar as coisas nos trilhos novamente.

— Já vi esse idiota antes — murmurou Tine ao lado de Kimmie. Ao mesmo tempo, ela olhava fixamente para a mancha de cerveja que se espalhou pelo chão. — Porra, Kimmie. Agora tenho que ir ao mercado arrumar mais cerveja. Que merda desperdiçar cerveja. Por que esse idiota tem que passar justo por aqui enquanto estamos sentadas tranquilas, conversando numa boa?

Kimmie não acompanhou o homem com o olhar. Ela soltou o gargalo da garrafa, enfiou os dedos na calça e catou uma bolsinha de couro. Os recortes de jornal que mantinha lá dentro eram bem recentes. Trocava-os de vez em quando, para saber com a maior precisão possível a aparência dos sujeitos. Desdobrou-os e os segurou diante do rosto de Tine.

— Este cara era um dos homens que perguntou por mim? — Ela apontou para uma foto de jornal que trazia a legenda: "Ulrik Dybbøl Jensen, chefe do Instituto de Análises da Bolsa de Valores UDJ, recusa parceria com grupo de especialistas conservadores."

Ulrik havia crescido, não apenas fisicamente.

Tine observou o recorte de jornal através de uma nuvem branco--azulada de fumaça de cigarro. Ela balançou a cabeça.

— Nenhum deles era tão gordo.

— Este aqui talvez? — O recorte era de uma revista feminina que Kimmie tinha encontrado em um cesto de lixo da Øster Farimagsgade. Torsten Florin parecia bem afeminado com seus cabelos longos e sua pele brilhante, mas não era. Isso ela podia garantir.

— Esse aí eu já vi uma vez. Na televisão ou sei lá onde. Mexe com moda, certo?

— Foi ele, Tine?

Ela deu uma risadinha, como se fosse um jogo. Também não havia sido Torsten.

Depois que Tine também não reconheceu a foto de Ditlev Pram, Kimmie meteu tudo de volta na bolsinha e a guardou na calça.

— O que os homens falaram de mim?

— Só que eles estavam te procurando, querida.

— Você os reconheceria se a gente fosse procurá-los por lá um dia desses?

Ela deu de ombros.

— Eles não aparecem todo dia.

Kimmie mordeu o lábio inferior. Ela precisava começar a prestar atenção. Os outros estavam se aproximando.

— Você me conta se vir os homens de novo, ok? Presta bem atenção na aparência deles, certo? Anota, pra poder se lembrar. — Kimmie colocou uma mão sobre o joelho de Tine, que marcava sua calça jeans como as costas de uma faca. — Se você tiver alguma informação, mete debaixo da placa amarela ali na frente.

Ela apontou para a placa *Aluguel de veículos — Desconto.*

Tine tossiu e fez que sim com a cabeça ao mesmo tempo.

— Te dou mil coroas para a sua ratazana toda vez que você me trouxer umas informações quentes para mim. O que você acha, Tine? Daí você vai conseguir comprar uma gaiola nova para a sua bichinha. Ela ainda fica no seu quarto lá em cima, não é?

Kimmie ficou cinco minutos sob a placa do estacionamento diante da cancela da antiga fábrica C. E. Bast Talgsmelteri, até ter certeza de que Tine não estava mais observando.

Ninguém sabia onde ela morava e era para continuar assim.

Ao atravessar a rua em direção ao portão de ferro, Kimmie percebeu a dor de cabeça chegando e, além disso, sentiu uma pontada sob a pele. Raiva e frustração ao mesmo tempo, os demônios dentro dela odiavam isso.

Sentada com a garrafa de uísque na mão sobre sua cama estreita, ela olhou ao redor de seu pequeno e mal-iluminado cômodo e começou a relaxar. Aquele lugar era seu mundo. Ali ela se sentia segura, ali havia tudo de que necessitava. A caixa com seu tesouro mais querido estava debaixo do banco, o pôster com as crianças brincando no lado interno da porta, a foto da menininha, os jornais que ela tinha colado nas paredes como isolamento. O monte de roupas, a panela no chão, a pilha de jornais atrás, duas minilanternas a pilha e, sobre a prateleira, um par de sapatos extras. Com tudo isso, Kimmie podia fazer o que quisesse. Também havia dinheiro, caso ela desejasse algo novo.

Quando sentiu a ação do uísque, ela riu. Depois, verificou os buracos atrás de três tijolos na parede. Fazia isso quase sempre ao voltar a sua pequena casa. Primeiro o buraco com os cartões de crédito e os últimos extratos do caixa eletrônico, depois o do dinheiro vivo.

Todo dia ela contava o que ainda sobrava. Vivia havia 11 anos nas ruas e ainda havia 1.344.000 coroas à disposição. Se continuasse assim, nunca gastaria tudo isso. O dinheiro de seus roubos era suficiente para cobrir as despesas diárias. Ela também roubava roupas. Kimmie não comia muito, porém bebia, pois o governo, supostamente a favor da vida saudável, tinha feito o favor de tornar o álcool baratíssimo. Nesse país maravilhoso era possível morrer de cirrose com desconto. Ela voltou a rir, tirou a granada de mão da bolsa e a juntou às outras no terceiro buraco. Depois, ajeitou mais uma vez os tijolos de modo que as fendas ao redor ficassem imperceptíveis.

Dessa vez, o medo a assolou sem aviso prévio. Não costumava ser assim. Geralmente, imagens internas a alertavam. Mãos que se erguiam para o golpe. Às vezes, sangue e corpos maltratados. Então, novamente recordações nebulosas de risos de tempos longínquos. Promessas sussurradas, quebradas em seguida. Mas dessa vez as vozes não conseguiram alertá-la.

Kimmie começou a tremer. Sentiu espasmos em seu ventre esmagando suas entranhas. Enjoo e lágrimas eram consequências inevitáveis. Antigamente, ela teria tentado afogar a tempestade de fogo dos sentimentos com álcool. Mas isso só piorava as coisas.

Agora, nessas situações, ela esperava apenas pela misericordiosa escuridão, algumas vezes por horas.

Quando tudo havia se clareado em sua cabeça, ela quis se levantar. Descer até a estação Dybbølsbro. Tomaria o elevador até a plataforma três e esperaria na outra ponta até que um trem passasse em alta velocidade. Esticaria os braços, colocando-se bem na extremidade da plataforma, e diria: "Vocês não vão escapar de mim, seus nojentos."

Kimmie deixaria que as vozes em sua cabeça tomassem uma decisão.

8

A pasta de plástico estava bem no centro da mesa. Carl a percebeu de imediato, assim que entrou no escritório.

O que é isso?, pensou, e chamou Assad.

Quando o ajudante apareceu na porta, Carl apontou para a pasta.

— Você faz ideia de onde isso veio? — Assad apenas balançou a cabeça. — Não vamos tocar nela, certo? Pode ter impressões digitais.

Ambos encararam a primeira folha atrás do plástico transparente. "Ataques da turma do internato"; o tipo de letra apontava para uma impressora a laser.

Tratava-se de uma listagem de crimes violentos, assim como indicações de hora, lugar e nomes das vítimas. Os crimes foram cometidos durante um longo período de tempo. Um jovem em uma praia em Nyborg. Irmãos gêmeos à luz do dia em um campo de futebol em Tappernøje. Um casal em Langeland. Havia ao menos vinte casos. Nos anos 1980, não era raro que os alunos permanecessem na escola até os 20 anos, pensou Carl, mas os últimos ataques ocorreram *depois* que eles já tinham se formado.

— Assad, a primeira coisa a fazer é descobrir quem está colocando essas coisas aqui. Ligue para os técnicos. Se for alguém aqui da central, vamos encontrar as digitais rapidinho.

— Eles não colheram as minhas digitais. — Assad parecia quase decepcionado.

Carl franziu a testa. Por que não? Mais um procedimento estranho em um verdadeiro catálogo de irregularidades ligadas à contratação de Assad.

— Encontre o endereço da mãe dos irmãos assassinados. Depois do ocorrido, ela se mudou várias vezes. Mas parece que não está em Tisvilde, onde morou por último. Assad, seja um pouco criativo, certo? Ligue para os vizinhos, os números estão ali. Talvez eles saibam de alguma coisa. — Carl apontou para uma pilha de bilhetes que havia acabado de tirar do bolso.

Em seguida, ele pegou um bloco e anotou as tarefas a serem cumpridas. A sensação de ter assumido um novo caso começava a se fazer notar.

— Vamos falar sério, Carl. Pare de perder seu tempo com um caso que já foi julgado faz tempo.

O delegado da Homicídios balançou a cabeça, ao mesmo tempo que revirava uma montanha de bilhetes sobre sua mesa. Quatro novos crimes graves no decorrer de apenas oito dias. Além disso, três pedidos de férias e duas licenças médicas. Um dos doentes ficaria definitivamente incapaz de trabalhar. Carl sabia muito bem o que Marcus Jacobsen pensava no momento: Quem eu tiro de qual caso? Mas esse, graças a Deus, não era um problema seu.

— Em vez disso, se concentre nas suas visitas da Noruega, Carl. Todos lá de cima ouviram falar do caso Merete Lynggaard e agora querem saber como você estrutura as tarefas e decide as prioridades. Acho que eles deixaram acumular poeira em muitos casos antigos. E aproveite para dar a eles uma lição sobre como a polícia dinamarquesa trabalha. Aí eles vão ter alguma coisa para contar quando forem se encontrar com a ministra, logo depois.

Carl encolheu os ombros, resignado. Seus convidados iriam tomar um chazinho da tarde com a emplumada ministra da Justiça? E contariam fofocas a ela sobre seu departamento? Isso com certeza não era muito encorajador.

— Preciso apenas saber quem está jogando os casos sobre a minha mesa, Marcus. Daí a gente vê o que eu faço depois.

— Sim, sim, a decisão é sua, Carl. Mas, se você colocar as mãos no caso Rørvig, então, por favor, mantenha distância da gente. Não podemos abrir mão de nenhum dos homens, mesmo que por pouco tempo.

— Não se preocupe — avisou Carl, levantando-se.

Marcus se aproximou do interfone.

— Lis, você pode entrar por um minuto? Não consigo encontrar meu calendário.

Carl olhou para o chão. O calendário do delegado estava lá, deve ter escorregado de cima da mesa.

Ele deu um empurrãozinho nele com a ponta do pé, fazendo com que desaparecesse debaixo das gavetas da escrivaninha. Talvez assim o encontro com os noruegueses também sumisse.

Quando Lis entrou, ele a observou de bom humor. Embora gostasse mais dela antes de sua metamorfose, qual era o problema? Lis continuava sendo Lis.

Rose Knudsen sorriu atrás do balcão quando Carl passou. *Estou feliz por ir trabalhar com vocês lá embaixo*, sinalizavam suas covinhas fundas como as fossas das ilhas Marianas.

Carl não retribuiu o sorriso; afinal, ele não tinha covinhas.

No porão, Assad estava a postos com uma enorme jaqueta corta-vento. Suas orações da tarde já haviam sido feitas. A pequena pasta de couro estava presa debaixo do braço.

— A mãe dos irmãos mortos mora com uma velha amiga em Roskilde — falou e completou dizendo que eles poderiam chegar lá em menos de meia hora se acelerassem um pouco. — Ah, você também recebeu uma ligação de Hornbæk, Carl. Não pareciam boas notícias.

Carl viu Hardy diante de si, um homem paralítico de mais de 2m de altura, com o rosto voltado para o estreito de Øresund, onde os veleiros ficavam no fim da estação.

— O que aconteceu? — Ele começou a se sentir mal imediatamente. Já havia se passado mais de um mês desde que Carl visitara o antigo colega pela última vez.

— Dizem que ele tem chorado muito. Mesmo tomando um monte de pílula e coisas assim, ele continua chorando.

Era uma casa comum no fim da Fasanvej. A plaquinha de latão indicava Jens-Arnold & Yvette Larsen e, embaixo, em um pequeno cartaz de papelão, Martha Jørgensen.

A mulher que abriu a porta para eles havia passado muitos anos da idade de se aposentar e parecia extremamente frágil. Era uma bela mulher idosa e Carl não conseguiu fazer outra coisa senão sorrir para ela de modo amistoso.

— Sim, Martha mora comigo. Desde que o marido dela faleceu. Hoje ela não está se sentindo bem, vou logo dizendo a vocês — sussurrou ela no corredor. — O médico diz que está avançando mais rápido agora.

Ainda antes de entrarem no jardim de inverno, eles escutaram a mulher tossindo. Ela estava sentada lá, encarando-os com seus olhos fundos. Diante dela, uma mesinha com inúmeros frascos de remédio e caixas de comprimidos.

— Quem são os senhores? — perguntou ela. A mão que segurava a cigarrilha e batia as cinzas tremia.

Assad pegou uma cadeira sobre a qual havia uma manta de lã desbotada e folhas secas dos vasos de planta no peitoril da janela. Sem hesitar, pegou a mão de Martha Jørgensen e a puxou para si.

— Quero dizer apenas uma coisa, Martha. Vi a minha mãe do jeito que a senhora está agora. E não foi bom.

A mãe de Carl, em seu lugar, teria puxado a mão rapidamente. Mas não foi o que Martha Jørgensen fez. Como Assad sabe dessas coisas?, perguntou-se Carl, tentando encontrar um papel para si nessa cena.

— Podemos tomar mais uma xícara de chá antes da enfermeira chegar — declarou Yvette, sorrindo de maneira encorajadora. Quando Assad contou o motivo de sua visita, Martha começou a chorar.

Até ela se tranquilizar o suficiente para falar alguma coisa, Yvette serviu chá e bolo.

— Meu marido era policial — comentou ela por fim.

— Sim, Sra. Jørgensen, estamos cientes. — Foi a primeira coisa que Carl falou.

— Recebi cópias da pasta de um dos antigos colegas dele.

— Ah, sim. Foi Klaes Thomasen?

— Não, não foi ele. — Ela reprimiu um ataque de tosse que se anunciava ao dar uma tragada forte em sua cigarrilha. — Foi outro. Ele se chamava Arne, mas já faleceu. Ele juntava tudo sobre o caso numa pasta.

— Podemos vê-la, Sra. Jørgensen?

A boca da idosa tremia e ela tocou a cabeça com sua mão quase transparente.

— Não, não é possível. Não a tenho mais. — Ela ficou em silêncio por um instante e fechou os olhos. Parecia estar com dor de cabeça. — Não sei para quem a emprestei por último. Várias pessoas deram uma olhada nela.

— É esta pasta aqui? — Carl lhe esticou a pasta verde.

A Sra. Jørgensen balançou a cabeça.

— Não, era maior. Cinza e bem maior. Não dava para segurá-la com uma mão só.

— Há mais material? Talvez a senhora possua outras coisas que possa nos emprestar?

Ela olhou para a amiga.

— Podemos dizer aquilo, Yvette?

— Não sei bem, Martha. Você acha uma boa ideia?

A mulher doente fixou o olhar no porta-retratos duplo que estava sobre o peitoril da janela entre o regador enferrujado e uma pequena imagem de pedra de são Francisco de Assis.

— Olhe para ela, Yvette. O que eles fizeram? — Seus olhos umedeceram. — Meus filhos queridos. Não podemos fazer nada por eles?

Yvette colocou uma caixa de chocolates com recheio de menta sobre a mesa.

— Sim, podemos — suspirou ela e foi até um canto.

Lá havia papéis velhos de embrulhos de Natal e caixas e embalagens recicladas formando uma pilha: uma espécie de mausoléu à idade avançada e à lembrança de dias em que a escassez era parte do cotidiano.

— Aqui — disse Martha, tirando uma caixa de papelão abarrotada do esconderijo.

— Nos últimos dez anos, Martha e eu atualizamos o arquivo de tempos em tempos. Afinal, depois da morte do meu marido, temos apenas uma à outra, não é?

Assad pegou a caixa e a abriu.

— Aí tem alguns relatos de crimes que nunca foram esclarecidos — continuou Yvette. — E também os artigos sobre os matadores de faisões.

— Matadores de faisões? — repetiu Carl.

— Sim, de que outra forma podemos chamar essa gente? — Yvette remexeu um pouco a caixa e puxou um recorte de jornal.

Sim, era possível chamar essa gente de matadores de faisões. Em uma das revistas semanais, posaram todos juntos em uma grande fotografia de divulgação: membros da família real, representantes da juventude dourada e, além deles, Ulrik Dybbøl Jensen, Ditlev Pram e Torsten Florin. Cada um segurava sua espingarda e mantinha uma pose vitoriosa, com um pé à frente. Diante deles, uma série de faisões e perdizes abatidos.

— Oh! — exclamou Assad. Não havia muito a dizer.

Eles perceberam como Martha Jørgensen começou a se mexer, mas não tinham ideia do que viria em seguida.

— Não me conformo com isso! — gritou ela subitamente. — Eles devem ser punidos! Eles mataram os meus filhos e o meu marido. Para o inferno com eles!

Ela queria se levantar, mas perdeu o equilíbrio e caiu para a frente, batendo a testa com força no canto da mesa. Mas pareceu não notar.

— Eles tinham que morrer também — continuou ela, ofegante. Seu rosto estava deitado sobre a toalha. Ao esticar os braços para a frente, Martha derrubou as xícaras de chá.

— Calma, Martha. — Yvette tentou apaziguá-la e a puxou de volta para as almofadas.

Quando Martha retomou sua respiração normal e voltou a fumar sua cigarrilha sem se manifestar mais, Yvette levou Carl e Assad à sala ao lado. Ela pediu desculpas pela reação da amiga. O tumor no cérebro estava tão grande que era impossível prever como e a que ela reagiria.

— Martha nem sempre foi assim.

Como se eles estivessem em posição de exigir desculpas.

— Um homem passou por aqui e contou a Martha que conhecia bem Lisbet. — Yvette ergueu um pouco as sobrancelhas quase inexistentes. — Lisbet era a filha de Martha, o garoto se chamava Søren. Os senhores sabem disso, não é? — Assad e Carl assentiram. — Talvez esse amigo de Lisbet ainda esteja com as pastas, não sei. — Ela olhou para o jardim de inverno. — Ele prometeu explicitamente a Martha que iria devolvê-las algum dia. — Ela parecia tão triste que dava vontade de abraçá-la. — Certamente não vai conseguir fazer isso antes que seja tarde demais.

— Esse homem que buscou as pastas... Você se lembra do nome dele, Yvette?

— Infelizmente, não. Eu não estava aqui quando Martha as emprestou, e ela também não se lembra de muita coisa mais. — Ela bateu com o indicador na testa. — O tumor, sabe?

— A senhora sabe se ele era da polícia? — insistiu Carl.

— Acho que não, mas talvez fosse. Não sei.

— E por que ele não levou isto aqui? — perguntou Assad, apontando para a caixa de papelão que havia colocado debaixo do braço.

— Ah, a caixa. Era apenas algo que Martha queria fazer. Tem um homem que já confessou os assassinatos, não foi? Então eu a ajudei a reunir os artigos porque isso fazia bem a ela. O homem que levou as pastas com certeza achou que esses recortes não eram relevantes. E provavelmente não são.

Em seguida, eles pediram a chave da casa de veraneio de Martha e, por fim, fizeram perguntas sobre os dias após os assassinatos. Mas Yvette não tinha mais nada a acrescentar, afinal já tinham se passado vinte anos e, além do mais, esse não era um assunto que alguém gostaria de lembrar.

Quando a enfermeira chegou, eles se despediram.

Sobre a mesinha de cabeceira de Hardy havia uma foto de seu filho — o único indício de que essa figura imóvel, com tubos na uretra e cabelos oleosos teve, em algum momento, uma vida diferente daquela que o respirador, a televisão eternamente ligada e as enfermeiras sobrecarregadas podiam oferecer.

— Ah, você se despencou até aqui... — comentou Hardy, fixando o olhar em um ponto imaginário a milhares de metros acima da clínica para paraplégicos em Hornbæk. Um ponto que oferecia uma visão desimpedida e de onde era possível cair tão fundo que seria improvável acordar de novo.

Carl procurou desesperadamente uma boa desculpa, mas logo desistiu. Em vez disso, pegou o porta-retratos e disse:

— Ouvi dizer que Mads entrou na universidade.

— Onde você ouviu isso? Você está transando com a minha mulher? — Ele nem piscou ao dizer essas palavras.

— Não, Hardy, por que você está falando isso? Só sei porque... Ah, nem sei mais quem contou a novidade na central.

— Onde está o seu pequeno sírio? Foi mandado de volta para o deserto?

Carl conhecia Hardy. Isso era apenas conversa fiada.

— Diga o que você está pensando, Hardy. Eu estou aqui agora.

— Ele respirou profundamente. — No futuro vou visitar você com mais frequência, meu velho. Eu estava de férias, sabe?

— Você está vendo a tesoura sobre a mesa?

— Sim, claro.

— Ela sempre está aí. Para cortarem a gaze. E o esparadrapo, que usam para grudar em mim todos os tubinhos e caninhos. Ela parece pontuda, não acha?

Carl olhou para ela.

— Sim, Hardy.

— Você pode pegá-la e meter na minha jugular? Isso iria me deixar superfeliz! — Ele ri por um instante, mas depois desanima. — A parte superior do meu braço está tremendo, Carl. Logo abaixo do músculo do ombro, acho.

Carl franziu a testa. Então Hardy sentia um tremor. Pobre sujeito. Se é que era isso mesmo.

— É para eu coçar você, Hardy? — Ele puxou o lençol um pouco para o lado e pensou se devia baixar um pouco a camiseta ou coçar por cima do tecido.

— Você é um idiota de merda. Não escutou o que eu disse? Está tremendo. Você consegue ver?

Carl empurrou a camiseta para o lado. Hardy sempre se empenhou em ser atraente. Bem-cuidado, bronzeado de sol. Agora a pele era branca como a de uma larva, exceto pelas finas veias azuis.

Carl colocou a mão sobre o braço dele. Não havia mais nenhum músculo. A sensação era a de carne de vaca pendurada no açougue. Ele não sentiu nenhum tremor.

— Carl, posso te sentir muito levemente num ponto minúsculo. Pegue a tesoura e espete um pouco. Não rápido demais. Se você acertar, te aviso.

Pobre homem. Paraplégico do pescoço para baixo. Um traço de sensação em um dos ombros, era tudo. O resto era apenas a esperança de um desesperado.

Mas Carl fez o que Hardy pediu. Sistematicamente, do cotovelo para baixo e depois para cima e por toda a área. Quando se aproximou da parte de trás da axila, o amigo arfou.

— Aí, Carl. Pegue sua caneta e marque o lugar.

Carl obedeceu. Afinal, ele era seu amigo.

— Repita, Carl. Se você acertar, vou te dizer. Vou fechar os olhos enquanto isso.

Ele riu, ou melhor, gemeu um pouquinho quando Carl tocou o ponto da vez seguinte.

— Aí! — exclamou ele.

Isso era realmente inacreditável. Dava para ficar arrepiado.

— Não diga isso à enfermeira.

Carl franziu a testa.

— Mas por que não? Isso é absolutamente fantástico, Hardy. Talvez exista uma esperança minúscula, apesar de tudo. Daí eles terão uma base.

— Quero me esforçar para ampliar essa base, Carl. Quero meu braço de volta, Carl, entende? — Pela primeira vez, Hardy olhou para o antigo colega. — E o que eu vou fazer com o braço não diz respeito a ninguém, entendido?

Carl assentiu. Independentemente do que animava Hardy, para ele estava ok. O sonho de meter a tesoura no pescoço parecia ser sua única razão de viver.

Ele apenas se perguntou se esse pequeno ponto no braço esteve lá durante todo esse tempo. Mas era melhor deixar isso para lá. No caso de Hardy, não levava a lugar nenhum.

Carl ajeitou a camiseta do colega novamente e puxou o lençol até seu queixo.

— Você continua conversando com aquela psicóloga, Hardy? — Carl enxergou o delicioso corpo de Mona Ibsen a sua frente. Uma visão maravilhosa.

— Sim.

— E sobre o que vocês conversam? — Ele esperava ouvir seu próprio nome na resposta.

— Ela não para de ficar cutucando o episódio dos tiros lá na ilha Amager. Eu não sei qual é a serventia disso, mas quando está aqui ela passa a maior parte do tempo com essa merda do caso da pistola de pregos.

— Sim, deve ser isso.

— Sabe de uma coisa, Carl?

— O quê?

— Ela me fez repensar mais uma vez toda a história, mesmo que eu não quisesse. Droga, para que isso, eu queria saber. Mas a questão ficou martelando.

— Qual questão ficou martelando?

Ele encarou Carl. Exatamente do mesmo jeito que eles faziam com suspeitos durante os interrogatórios. Sem acusar nem absolver. Apenas de uma maneira incômoda.

— Você, eu e Anker chegamos naquele barracão pelo menos dez dias depois do homem ser morto, não foi?

— Sim.

— Os assassinos tiveram tempo suficiente para eliminar suas pistas. Realmente suficiente. E por que eles não fizeram isso? Por que ficaram esperando? Eles podiam ter posto fogo naquela merda toda. Desaparecer com o corpo e todo o resto.

— Sim, é espantoso. Também me surpreendo.

— E por que eles voltaram para o barracão no exato momento em que estávamos lá?

— Mais um ponto para se surpreender.

— Se surpreender? Sabe de uma coisa, Carl? Não me surpreendo muito. Não mais.

Hardy tentou pigarrear, mas não deu muito certo.

— Talvez Anker tivesse mais a dizer, caso estivesse aqui — completou ele.

— O que você quer dizer com isso?

Passaram-se semanas desde que Carl havia pensado pela última vez em Anker. Menos de um ano depois do supercolega deles ser assassinado diante de seus olhos no barracão caindo aos pedaços e ele já tinha desaparecido de sua consciência. Fazia Carl pensar... Por quanto tempo seria lembrado quando isso acontecesse com ele?

— Alguém ficou naquela joça esperando pela gente, Carl, de outro modo tudo que aconteceu não faz sentido. Quero dizer, não foi uma investigação normal. Um de nós estava envolvido, e não era eu. Era você, Carl?

9

Seis caminhonetes estacionaram no cascalho diante da fachada pintada de amarelo da pousada Tranekær. Ditlev esticou a cabeça pela janela lateral de seu carro e mandou que os outros o seguissem.

Quando chegaram à floresta, o sol ainda não havia nascido. Os açuladores sumiram no terreno de caça. Os motoristas conheciam o procedimento e poucos minutos depois tinham se reunido em volta de Ditlev, com jaquetas abotoadas e espingardas dobradas. Alguns estavam acompanhados por cachorros.

Torsten Florin era sempre o último a aparecer. Sua roupa, com a qual também poderia ir a um baile, era composta por uma bombacha de estampa xadrez miúda e uma jaqueta de caça sob medida, bem justa.

Ditlev Pram observou com desdém um perdigueiro, que foi puxado no último minuto do porta-malas de uma caminhonete. Apenas depois ele olhou para os presentes. E ficou estarrecido ao ver um dos rostos.

Ele puxou Bent Krum para o lado.

— Krum, quem convidou a mulher? — sussurrou ele.

Como advogado de Ditlev Pram, Torsten Florin e Ulrik Dybbøl, Bent Krum era também aquele que coordenava sua caçada. Um homem versátil, que havia anos apagava quaisquer incêndios e que era completamente dependente dos valores mais que imorais transferidos todos os meses para sua conta.

— Foi a sua própria esposa, Ditlev — respondeu ele com a voz abafada. — Ela disse que Lissan Hjorth era bem-vinda para acompanhar o marido. Só para você ficar ciente, ela atira melhor que ele.

Quem atira melhor? Droga, o evento não tinha nada a ver com isso. As caçadas de Ditlev Pram não eram para mulheres, ponto final. Havia mais de um motivo para isso. Como se Krum não soubesse! Deus do céu, Thelma!

Ditlev colocou a mão sobre o ombro de Hjorth.

— Sinto muito, amigo, mas sua esposa não pode nos acompanhar hoje — disse ele, pedindo que a mulher ficasse com as chaves do carro, mesmo que isso gerasse um mal-estar. — Ela pode descer até a pousada. Ligo para lá e peço para abrirem para ela. E mande o cachorro mal-educado de vocês com ela. A caçada de hoje é especial, Hjorth, você deveria saber disso.

Alguns homens queriam negociar. Uns cabeças-ocas quaisquer com dinheiro, mas sem uma fortuna decente. Como se tivessem algo a dizer. Além disso, não conheciam o maldito perdigueiro.

Ditlev Pram enfiou a ponta da bota no chão da floresta e repetiu.

— Nada de mulheres, Lissan. Por favor, vá embora.

Em seguida, ele distribuiu fitas de cores luminosas para os cha-péus e evitou o olhar de Lissan Hjorth quando a deixou de lado.

— Não se esqueça de levar a criatura com você — concluiu. O que esses idiotas estavam pensando ao se meterem em suas regras de caça. Esta não era uma caçada habitual.

— Se a minha esposa não pode participar, Ditlev, então também fico de fora — tentou pressionar Hjorth.

Esse homenzinho lamentável com essa terrível jaqueta impermeá-vel, puída. Ele já não havia sentido como era se estranhar com Ditlev Pram? Isso tinha feito bem a seus negócios? Ele não estava prestes a pedir falência quando Ditlev Pram reencaminhou sua compra de granito para a China? Hjorth queria mesmo ser castigado mais uma vez? Sem problemas, era fácil fazer de novo.

— Essa é uma decisão sua. — Ele deu as costas ao casal e olhou para os outros. — Vocês conhecem as regras. O que vão vivenciar hoje não é da conta de mais ninguém, certo? — Eles assentiram. Ditlev também não esperava outra reação. — Soltamos duzentos faisões e perdizes, machos e fêmeas. Há bastante para todos. — Olhou para os homens da associação local de caça. Eles manteriam suas bocas caladas. De um jeito ou de outro, todos trabalhavam para ele ou com ele. — Mas para que ficar falando das aves? Vocês vão atirar em muitas. Mais interessante é a outra caça que eu trouxe hoje. Não vou dizer o que é. Vocês irão descobrir sozinhos.

Rostos cheios de expectativa seguiam seus movimentos, quando ele se virou para Ulrik e pegou um maço de palitos.

— Quase todos já conhecem o procedimento. Dois de vocês vão puxar um palito menor que os outros. Os felizardos vão deixar as espingardas de caça de lado e receber armas emprestadas. Para eles não há aves; em vez disso, vão poder levar a caça especial para casa. Estamos prontos?

Os fumantes jogaram os cigarros no chão e os apagaram com os pés. Cada um se preparou mentalmente a seu modo para a caçada.

Ditlev sorriu. Esses eram os poderosos, assim como deveriam ser. Sem misericórdia e cada um por si — como diziam as regras.

— Sim, normalmente os escolhidos dividem a caça entre si — declarou ele. — Mas, se vai ser assim dessa vez, fica a critério de quem abater o animal. Afinal, todos sabemos o que acontece quando Ulrik consegue o troféu.

O grupo inteiro caiu na gargalhada, exceto Ulrik. Tanto fazia se a conversa girasse sobre um portfólio de ações, mulheres ou a caça de porcos selvagens — Ulrik nunca dividia nada com ninguém. Essa era uma verdade de conhecimento geral.

Ditlev se curvou e ergueu duas caixas com rifles.

— Olhem para elas! — exclamou ele, puxando as armas para a luz da manhã. — Deixei nossas antigas Sauer Classic na Casa do Caçador para podermos experimentar essas pequenas maravilhas.

— Ditlev segurou um dos rifles Sauer Elegance sobre a cabeça. — Duas verdadeiras joias. Ter uma dessas nas mãos é uma verdadeira loucura. Animem-se!

Ele segurou o maço de palitos para o grupo. E ignorou totalmente a terrível discussão entre os Hjorths. Depois do sorteio, ele entregou as armas aos dois felizardos.

Um deles era Torsten. Parecia empolgado, mas o motivo não devia ser a caçada. Eles teriam que conversar o mais depressa possível — depois dela.

— Torsten já sentiu esse prazer uma vez. Mas Saxenholdt ainda é um neófito, vamos dar os parabéns a ele.

Ditlev fez um movimento com a cabeça na direção do jovem e, assim como todos os outros, saudou-o erguendo sua espingarda. Charmoso e com os cabelos repletos de gel, Saxenholdt era um verdadeiro aluno de internato, como estava escrito nos livros, e seria assim até o fim de seus dias.

— Vocês são os únicos que podem atirar na caça especial de hoje. Por isso, é responsabilidade sua que isso aconteça de maneira decente. Lembrem-se de atirar até a caça não se mexer mais. E também que quem abatê-la ganha o prêmio de hoje.

Ele deu um passo para trás e puxou um envelope do bolso interno da jaqueta.

— O registro de posse de um lindo apartamento compacto de três cômodos em Berlim, com vista para a pista de pouso do aeroporto Tegel. Mas não se preocupem, o aeroporto logo vai mudar de lugar.

Ditlev abriu um sorriso assim que o grupo começou a aplaudir. Sua esposa havia buzinado em sua orelha durante meio ano porque queria esse maldito apartamento. Mas ela tinha ido lá alguma vez? Não. Nem mesmo com o amante ridículo. Então, essa era a chance de se livrar dele.

— Minha esposa está indo embora, Ditlev. Mas eu levo o cachorro — disse uma voz atrás dele. Ditlev se virou e encarou o rosto teimoso de Hjorth. Era evidente que ele tentava não se sentir totalmente dominado.

Ditlev olhou por cima do ombro e, por uma fração de segundo, encontrou o olhar de Torsten. Ninguém ditava nada a Ditlev Pram. Se ele tinha dito que o cachorro não iria junto, então quem o levasse que assumisse as consequências.

— Você insiste em levar o cachorro, Hjorth. Ok, então — disse Ditlev, evitando o olhar da esposa do homem.

Ele não estava com vontade de brigar com a vadia. Isso era algo entre ele e Thelma.

O cheiro de húmus ficou menos intenso quando eles saíram de dentro da vegetação na colina e alcançaram a clareira. Cinquenta metros adiante, imerso em um nevoeiro, ficava um pequeno bosque e atrás dele havia uma extensão com arbustos até chegar à floresta fechada. Parecia um mar se abrindo diante deles. Uma visão incrível.

— Se espalhem um pouco — pediu Ditlev, balançando a cabeça satisfeito quando os participantes ficaram distantes uns 7 ou 8 metros entre si.

Os açuladores lá embaixo, atrás do pequeno bosque, ainda não estavam fazendo barulho suficiente. Apenas de vez em quando um dos faisões que foram soltos levantava voo por um instante, para logo sumir novamente em meio à vegetação. Os caçadores avançavam em silêncio e ansiosos à direita e à esquerda de Ditlev Pram. Alguns eram totalmente viciados na sensação que obtinham em madrugadas como esta. Puxar um gatilho podia satisfazê-los por dias. Eles ganhavam milhões, mas matar era o que precisavam para se sentirem vivos.

O jovem Saxenholdt caminhava ao lado de Ditlev Pram, pálido de tanta expectativa. O pai dele havia sido exatamente assim quando ainda participava das caçadas. Ele caminhava com cuidado, o olhar dirigido firmemente ao pequeno bosque mas também aos arbustos adiante e ao começo da floresta a algumas centenas de metros mais à frente. Saxenholdt estava perfeitamente consciente de que um tiro bem-dado o recompensaria com um ninho de amor do qual seus pais não teriam controle.

Ditlev ergueu a mão e todos pararam. O cão de Hjorth uivou e começou a girar ao redor de si mesmo, agitado, enquanto o idiota gordo do dono tentava acalmá-lo. Nada diferente do esperado.

Então as primeiras aves levantaram voo por entre a vegetação. Na sequência dos disparos rápidos vinha a batida abafada dos corpos mortos na terra. Hjorth não conseguiu segurar seu cachorro por mais tempo. Quando o homem a seu lado gritou "Pega!", ele saiu em disparada com a língua para fora. No mesmo instante, centenas de aves voaram ao mesmo tempo e o grupo de caça enlouqueceu. O barulho dos tiros e seu eco eram ensurdecedores.

Era isso que Ditlev Pram amava: tiros incessantes. Mortes incessantes. No céu, pontos batendo asas, terminando em uma orgia de cores. A queda lenta dos corpos dos pássaros. A avidez dos homens na hora de recarregar as armas. Sentia a frustração do jovem Saxenholdt a seu lado, porque ele não podia atirar com a espingarda como os demais. Seu olhar ia das árvores à borda da floresta e esquadrinhava o terreno plano, recoberto com os arbustos. De que lado sua presa viria? Ele não sabia. E, quanto mais a sede de sangue tomava conta de seus companheiros, mais forte ele apertava sua arma.

O cão de Hjorth resolveu avançar no pescoço de outro cachorro, que soltou sua presa imediatamente e se afastou, gemendo. Todos os participantes perceberam isso, exceto o dono do animal, que recarregava e atirava, recarregava e atirava.

Quando o perdigueiro voltou pela terceira vez com a presa, novamente atacando outro animal, Ditlev assentiu para Torsten. O cachorro de Hjorth reunia muita massa muscular com um instinto incontrolável e má educação — uma mistura claramente inadequada para um cão de caça.

E aconteceu o que Ditlev previa. Os outros cães se deram conta do que o animal de Hjorth fazia e não o deixaram mais se aproximar da presa quando ela caía na clareira. Nesse momento, ele sumiu na floresta para procurar por lá.

— Agora prestem atenção — disse Ditlev aos dois atiradores com as armas especiais. — Lembrem que um apartamento inteiramente mobiliado em Berlim está em jogo. — Ele riu e atirou em um novo bando de perdizes, que agitou toda a área. — O melhor tiro fica com o prêmio.

Nesse momento, o cão de Hjorth voltava com outra ave. Ouviu-se um único tiro da arma de Torsten e o cachorro foi atingido antes de chegar à clareira. Supostamente, apenas Ditlev e Torsten viram o que havia acontecido com o cão, pois a única reação que o disparo provocou no grupo foi a respiração acelerada de Saxenholdt e, logo depois, a risada dos outros, liderada por Hjorth, porque acreditavam que a mira tinha falhado totalmente.

Eles engoliriam seus risos assim que Hjorth descobrisse seu cão com um buraco na cabeça. E ele deveria aprender sua lição: nada de cães mal-educados na caçada deles, se Ditlev assim determinava.

No momento em que eles ouviram mais ruídos vindos dos arbustos, atrás do pequeno bosque, Ditlev percebeu, por uma fração de segundo, a cabeça de Bent Krum balançando. Ou seja, o advogado também tinha visto que Torsten abatera o cachorro.

— Não atirem antes de ter certeza absoluta, certo? — falou Ditlev em voz baixa aos homens a seu lado. — Os açuladores estão revirando toda a área atrás das árvores, por isso acredito que o animal venha lá dos arbustos. — Ele apontou para alguns juníperos. — Mirem mais ou menos um metro acima da terra, diretamente no centro da presa. Assim, um tiro errado acerta o chão.

— O que é isso aí? — sussurrou Saxenholdt, apontando com a cabeça para um grupo de árvores que pareceu se mexer subitamente. Dava para ouvir galhos finos estalando, primeiro baixo, depois mais forte, até que os gritos dos açuladores atrás do animal ficaram muito estridentes.

E então algo saltou.

Os tiros de Saxenholdt e Torsten foram simultâneos. A silhueta escura tombou um pouco para o lado, dando em seguida mais um salto desajeitado para a frente. Apenas quando o animal chegou à clareira foi possível reconhecê-lo. Enquanto Saxenholdt e Torsten miravam e atiravam pela segunda vez, os outros homens soltaram gritos de satisfação.

— Parem! — ordenou Ditlev quando o avestruz ficou parado e olhou ao redor, desorientado. A distância era de apenas 100 metros. — Desta vez, acertem a cabeça — indicou ele. — Um tiro cada um. Primeiro você, Saxenholdt.

Todos os homens ficaram em silêncio quando ele ergueu a arma e, prendendo a respiração, disparou. O tiro atingiu o alvo um pouco baixo demais e estraçalhou o pescoço. A cabeça do animal tombou para trás. Porém o grupo soltou um grito de satisfação. Até Torsten participou. Afinal, de que lhe adiantava um apartamento de três cômodos em Berlim?

Ditlev sorriu. Ele achava que o animal iria diretamente para o chão, mas a criatura decepada ainda correu por alguns segundos antes de tombar. Ficou deitada lá por um momento, com tremores que pareciam convulsões, para depois silenciar de vez. Um espetáculo incomparável.

— Não acredito — gemeu o jovem Saxenholdt, enquanto os outros caçadores ainda disparavam uma rodada de tiros nas últimas perdizes. — Era um avestruz. Eu atirei na porra de um avestruz! Que maluquice. Hoje a noite vai ferver no bar do Victor. Isso vai impressionar a mulherada! E sei direitinho quais vou pegar.

Os três se encontraram no bar da pousada e foram servidos com a aguardente que Ditlev tinha pedido. Era impossível não notar o quanto Torsten precisava da bebida.

— O que aconteceu, Torsten? Você está com uma cara estranhíssima — comentou Ulrik, virando o Jägermeister. — Ficou irritado por não ter dado o tiro? Você já acertou um maldito avestruz uma vez.

Torsten girou seu copo entre os dedos.

— É a Kimmie. Desta vez é sério — disse, tomando um gole.

Ulrik voltou a encher o copo e fez um brinde.

— Aalbæk está trabalhando nisso. Vamos pegá-la logo, Torsten. Relaxe.

Torsten tirou uma caixinha de fósforos do bolso e acendeu a vela que estava sobre a mesa. Nada é tão desolador quanto uma vela sem chama, ele gostava de dizer.

— Espero que não imagine Kimmie como uma mulher pequena, arrasada, que se arrasta pelas ruas em farrapos e que vai cair sem dificuldade na rede do seu detetive particular... Porque ela não é assim, Ulrik. Merda, estamos falando da Kimmie. Vocês a conhecem. Ninguém a encontra e isso é um problema muito sério. Será que um dia vocês vão entender isso?

Ditlev baixou o copo e olhou para os caibros do teto.

— O que aconteceu? — Ele detestava quando Torsten ficava desse jeito.

— Ela atacou uma das nossas modelos na frente da nossa loja. Ontem. Ficou horas esperando na frente do prédio. Dezoito guimbas de cigarro estavam espalhadas pela calçada. Quem vocês acham que ela estava esperando?

— O que você quer dizer com atacar? — Ulrik parecia preocupado.

Torsten balançou a cabeça.

— Bom, não foi tão grave assim, só uma pancada, não chamaram a polícia. Dei uma semana de licença para a moça e duas passagens para a Cracóvia.

— Você tem certeza de que era ela?

— Sim. Mostrei uma foto antiga da Kimmie para a moça.

— Não resta dúvida?

— Não. — Torsten parecia irritado agora.

— Não podemos deixar que ela acabe nas garras da polícia — continuou Ulrik.

— Merda, não! E ela não deve de modo algum se aproximar tanto da gente de novo. Kimmie é capaz de tudo, disso tenho certeza.

— Vocês acham que ela ainda tem dinheiro? — perguntou Ulrik. Nesse momento, o garçom entrou e veio anotar os pedidos. Ainda era muito cedo e ele parecia sonolento.

Ditlev acenou com a cabeça para o homem.

— Não, obrigado, temos tudo que precisamos.

Eles ficaram em silêncio até o homem se afastar depois de uma reverência.

— Meu Deus, Ulrik, o que você está pensando? Quanto foi que ela arrancou da gente naquela vez? Quase 2 milhões. E de quanto você acha que ela precisa nas ruas? — desdenhou Torsten. — Nada. Com certeza ela tem dinheiro para comprar tudo que quiser. Até armas. A oferta nas ruas de Copenhague é notoriamente grande.

O corpo pesado de Ulrik estremeceu.

— Talvez a gente devesse mesmo reforçar a equipe de Aalbæk.

10

— O que o senhor está dizendo? Com quem gostaria de falar? Com o detetive-assistente el Assad? Entendi direito? — Consternado, Carl olhou para o telefone. Detetive-assistente Assad?! Dava para chamar isso de promoção.

Ele transferiu a ligação e no segundo seguinte o telefone de Assad tocou.

— Sim? — respondeu Assad dentro de seu cubículo.

Carl franziu a testa e balançou a cabeça. Detetive el Assad. Assanhadinho esse filho do deserto!

— Era a polícia de Holbæk. Eles passaram a manhã toda procurando pelos documentos do caso Rørvig. — Assad coçou sua covinha. Os dois haviam passado dois dias inteiros estudando as pastas e ele estava com a barba por fazer e parecia bastante cansado. — E você sabe o que disseram? Que não está mais com eles. Simplesmente sumiu. Foi-se com o vento.

Carl suspirou.

— Então alguém fez com que ela sumisse. Talvez esse tal de Arne, que deu a Martha Jørgensen a pasta cinza com os relatos sobre as mortes. Você perguntou se a pasta era cinza?

Assad meneou a cabeça.

— Tudo bem, na verdade, tanto faz. Martha disse que o homem que levou a pasta está morto. Não podemos mais falar com ele mesmo. — Carl estreitou os olhos. — E mais uma coisa, Assad:

faça a gentileza de me avisar quando você for promovido a detetive-
-assistente. Acho que realmente devia prestar atenção quando se
apresenta como policial. Há um parágrafo na lei que deve ser rigo-
rosamente cumprido. Parágrafo 131, caso queira saber. Você está
se arriscando a pegar seis meses de cadeia.

Assad estremeceu levemente.

— Detetive-assistente? — questionou ele, prendendo a respiração
por um segundo e tocando o peito, como se quisesse proteger sua
inocência que estava sendo atacada.

Carl não vira indignação semelhante desde a reação do ministro
de Estado em relação à especulação da mídia sobre a ação indireta de
soldados dinamarqueses nas torturas no Afeganistão.

— Nunca na vida isso passaria pela minha cabeça — declarou
Assad. — Muito pelo contrário. Eu disse que era assistente de detetive-assistente. As pessoas não ouvem direito, Carl. — Ele esticou
as mãos. — Isso é culpa minha?

Assistente do detetive-assistente! Meu Deus do céu! Isso podia
deixar qualquer um enjoado.

— Seria mais correto você se apresentar como assistente do
detetive-superintendente. Mas, se quer usar algum título de qualquer maneira, não tenho nada contra. O importante é que você
deixe bem claro, certo? E agora pode ir até o estacionamento e
liberar nosso maravilhoso caixote sobre rodas. Temos que ir até
Rørvig.

A casa de veraneio ficava bem no meio de um grupo de pinheiros.
Com o passar dos anos, ela parecia ter se enterrado na areia. Pelo
aspecto das janelas, a casa não era limpa desde os assassinatos.
Superfícies grandes, opacas, entre madeiras podres. A cena toda
era bastante desoladora.

Eles seguiram as marcas de pneus ao lado da casa. Como estavam
no fim de setembro, era evidente que não havia ninguém à vista.

Assad protegeu os olhos com as mãos ao tentar olhar através da janela grande, mas não conseguiu reconhecer nada.

— Venha, Assad — chamou Carl. — A chave deve estar pendurada do outro lado.

Ele olhou debaixo do ressalto do telhado na parte de trás da casa. Há vinte anos a chave estava pendurada lá, visível a todos — sobre a janela da cozinha, exatamente como a amiga de Martha Jørgensen, Yvette, havia dito. Mas quem a levaria? A aparência sombria da construção certamente não convidava ninguém a entrar lá. E os ladrões, que atacavam casas de veraneio todos os anos fora da estação, podiam reconhecer de cara que não havia nada de valor ali.

Carl se esticou em direção à chave e destrancou a casa. A facilidade com que a fechadura antiga e a porta se abriram o surpreendeu.

Ele esticou a cabeça para dentro da casa e imediatamente sentiu o cheiro de tempos ruins. O odor era de abandono, de coisas úmidas e emboloradas. Um odor que às vezes fica impregnado no quarto de pessoas idosas.

Procurou por um interruptor no corredorzinho, mas a energia elétrica estava desligada.

— Aqui — indicou Assad, segurando a lanterna de halogênio sob o nariz de Carl.

— Guarde isso, Assad. Não precisamos dela.

Porém Assad já havia mergulhado no passado. O cone de luz tremeluzia sobre as camas arrumadas, pintadas em cores antiquadas, e utensílios de cozinha esmaltados de azul.

O sol brilhava pouco através das vidraças empoeiradas, mas era o suficiente para a escuridão não ser total. A sala se revelou um cenário noturno de um filme em preto e branco. Lareira de pedras grande. Piso revestido com tábuas largas. Tapetes suecos feitos de retalhos por todos os lados. Um jogo de tabuleiro, *Trivial Pursuit*, ainda estava montado no chão.

— Exatamente como descrito no relatório — comentou Assad

Ele empurrou de leve a caixa do jogo com o pé. Ela deve ter sido azul-marinho antigamente, mas agora estava totalmente preta. O tabuleiro não estava tão sujo quanto a caixa. O mesmo valia para os suportes, ainda dispostos sobre o papelão. Eles saíram do lugar durante o confronto; no entanto, com certeza, não foram longe. O suporte rosa claro possuía quatro triângulos, o marrom, nenhum. Carl apostou que o rosa claro com as fichas de quatro acertos era da garota. Naquele dia, sua cabeça devia estar funcionando com mais clareza que a do irmão, que parecia ter tomado muito conhaque. Ao menos foi esse o comentário da necropsia.

— Então isso está aqui desde 1987. Esse jogo é realmente tão antigo, Carl? Não entendo.

— Talvez tenham se passado alguns anos até ele ter chegado à Síria, Assad. Dá para comprá-lo lá?

Ele notou como Assad ficou em silêncio. Em seguida, dirigiu-se às duas caixinhas com as cartas de perguntas. Diante de cada uma havia uma única carta. As últimas perguntas que os irmãos responderam em vida. Era bastante triste pensar dessa forma.

Carl deixou seu olhar vagar pelo chão. No local onde a garota fora encontrada ainda dava para ver manchas azuis. Sem dúvida sangue, assim como as manchas escuras sobre o tabuleiro. Em alguns pontos era possível reconhecer traços dos círculos que os técnicos desenharam ao redor das impressões digitais, mas os números tinham desaparecido. O pó dos especialistas em digitais também quase não existia mais, o que não era de se espantar.

— Eles não encontraram nada — declarou Carl em voz alta para si mesmo.

— O quê?

— Eles não encontraram impressões digitais que pudessem ser dos irmãos ou do pai ou da mãe. — Ele voltou a olhar para o jogo. — É estranho o jogo ainda estar aqui. Pensei que os técnicos o tivessem levado a fim de investigá-lo melhor.

— Sim. — Assad assentiu e bateu com o dedo na cabeça. — Foi bom você dizer isso, Carl. Estou me lembrando agora. O jogo foi montado até na audiência contra Bjarne Thøgersen. Eles realmente o levaram.

Ambos encararam o jogo. O que ele estava fazendo ali?

Carl franziu a testa. Pegou seu celular no bolso e ligou para a central.

Lis não ficou nada contente.

— A gente foi explicitamente notificada de que não está mais à sua disposição, Carl. Você faz ideia de quanto trabalho temos por aqui? Você já ouviu falar alguma coisa sobre a reforma da polícia, Carl? Caso contrário, posso refrescar sua memória. E agora você também vai tirar Rose da gente.

Eles podiam continuar com ela, sem problemas, droga, desde que isso os ajudasse.

— Oi! Calminha! Sou eu, Carl! Fica calma, ok?

— Você agora tem até uma escravinha particular. Então, fale com ela. Um momento, por favor.

Ele olhou torto para seu celular e só o recolocou junto ao ouvido quando uma voz irreconhecível saiu dele.

— Sim, chefe. Em que posso ajudá-lo?

Carl tornou a franzir a testa.

— Quem está falando? Rose Knudsen?

A risada rouca que ecoava do telefone agora podia fazer qualquer um olhar preocupado para o futuro.

Carl pediu que ela descobrisse se havia alguma caixa de uma edição especial de *Trivial Pursuit* guardada com o material restante do caso Rørvig. E, não, ele não fazia ideia de onde ela tinha que procurar. E, sim, havia muitas possibilidades. Onde deveria perguntar primeiro? Ela própria teria que descobrir isso. O mais importante era que fosse rápido.

— Quem era? — perguntou Assad.

— Sua concorrente, Assad. Preste atenção para ela não forçá-lo de volta ao canto com as luvas verdes de borracha e o balde da faxina.

No entanto, Assad não prestava atenção. Ele já estava novamente agachado diante do tabuleiro, observando as manchas azuis.

— Carl, não é estranho que não haja mais sangue sobre este jogo? Afinal, ela foi morta exatamente aí. — Ele apontou para a mancha no chão a seu lado.

Carl se lembrou das fotos da cena do crime e dos cadáveres que tinha visto mais cedo na sede da polícia.

— Sim — respondeu ele, assentindo com a cabeça. — Você tem razão.

Pela grande quantidade de golpes que eles receberam e pelo tanto de sangue que tinham perdido, havia realmente pouquíssimas manchas sobre o tabuleiro. Que droga não terem trazido a pasta. Se estivessem com ela, poderiam comparar o local com as fotos.

— Se me lembro bem, havia muito sangue sobre o tabuleiro — declarou Assad, apontando para o centro amarelo.

Carl se agachou a seu lado. Cuidadosamente, colocou um dedo debaixo do tabuleiro e o ergueu. Certo. Estava um pouco fora do lugar. Várias manchas de sangue tinham marcado o chão sob o tabuleiro. Contra qualquer lógica.

— Assad, este não é o mesmo jogo.

— Não, certamente não é.

Carl, com delicadeza, deixou o tabuleiro no chão novamente. Em seguida, pegou a tampa da caixa com as marcas pretas do suposto pó para as impressões digitais. Uma caixa lisa. Vinte anos se passaram. O pó podia ser qualquer coisa. Farinha, branco de chumbo — qualquer coisa.

— Quem colocou isso aqui? — perguntou Assad. — Você conhece o jogo, Carl?

Ele não respondeu.

Carl observou as prateleiras fixadas às paredes pelo cômodo, pouco abaixo do teto, onde se revelava um tempo em que torres Eiffel de níquel e canecas de cerveja com tampas de metal da Baviera ainda eram lembranças costumeiras de viagem. Pelo menos uma centena de suvenires nas prateleiras atestava uma família com trailer e que conhecia bem os Alpes e as florestas escuras das montanhas do Harz. Carl viu seu pai diante de si. Ele iria flutuar em recordações nostálgicas.

— O que você está olhando, Carl?

— Não sei. — Ele balançou a cabeça. — Mas algo me diz que devemos manter os olhos bem abertos. Assad, por favor, abra as janelas. Precisamos de mais luz.

Carl se levantou e estudou todo o chão mais uma vez. Com uma das mãos, tateou o maço de cigarros em um bolso interno da jaqueta. Assad bateu na esquadria da janela.

Exceto pelo jogo, que parecia não ser o original, e os cadáveres, claro, que foram levados embora, tudo parecia estar como antes.

Enquanto Carl acendia o cigarro, seu celular tocou. Era Rose.

O jogo estava em Holbæk, no arquivo, disse ela. A pasta tinha desaparecido, mas o jogo ainda se encontrava lá.

Ou seja, ela não era um caso totalmente perdido.

— Ligue de novo — pediu Carl, dando uma longa tragada, enchendo os pulmões de fumaça. — Pergunte a eles sobre os suportes e as fichas do jogo.

— Fichas?

— Sim, é assim que a gente chama essas coisas que recebe quando acerta a resposta no jogo. Pergunte apenas quais fichas têm em cada suporte. E anote quais são.

— Suporte?

— Sim, porra! É o nome. As peças redondas onde se coloca a ficha. Você nunca jogou *Trivial Pursuit*?

Ela riu de novo aquele riso cheio de malícia.

— Se eu joguei *Trivial Pursuit*? Hoje em dia na Dinamarca se chama *Bezzerwizzer*, vovô!

Um relacionamento amoroso certamente não iria nascer entre os dois.

Carl deu mais um trago no cigarro a fim de acalmar a pulsação. Talvez ele pudesse trocar Rose por Lis. Será que Lis não gostaria de diminuir a velocidade? De todo modo, Lis ficaria bem ao lado das fotos das tias de Assad. Com ou sem penteado punk.

Nesse momento, o maravilhoso ruído de madeira se partindo e vidro estilhaçando foi seguido por frases de Assad em seu idioma natal. Com certeza isso não tinha nada a ver com as orações vespertinas. A explosão da janela causou um efeito impressionante, pois a luz agora preenchia até o canto mais escondido. Sem dúvida, as aranhas viveram tempos dourados nesta casa. As teias caíam do teto como guirlandas e o acúmulo de pó sobre os suvenires era tão grande que todas as cores haviam virado uma só.

Carl e Assad repassaram os acontecimentos como estavam descritos nos relatórios.

Alguém tinha invadido a casa nas primeiras horas da tarde pela porta aberta da cozinha, matando o garoto com um único golpe de martelo, que foi encontrado depois a algumas centenas de metros de distância. Era bastante provável que o garoto não tenha percebido nada da ação. A morte instantânea foi confirmada tanto pela necropsia como pelo relatório do médico-legista. Sua mão agarrando a garrafa de conhaque atestava isso.

A menina deve ter tentado sair correndo, porém os assaltantes logo a atacaram. Em seguida, bateram nela até a morte, exatamente onde havia a mancha escura no tapete e onde foram encontrados restos de massa cerebral, saliva, urina e sangue dela.

Então, assim se supôs, os assassinos tiraram o calção de banho do garoto a fim de humilhá-lo. Mas o calção nunca foi encontrado.

Os investigadores não insistiram em descobrir se o garoto estava jogando *Trivial Pursuit* pelado e a irmã, de biquíni. Um relacionamento incestuoso era totalmente impensável. Ambos possuíam namorados e sua vida em família era harmoniosa.

Os respectivos namorados passaram a noite anterior ao crime junto dos irmãos na casa de veraneio. Na manhã seguinte, foram para a escola, em Holbæk. Tinham um álibi e estavam verdadeiramente aterrorizados pelos acontecimentos.

O celular tocou de novo. Carl olhou o número na tela e pegou um cigarro para se acalmar de antemão.

— Sim, Rose?

— Eles acharam a pergunta sobre fichas e suportes engraçada.

— E?

— Bem, eles tiveram que mexer no jogo, certo?

— E?

— O suporte rosa tem quatro fichas. Uma amarela, uma rosa, uma verde e uma azul.

Carl olhou para o jogo. Certo. Era assim aqui também.

— Azul, amarelo, verde e laranja, essas não foram usadas. Estavam com o restante dos suportes na caixa, que estavam vazios.

— E o marrom?

— No suporte marrom havia uma ficha marrom e uma rosa. Tudo bem?

Carl não respondeu. Ele apenas olhou para o suporte marrom vazio sobre o tabuleiro. Muitíssimo estranho.

— Obrigado, Rose. Muito bem.

— Carl, o que ela disse? — perguntou Assad.

— Que no suporte marrom deveria haver uma ficha marrom e uma rosa, Assad. Mas esse está vazio.

Ambos o encararam.

— Vamos procurar as duas fichas que estão faltando? — Assad já tinha voltado a se mexer e olhava debaixo da geladeira junto à parede.

Carl deu uma tragada forte mais uma vez. Por que alguém tinha substituído o *Trivial Pursuit* original por este aqui? Havia algo errado, isso era evidente. E por que foi tão fácil abrir a fechadura da cozinha? Por que esse caso foi parar sobre sua escrivaninha? Quem estava por trás disso?

— Eles festejaram o Natal aqui nesta casa de veraneio uma vez. Mas devia ser bem frio. — Assad puxou um arranjo de árvore de Natal que estava embaixo de um armário, um coração trançado.

Carl assentiu. Porém, não devia se comparar a como o lugar parecia frio agora. Tudo estava saturado com passado e infelicidade. O que havia restado daquele tempo? Uma mulher idosa que logo morreria por causa de um tumor no cérebro. Mais alguém?

Ele olhou para as três portas que levavam aos quartos. Pai, mãe e filhos. Verificou um cômodo depois do outro. Como esperado, camas de madeira e pequenas mesinhas de cabeceira, sobre as quais havia algo que podia ser restos de um tecido xadrez. Nas paredes do quarto da garota, pôsteres do Duran Duran e do Wham!; no do menino, Suzi Quatro com uma roupa de couro justíssima. Nesses espaços, sob os lençóis, o futuro teria sido brilhante e infinito. E, na sala de estar, havia sido brutalmente interrompido. Esse era o eixo sobre o qual a vida girava, onde ele, Carl, estava de pé.

Bem no meio entre aquilo que esperamos e aquilo que recebemos.

— Carl, no armário da cozinha ainda tem álcool — avisou Assad da cozinha. Ou seja, não houve arrombadores na casa.

Quando saíram e observaram a casa do lado de fora, Carl foi tomado por uma estranha inquietação. Esse caso parecia mercúrio. Ao ser tocado, venenoso e impossível de ser retido. Ao mesmo tempo, líquido e concreto. Os muitos anos que se passaram. O homem que havia confessado. A turma do internato, que agora fazia parte da nata da sociedade.

O que ele e Assad tinham para continuar? E por que continuar, afinal?, perguntou-se. Carl se virou para o parceiro.

— Assad, acho que precisamos deixar o caso de lado. Vamos para casa.

Ele chutou um montinho de grama e tirou as chaves do carro do bolso. Isso devia significar que o caso estava encerrado. Mas Assad não reagiu. Ele ficou parado, observando a janela quebrada da sala como se tivesse encontrado o acesso secreto a um templo sagrado.

— Não sei, Carl. Agora somos os únicos que podem fazer alguma coisa pelos mortos, não é? — Era como se algo dentro desse pequeno ser, sua alma do Oriente Próximo, pudesse desenrolar uma corda salvadora até o passado.

Carl concordou.

— Acho que a gente não vai encontrar mais nada por aqui, mas dar uma volta. — Ele acendeu outro cigarro. Ar fresco, inspirado por um cigarro, era simplesmente a melhor coisa do mundo.

Caminharam por alguns minutos contra um vento suave, que trazia consigo aromas do início do outono. Por fim, chegaram a uma casa de onde vinham ruídos que deixavam claro que nem todos os aposentados já haviam se recolhido a seus abrigos de inverno.

— Sim, no momento não tem tantas pessoas por aqui, mas ainda é sexta — disse um homem de bochechas vermelhas com um cinto quase na altura do peito que eles encontraram atrás de uma casa. — Voltem amanhã. Aos sábados e domingos isso aqui ferve de gente, e por mais um mês vai ser assim.

Quando ele viu o distintivo de Carl, foi impossível fazer com que parasse de falar. Eles tiveram que ouvir todos os temas, apresentados em uma única longa frase: roubo, alemães bêbados, motoristas em altíssima velocidade em Vig.

Como se o homem tivesse passado por um período de silêncio como Robinson Crusoé, pensou Carl.

Nesse momento, Assad pegou o braço do homem.

— Foi o senhor que matou os dois jovens, lá mais embaixo na rua?

O homem era velho. Sua respiração parou subitamente. Ele parou de piscar e seus olhos perderam o brilho, como se estivesse morto; a boca se abriu e os lábios ficaram azuis. Ele não conseguia nem mesmo erguer as mãos até o peito. Simplesmente cambaleou para trás, e Carl teve que dar um salto para segurá-lo.

— Deus do céu, Assad, o que você está fazendo? — Carl abriu o cinto do homem e os botões do colarinho.

Dez minutos se passaram até o idoso voltar novamente a si. Sua esposa tinha vindo correndo da cozinha. Ela não falou nem uma palavra durante todo esse tempo. Foram dez minutos muito longos.

— Desculpe, por favor, perdoe meu parceiro — disse Carl ao homem em estado de choque. — Ele está aqui em um programa de intercâmbio das polícias do Iraque e da Dinamarca e não domina muito bem as nuances do dinamarquês. Às vezes nossos métodos são desconformes.

Assad não disse nada. Talvez o "desconformes" o tenha deixado um pouco atônito.

— Eu me lembro bem do caso — comentou o homem finalmente, depois de receber vários abraços apertados da esposa e de ter respirado fundo durante três minutos. — Uma história terrível. Mas, se os senhores quiserem interrogar alguém, então falem com Valdemar Florin. Ele mora aqui na Flyndersøvej. Apenas 50 metros à frente, à direita. É impossível errar.

— Por que você falou aquilo da polícia iraquiana, Carl? — perguntou Assad, chutando uma pedra na água.

Carl o ignorou e, em vez disso, ergueu o olhar na direção da casa de Valdemar Florin, que reinava sobre uma elevação. Nos anos 1980, essa mansão vivia aparecendo nas revistas de celebridades. Os chiques e famosos iam para lá a fim de se divertir. Festas lendárias, sem limites. Havia boatos de que Florin se tornava inimigo mortal de todos aqueles que quisessem se igualar a ele e dar festas como as suas.

Florin sempre foi conhecido por sua falta de compromisso. Muitas vezes ele se movimentava nos limites da legalidade, mas, por motivos inexplicáveis, nunca foi pego em um delito. Algumas acusações e queixas pedindo ressarcimento de prejuízos por abuso sexual contra jovens empregadas, isso era tudo. Como homem de negócios, Florin era um titã. Terrenos, sistemas bélicos, enormes fornecimentos de alimentos para zonas de catástrofes, rápidas incursões no mercado de petróleo em Roterdã; ele fazia de tudo.

Agora, porém, tudo isso era parte da história. Quando sua esposa, Beate, cometeu suicídio, Florin perdeu completamente o contato com a alta sociedade. De um dia para o outro, suas casas em Rørvig e Vedbæk se transformaram em fortalezas que ninguém mais queria visitar. Todos sabiam que ele gostava de mocinhas e que isso havia levado sua mulher a se matar. Algo assim não tinha perdão, mesmo nesses círculos.

— Por que, Carl? — Assad tentou novamente. — Por que você falou aquilo da polícia iraquiana?

Carl olhou para seu parceiro baixinho. As maçãs do rosto sob a pele escura tinham ficado totalmente vermelhas. Não dava para saber se era de indignação ou por causa da brisa fresca de Kattegat.

— Assad, você não pode pressionar ninguém com uma pergunta daquelas. Como pôde acusar o velho de algo que ele nunca cometeu? Onde você queria chegar?

— Você mesmo já agiu assim.

— Vamos deixar o assunto de lado um pouco?

— E o que foi aquilo com a polícia iraquiana?

— Esqueça, Assad. Veio do nada — respondeu Carl. Mas, quando foram levados à sala de estar de Valdemar Florin, ele sentiu o olhar de Assad a suas costas e os registrou no fundo de sua memória.

Valdemar Florin estava sentado diante de uma janela panorâmica, da qual era possível enxergar não apenas a rua mas também toda a vasta baía de Hesselø. Atrás dele, estavam quatro portas duplas envidraçadas que davam para um terraço de pedras e uma piscina bem no meio do jardim, que lembrava um buraco d'água seco em meio ao deserto. No passado, a vida fervilhava por aqui. Até mesmo integrantes da família real estiveram por aquelas bandas.

Florin continuava lendo seu livro na maior calma. As pernas estavam apoiadas sobre um banquinho, havia fogo na lareira, e, na mesinha de mármore a seu lado, um drinque o aguardava. Tudo parecia muito harmônico — não se levando em conta as inúmeras páginas do livro espalhadas sobre o tapete.

Carl pigarreou algumas vezes, porém o olhar do velho tubarão do mercado financeiro permaneceu grudado no livro. Ele olhou para suas visitas apenas depois de arrancar a próxima página do livro e jogá-la no chão.

— Assim nunca perdemos onde paramos a leitura — explicou ele. — Com quem tenho a honra?

As sobrancelhas de Assad literalmente tremiam. Sempre havia novas expressões do idioma que ele desconhecia.

Quando Carl mostrou o distintivo e explicou que era da polícia de Copenhague, o sorriso de Florin desapareceu. E, ao informá-lo do que os levava até lá, Florin mandou que eles desaparecessem.

O idoso devia ter por volta de 75 anos. E ainda era o sujeito magro, com ar superior, que passava a perna nas pessoas. Por trás de seus olhos claros se escondia essa mordacidade facilmente irritável, que aguardava com ansiedade ser solta. Era preciso apenas cutucá-la um pouco.

— Sim, viemos sem anúncio prévio, Sr. Florin, e, se o senhor quiser, podemos ir embora, é claro. Tenho um grande respeito por sua pessoa e por isso farei o que o senhor nos pedir. Posso voltar amanhã cedo, se for mais conveniente ao senhor.

Esse comportamento acendeu alguma reação por baixo da couraça. Carl havia lhe dado imediatamente aquilo que todos desejam. Dava para abrir mão, sem maiores problemas, de carinho, lisonjas e presentes. A única coisa que as pessoas realmente querem é respeito. Respeite o próximo e ele comerá em sua mão: seu professor na academia de polícia lhe ensinara essa lição. E ela era tão verdadeira!

— Belas palavras, mas não caio nelas — retrucou o homem. Mas fez o contrário.

— Podemos nos sentar, Sr. Florin? Apenas cinco minutinhos.

— E do que se trata?

— O senhor acredita que Bjarne Thøgersen matou os irmãos Jørgensen sozinho em 1987? Devo dizer ao senhor que há alguém que afirma o contrário. Seu filho não está entre os suspeitos, mas poderia ser um dos amigos dele.

As narinas de Florin se abriram como se ele estivesse prestes a soltar um palavrão. Em vez disso, jogou o restante do livro sobre a mesa.

— Helen — gritou ele por sobre o ombro. — Traga mais um drinque.

Florin acendeu um cigarro egípcio, sem oferecê-lo aos dois.

— Quem? Quem afirma isso? — Sua voz continha uma forma curiosa de disposição, como se ele aguardasse algo.

— Infelizmente, não podemos revelar. Mas está bem claro que Bjarne Thøgersen não cometeu os assassinatos sozinho.

— Ah, esse pequeno fracassado — desdenhou Florin. No entanto, não foi além.

Uma jovem com cerca de 20 anos, trajando um vestido preto e avental branco, veio e lhe serviu uísque e água, sem sequer olhar para Carl e Assad.

Quando deslizou por trás de Florin, ela passou a mão pelos cabelos finos dele. Foi bem-treinada.

— Bem, sejamos honestos — declarou ele, dando um gole em seu drinque. — Eu gostaria de ajudá-los, mas já faz tanto tempo. Acredito ser melhor deixar o caso em paz.

— O senhor conhecia os amigos de seu filho, Sr. Florin? — perguntou Carl sem se deixar abalar.

Ele sorriu com indulgência.

— Você ainda é tão jovem. Mas quero dizer que naquela época eu era muito ocupado, caso isso tenha lhe escapado. Por essa razão, não. Eu não os conhecia. Eram apenas algumas crianças que Torsten tinha conhecido no internato.

— O senhor ficou surpreso com a suspeita que foi levantada na época contra a turma? Quero dizer, eles eram bons garotos, não é? Todos vindos das melhores famílias.

— Realmente não sei quem se surpreendeu com o que e quem não. — Florin observava Carl por sobre a borda do copo com os olhos ligeiramente fechados. Esses olhos viram muita coisa. Coisas bem mais desagradáveis que Carl Mørck.

Em seguida, ele abaixou o copo.

— Mas em 1987, no decorrer das investigações, alguns deles com certeza chamaram mais atenção.

— O que o senhor quer dizer com isso?

— Bem, eu e meu advogado fizemos questão de estar presentes na delegacia em Holbæk quando os jovens foram ouvidos. Meu advogado prestou apoio legal a todos os seis durante esse tempo.

— Bent Krum, não é?

A pergunta veio de Assad, mas Valdemar Florin continuava tratando-o como se não estivesse ali.

Carl assentiu para Assad. Na mosca.

— Chamaram mais atenção, o senhor disse. Quem, na sua opinião, chamou mais atenção durante os inquéritos? — insistiu ele.

— Talvez você deva ligar para Bent Krum e perguntar a ele diretamente, já que o conhece. Me disseram que a memória dele ainda é excelente.

— Ah. E quem disse isso?

— Ele ainda é o advogado do meu filho. Sim, e de Ditlev e Ulrik.

— O senhor não disse que não conhecia os jovens, Sr. Florin? Apesar disso, o senhor fala de Ditlev Pram e Ulrik Dybbøl Jensen de um jeito que faz pensar o contrário.

Ele balançou levemente a cabeça.

— Eu conhecia os pais deles, isso é tudo.

— E os pais de Kristian Wolf e de Kirsten-Marie Lassen, o senhor também os conhecia?

— Pouco.

— E o pai de Bjarne Thøgersen?

— Um homem insignificante. Eu não o conhecia.

— Ele tinha uma madeireira na Zelândia — intrometeu-se Assad.

Carl aquiesceu. Ele se lembrava disso também.

— Escute aqui — disse Valdemar Florin, olhando para o céu azul através do telhado de vidro. — Kristian Wolf não está mais vivo. Kimmie sumiu e isso tem muitos anos. Meu filho diz que ela perambula pelas ruas de Copenhague com uma mala. Bjarne Thøgersen está na cadeia. Do que estamos falando aqui, afinal?

— Kimmie? O senhor está se referindo a Kirsten-Marie Lassen? Ela era chamada assim?

Florin não respondeu. Deu mais um gole no seu drinque e em seguida pegou o livro. A audiência estava terminada.

Quando deixaram a casa, puderam vê-lo pela varanda envidraçada atirando o livro sobre a mesa e pegando o telefone. Parecia estar furioso. Talvez estivesse prevenindo o advogado que eles poderiam aparecer. Ou ligando para a Securitas, a fim de se informar sobre um sistema de alerta que afastasse visitantes como eles já no portão do jardim.

— Carl, esse sujeito sabia de tudo — declarou Assad.

— Sim, pode ser. Com essa gente nunca se pode ter certeza. Eles aprendem desde cedo que devem ter cuidado com o que dizem. Mas você sabia que Kimmie é moradora de rua?

— Não, isso não está escrito em lugar nenhum.

— Temos que encontrá-la.

— Sim. Mas primeiro podíamos falar com os outros.

— Talvez. — Carl olhou para a água. Claro que eles falariam com todos. — Mas, se uma mulher como Kimmie Lassen vira as costas para a família rica e passa a viver na rua, então existe um bom motivo por trás disso. Pessoas assim conseguem suportar dores extraordinariamente fortes. Tocar a ferida, Assad, pode ser útil. Por isso a gente precisa encontrá-la.

Ao se aproximarem do carro que estacionaram junto à casa de veraneio, Assad parou por um instante.

— Carl, não estou entendendo o negócio com o jogo *Trivial Pursuit*.

Grandes mentes pensam igual, pensou Carl. E disse:

— Vamos dar mais uma volta pela casa, Assad. Era o que eu ia sugerir há pouco. Temos que levar o jogo, sem falta, e investigar possíveis digitais.

Dessa vez eles olharam todos os lugares. As construções anexas, o gramado descuidado atrás da casa, o lacre dos botijões de gás.

Quando chegaram novamente à sala, pareciam não ter feito nenhum progresso.

Assad se agachou mais uma vez e procurou as duas fichas para o suporte marrom. Enquanto isso, Carl esquadrinhou, com o olhar concentrado, os móveis e as prateleiras.

Por fim, seus olhos se fixaram nos suportes do jogo e no tabuleiro.

Era totalmente impossível não enxergar as peças no meio da prancha de papelão. Elas chamavam muito a atenção. Uma peça com todos os triângulos que deviam estar ali. E uma segunda, com duas dessas coisinhas faltando. Uma rosa e outra marrom.

Então Carl teve uma ideia.

— Achei mais um coração do Natal — avisou Assad, puxando-o do canto de um tapete de retalhos.

Mas Carl não respondeu. Ele se curvou devagar e pegou as cartas que estavam diante da caixa do jogo. Duas cartas com seis perguntas cada, marcadas com a cor das fichas correspondentes, o prêmio para a resposta certa.

Nesse momento, ele se interessava apenas pela questão rosa e pela marrom.

Então, virou as cartas e procurou as respostas.

A sensação de ter dado um passo decisivo fez com que Carl desse um suspiro profundo.

— Aqui! Assad, achei alguma coisa — anunciou ele, tão tranquilo e controlado como possível. — Olhe só.

Assad se ergueu com o enfeite de árvore de Natal na mão e observou as cartas por cima do ombro de Carl.

— O quê?

— Estavam faltando uma ficha marrom e uma rosa, certo? — Primeiro, Carl deu a Assad uma carta e depois, a outra. — Olhe para a resposta rosa nesta carta e marrom na outra. O que está escrito?

— Em uma, "Arne Jacobsen". Na outra, "Johan Jacobsen".

Eles se entreolharam por um instante.

— Arne? Não era esse o nome do policial que tirou as pastas em Holbæk e as entregou para Martha Jørgensen? Como era mesmo o sobrenome dele, você lembra?

Assad franziu a testa. Tirou o bloquinho do bolso da camisa e o folheou até as anotações que fizera durante a conversa com Martha Jørgensen.

Ele sussurrou algumas palavras incompreensíveis e olhou para o teto.

— Você tem razão, ele se chamava Arne. Está escrito aqui. Mas Martha Jørgensen não disse o sobrenome.

Mais uma vez ele sussurrou algumas palavras em árabe e olhou para o tabuleiro.

— Se Arne Jacobsen é o policial, quem é o outro então?

Carl pegou o celular e ligou para a delegacia de Holbæk.

— Arne Jacobsen? — repetiu o guarda de plantão. Não, ele precisaria falar com um colega mais velho. Um momento depois, a ligação foi transferida.

Depois disso, apenas três minutos se passaram.

Então Carl pôde desligar.

11

Normalmente, acontece no dia em que o homem completa 40 anos ou quando a conta-corrente do banco chega ao primeiro milhão ou, pelo menos, quando o próprio pai se aposenta e tem apenas palavras cruzadas a sua frente. Nesse dia, a maioria dos homens se sente subitamente libertada da soberba patriarcal, de todas as observações cínicas e dos olhares críticos.

No caso de Torsten Florin não foi assim.

Ele havia superado a fortuna do pai. Tinha se distanciado centenas de quilômetros de seus quatro irmãos mais novos, que não chegaram nem a começar a fazer algo de importante. Conseguiu até aparecer mais na mídia que seu pai. Na Dinamarca, todos o conheciam. Era admirado, principalmente pelas mulheres, que sempre foram muito desejadas por seu pai.

E, apesar disso, Torsten se sentia mal ao ouvir a voz do pai ao telefone. Como uma criança chata, sem importância, mal-amada. Sentia um bolo na garganta, que talvez sumisse se tivesse batido o telefone na cara do velho.

Mas Torsten não bateu o telefone. Nunca quando era seu pai do outro lado da linha.

Depois de uma conversa dessas, independentemente de sua duração, era quase impossível para Torsten se livrar da raiva e da frustração que sentia.

A sina do primogênito, tinha dito o único professor sensato que eles tiveram no internato. Torsten o odiou por causa disso. Se era verdade, como mudar algo? Ele remoeu a questão por dias e Ulrik e Kristian haviam sentido o mesmo.

Esse doloroso ódio por seus pais os unia. E, enquanto Torsten batia em suas vítimas inocentes ou torcia os pescoços dos pombos--correio do professor simpático, ele pensava no pai. E, mais tarde, também se lembrava dele quando via a decepção nos olhos de seus concorrentes assim que percebiam que sua nova coleção era insuperável.

Seu porco idiota, pensou ele, assim que seu pai desligou o telefone.

— Seu porco idiota — sibilou ele na direção dos muitos diplomas e troféus de caça nas paredes.

Se a sala ao lado não estivesse ocupada com seus designers, o chefe de seus compradores e quatro quintos dos melhores clientes de sua empresa, ele teria gritado seu desprezo a plenos pulmões. Em vez disso, Torsten pegou um metro de madeira entalhada — um presente pela ocasião do quinto aniversário da empresa — e começou a bater com isso na cabeça empalhada de uma cabra-montês presa à parede.

— Seu merda! — sussurrava ele, batendo sem parar.

Quando sentiu o suor que se acumulava na nuca, ele parou. Torsten se forçou a pensar com clareza. A voz de seu pai e o recado passado iam muito além do que ele conseguia suportar.

Ao erguer o olhar, viu alguns pegas famintos voando do lado de fora. Com muito barulho, eles tentavam bicar as carcaças de alguns pássaros que antes sentiram a força de sua ira.

Pássaros infernais, pensou ele, sabendo que os pensamentos iriam se acalmar agora. Tirou seu arco de caça do gancho da parede, puxou algumas flechas do estojo atrás da escrivaninha, abriu a porta do terraço e atirou nos pássaros.

Com o fim da barulheira, o acesso de raiva havia desaparecido de sua cabeça quente. Isso sempre ajudava.

Em seguida, atravessou o gramado, arrancou as flechas dos corpos dos pássaros, chutou os cadáveres até os outros na borda da floresta e voltou a seu escritório, onde era possível ouvir as conversas na sala ao lado. Torsten pendurou o arco no lugar e retornou as flechas ao estojo; só então ligou para Ditlev.

Quando o amigo atendeu, a primeira coisa que Torsten falou foi:

— A polícia esteve em Rørvig para falar com o meu pai.

O outro lado da linha ficou mudo por um tempo.

— *Ok* — respondeu Ditlev, enfatizando a segunda letra. — O que eles queriam?

Torsten respirou fundo.

— Perguntaram pelos dois irmãos de Dybesø. Nada de concreto. Se o velho idiota entendeu direito, alguém foi falar com a polícia e semeou dúvidas em relação à culpa de Bjarne.

— Kimmie?

— Não sei, Ditlev. Pelo que entendi, eles não disseram quem foi.

— Você alerta Bjarne, ok? Ainda hoje! O que mais?

— O velho sugeriu à polícia falar com Krum.

A risada de Ditlev do outro lado era típica. Totalmente sem misericórdia.

— Eles não vão tirar nada de Krum.

— Não. Mas mesmo assim: eles começaram alguma investigação e isso já é ruim o suficiente.

— Era o pessoal da polícia de Holbæk?

— Acho que não. O velho acredita que eram da Divisão de Homicídios de Copenhague.

— Droga. Seu pai não pegou os nomes?

— Não. O bundão arrogante não prestou atenção, como sempre. Mas Krum vai descobrir.

— Esqueça. Vou ligar para Aalbæk. Ele conhece alguns caras na central.

Depois da conversa, Torsten permaneceu um tempo sentado olhando para o nada. Aos poucos, sua respiração foi ficando mais acelerada. Seu cérebro estava povoado por imagens de pessoas com medo, que imploravam por misericórdia e gritavam por socorro. Por lembranças de sangue e da risada dos outros integrantes da turma. Pela conversa que aconteceu depois. Pela coleção de fotos de Kristian, ao redor da qual eles se reuniam todas as noites, atiçados por cigarros de maconha ou anfetaminas. Em momentos como esse, ele se lembrava de tudo e gostava — ao mesmo tempo, se detestava por gostar.

Torsten arregalou os olhos a fim de voltar à realidade. Em geral, eram necessários alguns minutos até o surto de loucura ter se dissipado das veias. Mas uma excitação sexual permanecia como um gosto residual.

Ele tocou a braguilha. Seu pau estava duro.

Que merda! Por que ele não conseguia se controlar? Por que era assim toda vez?

Logo, trancou as portas que davam para as salas vizinhas e das quais ecoavam vozes de meio mundo da moda da Dinamarca.

Torsten inspirou profundamente e se ajoelhou devagar.

Então, cruzou as mãos e deixou a cabeça pender sobre o peito. Às vezes, Torsten sentia um impulso tão grande que não conseguia impedir.

— Pai nosso, que estais no céu — sussurrou ele algumas vezes. — Perdoai-me. Não tenho como resistir.

12

Em poucos segundos, Ditlev Pram havia informado Aalbæk sobre a situação, ignorando as reclamações do idiota em relação à escassez de pessoal e a longas noites. Enquanto pagassem o que ele exigia, era sua obrigação ficar de boca fechada.

Em seguida, virou-se na cadeira e sorriu amistosamente para seus funcionários mais confiáveis junto à mesa de reuniões.

— Peço desculpas — disse ele, em inglês. — Estou com um problema com uma tia idosa, que vive fugindo de casa. E nessa época do ano temos que encontrá-la antes de escurecer.

Eles deram risadinhas. Entendiam o problema. Família em primeiro lugar. Também era assim em suas casas.

— Muito obrigado pelo ótimo briefing. — Ditlev Pram abriu um largo sorriso. — Sou muito grato pela equipe que vocês são. Os melhores médicos da Europa reunidos em um só lugar. O que mais se pode desejar? — Ele bateu as palmas das mãos sobre a mesa. — Então vamos começar. Passo a palavra a você, Stanislav!

Seu médico-chefe de cirurgia plástica assentiu e ligou um projetor que ficava preso ao teto. Ele lhes apresentou o rosto de um homem marcado com alguns traços.

— Vamos fazer as incisões aqui, aqui e aqui.

Já havia repetido esse procedimento várias vezes. Cinco vezes na Romênia e duas na Ucrânia e, exceto em um caso, a sensação dos nervos da face tinha retornado sempre de maneira surpreendentemente rápida. Dessa maneira, era possível realizar um lifting facial com metade das incisões habituais, afirmou. Seu relato soava absolutamente tranquilo.

— Olhem — indicou ele. — Bem no alto, nas costeletas. Tiramos um triângulo e a área é puxada para cima e costurada com poucos pontos. Um procedimento simples e feito no consultório.

O diretor do hospital de Ditlev interveio nesse momento.

— Enviamos a descrição desse método de cirurgia para diversas revistas especializadas. — Ele pegou quatro revistas europeias e uma americana, erguendo-as. Não necessariamente as melhores, mas boas o bastante. — Os artigos vão ser publicados antes do Natal. Chamamos o procedimento de "Correção Facial de Stanislav".

Ditlev assentiu. Com certeza dava para ganhar um bom dinheiro com isso e essa gente era boa no que fazia. Técnicos do bisturi altamente competentes. Cada qual com um salário que correspondia a dez vezes o que os médicos em seus países ganhavam. Mas a alta quantia não lhes trazia peso na consciência, pois todos ali eram iguais: Ditlev, que ganhava com o trabalho deles, e os médicos, que, por sua vez, ganhavam com as pessoas. Uma hierarquia vantajosa, altamente fora do comum, principalmente por ele estar na ponta. E, como chefe, chegou à conclusão de que uma cota de fracassos de um para sete era absolutamente inaceitável. Ditlev evitava riscos desnecessários — o tempo com seus amigos de internato lhe ensinara isso. Se um monte de merda aparecesse em sua frente, era preciso desviar dele o mais rápido possível, evidentemente. Por isso, Ditlev estava pronto para recusar o projeto e demitir seu diretor por ter mandado publicar artigos sem que tivessem sido autorizados de antemão. E, pelo mesmo motivo, seus pensamentos retornaram à ligação de Torsten.

O interfone emitiu um alerta sonoro. Ele se curvou para trás e apertou um botão.

— Sim, Birgitte?

— Sua esposa está a caminho.

Ditlev olhou para os outros. Então, a dura que ia dar neles precisava aguardar e a secretária teria que impedir a publicação dos artigos.

— Peça a Thelma para ficar onde está. Vou me encontrar com ela. Terminamos por aqui.

Um corredor de vidro de 100 metros se estendia pela paisagem da clínica até sua mansão, tornando possível atravessar os jardins sem molhar os pés e, apesar disso, desfrutar da visão do mar e das lindas faias. Ele havia trazido a ideia do Museu de Arte Moderna da Louisiana. Só que em suas paredes não havia obras de arte penduradas.

Thelma parecia ter preparado minuciosamente sua aparição. Era ótimo ela não ter vindo a seu escritório. Ele odiava quando alguém testemunhava as cenas dela. Os olhos da mulher estavam tomados pelo ódio.

— Falei com Lissan Hjorth.

— Ah, sim. Demorou para fazer isso. Você não deveria estar em Aalborg com sua irmã?

— Não estive em Aalborg, fui a Gotemburgo. E não com a minha irmã. Lissan contou que vocês atiraram no cachorro.

— O que quer dizer com "vocês"? Digo apenas que foi uma fatalidade. O cachorro não obedecia e ficava correndo entre as caças. Eu tinha alertado Hjorth. O que você estava fazendo em Gotemburgo?

— Torsten atirou no cachorro.

— Sim, e ele sente muito. É para a gente comprar um novo filhote para Lissan? Foi por isso que você veio aqui? E agora diga, o que você estava fazendo em Gotemburgo?

Sombras se desenharam na testa de Thelma. Apenas uma personalidade inacreditavelmente nervosa conseguia enrugar a pele do rosto esticada ao máximo por cirurgias plásticas. Thelma Pram possuía esse dom.

— Você deu meu apartamento de Berlim de presente a Saxenholdt, aquele fracassado. *Meu* apartamento, Ditlev. — Ela apontou o dedo para ele. — Essa foi a última caçada de vocês, entendeu bem?

Ditlev deu alguns passos rápidos na direção dela, procurando intimidá-la.

— Você nunca usou o apartamento, usou? Seu amante não queria ir até lá com você, certo? — Ele sorriu. — Você não está ficando velha demais para ele, Thelma?

Ela ergueu a cabeça, aceitando os insultos com uma tranquilidade espantosa.

— Você não sabe o que está falando. Dessa vez se esqueceu de colocar Aalbæk no meu encalço, não é? Parece que você nem sabe com quem estive em Gotemburgo! — Então, Thelma riu.

Surpreso, Ditlev ficou paralisado.

— O divórcio vai sair caro, Ditlev. Você faz coisas estranhas. Quando os advogados estiverem envolvidos no caso, elas vão custar muito dinheiro. Seus jogos perversos com Ulrik e os outros. Por quanto tempo você acha que vou omitir isso de graça?

Ditlev sorriu. Era um blefe.

— Você acha que não sei o que se passa pela sua cabeça agora, Ditlev? Ela não ousaria, você deve estar pensando. Ela está muito bem comigo. Engano seu, tenho uma vida longe da sua. Não me importo com você. Por mim, você pode apodrecer na cadeia. E vai ter que viver sem as suas escravas da lavanderia. Acha que pode suportar isso, Ditlev?

Ele fixou os olhos no pescoço de Thelma. Sabia bem a força que devia usar para golpeá-la. E onde aplicá-la.

Ela pareceu pressentir isso e, como um suricato, deu um passo para trás.

Se tivesse que golpeá-la, teria que ser pelas costas. Ninguém é invencível.

— Ditlev, você tem problemas mentais. Eu sempre soube disso. Mas antes eu achava engraçado. Faz tempo que não é mais assim.

— Sim, Thelma, então você precisa procurar um advogado.

Seu sorriso era como o de Salomé ao pedir a Herodes a cabeça de João Batista em um prato.

— E encarar Bent Krum sentado do outro lado da mesa? Não, Ditlev, de jeito nenhum. Meus planos são outros. Vou esperar pela oportunidade certa.

— Você está me ameaçando?

Os cabelos estavam se soltando da fivela. Ela inclinou a cabeça para trás, deixando o pescoço à mostra. A posição parecia evidenciar que Thelma não tinha medo dele. Ela desdenhava de Ditlev.

— Você acha que estou te ameaçando? — Uma chama ardia em seus olhos. — Não estou. Quando eu estiver pronta, faço as malas e vou embora. O homem que encontrei está esperando por mim. Um homem maduro. Por essa você não esperava, não é, Ditlev? Ele é mais velho que você, realmente. Conheço meus ritmos. Nenhum jovem consegue satisfazê-los.

— Ah. E quem é ele?

Ela voltou a sorrir.

— Frank Helmond. Surpreso?

Vários pensamentos colidiam na cabeça de Ditlev.

Kimmie, os policiais e agora Frank Helmond.

Preste atenção no que está se metendo, falou consigo mesmo, e por um momento pensou na possibilidade de descer e checar qual das garotas filipinas estaria trabalhando esta noite. Porém foi tomado novamente por uma sensação de nojo. Frank Helmond, ela tinha dito. Que degradante! Um político local gorducho. Um peixe pequeno. Um ser totalmente inferior.

Por segurança, verificou o endereço de Helmond mais uma vez, embora já o conhecesse. Ficava claro, pelo lugar onde morava, que ele não era daqueles que queriam parecer humildes. Mas esse era Helmond, todos sabiam disso. Ele não tinha dinheiro para bancar a mansão onde morava e seus vizinhos nem em sonho pensavam em votar em seu ridículo partido de fracassados.

Ditlev foi até a estante, tirou um livro grosso e o abriu. Era oco. O espaço era suficiente para os saquinhos de cocaína.

A primeira carreira nublou a imagem dos olhos semicerrados de Thelma. Depois da segunda, Ditlev deu de ombros e olhou para o telefone. O conceito "risco" não existia em seu vocabulário. Ele simplesmente estava com vontade de colocar um ponto final naquilo. Por que não fazer a coisa direito? Junto com Ulrik. No escuro.

— Vamos assistir a um filme na sua casa? — perguntou ele quando Ulrik atendeu. Ouviu um suspiro de satisfação do outro lado.

— Está se referindo *àquele* filme? — indagou Ulrik.

— Você está sozinho em casa?

— Sim. Merda, Ditlev, é aquele filme? — Ele já estava empolgado. A noite seria fantástica.

Eles assistiram ao filme inúmeras vezes. Sem ele, a vida não seria a mesma.

A primeira vez que viram *Laranja mecânica* foi no internato, nos primeiros anos. Um novo professor, que havia entendido de maneira equivocada o código da escola com relação à diversidade cultural, mostrou o filme à classe e mais outro, *Se...*, sobre uma rebelião em um internato inglês. O tema principal era o cinema inglês nos anos 1970, o que parecia bastante adequado a um internato de tradição britânica. Tratando-se da qualidade da seleção desse professor, após uma avaliação posterior, a direção da escola a considerou altamente inadequada. Por essa razão, a atuação desse novo colega na escola foi muito curta.

Mas os danos já tinham sido causados, pois Kimmie e o novo aluno da classe, Kristian Wolf, assumiram as mensagens do filme sem qualquer escrúpulo. Por intermédio dele, descobriram novas possibilidades de libertação e vingança.

Kristian havia tomado a iniciativa. Ele era mais ou menos dois anos mais velho que a turma e não respeitava nada nem ninguém. A classe inteira o olhava com reverência. Ele sempre carregava muito dinheiro no bolso, mesmo que isso fosse contra as regras da escola. Um sujeito de olhar atento, que escolheu a dedo Ditlev, Torsten, Ulrik e Bjarne para sua turma. Em muitos aspectos eles combinavam. Todos possuíam problemas de adaptação. Repletos de ódio contra a escola e todas as outras figuras de autoridade. E, além disso, *Laranja mecânica* os uniu.

Eles arrumaram a fita do filme e o assistiam secretamente no quarto de Ulrik e de Kristian, sem parar. E, inebriados pela experiência, fizeram um pacto. Queriam ser como o bando em *Laranja mecânica*. Indiferentes em relação a seu meio. Permanentemente à procura de excitação e meios de superar os limites. Audazes e sem misericórdia.

Quando eles atacaram o garoto que os flagrou fumando maconha, tudo se reuniu em um nível superior. Apenas mais tarde, Torsten, com sua queda para o histrionismo, achou que eles deviam usar máscaras e luvas.

Ditlev e Ulrik percorreram o trajeto de Fredensborg com várias carreiras de cocaína no sangue e em velocidade máxima. Óculos escuros e sobretudos longos, baratos. Chapéus, luvas. Cérebros sem sentimentos, gelados. Equipamentos de uso único para uma noite animada sob o signo do anonimato.

— Quem a gente vai escolher? — perguntou Ulrik quando pararam diante da fachada amarelo-açafrão do café JFK na praça do mercado de Hillerød.

— Espere, você já vai ver — respondeu Ditlev, abrindo a porta para o burburinho da noite de sexta-feira. O lugar estava apinhado de gente e muito barulhento. Excelente para amantes de jazz e companhias casuais. Ditlev odiava ambas as coisas.

Eles encontraram Helmond nos fundos. Redondo e com o rosto brilhando, ele gesticulava freneticamente debaixo do lustre do bar, junto de outro político local inexpressivo. Parecia uma pequena cruzada pessoal em um espaço público.

Ditlev apontou para ele.

— Pode demorar até ele ir embora. Então vamos tomar uma cerveja enquanto isso — sugeriu ele e foi para outro balcão.

Mas Ulrik ficou parado, observando a caça com suas pupilas muito dilatadas atrás dos óculos escuros. Parecia estar altamente satisfeito com o que via. Os músculos de seu queixo já se mexiam freneticamente.

Ditlev o conhecia.

A noite estava calma, havia uma leve neblina e Frank Helmond ficou bastante tempo diante da porta, conversando com seu acompanhante, antes de finalmente se despedirem. Frank caminhou pela Helsingørsgade e eles o seguiram a uma distância de 15 metros. Ditlev e Ulrik sabiam muito bem que a próxima delegacia estava a no máximo 200 metros, na rua de baixo. Um detalhe que aumentava a excitação de Ulrik.

— Vamos esperar até a viela — sussurrou Ulrik. — Tem um brechó do lado esquerdo. Ninguém passa a pé tão tarde da noite por lá.

Mais acima, um casal mais velho a pé, ambos de costas arqueadas, caminhava pela rua até o final da área de pedestres. Certamente estava tarde demais para eles.

Ditlev não estava nem aí para os dois. A cocaína fazia efeito e, fora isso, a rua estava vazia; ou seja, tudo perfeito. Uma brisa úmida chegava às fachadas e aos três homens, que em poucos segundos iriam assumir seus papéis em um ritual cuidadosamente orquestrado e muitas vezes experimentado.

Quando apenas poucos metros os separavam de Frank Helmond, Ulrik entregou a máscara de látex para Ditlev. Até o alcançarem, ambos já haviam colocado as máscaras. Se fosse carnaval, eles teriam arrancado risadas. Ulrik tinha uma caixa de papelão grande cheia dessas máscaras. Afinal, era preciso dispor de alternativas, sempre dizia. Dessa vez, ele escolheu os modelos 20027 e 20048. Dava para comprá-las pela internet, porém Ulrik não fazia isso. Ele as trazia em suas viagens ao exterior. As mesmas máscaras em todo lugar, os mesmos números. Impossível rastreá-las. Aqui havia simplesmente dois velhos, em cujos rostos a vida deixara rugas muito fundas. Muito reais e totalmente diferentes dos rostos que eles escondiam.

Como sempre, Ditlev foi o primeiro a atacar. Ele fez com que Frank Helmond tombasse de lado com um leve suspiro e Ulrik arrastou a vítima até a viela.

Foi lá que Ulrik deu o primeiro soco. Três vezes direto na testa e mais uma vez no pescoço. Dependendo da potência dos golpes, as vítimas muitas vezes ficavam inconscientes. Dessa vez, porém, ele não tinha batido forte demais, Ditlev havia combinado isso com Ulrik de antemão.

Eles arrastaram o corpo meio mole de Helmond com as pernas abertas pela viela. Dez metros adiante, quando estavam às margens do Slotssø, o ritual se repetiu. Primeiro, golpes leves, dessa vez no corpo, depois um pouco mais fortes. Quando o homem, paralisado, percebeu que seria surrado até a morte, sua boca soltou alguns sons desarticulados. Por eles, as vítimas não precisavam dizer nada. Em geral, seus olhos diziam tudo.

A essa altura, ondas de calor começaram a pulsar pelo corpo de Ditlev. Maravilhosas ondas quentes. Como antigamente, no jardim ensolarado diante da casa dos pais, quando ele era tão pequeno que o mundo parecia composto exclusivamente de coisas boas. Ao chegar nesse ponto, Ditlev tinha que se segurar para não matar a vítima.

Ulrik era diferente. A morte, na verdade, não o interessava. O que o excitava era o espaço vazio entre a potência e a impotência, e era exatamente lá que sua vítima se encontrava naquele momento.

Ulrik se postou com as pernas abertas sobre o corpo inerte e encarou os olhos do homem através da máscara. Em seguida, puxou a faca Stanley do bolso, segurando-a de tal maneira que sua manzorra quase a escondia. Por um instante ele pareceu estar lutando consigo mesmo — se devia seguir as diretivas de Ditlev ou chegar logo às vias de fato. Então, os olhos dos dois se encontraram através da máscara.

Meus olhos parecem tão enlouquecidos quanto os deles?, pensou Ditlev.

Ulrik encostou a faca no pescoço do homem. Passou o lado cego pelas veias, pelo nariz e sobre as pálpebras trêmulas. O homem começou a hiperventilar.

Não se tratava mais de um jogo de gato e rato — era pior. A caça não estava mais à espera de uma possibilidade de fuga. Ela já havia se rendido a seu destino.

Ditlev acenou tranquilamente com a cabeça para Ulrik e dirigiu o olhar para as pernas do homem. Assim, quando Ulrik cortasse seu rosto, ele poderia vê-las tremer de medo e choque.

Pronto. Agora. Agora elas estavam tendo espasmos. Esses espasmos maravilhosos, o melhor sinal da impotência da vítima. Uma excitação maravilhosa, que não se comparava a nada na vida de Ditlev.

Ele viu o sangue pingando no chão; no entanto, Frank Helmond não soltou um pio. Ele assumiu seu papel. Impecável. Era preciso reconhecer.

Quando o deixaram gemendo às margens do lago, ambos sabiam que tinham feito um bom trabalho. Fisicamente o sujeito iria sobreviver, mas estava morto por dentro. Demoraria anos para que ele ousasse caminhar na rua de novo.

Ambos os senhores Hydes podiam ir para casa e os doutores Jekylls tinham permissão para voltar à cena.

Quando Ditlev chegou à sua casa em Rungsted, metade da noite tinha ficado para trás. Sua cabeça funcionava razoavelmente bem. Ele e Ulrik haviam tomado banho, jogado os chapéus, as luvas, os sobretudos e os óculos de sol no fogo e escondido a faca Stanley debaixo de uma pedra no jardim. Depois, ligaram para Torsten e combinaram o restante da noite. Claro que Torsten ficou com muita raiva. Gritou que não era hora para aquilo. Sabiam que ele tinha razão. Porém Ditlev não via motivos para se desculpar com ele e tomar na bunda. Torsten sabia direitinho que eles estavam no mesmo barco. Se um deles fosse pego, os outros iriam junto. E, se a polícia aparecesse, os álibis tinham que estar prontos.

Foi unicamente por isso que Torsten aceitou a história que ambos criaram: Ditlev e Ulrik se encontraram tarde da noite no JFK, em Hillerød, e depois de uma cerveja foram para Gribskov, no sítio de Torsten em Ejlstrup. Eram onze da noite quando chegaram lá — em essência, era isso. Ou seja, meia hora antes de o crime ter acontecido. Ninguém poderia provar o contrário. Talvez alguém os tivesse visto no bar, mas quem poderia se lembrar exatamente de quem esteve onde e de quando e por quanto tempo? Lá, em Ejlstrup, os três velhos amigos tomaram um conhaque. Conversaram sobre os velhos tempos. Havia sido uma agradável noite de sexta-feira na companhia de amigos. Nada de especial. Era isso que eles queriam dizer e que queriam reforçar.

Ditlev entrou em casa e notou satisfeito que não havia nenhuma luz acesa. Thelma tinha se retirado para seus aposentos. Então, bebeu três *brandy sour* diante da lareira, a fim de acalmar os pensamentos e para que o torpor da vingança bem-sucedida voltasse a um nível normal.

Entrou na cozinha para abrir uma lata de caviar, que queria comer enquanto sua retina ainda conseguia remontar visualmente o rosto desesperado de Frank Helmond. O chão de cerâmica do cômodo era o calcanhar de aquiles da empregada doméstica, pois todas as vezes que Thelma vinha verificá-lo a cena terminava com uma bronca. Tanto fazia quanto esforço a mulher tinha despendido, Thelma nunca ficava satisfeita. Mas quem ficava?

Por isso, à primeira vista não foi possível notar que algo não estava certo. Ele olhou para o piso quadriculado e descobriu as marcas de solas de sapato. Não eram grandes mas também não eram infantis. Marcas sujas.

Ditlev contraiu os lábios. Ficou imóvel por um tempo, todos os sentidos em estado de alerta máximo, mas nada chamou sua atenção. Nenhum cheiro, nenhum ruído. Em seguida, ele caminhou de lado até o bloco das facas e pegou a maior delas, uma Misono. Ela cortava sushis como nenhuma outra e não faria feio com uma pessoa.

Silenciosamente, Ditlev passou pela porta vaivém até o jardim de inverno, sentindo de pronto uma lufada de ar, embora todas as janelas estivessem fechadas. Foi então que percebeu o buraco em uma das janelas. Não era muito grande, mas estava lá.

Seu olhar percorreu rapidamente o chão azulejado do jardim de inverno. Havia mais marcas de sapato — e cacos de vidro espalhados por todo o lugar. Eles apontavam para uma simples invasão. Como o sistema de alarme não tinha sido acionado, provavelmente ocorrera antes de Thelma se recolher para dormir.

Subitamente, foi tomado pelo pânico.

No caminho para o hall, ele puxou uma segunda faca do bloco. Ditlev não temia tanto a força do ataque, mas o momento do assalto, motivo pelo qual segurava ambas as facas erguidas e olhava para trás a cada passo.

Subiu as escadas e ficou parado diante da porta do quarto de Thelma.

Um estreito fio de luz escapava de debaixo da porta e chegava ao corredor.

Havia alguém lá dentro esperando por ele?

Ditlev agarrou os cabos das facas e empurrou cuidadosamente a porta. Thelma estava deitada na cama, envolta por um mar de luz. De *negligé*, absolutamente viva, os olhos grandes brilhando de ódio.

— Você veio para me matar? — O nojo em seu olhar era avassalador. — Foi?

Ela ergueu a pistola do cobertor e apontou para ele.

Não foi a pistola, mas a frieza na voz dela que o fez estremecer. Ditlev soltou as facas.

Ele conhecia Thelma. Se fosse qualquer outra pessoa, isso podia ser uma piada. Mas Thelma não fazia piadas. Ela não tinha senso de humor. Por isso ele ficou imóvel.

— O que é isso? — perguntou ele, olhando para a pistola. Ela parecia autêntica e era grande o suficiente para apagar uma pessoa.

— Vi que alguém invadiu a casa, mas não tem mais ninguém por aqui, você pode baixar essa coisa.

Ditlev sentiu a ação retardada da cocaína borbulhando em suas veias. Adrenalina e drogas, essa mistura tinha um efeito incomparável. Não apenas no momento.

— Como você arranjou essa pistola? Vamos lá, Thelma, seja boazinha e abaixe isso. Me diga o que aconteceu. — Mas Thelma não se mexia nem um milímetro.

Ela estava muito sedutora, deitada. Mais sedutora que em todos esses anos.

Ditlev quis se aproximar, mas ela o impediu segurando a pistola com mais força.

— Ditlev, você atacou Frank. Seu porco nojento. Você não podia simplesmente deixá-lo em paz, não?

Como ela sabia? E tão depressa?

— Do que você está falando? — perguntou, olhando-a nos olhos.

— Ele vai sobreviver, você sabe. O que não vai ser uma vantagem para você, Ditlev, tenho certeza de que me entende.

Ele desviou os olhos dela e viu as facas no chão. Não devia tê-las soltado.

— Não faço ideia do que você está falando. Eu estava no Torsten esta noite. Ligue para ele e pergunte.

— Você e Ulrik foram vistos hoje à noite no JFK, em Hillerød. Não preciso saber de mais nada, está me ouvindo?

Antigamente, ele perceberia seu mecanismo de defesa e reagiria de imediato à nova situação com mentiras. No momento, porém, Ditlev não sentia nada. Thelma já o havia enquadrado do jeito que queria.

— Tem razão — disse ele, sem piscar. — Estivemos lá antes de irmos até a casa de Torsten. E daí?

— Não quero ouvir você falar, Ditlev. Venha cá. Assine isso. Já. Senão eu te mato.

Ela apontou para alguns papéis ao pé da cama e em seguida deu um tiro que se alojou com um estrondo na parede atrás de Ditlev. Ele se virou e observou a extensão do estrago. O buraco era do tamanho da palma da mão de um adulto.

Ele olhou para o primeiro documento. Difícil de engolir. Se assinasse, Thelma receberia gordos 35 milhões por ano pelos 12 que estiveram juntos se estranhando como duas aves de rapina.

— Não vamos acusá-lo, Ditlev. Não, se você assinar. Então comece.

— Se me acusarem, Thelma, você não fica com nada, já pensou nisso? Eu simplesmente deixo a merda do negócio entrar em falência enquanto estou na prisão.

— Você acha que não sei disso? Assine! — Sua risada estava cheia de desprezo. — Não se engane! Nós dois sabemos muito bem que os negócios não estão às mil maravilhas. Mas, antes de você falir, vou receber a minha parte do espólio. Talvez não tanto, mas o suficiente. Conheço você, Ditlev. Por que jogar fora sua empresa e ficar mofando na cadeia, quando se tem dinheiro o bastante para despachar a mulher do jeito habitual? Por isso você vai assinar. E amanhã vai internar Frank na clínica, certo? Quero ele de volta em um mês, como novo. Não, melhor ainda.

Ditlev balançou a cabeça. Um diabo sempre morou nela. Mas, como sua mãe gostava de dizer, são os iguais que se atraem.

— Como você arranjou essa pistola, Thelma? — perguntou ele com calma, então pegou os papéis e assinou os dois primeiros. — O que aconteceu?

Ela olhou os papéis e esperou para responder até todos estarem em suas mãos.

— Foi uma pena você não estar em casa hoje à noite, Ditlev. Porque, se estivesse, acho que eu não teria nem precisado das suas assinaturas.

— O quê? Não entendi.

— Uma mulher imunda quebrou o vidro e me ameaçou com isso. — Ela balançou a pistola. — Perguntou por você.

Thelma riu tanto que seu *negligé* escorregou do ombro.

— Falei que eu podia deixá-la entrar pela porta da frente na próxima vez que passasse por aqui. Poderia fazer o que quisesse, sem precisar ter o trabalho de quebrar o vidro.

Ditlev sentiu a pele ficando fria.

Kimmie! Depois de tantos anos.

— Ela me entregou a pistola e deu um tapinha no meu rosto como se eu fosse uma criancinha. Então murmurou alguma coisa e foi embora. Pela porta. — Thelma riu novamente. — Mas não fique triste, Ditlev. Ela mandou avisar que vai voltar outro dia para te visitar!

13

O delegado da Divisão de Homicídios de Copenhague, Marcus Jacobsen, esfregou a testa. Merda, que jeito horrível de começar a semana! Ele havia acabado de receber o quarto pedido de afastamento em quatro dias. Dois homens da melhor equipe de investigação estavam afastados, doentes, e então esse ataque selvagem em plena rua no centro da cidade. Uma mulher tinha apanhado até ficar irreconhecível e depois foi jogada em um contêiner de lixo. A brutalidade não parava de aumentar. Era compreensível que todos pedissem esclarecimentos urgentes. Os jornais, a opinião pública, a nova superintendente da polícia. Se a mulher morresse, o barraco estaria armado. O ano havia batido o recorde de homicídios. Um número parecido surgia apenas nas estatísticas de dez anos atrás. E, com tantos colegas policiais pedindo afastamento, a cúpula da polícia marcava uma reunião de crise após outra.

Pressão, pressão, cada vez mais pressão. E agora Bak também pedia férias. Droga! Justo Bak.

Nos velhos tempos, Bak e ele teriam acendido um cigarro e dado uma volta no pátio interno. E resolveriam o problema no ato — Marcus Jacobsen estava convencido disso. Mas os velhos tempos ficaram para trás e ele estava simplesmente impotente. Não tinha mais nada a oferecer a seus homens, essa era a mais pura verdade. O salário era lamentável, assim como os turnos de trabalho. A equipe estava no osso e era cada vez mais difícil fazer o que precisava ser feito de maneira satisfatória. Sem contar que não podiam mais sequer abafar as frustrações com um cigarro.

— Marcus, você tem que pisar nos calos dos políticos — sugeriu seu adjunto Lars Bjørn, enquanto o pessoal da mudança fazia barulho nos corredores. Para que tudo parecesse tão eficiente e bonito como a reforma prometia, nada como uma boa maquiada na situação.

Marcus franziu a testa e olhou para ele com o mesmo sorriso resignado que estava estampado havia meses no rosto de Bjørn.

— E quando será a sua vez de entrar com um pedido de afastamento, Lars? Você ainda é relativamente jovem. Não sonha com outro trabalho? Sua mulher não gostaria que você ficasse mais tempo em casa, Lars?

— Que merda, Marcus. O único trabalho que eu gostaria mais que o meu é o seu. — O jeito seco e sóbrio com que ele disse isso chegava a dar medo.

Marcus assentiu.

— Então espero que você tenha resistência, pois eu não pulo do barco antes da hora. Não eu.

— Você precisa falar com a superintendente. Peça a ela para pressionar os políticos até conseguirmos novamente condições razoáveis.

Bateram à porta e, antes mesmo de Marcus reagir, Carl Mørck já estava na sala. Esse homem não conseguia seguir as regras nem uma vez?

— Agora não, Carl — disse ele, mesmo sabendo que a audição de Carl Mørck era absurdamente seletiva.

— Só um minutinho. — Carl fez um movimento de cabeça quase imperceptível na direção de Lars Bjørn. — É sobre o caso em que estou trabalhando.

— Os homicídios de Rørvig? Se você souber me dizer quem quase matou uma mulher bem no meio da Store Kannikestræde, eu escuto. Senão, você vai ter que se virar sozinho. Minha opinião a esse respeito é conhecida. O julgamento já aconteceu. Ocupe-se de outro caso, um em que os culpados ainda estejam soltos por aí.

— Um homem daqui tem uma conexão com o caso.

Marcus deixou a cabeça pender, resignado.

— Ah. Quem?

— Um investigador chamado Arne Jacobsen sumiu com todo o dossiê há uns dez ou 15 anos na polícia de Holbæk. O nome te diz alguma coisa?

— O nome é bonito, mas não passa disso.

— Ele estava pessoalmente envolvido no caso, é isso que posso dizer. O filho dele era namorado da garota assassinada.

— E?

— E esse filho trabalha até hoje aqui na central. Vou chamá-lo para depor. Só para você ficar ciente.

— Que é ele?

— Johan.

— Johan. Johan Jacobsen, nosso pau para toda obra? Não é possível.

— Escute, Carl — interrompeu Lars Bjørn. — Se você quer levar algum dos nossos colaboradores civis para o porão a fim de interrogá-lo, chame isso de outra coisa. Sou o responsável por falar com os sindicatos, caso alguma coisa saia dos trilhos.

Marcus pressentiu a tempestade se formando.

— Parem, vocês dois. — Ele se dirigiu a Carl Mørck. — Do que se trata?

— O que você quer dizer, além do fato de um antigo policial do distrito de Holbæk ter removido material de um dossiê?

Carl ajeitou a postura, cobrindo mais 25 centímetros de parede.

— O fato é que o filho desse policial colocou o caso sobre a minha mesa. Além disso, Johan Jacobsen entrou na cena do crime e deixou pistas que intencionalmente deviam chamar a atenção sobre si mesmo. E eu ainda acho que ele tem mais material guardado. Marcus, ele sabe mais do caso que qualquer um aqui.

— Deus do céu, Carl. O caso tem mais de vinte anos! Você não pode dar seu showzinho lá embaixo no porão, em silêncio? E também imagino que haja muitos outros casos mais urgentes que esse.

— Você tem razão. O caso é velho. Exatamente como aquele com o qual tive que entreter, a seu pedido, um grupo de paspalhos do país do queijo de cabra. Lembra? Me faça uma gentileza e dê um jeito de Johan ir ao meu escritório em não mais de dez minutos.

— Não posso.

— O que você está querendo dizer?

— Pelo que sei, Johan está de licença médica. — Ele olhou para Carl sobre as lentes de seus óculos. Era importante que ele entendesse o recado. — E você não vai atrás dele em casa, certo? Johan sofreu um colapso nervoso ontem. Não queremos confusão.

— Como você sabe que foi ele quem colocou o dossiê no seu departamento? — perguntou Lars Bjørn. — Vocês encontraram digitais?

— Não. Recebi hoje os resultados das análises e não havia nada. Mas eu simplesmente sei, ok? E, caso ele não esteja de volta na segunda, vou à casa dele e vocês podem espernear à vontade.

14

Johan Jacobsen morava em um conjunto habitacional na Vesterbrogade. Na frente, em diagonal, ficavam o antigo Museu da Música Mecânica e o pequeno palco privado Teatret ved Sorte Hest. Foi exatamente lá que aconteceu, em 1999, a batalha decisiva entre os ocupantes dos apartamentos e a polícia. Carl se lembrava bem demais desse tempo. Quantas vezes, usando os equipamentos de choque, ele batia em garotos e garotas que tinham quase a sua idade?

Isso não fazia parte das lembranças mais agradáveis dos bons velhos tempos.

Eles tiveram que tocar a campainha novíssima algumas vezes até Johan Jacobsen abrir para eles.

— Eu não os esperava tão cedo — declarou ele em voz baixa, pedindo para que o acompanhassem até a sala.

A visão não era bonita. Era evidente que ele vivia há um bom tempo sem as mãos hábeis e o olhar crítico de uma mulher. Na pia, havia pilhas de pratos com restos de comida secos e sobre o chão se espalhavam garrafas vazias de Coca-Cola. Empoeirado, gosmento, desleixado.

— Desculpem a bagunça. — Jacobsen juntou as roupas sujas de cima do sofá e da mesa de centro. — Minha esposa me deixou há um mês — explicou ele e começou com uns tiques nervosos, os mesmos que eles já viram tantas vezes antes, na central. Era como se alguém soprasse areia no rosto dele, da qual se defendia fechando os olhos.

Carl entendeu. Conhecia muito bem a questão da falta da esposa.

— Você sabe por que a gente está aqui?

Jacobsen assentiu.

— Então você confessa ter deixado o dossiê Rørvig sobre a minha mesa?

Ele assentiu de novo.

— Sim, e por que você simplesmente não o colocou nas nossas mãos? — perguntou Assad, esticando o lábio inferior. Se ele estivesse usando aquele lenço na cabeça, estaria a cara de Yasser Arafat.

— Vocês teriam aceitado o dossiê?

Carl balançou a cabeça. Provavelmente não. Um caso de vinte anos com uma sentença proferida. Não, Jacobsen devia estar certo.

— Vocês teriam me perguntado como cheguei até ele? Vocês teriam me perguntado a razão do meu interesse pelo caso? Vocês se importariam de ocupar o tempo necessário para ter o interesse despertado? Hein? Afinal, eu vi o monte de dossiês e pastas sobre a sua mesa, Carl.

Carl fez que sim.

— E então você plantou o jogo *Trivial Pursuit* na casa de veraneio como pista. Isso não pode ter acontecido há muito tempo, certo? O cadeado na porta da cozinha foi tão fácil de abrir.

Johan Jacobsen concordou.

Tudo acontecera como Carl tinha imaginado.

— Ok, você queria ter certeza de que a gente ia se dedicar seriamente ao caso. Entendo. Mas fazer as coisas desse jeito também foi arriscado, não? E se não tivéssemos olhado com tanta atenção assim para o jogo de tabuleiro? Se não tivéssemos descoberto o nome nas cartas?

Jacobsen deu de ombros.

— Agora vocês estão aqui.

— Não entendo muito bem. — Assad estava sentado diante de uma janela que dava para a Vesterbrogade. Com a luz entrando por trás dele, seu rosto estava mergulhado nas sombras. — Então você não está satisfeito com a confissão de Bjarne Thøgersen?

— Você também não estaria satisfeito se tivesse assistido à proclamação da sentença. Eram cartas marcadas desde o início.

— Claro — concordou Assad. — Isso não é de se espantar, visto que o homem se apresentou espontaneamente.

— Johan, o que você achou estranho nesse caso? — intrometeu-se Carl Mørck.

Jacobsen evitou o olhar de Carl e olhou através da janela, como se o céu cinzento lá fora pudesse acalmar a tempestade dentro dele.

— Eles passaram o tempo inteiro rindo. Bjarne Thøgersen, o advogado e os três bundões arrogantes na plateia.

— Torsten Florin, Ditlev Pram e Ulrik Dybbøl Jensen, é a eles que você está se referindo?

Ele assentiu e, ao mesmo tempo, passou a mão sobre os lábios trêmulos, como para pará-los.

— Eles estavam lá sentados, rindo, você diz. Essa base é um pouco fraca para se tirar daí alguma conclusão.

— Sim. Mas agora sei de mais coisas que antes.

— Seu pai Arne lidou com o caso na época.

— Sim.

— E o que você estava fazendo?

— Cursando a escola técnica em Holbæk.

— Em Holbæk? Você conhecia os dois assassinados?

— Sim. — A palavra quase não foi audível.

— Então você conhecia Søren também?

Ele fez que sim.

— Sim, um pouco. Mas não tão bem quanto Lisbet.

— Agora escute — interpôs Assad. — Posso ler no seu rosto: Lisbet disse que não estava mais apaixonada. Estou certo, não? Lisbet não queria mais ficar com você. — As sobrancelhas de Assad se uniram.

— E, como você não podia mais ficar com Lisbet, matou a moça. E agora sua intenção é que nós mesmos descubramos isso para prendê-lo. Para que você não tenha que se matar, certo?

Johan piscou algumas vezes bem depressa, depois seu olhar se congelou.

— Ele tem que ficar aqui? — perguntou, surpreendentemente controlado, para Carl.

Carl balançou a cabeça. Os rompantes de Assad estavam começando a se tornar um hábito, infelizmente.

— Você pode dar uma saidinha, Assad? Só cinco minutos. — Ele apontou para a porta atrás de Johan.

Nesse momento, Johan deu um salto nervoso. Há muitos indícios de pânico, e Carl Mørck conhecia a maioria.

Por essa razão, ele olhou para a porta fechada.

— Não, não dá para entrar lá, está muito bagunçado — explicou Johan, postando-se diante da porta. — Sente-se na sala de jantar e se sirva de café na cozinha, é novo.

Mas Assad também havia entendido o sinal.

— Não, obrigado. Prefiro chá — disse ele, aproximando-se da porta proibida e abrindo-a de uma só vez.

O cômodo ao lado também era generoso. Havia várias escrivaninhas encostadas em uma das paredes, com pilhas de pastas e papéis em cima. O mais interessante, porém, era o rosto que os encarava com olhos melancólicos do alto da parede. Tratava-se de uma ampliação gigante da foto de uma jovem. Lisbet Jørgensen, assassinada em Rørvig. Cabelos desgrenhados, céu de brigadeiro ao fundo. Um instantâneo de verão. Sombras profundas sobre o rosto. Se não fossem pelos olhos, o tamanho da foto e por sua posição incomum, ela mal teria sido notada. Dessa maneira, no entanto, chamava muito a atenção.

Quando Carl e Assad entraram no cômodo, ficou claro que era uma espécie de templo, no qual tudo girava em torno de Lisbet. Diante da parede com recortes de jornal sobre o crime havia flores frescas. Outra parede era decorada com fotos quadradas, típicas de uma Polaroid, da garota, todas já esmaecidas. Também havia uma blusa, algumas cartas e cartões-postais. Momentos felizes e infelizes lado a lado.

Johan não disse nada. Apenas ficou diante da foto, à mercê dos olhares.

— Por que não queria que víssemos esse quarto? — perguntou Carl.

Johan Jacobsen deu de ombros. Carl compreendeu — era íntimo demais. Sua alma, sua vida e seus sonhos despedaçados estavam expostos nessas paredes.

— Ela terminou com você naquela noite. Diga como foi, Johan. É o melhor para você. — Assad soava acusador.

Johan se virou e o olhou de um jeito duríssimo.

— Ela, a pessoa que mais amei no mundo, foi massacrada. E os criminosos estão bem no alto da pirâmide social, rindo da gente. É o que eu digo. E, se um fracassado miserável como Bjarne Thøgersen tem que pagar o preço por isso, então é apenas por uma coisa: dinheiro. Pela grana desprezível. Dinheiro de Judas. E nada mais.

— E agora isso tem que chegar ao fim? — indagou Carl. — Mas por que só agora?

— Porque estou sozinho de novo e não consigo pensar em outra coisa. Você não consegue entender isso?

Johan Jacobsen tinha apenas 20 anos quando Lisbet aceitou seu pedido de casamento. O pai dela e o seu pai eram amigos. As famílias se visitavam com frequência e Johan era apaixonado por ela desde sempre.

Ele estivera com Lisbet naquela noite; no quarto ao lado, o irmão de Lisbet dormia com a namorada.

Eles conversaram seriamente durante um bom tempo, depois transaram — como se fosse um gesto de despedida, pelo menos no que dizia respeito a ela. Ele saiu de madrugada, às lágrimas. Mais tarde, ainda no mesmo dia, a jovem estava morta. Em apenas dez horas ele havia sido arrancado de sua felicidade perfeita, caído em uma terrível dor causada pelo amor e depois jogado diretamente no inferno. Nunca mais conseguiu se livrar dos acontecimentos daquela noite e do dia seguinte. Mais tarde, tinha encontrado uma namorada, se casado com ela e tido dois filhos. Porém, no fundo, era sempre Lisbet que contava.

Quando seu pai estava no leito de morte, ele lhe confessou ter furtado o dossiê para a mãe de Lisbet. No dia seguinte, Johan foi falar com ela e pediu os documentos emprestados.

Desde então, esses papéis eram o que Johan possuía de mais importante. A partir de então, Lisbet preenchia sua vida ainda mais.

No final, ela preenchia tanto que sua mulher foi embora.

— O que você quer dizer com "preenchia tanto"? — perguntou Assad.

— Eu passava o tempo todo falando dela. Não pensava em outra coisa, dia e noite. Todos os recortes de jornal, todos os relatórios. Eu tinha que ficar lendo isso o tempo inteiro!

— E agora você quer se livrar disso tudo? Foi por isso que você nos acionou? — indagou Carl.

— Sim.

— E o que você tem para a gente? Isso aqui? — Carl abriu os braços sobre as pilhas de documentos.

Jacobsen aquiesceu.

— Se vocês repassarem tudo isso, vão saber que foi a turma do internato.

— Você montou uma lista de crimes. Já a repassamos. É nisso que está pensando?

— O que dei a vocês é apenas uma parte. A lista completa está aqui.

Ele se curvou sobre a mesa, pegou uma pilha de recortes de jornal e puxou uma folha de papel sulfite debaixo dela.

— Começa aqui. Antes dos assassinatos de Rørvig. Esse garoto também esteve no internato, está escrito ali. — Ele apontou para uma página do jornal *Politiken* de 15 de junho de 1987. O título estampava: "Tragédia na piscina de Bellahøj. Rapaz de 19 anos morre ao cair da plataforma de 10 metros."

Carl passou os olhos pelos casos. Muitos da lista que estava no Departamento Q ele conhecia. O intervalo de tempo entre os casos era sempre de três a quatro meses. Alguns terminaram em morte.

— Podem ter sido fatalidades, todos eles — comentou Assad. — Que ligação isso tem com os alunos do internato? Os acidentes não precisam ter nenhuma relação entre si. Você possui provas?

— Não. Esse é o trabalho de vocês.

Assad meneou a cabeça e se afastou.

— Honestamente, o que é isso? Você me dá pena, você tem problemas com essa história. É melhor procurar um psicólogo em vez de ficar fazendo seus joguinhos com a gente. Você não pode se consultar com aquela da central, a tal de Mona Ibsen?

No caminho de volta para a central, Carl e Assad não conversaram. Ambos estavam pensando no caso.

— Faça um chá para a gente — disse Carl no porão, empurrando as sacolas plásticas com o material de Johan Jacobsen para um canto. — Mas não exagere no açúcar, ouviu?

Ele desabou na cadeira, colocou as pernas sobre a mesa, ligou o noticiário na TV2 e relaxou. Não esperava mais muita coisa do dia.

Porém uma ligação, cinco minutos mais tarde, fez com que Carl voltasse ao modo ativo.

Ele levantou o fone logo após o primeiro toque. Ao escutar a voz grave do chefe, olhou para o teto.

— Carl, falei com a superintendente da polícia. Ela não vê motivos para você se aprofundar no caso.

Primeiro Carl protestou, apenas por hábito. Mas, quando notou que Marcus Jacobsen não tomava nenhuma iniciativa para lhe dar mais informações, sentiu um calor subindo por sua nuca.

— E por que não, se eu puder perguntar?

— Porque não. Você deve determinar prioridades, concentrando-se em casos que ainda não foram levados a julgamento. O resto fica nos arquivos.

— Na verdade, sou eu quem decide isso, não é?

— Não se a superintendente disser o contrário.

Isso encerrava a conversa.

— Delicioso o chá de hortelã com um pouquinho de açúcar — comentou Assad, passando-lhe uma xícara. A colher poderia ficar de pé, fincada no mar de açúcar.

Carl pegou o chá e o entornou de uma vez só, quentíssimo e enjoativo de tão doce. Ele estava começando a se acostumar à bebida.

— Não fique nervoso, Carl. Vamos deixar o caso descansando por duas semanas, até esse Johan voltar ao trabalho. Então a gente coloca pressão nisso em segredo. Você vai ver como ele vai acabar confessando tudo qualquer dia desses.

Carl o observou. Algum incauto poderia achar que a expressão animada de Assad era uma máscara pintada. Não era ele que meia hora atrás havia ficado agressivo e inoportuno por causa desse caso? Não era ele que estava de cabeça quente?

— O que ele tem para confessar, Assad? Merda, do que você está falando?

— Naquela noite, ele descobriu que Lisbet Jørgensen não o queria mais. E então voltou na parte da manhã e matou os dois. Se insistirmos apenas um pouquinho, certamente vamos descobrir que havia ainda alguma coisa podre entre o irmão de Lisbet e Johan. Talvez ele já fosse maluco desse jeito naquela época.

— Esqueça, Assad. Eles tiraram o caso da gente. Além disso, não coloco a menor fé nessa teoria. Ela é construída demais.

— Construída?

— Sim, cara. Pensada. Complicada. Se Johan tivesse feito isso, então teria tido um colapso há um século.

— Não se ele tiver um parafuso a menos.

— Um maluco não deixaria pistas como aquelas nas cartas do *Trivial Pursuit*. Ele jogaria a arma mais ou menos diante dos pés e viraria a cabeça na outra direção. Além disso, você não ouviu o que eu falei? Eles tiraram o caso das nossas mãos.

Assad observou a tela plana na parede sem muito interesse. Tratava-se de uma reportagem sobre um ataque na Store Kannikestræde.

— Não, não escutei. Não quero escutar. O que você disse, quem tirou o caso da gente?

Eles conseguiam sentir que Rose estava a caminho, antes mesmo que a vissem. Subitamente lá estava ela, equipada com artigos de escritório e sacolas de compras com Papais Noéis estampados. Estava bem adiantada com isso.

— Toc-toc! — exclamou ela, batendo com a testa duas vezes no quadro da porta. — A cavalaria está chegando, ta-ta-ra-rá, ta-ta-ra-rá! Folheados doces saborosos para todos.

Assad e Carl se entreolharam. Um com a expressão torturada e o outro com pisca-piscas de Natal nos olhos.

— Olá, Rose, seja bem-vinda ao Departamento Q! Preparei tudo para você, de verdade — declarou o pequeno traidor.

O olhar que Rose lançou a Carl quando Assad foi com ela até a sala ao lado era mais que revelador. *Você não vai se livrar de mim*, parecia dizer. No entanto, nem isso ela era capaz de fazer sozinha. Como se ele pudesse ser chantageado com folheados doces.

Carl lançou um olhar furtivo às sacolas plásticas no canto. Em seguida, pegou uma folha da gaveta e escreveu:

Suspeitos:
Bjarne Thøgersen?
Outro da turma do internato? Ou mais de um?
Johan Jacobsen?
Morte encomendada?
Alguém próximo à turma?

O resultado era mais que pífio. Frustrado, ele franziu a testa. Se Marcus o tivesse deixado em paz, Carl teria provavelmente rasgado a folha em pedacinhos. Mas não foi o que o chefe fez. Ele recebeu ordens para sair do caso; por isso, não seria capaz de fazê-lo.

Desde garoto era assim — algo que seu pai não deixou de notar e usar a seu favor. Por exemplo, ao proibir estritamente Carl de cortar a grama, ele fazia com que o filho a cortasse. Ao instá-lo repetidamente a se recusar a prestar o serviço militar, fez com que Carl se alistasse. Ele se meteu de maneira sub-reptícia até na questão das garotas. Depois de suas manifestações desdenhosas a respeito da filha de um fazendeiro, Carl não tinha nada mais urgente a fazer que sair correndo atrás dela. Nenhuma pessoa podia lhe dar ordens e por essa razão era tão fácil manipulá-lo! Carl sabia direitinho disso. A questão era: a superintendente da polícia também sabia? Difícil de imaginar.

Mas que merda. O que estava em jogo? Como a superintendente sabia que ele estava trabalhando nesse caso? Apenas algumas pessoas foram informadas.

Em pensamento, ele as passou em revista. Marcus Jacobsen, Lars Bjørn, Assad, o pessoal de Holbæk, Valdemar Florin, o homem da casa de veraneio, a mãe dos assassinados...

Por um momento Carl ficou quieto. Sim, essas pessoas sabiam e quanto mais ele refletia a respeito, de mais nomes se lembrava.

Dessa maneira, era possível que qualquer um deles tivesse puxado o freio de mão. Quando nomes como Florin, Dybbøl Jensen e Pram eram relacionados a um assassinato, rapidamente se chegava a um lugar onde não havia mais chão sob os pés.

Carl balançou a cabeça. Para ele realmente tanto fazia o nome das pessoas ou o que movimentava a superintendente da polícia. Agora que haviam começado, ninguém iria pará-los.

Ele olhou para a porta. Ruídos novos, desconhecidos, saíam da sala de Rose e chegavam ao corredor do porão. Essa risada pesada, curiosa. Uma porção de exclamações em voz alta. Assad estava realmente animado. Se continuasse assim, alguém ia pensar que eles estavam fazendo uma *rave* por lá.

Carl bateu o maço para tirar um cigarro, acendeu-o e encarou a fumaça, que se deitava sobre o papel. Escreveu:

Tarefas:

Assassinatos semelhantes no exterior na mesma época? Na Suécia? Na Alemanha?

Do antigo grupo de investigadores, quem ainda está trabalhando?

Bjarne Thøgersen / Prisão federal em Vridsløselille

O caso do aluno do internato na piscina Bellahøj. Fatalidade?

Com quem, daquela época do internato, podemos falar? Advogado Bent Krum?

Torsten Florin, Ditlev Pram e Ulrik Dybbøl Jensen: eles estão sendo acusados de algo no momento? Perfis psicológicos?

Procurar por Kimmie (Kirsten-Marie Lassen): parentes com os quais podemos falar?

Circunstâncias da morte de Kristian Wolf!

Ele bateu com o lápis várias vezes no papel, depois escreveu:

Hardy.

Mandar Rose pro inferno.

Transar com a Mona Ibsen.

Carl continuava olhando para a última linha e se sentia um garoto na puberdade que entalha nomes de garotas nas carteiras da escola. Se ela soubesse como suas bolas ficavam duras sempre que fantasiava com a bunda ou os peitos dela balançando! Respirou fundo algumas vezes e pegou a borracha da gaveta para apagar as duas últimas linhas.

— Carl Mørck, estou atrapalhando? — Ele escutou uma voz diante da porta e seu sangue congelou e ferveu ao mesmo tempo. Sua medula disparou quase simultaneamente cinco ordens: solte a borracha, cubra a última linha, amasse o toco do cigarro, tire a expressão idiota do rosto. Fique de boca fechada.

— Estou atrapalhando? — perguntou ela mais uma vez. Apesar de muito tenso, Carl se esforçou para olhá-la nos olhos.

Ainda eram castanhos. Mona Ibsen tinha voltado. Ele quase morreu de susto.

— O que Mona queria? — perguntou Rose, sorrindo. Como se fosse da conta dela.

Ela estava junto à porta aberta, mastigando seu folheado. Por sua vez, Carl tentava voltar à realidade.

— O que ela queria? — Agora era a vez de Assad perguntar, com a boca cheia. Ele nunca vira tão pouco creme espalhado de maneira tão minuciosa em tantos pelos de barba.

— Conto mais tarde. — Carl se dirigiu a Rose, torcendo para que ela não percebesse seu rosto enrubescido, que continuava a ser abastecido com sangue novo pelo coração que batia como louco. — Você já se acomodou?

— Nossa, um fio de interesse! Agradeço. Sim, obrigada. Se alguém detesta luz do sol, cor nas paredes e pessoas simpáticas ao redor, então o lugar que vocês escolheram para mim é perfeito. — Ela cutucou Assad com o cotovelo. — É só uma piada, Assad. Você é legal.

Ora, uma agradável parceria de trabalho estava se delineando.

Carl se levantou e rabiscou, nervoso, ambas as listas com os suspeitos e as tarefas no quadro branco.

Em seguida, virou-se para o recém-instalado milagre que era uma secretária. Se ela achava que sabia o que era trabalhar, estava redondamente enganada. Carl iria ensiná-la. Rose iria pegar tão pesado no batente que um trabalho como dobradora de caixas de papelão em uma fábrica de margarina lhe pareceria o paraíso.

— O caso em que estamos trabalhando agora está ficando um pouco complicado por causa de eventuais pessoas envolvidas — disse ele, olhando o folheado que ela mordiscava com os dentes da frente, como um esquilo. — Assad pode fazer as apresentações. Depois, por favor, coloque os papéis nesses sacos plásticos aqui em sequência cronológica e os combine aos papéis que estão em cima da mesa. Tire cópias de tudo, uma para você e outra para Assad. Exceto dessa pasta aqui, que ainda tem que esperar. — Carl empurrou a pasta cinza de Johan Jacobsen e Martha Jørgensen para o lado. — E, assim que você tiver terminado, pesquise tudo a respeito desse assunto. — Ele apontou para uma linha com o acidente da plataforma de 10 metros em Bellahøj. — Temos certa pressa, você precisa ser rápida. A data do acidente está na folha de resumo, bem no alto da pasta vermelha de plástico. Verão de 1987, antes dos assassinatos em Rørvig, em algum momento de junho.

Talvez estivesse esperando que Rose reclamasse um pouquinho. Apenas uma observação ligeira, amarga. Então poderia logo lhe passar mais algumas tarefas como compensação. Mas ela reagiu de uma maneira surpreendentemente tranquila. Olhou séria para a mão com a metade do folheado e o enfiou de lado goela abaixo. Parecia ter capacidade para engolir qualquer coisa.

Carl se virou para Assad.

— O que você acha de ganhar alguns dias de férias do porão, Assad?

— Aconteceu alguma coisa com Hardy?

— Não. Quero que você encontre Kimmie. Temos que formar um quadro dessa turma o mais rápido possível. Eu me ocupo dos outros.

Assad parecia estar se imaginando no cenário: ele à caça de uma sem-teto em algum lugar das ruas de Copenhague; Carl, enquanto isso, com os ricos, confortavelmente metido em uma sala aquecida, tomando café e conhaque. Pelo menos era assim que o próprio Carl via a situação.

— Não estou entendendo, Carl. A gente vai continuar no caso? Não acabamos de ouvir que é para tirar as mãos dele?

Carl franziu a testa. Assad devia ter ficado de boca fechada. Quem sabia como Rose funcionava no quesito lealdade? Por que ela estava aqui embaixo, afinal de contas? Ora, certamente não havia sido solicitada por ele.

— Bem, já que Assad mencionou: a superintendente fechou as portas para a gente nesse assunto. Você fica desconfortável com isso? — perguntou a ela.

Rose deu de ombros.

— Para mim está ok, mas da próxima vez você fica responsável pelo lanche — disse ela, recolhendo as sacolas plásticas.

Depois de ter recebido as orientações, Assad foi a campo. Ele devia ligar duas vezes por dia para Carl e reportar como a procura por Kimmie se desenrolava. Também havia recebido uma lista de tarefas. Ela abrangia, entre outros, conversar com o Repartição do Registro Civil, com a polícia municipal, com os assistentes sociais na prefeitura, com as pessoas do centro de recuperação Kirken Korshær, que mantinham um abrigo para sem-teto na Hillerødgade, e com todos os outros lugares possíveis. Uma missão e tanto para um homem que ainda possuía toneladas de areia do deserto atrás das orelhas, principalmente porque as informações de que eles dispunham até o momento sobre a situação de Kimmie se apoiavam única e exclusivamente no relato de Valdemar Florin. E ele estava atualizado? Pela fama duvidosa dessa turma de internato, não seria de se espantar se Kimmie não estivesse sequer viva.

Carl abriu a pasta verde-clara e anotou o número de identificação pessoal de Kirsten-Marie Lassen. Em seguida, levantou-se e foi até o corredor. Rose estava lá, cheia de energia, passando os papéis pela copiadora.

— Seria bom colocar algumas mesas aqui para apoiar as coisas — comentou ela sem levantar o olhar.

— Ah? De alguma marca específica? — Carl sorriu torto e lhe deu o papel com o número de identificação. — Preciso de todas as informações a respeito dela. Último endereço, possíveis entradas em hospitais, pagamentos de benefícios sociais, cursos de formação, endereço dos pais, caso ainda estejam vivos. Deixe as cópias para depois, quero isso aqui já. Tudinho. Por favor.

Rose aprumou seu metro e meio. Olhar diretamente para a garganta de Carl não era algo agradável.

— Em dez minutos você recebe as listas para pedir as mesas — respondeu ela, secamente. — Gosto bastante do catálogo Malling Beck. Eles têm mesas de altura regulável e custam de 5 a 6 mil cada uma.

Carl encheu seu carrinho no mercado como se estivesse em transe. O pensamento em Mona Ibsen girava em sua cabeça. Ela estava sem a aliança de casamento — ele logo percebeu. E desde então ficava com a garganta seca cada vez que ela o encarava. Mais um sinal de que seu último envolvimento com uma mulher havia ficado em um passado longínquo.

Droga.

Ele ergueu o olhar e tentou se orientar no supermercado Kvickly, exatamente como todos os outros que conduziam seus carrinhos, perdidos, a fim de encontrar papel higiênico onde só havia artigos de perfumaria. Era de enlouquecer.

No fim da rua, a demolição da antiga loja de tecidos estava quase terminada. Allerød não era mais a mitológica Korsbæk da série de televisão, que mudou drasticamente ao longo de seus 24 episódios, e logo Carl também não se importaria mais com isso. Se não ficasse com Mona Ibsen, eles que derrubassem também a igreja e construíssem um supermercado no lugar.

— O que você comprou para a gente, Carl? — perguntou seu inquilino, Morten Holland, enquanto desembalava as compras. Depois comentou que também havia tido um dia difícil. Duas horas de ciências políticas na universidade e três horas na locadora de DVDs. Sim, os tempos estavam complicados mesmo, era visível para Carl.

— Pensei que você pudesse preparar *chili con carne* — disse Carl. E ignorou o comentário de Morten, de que então teria sido melhor se ele tivesse comprado também feijão e carne.

Carl deixou Morten à mesa da cozinha e subiu ao primeiro andar, onde a onda de nostalgia estava prestes a explodir a porta do quarto de Jesper até a escada.

Ele estava atrás da porta em meio a uma orgia de Led Zeppelin enquanto atirava em soldados em seu Nintendo. Sua namorada zumbi estava sentada na cama e acalmava sua necessidade de contatos pessoais enviando mensagens de texto ao mundo.

Carl suspirou e pensou em quanto ele se aventurava naquela época em Brønderslev com Belinda no quarto do sótão! Um brinde à eletrônica. O importante era permanecer ileso.

Ele literalmente desabou no quarto, magicamente atraído por sua cama. Se Morten não o chamasse nos próximos vinte minutos para o jantar, a cama ganharia a disputa.

Deitou-se, cruzou os braços na nuca e encarou o teto. Imaginou Mona Ibsen esticando-se nua a seu lado debaixo do cobertor. Se ele não chegasse logo às vias de fato em algum lugar, suas bolas iriam murchar. Teria que ser Mona ou alguma presa rápida em uma pescaria pelas típicas *bodegas*; caso contrário, alistar-se para servir no Afeganistão não seria nem um pouco pior. Melhor uma bala dura na cabeça do que duas bolas flácidas na cueca.

Uma mistura horrível de *gangsta rap* e um som que parecia uma aldeia de lata implodindo saía do quarto de Jesper e atravessava sua parede. Devia ir até lá e reclamar ou tampar os ouvidos?

Carl permaneceu deitado, com o travesseiro embolado embaixo da cabeça. Talvez por isso tenha se lembrado de Hardy.

Hardy, que não conseguia se mexer. Hardy, que não conseguia coçar a testa quando sentia uma comichão. Hardy, que não conseguia fazer absolutamente nada, exceto pensar. Em uma situação semelhante, Carl já teria ficado louco há tempos.

Ele olhou para uma foto de Hardy, Anker e ele próprio, de braços entrelaçados. Três excelentes policiais, pensou Carl. Por que Hardy havia insinuado algo diferente quando eles estiveram juntos pela última vez em Hornbæk? O que ele quis dizer ao falar que alguém estava de olho nele naquela construção em Amager?

Observou Anker com mais atenção. Ele era o menor dos três, porém tinha o olhar mais intenso. O amigo estava morto havia quase nove meses e, apesar disso, Carl continuava vendo esses olhos diante de si. Hardy realmente acreditava que ele ou Anker tinha alguma relação com as pessoas que o mataram?

Carl meneou a cabeça. Não conseguia acreditar nisso. Logo deslizou o olhar até os outros retratos — fotos que atestavam as horas agradáveis com Vigga, naquela época, quando ela ainda adorava meter o indicador no umbigo dele; depois até outra foto, a casa de campo em Brønderslev; e, finalmente, até a foto que Vigga havia tirado dele no dia em que voltara para casa com seu primeiro uniforme de gala de verdade.

Semicerrou os olhos. O canto no qual a foto estava pendurada era escuro e apesar disso ele enxergava claramente algo que não deveria estar lá.

O travesseiro caiu e Carl se levantou no exato momento em que Jesper iniciava uma nova orgia de terror acústico do outro lado da parede. Carl caminhou vagarosamente até a foto. Primeiro, as manchas se pareciam com sombras, mas, ao chegar bem perto, notou o que eram.

Era difícil não reconhecer sangue tão fresco. Apenas então percebeu como ele escorria em pequenos filetes pela parede. Como pôde não ter visto isso antes? E que porra era aquela?

Carl chamou Morten e tirou Jesper de sua hipnose diante da tela. Ele apontou as manchas para os dois, que as encararam enojados e indignados, respectivamente.

Não, Morten não tinha nenhuma relação com aquela imundície.

E, não, Jesper também estava fora daquilo. E seus amigos também, caso Carl estivesse pensando nisso. O pai estava louco ou o quê?

Carl observou o sangue mais uma vez e meneou a cabeça.

Com o equipamento adequado, não seriam necessários mais de três minutos para abrir a fechadura da casa, encontrar um objeto para o qual Carl olhasse com frequência, jogar um pouco de sangue de um animal qualquer em cima dele e sumir de novo. E, visto que o Magnolievangen e até todo o parque Rønneholt eram quase desertos entre as oito da manhã e as quatro da tarde, com certeza não foi difícil encontrar os três minutos certos.

Mas, se alguém acreditava que esses sustinhos iriam afastá-lo de mais investigações, então essa pessoa não era apenas inacreditavelmente idiota como também era culpada de alguma forma.

15

Ela só tinha bons sonhos quando bebia. Esse era um de seus motivos para beber.

Pois sem os goles de sua garrafa de uísque, estava claro como as coisas se passavam: ela tirava sonecas de horas, com as vozes sempre sussurrando em sua cabeça. Até que o pôster com as crianças brincando à porta sumia em algum momento diante de seus olhos e então os pesadelos começavam. As malditas imagens ficavam enfileiradas. Lembranças dos cabelos macios de uma mãe e de um rosto duro como pedra. Imagens de uma garotinha que tentava se tornar invisível nos cantos da mansão enorme. Momentos terríveis. Imagens enevoadas que surgiam e desapareciam rapidamente de uma mãe que simplesmente a abandonou. E abraços frios, gelados, de mulheres que tomaram o lugar dela.

Ao despertar, seu corpo inteiro tremia de frio e, ao mesmo tempo, a testa estava banhada de suor. Em geral, os sonhos chegavam àquele ponto de sua vida em que ela tinha voltado as costas às expectativas desmedidas desses animais burgueses, a sua falsidade e a seu bem-querer artificial — a tudo o que queria esquecer.

Na noite anterior ela havia bebido muito. Por isso, a manhã foi relativamente tranquila. Podia lidar com o frio, a tosse e a enxaqueca, desde que os sonhos e as vozes ficassem distantes.

Ela se esticou, meteu a mão debaixo da cama e puxou a caixa de papelão: era sua despensa. O sistema era simples. A comida que ficava à direita tinha que ser consumida antes. Quando o lado direito ficava vazio, ela virava a caixa em 180 graus e passava a comer o que estava na nova direita. Dessa maneira, ela podia encher o lado esquerdo com novos produtos do supermercado Aldi. Sempre o mesmo procedimento e nunca mais alimentos que para dois, três dias na caixa. Senão a comida estragava, principalmente quando o sol batia sobre o telhado.

Tomou o iogurte sem nenhum prazer. Passaram-se anos desde que a comida possuía algum significado para ela.

Em seguida, tornou a guardar a caixa debaixo da cama, tateou até encontrar uma caixa menor, acariciou-a por um instante e disse:

— Bem, queridinha, mamãe precisa ir à cidade agora. Volto logo.

Então sentiu o cheiro das axilas. Já estava na hora de tomar um banho de novo. Antigamente ela usava, vez ou outra, o banheiro da estação central. Mas, desde que Tine a havia alertado de que tinha gente por lá procurando por ela, isso acabara. Caso tivesse absoluta necessidade de ir até lá, iria se precaver muito bem de antemão.

Ela lambeu a colher e jogou o potinho no saco de lixo debaixo de si. Enquanto isso, tentava reunir forças para manter os próximos passos sob controle.

Na noite anterior, ela havia estado no endereço de Ditlev, na Strandvej. Passou uma hora contada no relógio diante da mansão, encarando as janelas iluminadas, até que as vozes lhe deram o sinal verde. Era uma casa elegante, mas tão impessoal e sem emoção quanto o dono. Alguma surpresa? Ela quebrou um vidro e olhou tudo com muita atenção, até uma mulher de *negligé* aparecer de repente em sua frente. O olhar dela era puro terror ao ver a pistola de Kimmie. Mas ela se acalmou surpreendentemente rápido ao saber que a pessoa procurada era, na verdade, o marido.

Kimmie lhe deu a pistola e disse que a usasse a seu bel-prazer. A mulher olhou para a arma durante um instante, sopesou-a e, por fim, sorriu. Sim, ela realmente parecia saber em que usá-la. Exatamente como as vozes previram.

Kimmie voltou caminhando para a cidade, aliviada — ciente de que a mensagem agora devia estar clara para todos. Estava seguindo seu rastro. Nenhum deles poderia se sentir seguro, em lugar nenhum. Ela não perderia ninguém de vista.

Se estivesse certa, a essa altura eles já teriam colocado muitos perseguidores em seu encalço. Kimmie achava graça. Pois o número de perseguidores era, de certa maneira, um indicador do pânico que se espalhava no lado de seus oponentes.

Sim, Kimmie iria fazer com que eles se mantivessem alertas. Que permanecessem sob tensão máxima e não conseguissem pensar em mais nada.

Para Kimmie, o pior de tomar banho ao lado de outras mulheres não era a atenção que ela atraía. Nem os olhares curiosos das meninas pequenas para as longas cicatrizes em sua barriga e costas. Nem a alegria autêntica de mães e filhos pelo banho conjunto. Nem mesmo as risadas e o barulho despreocupado na área da piscina.

O pior eram esses corpos femininos cheios de energia, que pareciam literalmente vibrar de tanta vida. Anéis dourados nos dedos que possuíam alguém para acariciá-los. Peitos que alimentavam. Barrigas esperando para receberem a semente. Essas eram as visões que abasteciam as vozes.

Por isso, Kimmie se despia muito rapidamente. Ela jogava suas coisas no alto dos armários, sem olhar para as outras, e deixava os sacos plásticos com as roupas novas no chão. Tudo precisava ser rápido. Ela tinha que ir embora antes de seu olhar começar por si só a esquadrinhar o ambiente.

Ela devia ficar atenta para se manter sob controle.

Assim, haviam se passado apenas dez minutos até ela estar do lado de fora novamente. Vestindo um sobretudo acinturado, os cabelos presos e um toque nada habitual de um perfume de madame, Kimmie estava sobre o viaduto Tietgensbroen e olhava para baixo, até os trilhos que levavam à estação central. Fazia muito tempo que não se vestia assim; não estava à vontade. Com essas roupas, Kimmie era um reflexo de tudo aquilo que combatia. Mas era imprescindível. Queria percorrer a plataforma da estação sem ser notada, subir pela escada rolante até o saguão e caminhar por lá. Caso não percebesse nada de estranho à primeira vista, ela se sentaria para tomar uma xícara de café no Train Fast Food e olharia de vez em quando para o relógio. Como uma mulher qualquer, que espera por alguém ou quer ir a algum lugar. Reta como um fio de alta-tensão, com as sobrancelhas arqueadas e óculos de lentes coloridas.

Como uma dessas mulheres que têm certeza do que querem alcançar na vida.

Kimmie já estava sentada lá havia uma hora quando Tine-Ratazana passou, esquálida e rindo para si mesma, alheia a tudo. Seus passos pareciam inseguros, a cabeça pendia para o lado e o olhar estava fixado a meio metro diante de si naquele ambiente vazio. Era evidente que ela havia acabado de tomar um pico. Ainda que Tine nunca tivesse parecido tão indefesa e transparente como agora, Kimmie não se mexeu. Apenas a acompanhou com o olhar até ela desaparecer no McDonald's.

Nesse momento, a atenção de Kimmie recaiu sobre um homem magro. Ele estava junto ao muro conversando com outros dois, ambos de casacos claros. O fato de três adultos estarem tão próximos a incomodou menos que a conversa que mantinham, sem se olhar. Em vez disso, estavam o tempo todo perscrutando a estação. Além de estarem vestidos de maneira quase idêntica. Nesse momento, as luzes de alerta de Kimmie começaram a piscar.

Ela se levantou vagarosamente. Ajeitou os óculos e, apesar dos sapatos de salto alto, foi até os homens como se caminhasse sobre plumas. Ao se aproximar, pôde notar que eles tinham por volta de 40 anos, todos três. Rugas profundas ao redor da boca testemunhavam uma vida dura. Não eram rugas de homens de negócios que trabalham até altas horas da noite em escrivaninhas abarrotadas e iluminação precária. Não, esses vincos vivenciaram ventos, más condições climáticas e horas infinitas de monotonia. A função desses homens era esperar e observar.

Quando Kimmie ainda estava a 2 metros de distância deles, os três a encararam ao mesmo tempo. Ela sorriu para os homens, mas com os lábios fechados para não mostrar os dentes. Ao passar, notou que um súbito emudecimento tomou conta dos três. Apenas depois de se afastar alguns passos, eles continuaram sua conversa. Kimmie parou e começou a revirar a bolsa. Um dos três se chamava Kim, ela conseguiu ouvir. Um nome com K, claro.

Eles falavam sobre horários e lugares e pararam de se preocupar com ela. Ou seja, Kimmie podia se movimentar livremente. Os homens estavam claramente se orientando por uma descrição que não correspondia, naquele momento, à que ela apresentava. Claro que não.

Acompanhada pelas vozes sussurrantes, Kimmie deu uma volta pela estação. Do outro lado, comprou uma revista feminina e depois retornou a seu ponto de partida. Agora, apenas um daqueles sujeitos estava lá. Ele se apoiava no muro e com certeza estava preparado para esperar bastante. Seus movimentos eram lentos, apenas os olhos pareciam estar com uma pressa constante. Homens desse tipo eram exatamente os que rodeavam Torsten, Ulrik e Ditlev. Sujeitos de merda. Umas raposas. Homens frios, que faziam tudo por dinheiro.

Trabalho que não se encontrava em classificados.

E, quanto mais tempo ela observava o sujeito, mais próxima se sentia dos porcos que queria destruir. Sua raiva não parava de crescer. As vozes em sua cabeça falavam todas ao mesmo tempo e se contradiziam.

— Parem — ordenou ela, baixando o olhar. Kimmie percebeu que o homem da mesa ao lado ergueu o olhar, tentando localizar o alvo da raiva dela.

Ele que quebrasse a cabeça a respeito!

Parem!, pensou ela, olhando fixamente para a manchete de uma revista. "Kevin luta por sua honra", estava escrito em maiúsculas na capa. Mas ela prestou atenção apenas no K.

Um K maiúsculo. Novamente esse K.

Os alunos do 3G o chamavam apenas de K, mas na verdade ele se chamava Kåre. Na hora da votação para saber qual aluno seria o representante do último ano, ele recebeu quase todos os votos do 3G. Era extremamente bonito e costumava ser o tema número um das conversas das garotas mais novas nos dormitórios coletivos e das mais velhas em seus quartos. Mas ela, Kimmie, foi quem ficou com ele. Após três danças no baile, chegou sua vez. E Kåre sentiu os dedos dela em lugares onde ninguém havia estado antes, pois Kimmie não conhecia apenas o próprio corpo mas o dos garotos também. Kristian tinha se ocupado disso.

E Kåre se debatia, indefeso, preso à guia dela.

As pessoas comentavam que as notas médias do outrora tão brilhante Kåre caíam dia após dia e que era surpreendente que um garoto tão exemplar pudesse, de repente, ficar assim desleixado. Mas Kimmie gostava disso. Era obra sua. Era seu corpo que havia balançado esse feixe de virtudes em suas bases. Apenas e unicamente seu corpo.

Tudo estava preparado para Kåre. Seu futuro já havia sido traçado havia muito tempo por seus pais. Porém, eles não faziam ideia de quem era seu filho. Afinal, era apenas uma questão de honrar a casta, manter o filho na linha.

Se a família fosse honrada e colecionasse sucessos, então o sentido da vida tinha sido encontrado. Custasse o que custasse.

Era no que eles acreditavam.

Exatamente por isso, Kåre se tornou o primeiro objetivo de Kimmie. Tudo o que Kåre representava lhe provocava mal-estar.

Prêmios para alunos aplicados. O melhor no tiro a pássaros. O mais rápido na pista de atletismo. Um orador exemplar em eventos festivos. Cabelos um pouco mais bem-cortados, calças bem passadas. Isso devia acabar, decidiu Kimmie. Ela queria fazer algo como descascá-lo, ver o que se escondia por baixo.

E, quando Kimmie terminou seu trabalho, saiu à procura de uma presa mais difícil. A escolha era farta. Ela não temia nada nem ninguém.

Kimmie levantava o olhar de sua revista apenas de vez em quando. Ela notaria se o homem no muro abandonasse seu posto de observação. Mais de dez anos na rua aguçavam os instintos.

E foram exatamente esses instintos que a fizeram prestar atenção, uma hora mais tarde, em um segundo homem. Ele também se movimentava daquela maneira supostamente sem objetivo, como se estivesse sendo levado por pernas no piloto automático, mas com os olhos afiados e onipresentes. Não era um batedor de carteiras, cujo olhar alerta esquadrinha a bolsa de uma vítima ou um sobretudo pendurado de lado. Nem um trapaceiro, que estica a mão no momento em que um comparsa faz o trabalho sujo. Não, Kimmie conhecia esses sujeitos melhor que ninguém. Ele não era dessa turma.

Era pequeno, compacto, e usava uma roupa surrada. Sobretudo grosso, bolsos grandes. Uma couraça ao redor do corpo como uma pele de cobra descascada — adequada, porém não combinava. Parecia querer sinalizar ser pobre. Mas era apenas fingimento, Kimmie tinha certeza. Párias, que haviam desistido, não olhavam para as outras pessoas. Seus olhares eram para as lixeiras. Para os pés, nas ruas. Para os cantos, nos quais talvez fosse possível achar garrafas vazias. No máximo para uma vitrine qualquer ou para a oferta do dia no Sun Set. Mas eles nunca ficavam observando o que os outros faziam ou deixavam de fazer — assim como esse homem de sobrancelhas cerradas fazia. Além disso, seu tom de pele era escuro, como um turco ou um iraniano. Alguém já tinha visto um turco cair tanto assim, a ponto de ficar se esgueirando pelas ruas de Copenhague?

Kimmie observou como ele foi em direção ao homem que estava apoiado no muro e esperou que eles se comunicassem de alguma forma, mas nada aconteceu.

Em seguida, ela permaneceu sentada, quieta, observando por cima da revista. Pediu para as vozes não se intrometerem. Ficou sentada lá por bastante tempo até que o homem baixo voltou para o ponto de partida. Mas também dessa vez os dois não fizeram contato.

Kimmie se levantou em silêncio, empurrou a cadeira com cuidado até junto à mesa do café e seguiu o homem baixo de tez escura, mantendo certa distância.

Ele andava devagar. De vez em quando, deixava a estação e inspecionava a Istedgade. Mas nunca se afastava tanto a ponto de ela não conseguir mantê-lo em seu campo visual a partir da escada diante da estação.

Sem qualquer sombra de dúvida ele estava à procura de alguém, e esse alguém poderia ser ela. Por isso, Kimmie se manteve escondida atrás de cartazes e nos cantos.

Depois de parar pela décima vez diante do correio da estação e olhar para todos os lados, ele se virou subitamente e a encarou. Kimmie não estava preparada para isso. Deu meia-volta em seus saltos a fim de se apressar até o ponto de táxi, para entrar em um carro e sair de lá voando. Ele não conseguiria impedi-la.

Mas ela não contava que Tine-Ratazana estivesse bem às suas costas.

— Oi, Kimmie — saudou Tine com a voz aguda, olhando-a com seus olhos baços. — Achei que era você, querida. Você está pra lá de chique hoje. O que aconteceu?

Ela esticou os braços na direção de Kimmie como se quisesse se assegurar de que não estava falando com uma miragem. Mas Kimmie deu um passo para trás e a deixou plantada lá, com os braços estendidos.

Atrás dela, ouviam-se passos rápidos; era o homem correndo em sua direção.

16

O telefone tocou três vezes durante a noite. Porém, cada vez que Carl atendia, a linha estava muda.

No café da manhã, ele perguntou a Jesper e Morten se eles haviam percebido algo estranho. Como resposta, os jovens, com dificuldade de despertar pela manhã, apenas olharam para Carl em silêncio.

— Talvez vocês tenham se esquecido de fechar as portas e as janelas ontem — insistiu ele. Devia haver um jeito de achar um acesso à massa encefálica inebriada de sono de ambos.

Jesper deu de ombros. Quem quisesse algo dele a essa hora da manhã tinha que ter ganhado primeiro um prêmio na loteria. Morten, por sua vez, grunhiu algo como resposta.

Carl deu uma volta pela casa, mas não percebeu nada de estranho. A fechadura da porta da frente não apresentava nenhum risco. As janelas estavam como deviam estar. A invasão parecia ser coisa de gente que sabia o que estava fazendo.

Ele encerrou suas investigações após dez minutos e se sentou no carro que usava para trabalhar, estacionado entre os prédios de concreto cinza. Cheirava a gasolina.

— Puta merda! — exclamou ele, abrindo com força a porta do Peugeot e se jogando de lado no estacionamento. Carl rolou mais duas ou três vezes, até ficar protegido por um furgão. E ficou esperando pelo estrondo violento que arrebentaria as janelas de todo Magnolievangen.

— O que aconteceu?

Ele escutou uma voz calma. Carl se virou. Kenn, seu companheiro de churrasco, usava apenas uma camiseta fina. E, embora a manhã ainda estivesse fresca, ele parecia confortavelmente aquecido.

— Fique parado, Kenn! — ordenou Carl e fixou o olhar na direção do parque Rønneholt.

Não havia nenhuma movimentação nos arredores, exceto as sobrancelhas de Kenn. Talvez da próxima vez que ele se aproximasse do carro alguém acionaria o controle remoto. Talvez a faísca gerada pelo giro da chave já fosse o suficiente.

— Alguém mexeu no meu carro — explicou ele, desviando vagarosamente o olhar dos telhados e das centenas de janelas em volta.

Carl ponderou rapidamente se deveria chamar os peritos da polícia, mas decidiu que não. Quem quer que estivesse com a intenção de intimidá-lo ou tirá-lo do caminho não deixaria pistas tão grosseiras como impressões digitais. Além disso, ele podia aceitar os fatos e pegar o trem.

Caçador ou caça? No momento, era relativo.

Carl ainda não havia tirado o casaco e Rose já estava junto à porta de seu escritório, com as sobrancelhas arqueadas.

— Os mecânicos da polícia estão em Allerød. Eles disseram que não tem nada de errado com o seu carro. Só um cano de combustível com um ligeiro vazamento. Não soa nada empolgante.

Rose revirou os olhos em câmera lenta. Carl ignorou a cena. Estava mais que na hora de impor respeito.

— Você me deu uma porção de tarefas, Carl. Vamos falar logo sobre isso? Ou devo esperar até o cheiro de gasolina desaparecer dos seus miolos?

Ele acendeu um cigarro e se aprumou na cadeira.

— Diga — pediu ele, imaginando se os mecânicos seriam tão prestativos em trazer o carro até a central. Torcer por isso não custava nada.

— Primeiro o acidente na piscina de Bellahøj. Não tem muito o que falar a respeito. O sujeito tinha 19 anos e se chamava Kåre Bruno. Era um bom nadador. Na verdade, ele era bastante atlético, bom em todo tipo de esporte. Os pais moravam em Istambul. Mas os avós moravam em Emdrup, bem perto da piscina. Nos fins de semana livres, ele sempre os visitava. — Rose folheou os papéis. — O relatório fala de um acidente no qual Kåre foi o próprio culpado. Falta de atenção ao pular da plataforma de 10 metros é algo bem complicado, eu diria.

Ela meteu a caneta no meio dos cabelos. Ela não ficaria presa lá por muito tempo.

— Havia chovido pela manhã. O sujeito deve, muito provavelmente, ter escorregado no chão molhado. Enquanto tentava se exibir para alguém, eu arriscaria. Dizem que estava sozinho lá. Ninguém viu exatamente o que aconteceu. Viram apenas quando ele apareceu estatelado nos azulejos, com a cabeça virada 180 graus.

Carl olhou para Rose. Ele estava com uma pergunta na ponta da língua, mas ela não o deixou tomar a palavra.

— E, sim, Kåre frequentava o mesmo internato que Kirsten-Marie Lassen e os outros da turma. Ele era do 3G, os outros ainda estavam no 2G, um ano mais novos. Até agora não falei com ninguém do internato, mas ainda posso fazer isso mais tarde. — Rose parou de falar tão abruptamente como uma bala atingindo uma parede de concreto. Carl teria que se acostumar com o estilo.

— Ok. Vamos reunir todos os detalhes agora. E Kimmie, alguma novidade?

— Você parece mesmo achar que ela era importante na turma — constatou Rose. — Por quê?

Devo contar até dez?, pensou ele.

— Quantas garotas faziam parte dessa turma do internato? — perguntou ele. — E quantas garotas dessas sumiram nesse meio-tempo? Uma só, não foi? E, ainda por cima, uma garota que pode estar querendo mudar seu status atual. É por isso que estou interessado em Kimmie. Caso ela ainda exista, poderia ser a chave para várias informações. Você não acha que deveríamos ir atrás dela?

— Quem disse que ela quer mudar o status atual? Não são muitos os sem-teto que a gente consegue meter em uma casa de novo, se é nisso que está pensando.

Se a boca daquela mulher continuasse a se mover assim, logo Carl estaria subindo pelas paredes.

— Vou te perguntar de novo, Rose. O que você descobriu sobre Kimmie?

— Sabe de uma coisa, Carl? Antes de chegar a esse ponto, quero te dizer uma coisa. Você precisa dar um jeito de arranjar uma cadeira para Assad e eu nos sentarmos enquanto passamos os relatórios para você aqui. Se é para ficarmos encostados na porta o tempo inteiro sempre que você fica querendo saber os detalhes, vamos ter dor nas costas.

Então se encoste em outro lugar, pensou ele, dando uma boa tragada em seu cigarro.

— Se não estou enganado, você já descobriu a cadeira certa em algum catálogo. — Foi tudo o que Carl disse.

Rose não respondeu. Portanto, amanhã uma cadeira nova vai aparecer aqui, avaliou ele.

— Quase não existem dados oficiais sobre Kirsten-Marie Lassen. Pelo menos ela nunca recebeu nada da seguridade social. Ela foi expulsa da escola no último ano. Terminou seus estudos na Suíça, mas não tenho nenhuma informação a respeito. O último endereço registrado é com Bjarne Thøgersen, em Brønshøj. Não sei quando ela saiu de lá. Mas acho que foi mais ou menos na época em que ele se entregou. Ou seja, um pouco antes. Em algum momento entre maio e julho de 1996. E antes disso, de 1992 a 1995, ela estava com sua madrasta, que mora em Ordrup, na Kirkevej.

— Você certamente vai me dar o nome e o endereço completo dessa senhora, certo?

Rose lhe entregou um papelzinho amarelo, antes mesmo de Carl ter terminado a frase.

A senhora se chamava Kassandra. Kassandra Lassen. A única Kassandra que ele conhecia era a ponte Cassandra de *A travessia de Cassandra*, aquele filme antigo com Burt Lancaster.

— E o que aconteceu com o pai de Kimmie? Ele ainda está vivo?

— Sim, e como — respondeu ela. — Willy K. Lassen. Pioneiro do software. Mora em Monte Carlo com uma nova esposa e provavelmente filhos novos. A informação está em algum lugar na minha mesa. Nasceu por volta de 1930, então o velhão ainda deve estar bem inteiro ou a nova mulher não é flor que se cheire. — Ela abriu um sorriso que ocupava quatro quintos de seu rosto. E era acompanhado daquele ruído que, cedo ou tarde, iria custar o autocontrole de Carl. Isso era mais que previsível.

Rose parou de rir abruptamente.

— Pelo que sei, Kimmie nunca passou uma noite nesses abrigos que a gente costuma verificar. Mas ela também pode ter alugado um apartamento ou algo parecido que não declara ao governo, talvez por razões de imposto ou sei lá. Minha irmã sobrevive assim. Tem quatro pessoas morando com ela nesse esquema. Afinal, é preciso inventar uma saída quando se tem três filhos e quatro gatos para sustentar, além de um marido bundão que saiu de casa, certo?

— Rose, acho que você não devia me contar tantos detalhes. No fim das contas, sou um guardião das leis, caso você tenha se esquecido disso.

Ela esticou a mão aberta na direção de Carl. Deus do céu, dizia o olhar dela, se ele acha que é alguém superior, então tudo bem.

— Mas tenho informações do verão de 1996. Nessa época, Kirsten-Marie Lassen deu entrada no Hospital Bispebjerg. Não tenho os prontuários da paciente. Eles precisam revirar os arquivos quando eu peço algo de anteontem, imagine de tanto tempo atrás. Tenho apenas a data da entrada e de quando ela sumiu.

— Ela sumiu do hospital? Quando estava em tratamento?

— Não sei nada a respeito. Mas, de qualquer maneira, existe um registro no prontuário de que ela foi embora contrariando uma orientação explícita dos médicos.

— Por quanto tempo Kimmie ficou no hospital?

— De nove a dez dias. — Rose folheou sua coleção de bilhetes amarelos. — Aqui. De 24 de julho até 2 de agosto de 1996.

— Dois de agosto?

— Sim. O que isso tem de mais?

— É a data em que, nove anos antes, foram cometidos os assassinatos de Rørvig.

Rose fez um beicinho. Estava evidente que tinha ficado muito brava por não ter feito essa associação antes.

— Qual o setor em que estava internada? Psiquiatria?

— Não. Ginecologia.

Carl batucou sobre o canto da mesa.

— Ok. Dê um jeito de conseguir o prontuário médico. Vá até lá, se for preciso, e ofereça a sua ajuda.

Ela assentiu de maneira imperceptível.

— E como estão os arquivos dos jornais, Rose? Você os checou?

— Sim, e não tem nada lá. Apenas os inquéritos finais de 1987. E Kimmie nunca foi mencionada em relação à prisão de Bjarne Thøgersen.

Ele respirou fundo. Apenas agora tinha tomado consciência de fato. Ninguém da turma do internato havia sido conectado ao caso publicamente, em momento algum. Eles continuaram subindo os degraus da sociedade, sem nenhuma mancha na carreira e na surdina. Nenhum deles deu motivo para que alguém erguesse uma sobrancelha desconfiada. Claro que eles queriam que continuasse assim.

Mas por que haviam tentado assustá-lo? E, ainda por cima, de maneira tão grosseira? Agora que sabiam que Carl estava investigando o caso de novo, por que simplesmente não vieram falar com ele para se explicar? Todo o resto criava apenas desconfiança e resistência.

148

— Ela sumiu em 1996 — repetiu ele. — Houve alguma campanha na imprensa, naquela época? Algum aviso de desaparecimento?

— Não, e também nenhum tipo de busca por parte da polícia. Ela simplesmente desapareceu. A família não tomou nenhuma providência.

Carl assentiu. Família simpática.

— Ou seja, não há nada na imprensa sobre Kimmie — concluiu ele. — Mas e no caso das recepções e coisas assim? Ela não participava? Faz parte dos costumes das pessoas do nível dela.

— Não faço ideia.

— Então comece checando isso, por favor. Pergunte às pessoas nas revistas de celebridades, de fofocas. Os arquivos desses lugares abrangem tudo e mais um pouco. Alguma maldita revista de salão de cabeleireiro deve ter fotografado Kimmie em algum momento.

A expressão de Rose parecia sinalizar que ela logo o veria como um caso perdido.

— Encontrar o prontuário médico dela vai demorar, com certeza. Com que devo começar então?

— Com o hospital em Bispebjerg. Mas não se esqueça dessas revistas de fofocas. Gente da alta-roda é um prato cheio para os abutres das redações. Você tem os dados pessoais dela?

Rose lhe passou o bilhete. Não havia nada de novo. Nascida em Uganda. Sem irmãos. Durante a infância, mudança de país a cada dois anos, revezando-se entre a Inglaterra, os Estados Unidos e a Dinamarca — e, surpreendentemente, era o pai quem mantinha a guarda da criança. No mais, ela havia nascido no Natal.

— Você se esqueceu de me perguntar duas coisas, Carl. Acho isso constrangedor.

Ele olhou diretamente para Rose. Vista assim, de baixo, ela parecia uma versão mais cheiinha da Cruela Cruel pouco antes de raptar os 101 pequenos dálmatas. Talvez a ideia de uma cadeira do outro lado da mesa não fosse assim tão ruim. Pelo menos a perspectiva mudaria um pouco.

— O que é constrangedor? — perguntou ele, sem estar muito animado em ouvir a resposta.

— Você não me perguntou pelas mesas. As mesas lá do corredor. Elas já chegaram. Mas estão nas caixas e ainda precisam ser montadas. Eu gostaria que Assad me ajudasse.

— Não tenho nada contra. Se ele souber como se faz. Mas, como você está notando, ele não está aqui. Assad está na rua, procurando nossa sumida.

— Ah. E você?

Carl balançou a cabeça lentamente. Montar mesas? Ela devia ser louca.

— E o que é a segunda coisa que deixei de perguntar, caso eu possa saber?

Rose parecia estar sem vontade de responder.

— Bem, se a gente não montar as mesas, também não vou copiar o resto dessa papelada que você me pediu. Uma mão lava a outra.

Carl engoliu em seco. Em uma semana ela estaria demitida. Na sexta, Rose ainda poderia dar uma de babá para os malditos comedores de bacalhau seco, mas, depois, rua.

— Bem, a segunda é a respeito da minha conversa com o pessoal do Departamento de Finanças. Eles me informaram que Kimmie teve um emprego entre 1993 e 1996.

Carl, que estava prestes a colocar um cigarro na boca, baixou-o no meio do movimento.

— É verdade? Onde?

— Duas empresas não existem mais, mas o último local de trabalho ainda funciona. E foi justamente lá que ela ficou mais tempo. É um pet shop.

— Pet shop? Ela vendia animais?

— Não faço ideia. Você pode perguntar a eles. Fica no mesmo endereço. Ørbækgade, 62, em Amager. Chama-se Nautilus Trading S/A.

Carl anotou o nome do lugar. Isso tinha que esperar mais um pouco.

Com as sobrancelhas baixas, ela curvou a cabeça em sua direção.

— E, sim, Carl. Era tudo. — Ela informou. — Ah, eu queria dizer mais uma coisa: obrigada a você também.

17

— Marcus, quero saber quem está atrapalhando as minhas investigações.

O delegado da Homicídios olhou para Carl por cima da armação dos óculos. Claro que ele não tinha vontade de responder.

— Além do mais, você devia saber que visitas não anunciadas estiveram na minha casa. Olhe para isso.

Carl lhe mostrou a foto do uniforme de gala e apontou para as manchas de sangue.

— Fica pendurado no meu quarto. Ontem à noite as manchas de sangue ainda estavam bastante frescas.

Marcus Jacobsen se recostou um pouco e observou a foto. E não gostou do que viu.

— E como você interpreta isso, Carl? — perguntou ele depois de pensar um tempo.

— Alguém quer me acovardar. Qual a outra interpretação possível?

— Qualquer policial faz inimigos ao longo do tempo. Por que você está relacionando isso ao caso em que está trabalhando agora? E seus amigos, sua família? Não tem nenhum engraçadinho entre eles?

Bela ideia. Carl deu um sorriso misericordioso ao chefe.

— Me ligaram três vezes na noite passada. E adivinhe: havia alguém do outro lado da linha?

— Sim, sim, tudo bem! E o que você acha que eu devo fazer?

— Me diga quem está freando as minhas investigações. Mas talvez você prefira que eu mesmo ligue para a superintendente da polícia.

— Ela vem aqui hoje à tarde. Então vemos o que ela diz.

— Posso confiar nisso?

— Vamos ver.

Carl fechou a porta do escritório do delegado com um pouco mais de força que de costume — e topou com o rosto pálido de Bak bem diante de seu nariz. O casaco preto de couro, que normalmente ficava colado nele como uma segunda pele, hoje estava displicentemente jogado sobre o ombro. Ou seja, havia esse outro estilo também.

— E aí, Bak? Ouvi dizer que você está deixando a gente? Você virou herdeiro ou o quê?

Bak pareceu pensar um pouco se, somado, o tempo de trabalho conjunto deles era mais positivo ou negativo. Virou um pouco a cabeça e disse:

— Sabe como é. Ou se é um policial bom pra cacete ou um pai de família bom pra cacete.

Carl pensou em colocar a mão sobre o ombro dele, mas depois se satisfez com um aperto de mão.

— Hoje é o último dia! Desejo muita sorte a você e tudo de bom com a família. Mesmo sendo um bundão de primeira, Bak, não seria ruim ter você de volta depois da sua licença, caso sinta vontade de aparecer por aqui de novo.

O colega cansado olhou surpreso para Carl. Ou até derrotado? As microscópicas expressões de sentimento de Børge Bak não eram interpretáveis à primeira vista.

— Você nunca foi muito simpático mesmo, Carl — declarou ele, balançando a cabeça. — Mas no geral é um sujeito decente.

Essa foi uma inacreditável salva de elogios entre os dois.

Carl se virou e acenou com a cabeça para Lis. Ela estava atrás do balcão, sobre o qual havia quase tantos papéis quanto sobre o piso do porão, esperando apenas serem alocados em uma mesa que Rose certamente já havia montado.

Bak já estava com a mão na maçaneta da porta do delegado.

— Carl — chamou ele —, não é Marcus que está freando você, se é isso que está pensando. É Lars Bjørn. — Bak ergueu um indicador. — E eu nunca te contei isso, certo?

Carl lançou um olhar para a sala do vice-diretor de operações. Como sempre, as persianas nos vidros para o corredor estavam baixadas, mas a porta estava aberta.

— Ele vai voltar só lá pelas três. Pelo que entendi, tem uma reunião com a superintendente — foram as últimas palavras de Bak.

Carl encontrou Rose Knudsen agachada no corredor do porão. Parecia um urso-polar crescido, que escorrega sobre o gelo. As pernas se abriam para a direita e para a esquerda e, com os cotovelos, ela se apoiava sobre um pedaço de papelão. Pernas de mesa, suportes de metal, diversas chaves de fenda e outras ferramentas estavam espalhadas a seu redor e 10 centímetros abaixo de seu nariz ficavam inúmeras instruções de montagem. Ela havia encomendado quatro mesas de alturas reguláveis. Carl esperava que todo esse esforço resultasse mesmo em quatro mesas de alturas reguláveis.

— Você não devia ter ido ao Hospital Bispebjerg, Rose?

Ela não se mexeu do lugar; apenas apontou para a porta de Carl.

— Há uma cópia sobre a sua mesa — avisou ela. E, em seguida, mergulhou novamente nas instruções de montagem.

O hospital tinha enviado três folhas por fax que realmente estavam sobre a mesa de Carl. Exatamente as informações de que ele necessitava, carimbadas e datadas. Kirsten-Marie Lassen. Hospitalização de 24 de julho a 2 de agosto de 1996. Metade das palavras era grego, mas dava para entender perfeitamente o sentido.

— Venha até aqui, Rose! — chamou ele.

Ouviu-se uma série de palavrões e resmungos lá do chão, mas ela se levantou e foi.

— Sim? — Gotas de suor escorriam por seu rosto, totalmente dominado pelas marcas de seu rímel borrado.

— Eles encontraram o prontuário!

Rose assentiu.

— Você o leu?

Ela assentiu novamente.

— Kimmie estava grávida e deu entrada com sangramento depois de uma queda grave de uma escada — disse ele. — Ela foi tratada e parece que se recuperou, mas acabou perdendo a criança. Havia sinais de machucados recentes, você leu isso também?

— Sim.

— Mas não há menção ao pai ou a qualquer familiar.

— Eles disseram que isso é tudo o que têm.

— Hum. — Carl olhou mais uma vez para as cópias. — Então ela estava no quarto mês quando foi para o hospital. Depois de alguns dias, achava-se que o perigo de um aborto havia passado. Mas no nono dia acabou abortando. No exame posterior, foram encontrados indícios de golpes contra o seu ventre. Kimmie explicou isso dizendo ter caído da cama do hospital. — Carl procurou por um cigarro com os dedos. — Não dá para acreditar realmente nisso.

Semicerrando os olhos e abanando freneticamente a mão, Rose deu um passo para trás. Ou seja, ela não gostava de fumaça. Muito bem! Então Carl sabia como mantê-la longe.

— Não foi registrada queixa — declarou ela. — Mas já sabíamos disso de antemão.

— Não há nada registrado se foi realizada uma curetagem ou algo do gênero. Mas o que isso aqui quer dizer? — Ele apontou para algumas linhas mais abaixo. "Placenta."

— Liguei para lá. Isso significa que, durante o aborto, a placenta não descolou inteiramente.

— Qual o tamanho da placenta no quarto mês?

Rose deu de ombros. Supostamente isso não fazia parte do currículo do curso técnico.

— E ela não passou por curetagem?

— Não.

— Pelo que sei, isso pode ter consequências fatais. Não se pode brincar com sangramentos e infecções no útero. Além disso, os golpes, ou sei lá o quê, também a machucaram. E acredito que bastante.

— Por isso eles não queriam dar alta a ela. — Rose apontou para o tampo da mesa. — Você viu esse bilhete aqui?

Era um daqueles papeizinhos autocolantes. Cacete, como ela imaginava que ele pudesse descobrir algo tão minúsculo sobre a escrivaninha? Em comparação, uma agulha em um palheiro não era nada.

"Ligue para Assad", estava escrito.

— Faz meia hora que ele ligou. Disse que provavelmente viu Kimmie.

Carl sentiu imediatamente aquele espasmo típico na barriga.

— Onde?

— Na estação central. Pediu que você ligasse.

Ele arrancou o casaco do gancho.

— São só 400 metros daqui. Fui.

Do lado de fora, na rua, as pessoas estavam vestidas com roupas leves. De repente, as sombras ficaram longas e estreitas e todos pareciam estar participando de um concurso de sorrisos. Era fim de setembro e fazia mais de 20 graus, o que havia para rir? As pessoas deviam é erguer as cabeças e olhar horrorizadas para o buraco na camada de ozônio. Carl tirou o casaco e o jogou sobre o ombro. A próxima novidade seria usar sandálias em janeiro. Três vivas para o efeito estufa.

Sacou o celular, tentou encontrar o número de Assad e descobriu que estava, de novo, sem bateria. Era a segunda vez em poucos dias que isso acontecia. Bateria de merda.

Carl entrou no saguão da estação central e deu uma olhada na movimentação. Não parecia muito animador. Depois, deu uma volta pelo mar de malas. Sem sucesso.

Que droga, pensou ele e foi até o posto policial da estação na saída da Reventlowsgade.

Não lhe restou alternativa senão ligar para Rose e pedir a ela o número do celular de Assad. Carl já conseguia ouvir sua risada barulhenta.

Os policiais atrás do balcão não o conheciam, por isso ele puxou o distintivo.

— Carl Mørck, olá. Meu celular morreu, posso usar o telefone de vocês?

Um deles, que consolava uma menina que havia se perdido da irmã mais velha, apontou para um objeto gasto atrás do balcão. Tempos atrás, ele fazia rondas e consolava crianças! Por algum motivo, ficou triste com a lembrança.

Carl começava a digitar o número quando descobriu Assad através das lâminas da persiana. Ele estava na escada que levava aos banheiros do andar de baixo. Um grupo de mochileiros do ensino médio exaltados quase o encobriam. Sua aparência não era boa, olhando para os lados metido em seu sobretudo seboso.

— Obrigado — disse Carl, desligando e saindo apressado.

Assad estava a apenas 5 ou 6 metros de distância e Carl queria chamá-lo quando um homem apareceu atrás do parceiro e o pegou pelos ombros. Ele era negro, tinha cerca de 30 anos e parecia tudo menos amistoso. Com um tranco, virou-o e o xingou. Carl não entendeu as palavras, mas a expressão de Assad não deixava dúvidas. Eles não eram amigos.

Algumas garotas do grupo de estudantes olharam indignadas para eles. *Saco! Idiotas!*, era o que seus semblantes cheios de soberba diziam.

Em seguida, o sujeito bateu em Assad — que revidou, de maneira incrivelmente precisa e destruidora, o que parou o sujeito na hora.

Por um momento ele ainda ficou cambaleando. Os professores discutiam para saber se deviam intervir ou não.

Porém Assad não parecia se incomodar. Ele agarrou o sujeito e o segurou até que começasse a berrar.

No instante em que o grupo de alunos começou a se afastar, Assad viu Carl. Ele reagiu de imediato. Deu um empurrão forte, de maneira que o sujeito só parou depois de mais alguns passos trôpegos, e fez um movimento com a mão que dizia que era para ele dar o fora dali. Carl olhou o rosto do homem de relance, antes de ele sumir na direção das escadas até a plataforma. Costeletas bem-delineadas e cabelos reluzentes. Um sujeito chique com um olhar cheio de ódio. Ninguém que ele gostaria de encontrar uma segunda vez.

— Quem era aquele cara? — perguntou Carl.

Assad deu de ombros.

— Sinto muito, Carl. Um idiota qualquer.

Os olhos de Assad tremiam, seu olhar estava em todos os lugares ao mesmo tempo, no posto policial, nos alunos, em Carl, em tudo. Era um Assad bem diferente daquele animado fazedor de chá de hortelã do porão. Um homem acuado.

— Quando puder, você me conta o que acabou de acontecer, ok?

— Não foi nada. Era apenas um sujeito que mora na minha vizinhança. — Ele sorriu. Quase convincente. — Você recebeu o meu recado? Sabe que seu celular morreu, não sabe?

Carl admitiu.

— Como você sabe que a mulher era Kimmie?

— Uma dessas prostitutas viciadas a chamou pelo nome.

— Onde ela está agora?

— Kimmie? Não sei. Ela se mandou em um táxi.

— Que merda, Assad. Você a seguiu, não?

— Claro. Meu táxi estava logo atrás, mas, quando chegamos à Gasværksvej, o táxi dela parou logo depois da esquina e ela desceu. Cheguei um segundo depois e Kimmie já tinha sumido.

Sucesso e fracasso, tudo ao mesmo tempo.

— O motorista do táxi dela disse que recebeu 500 coroas. Ela simplesmente se jogou dentro do táxi e disse: "Para a Gasværksvej, voando! O dinheiro é seu! Todo!"

Quinhentas coroas por 500 metros. Como não ficar intrigado?

— Claro que procurei por ela. Entrei em lojas, perguntei se alguém tinha visto alguma coisa. Toquei campainhas.

— Você anotou o número do motorista de táxi?

— Sim.

— Chame-o para depor. Tem algo de podre no ar.

Assad concordou.

— Eu sei quem é essa viciada. Tenho o endereço dela. — E passou uma anotação a Carl — Consegui há cerca de dez minutos, no posto policial. Ela se chama Tine Karlsen. Tem um quarto mobiliado na Gammel Kongevej.

— Ótimo, Assad. Mas como você conseguiu essa informação no posto? Quem você disse que era?

— Mostrei a minha identificação da central.

— Isso não dá direito a essa informação, Assad. Você é um civil.

— Tudo bem, mas eu a recebi mesmo assim. Mas, já que você me faz vir para a rua, seria bom receber um distintivo.

— Sinto muito, Assad. Não dá. — Carl balançou a cabeça. — Você disse que o pessoal do posto a conhece. Ela já foi presa alguma vez?

— Sim, o tempo todo. Eles estão de saco cheio dela. Tine costuma ficar na entrada principal, mendigando.

Carl olhou para o alto do prédio amarelo ao lado da passagem do teatro: nos quatro andares inferiores, uma porção de quartos interligados; bem no alto, quitinetes. Não era difícil de adivinhar onde Tine Karlsen morava.

Um homem com aparência de poucos amigos, usando um roupão de banho azul, abriu uma fresta da porta no quinto andar.

— Tine Karlsen, o senhor disse? Me segue. — Ele levou Carl até um corredor com quatro ou cinco portas do outro lado da escada e apontou uma delas. Com uma das mãos, ele coçava sua barba grisalha. — A gente não gosta muito de visitas de policiais aqui em cima. O que ela fez?

Carl semicerrou os olhos e sorriu de um jeito malicioso para ele. O sujeito certamente ganhava um bocado sublocando suas porcarias de quartos. Então, droga, que pelo menos tratasse bem os inquilinos.

— Ela é uma testemunha importante de um caso importante, gente chique. Gostaria de pedir ao senhor que desse a ela todo o apoio necessário. Entendeu?

O sujeito largou a barba. Ele parecia não fazer a mínima ideia do que Carl estava falando. Tanto faz. O importante era a mensagem fazer efeito.

Depois de Carl bater pelo que pareceu uma eternidade, Tine abriu a porta. Que rosto desfigurado!

No quarto, ele recebeu uma lufada de um ar desagradável, como aquele exalado por gaiolas de animais de estimação quando não são limpas com a frequência necessária. Carl se lembrou muito bem daquela fase da vida de seu enteado. Os hamsters dourados acasalavam o dia inteiro sobre a escrivaninha, de modo que seu número se multiplicou em uma fração de segundo. E essa tendência teria se mantido caso Jesper não tivesse perdido o interesse nos bichos, que por fim haviam começado a se devorar uns aos outros. Naqueles meses, o fedor era parte integrante da atmosfera da casa, até que certo dia Carl doou o restante dos animais à creche.

— Vejo que você tem um rato — comentou ele, curvando-se sobre o monstrinho.

— Ele se chama Lasso e é muito dócil. Você quer segurá-lo?

Carl tentou sorrir. Segurá-lo? Um miniporco de rabo pelado? Ele preferiria comer a comida do bicho.

Nesse momento, decidiu mostrar seu distintivo.

Tine lançou um olhar desinteressado e foi cambaleando até a mesa. Tentando ser discreta, empurrou uma seringa e um pouco de papel-alumínio para baixo de uma folha de papel.

— Ouvi dizer que você conhece a Kimmie, certo?

Se fosse pega com a agulha na veia, roubando uma loja ou chupando algum cliente, não teria movido um músculo do rosto. Mas Tine não estava preparada para essa pergunta e, por isso, estremeceu.

Carl foi até a janela e olhou para o lado do lago Sankt Jørgens. As árvores ao redor logo perderiam as folhas. Essa drogada possuía uma vista espetacular.

— Ela é uma de suas melhores amigas? Ouvi dizer que vocês se gostam bastante.

Carl se apoiou para fora da janela e avistou os passeios ao longo do lago. Se essa Tine não estivesse tão ferrada, certamente iria correr ali duas ou três vezes por semana, exatamente como algumas garotas faziam agora.

Seu olhar se voltou novamente para o ponto de ônibus na Gammel Kongevej. Ao lado da placa estava um homem de casaco claro, olhando para o alto da fachada. Durante seus anos de trabalho, Carl havia topado algumas vezes com esse sujeito. Ele se chamava Finn Aalbæk, um fantasma esquálido. No seu tempo na delegacia da Antonigade, o homem costumava acampar por lá a fim de garimpar uma informação ou outra de Carl e seus colegas para usar em seu trabalho como detetive. Passaram-se cinco anos, com certeza, desde que o tinha visto pela última vez, mas Aalbæk continuava igualmente feio.

— Você conhece aquele cara de casaco claro? — perguntou a Tine. — Já o viu antes?

Ela se aproximou da janela, inspirou e tentou focalizar o homem.

— Já vi um tipo com um casaco assim na estação central. Mas esse está tão longe que não consigo reconhecer direito.

Carl olhou para suas pupilas imensas. Ela não o reconheceria mesmo se ele estivesse colado no nariz dela.

— E esse que você viu na estação central era quem?

Tine se afastou da janela e trombou contra a mesinha, fazendo com que Carl tivesse que segurá-la.

— Não sei se estou com vontade de conversar com você — sussurrou ela. — O que a Kimmie fez?

Ele a levou até a cama, onde Tine se deixou cair sobre o colchão fino.

Vamos fazer diferente, pensou Carl, olhando ao redor. O quarto tinha talvez 10 metros quadrados e era o mais espartano possível. Tirando a gaiola do rato e as pilhas de roupas jogadas em todo canto, não havia quase nada de pessoal. Sobre a mesa, alguns jornais grudados. Sacos plásticos que fediam a cerveja. A cama possuía um cobertor rústico de lã por cima. Uma pia e uma geladeira velha, e sobre o eletrodoméstico uma saboneteira suja, uma toalha usada, um frasco de xampu caído e alguns grampos de cabelo. Nada nas paredes, nada no peitoril da janela.

Carl olhou para ela.

— Está deixando o cabelo crescer, não é? Acho que vai ficar bem em você.

Instintivamente, Tine tocou a própria nuca. Então ele tinha razão. Os grampos eram para isso.

— Você também é bonita com o cabelo médio, mas acho que o cabelo longo ficaria muito bem. Seu cabelo é bonito, Tine.

Ela não sorriu, mas ficou radiante no fundo dos olhos. Por um instante.

— Eu gostaria de passar a mão no seu rato, mas sou alérgico a roedores. Sinto muito, de verdade. Não posso mais nem pegar nosso gatinho no colo.

A observação foi o limite para ela.

— Eu amo o rato. Ele se chama Lasso. — Tine sorriu e mostrou aquilo que um dia foram duas fileiras de dentes. — Às vezes eu o chamo de Kimmie, mas nunca disse isso para ela. Por causa do rato é que me chamam de Tine-Ratazana. Não é bonitinho? Principalmente quando se sabe que tem um apelido em homenagem a ele.

Carl tentou concordar.

— Kimmie não fez nada, Tine. Estamos procurando por ela apenas porque tem alguém que está sentindo falta dela.

Tine mordeu a parte interna da bochecha.

— Bem, não sei onde ela mora. Mas me diga o seu nome e eu dou o recado quando encontrar Kimmie.

Carl assentiu. Anos de lutas com as autoridades ensinaram Tine a manter cuidado. Totalmente baqueada por causa das drogas de merda e, apesar disso, ainda alerta. Não seria nada útil se Tine falasse demais para Kimmie. O risco de ela sumir de vez era muito grande. Onze anos de experiência e a caçada de Assad lhe diziam que Kimmie era capaz de fazer isso.

— Ok, Tine. Vou ser muito sincero com você. O pai de Kimmie está muito doente e, se ela escutar que a polícia está atrás dela, então não vai ver o pai nunca mais. Seria muito triste. Você não podia dizer simplesmente para ela ligar para esse número? Não diga nada sobre a doença ou sobre a polícia. Peça apenas para ela ligar.

Carl anotou o número de seu celular em um pedaço de papel e lhe passou o bilhete. Agora precisava mesmo se lembrar de recarregá-lo.

— E se ela perguntar quem é você?

— Então você responde apenas que não sabe. Mas que eu disse que era sobre algo que ela iria gostar.

As pálpebras de Tine se fecharam aos poucos. Suas mãos estavam apoiadas, flácidas, sobre os joelhos magros.

— Você ouviu, Tine?

Ela fez que sim com os olhos fechados.

— Sim, pode deixar.

— Bom. Fico contente. Tenho que ir agora. Sei que tem alguém atrás de Kimmie lá na estação central. Você sabe quem é?

Sem erguer a cabeça, Tine olhou para ele.

— Foi só alguém que perguntou se eu conhecia a Kimmie. Ele com certeza também vai querer que ela ligue para o pai, não é?

Lá embaixo, na Gammel Kongevej, ele tocou as costas de Aalbæk.

— Um antigo delinquente pegando um pouco de sol — declarou Carl, pousando a mão pesada sobre o ombro do homem.

Os olhos de Aalbæk brilhavam, mas não de felicidade por reencontrá-lo.

— Estou esperando o ônibus — explicou-se e se virou.

— Ok.

Carl olhou para ele. Reação curiosa. Por que estava mentindo? Por que não disse simplesmente: "Estou trabalhando? Espionando alguém." Esse *era* seu trabalho e ambos sabiam disso. Ninguém o havia acusado de nada. Aalbæk não tinha que revelar seu contratador.

Não. Mas agora ele tinha se traído. Sem dúvida. Aalbæk sabia muito bem que estava cruzando o caminho de Carl.

Estou esperando o ônibus. Que idiota!

— Seu trabalho exige muitos deslocamentos, não? Você por acaso não fez um passeio ontem por Allerød e ferrou uma foto minha? Diga, Aalbæk. Foi você?

Aalbæk se virou com toda a calma e encarou Carl. Ele era o tipo de pessoa que podia levar uma surra, com chutes e socos, sem demonstrar nenhuma reação. Carl conhecia um rapaz que havia nascido com um lobo cerebral subdesenvolvido e não tinha a capacidade de ficar nervoso. Caso existisse uma área semelhante no cérebro para o estresse, em Aalbæk ela era vazia.

Carl tentou mais uma vez. Afinal, o que poderia acontecer?

— Aalbæk, não quer me contar o que está fazendo aqui? Você não devia estar em Allerød, gravando suásticas nos pés da minha cama? Pois claramente há uma conexão entre os nossos trabalhos atuais, certo?

Era nítido o que o rosto de Aalbæk queria expressar.

— Você continua o mesmo bundão mal-humorado de antes, Mørck. Eu realmente não faço a menor ideia sobre o que você está falando.

— Então quero saber por que você está aqui, de olho no quinto andar. Não é por acaso, porque está torcendo para Kimmie Lassen passar para dar um bom-dia a Tine Karlsen, certo? Você tem feito perguntas a respeito dela pela estação, não é? — Ele deu mais um passo na direção de Aalbæk. — Hoje você relacionou Tine Karlsen lá em cima com Kimmie Lassen, certo?

A movimentação dos maxilares do homem magrelo era claramente visível sob a pele fina de seu rosto.

— Não sei do que você está falando, Mørck. Estou aqui porque há pais que querem saber o que o filho está fazendo com o pessoal da seita Moon no primeiro andar.

Carl assentiu. Ele sabia muito bem quão escorregadio era Aalbæk. Claro que ele era capaz de tirar uma história da manga de uma hora para outra.

— Acho que seria uma boa ideia dar uma olhada nos papéis dos seus últimos trabalhos. Será que um dos seus contratadores não está muitíssimo interessado em encontrar essa Kimmie? É a minha opinião. Só não sei ao certo o motivo. Você quer me explicar isso voluntariamente ou preciso ir pegar seus papéis?

— Pegue o que você quiser. Mas não se esqueça do mandado de busca e apreensão.

— Aalbæk, meu rapaz. — Carl bateu tão forte contra o ombro dele que as omoplatas se tocaram. — Faça a gentileza de mandar lembranças aos seus mandantes. Quanto mais eles me incomodarem em casa, mais eu vou ficar na cola deles. Entendeu?

Aalbæk se esforçou muito para não respirar profundamente, mas certamente faria isso assim que Carl desaparecesse.

— Minha única certeza é que você não está batendo muito bem, Mørck. Me deixe em paz.

Carl concordou. Essa era a desvantagem de ser o chefe da mais diminuta unidade de investigação do país. Se tivesse alguns homens à disposição, ele colocaria dois no encalço de Finn Aalbæk. Tinha uma fortíssima impressão de que valia ficar de olho nesse fantasma esquálido. Mas quem faria isso? Rose?

— A gente se fala — despediu-se Carl e desceu a Vodroffsvej.

Assim que saiu do campo de visão, dobrou, o mais rapidamente possível, à esquerda da Tværgade e depois à esquerda novamente, para chegar aos fundos do prédio Codan e estar na Gammel Kongevej de novo, perto da Værnedamsvej. Um, dois passos largos sobre a rua e Carl estava do outro lado, a tempo de ver Aalbæk falando ao celular perto do canal.

Talvez Aalbæk não se estressasse com tanta tão facilidade, mas ele com certeza não parecia muito relaxado.

18

Em todos os anos que Ulrik trabalhou como analista da bolsa, ele enriqueceu mais investidores que qualquer outro na área. As palavras-chave de seu sucesso eram "contatos" e "informações privilegiadas". Nesse campo, ninguém ficava rico por acaso e muito menos por sorte.

Não havia nenhum setor no qual Ulrik não tivesse contatos e nenhum conglomerado de mídia sem alguém que pudesse representá-lo. Ele possuía extrema consciência dos riscos e verificava as empresas listadas na bolsa usando todos os meios imagináveis antes de avaliar a rentabilidade de suas ações. Às vezes, era tão minucioso que as empresas lhe pediam para esquecer o que tinha descoberto. Seus conhecidos, entre as pessoas que estavam com a corda no pescoço ou que sabiam de alguém que precisava de ajuda, aumentavam como círculos concêntricos na água até eventualmente cobrir todo o oceano, onde nadavam os peixes graúdos da sociedade.

Em alguns países menos avançados, isso teria tornado Ulrik uma pessoa de alta periculosidade, um homem que, para muitos, seria um aliado muito melhor com a garganta cortada — mas não aqui, na pequena Dinamarca. Quando se tinha algo contra alguém, esse alguém contra-atacava com outra coisa igualmente comprometedora. Quem não mantinha o silêncio era tingido rapidamente com a culpa do outro; por essa razão, ninguém acusava ninguém, nem mesmo se a pessoa era pega em flagrante. Um princípio incrivelmente prático e inteligente.

Quem queria ficar seis anos na cadeia por causa de transações baseadas em informações privilegiadas? Quem queria serrar o galho onde estava sentado?

E, na copa dessa crescente árvore de dinheiro, Ulrik tecia sua teia, que em círculos elegantes era chamada de "rede de contatos". Um sistema maravilhoso, paradoxal, que só funcionava sem atritos se a rede deixasse passar mais pessoas do que capturasse.

Ele conseguia excelentes capturas em sua rede de contatos. Pois dela faziam parte pessoas públicas. Pessoas respeitadas. O *crème de la crème*. Todos aqueles que se afastaram das raízes sólidas e agora flutuavam lá no alto, onde não precisavam dividir a luz do sol com o resto.

Ulrik caçava com essas pessoas. E era com elas que entrava, de braços dados, nos camarotes, pois todos sabem que é melhor estar entre iguais.

Ele era o verdadeiro integrante da turma do internato. Era o animado, que conhecia todo mundo, e atrás dele ficavam seus amigos de escola Ditlev Pram e Torsten Florin. Eles formavam um grupo forte mas também muito heterogêneo. Como triunvirato, eles eram sufocados com convites de toda a cidade e apareciam em todo lugar onde valia a pena aparecer.

Para eles, a diversão nessa tarde havia apenas começado. Os três foram à recepção de uma galeria de arte que possuía contatos com o mundo do teatro e com a casa real. Mais tarde, eles aterrissaram em um grande evento, entre uniformes de gala, medalhas e ordens de cavalaria. Pessoas faziam discursos brilhantes, redigidos por secretários subalternos não convidados, e um quarteto de cordas se esforçava para dividir um pouco do mundo de Brahms com aquela fina flor, que nadava em champanhe e autoelogios.

— Ulrik, aquilo que eu ouvi é verdade? — perguntou o ministro da Agricultura a seu lado, seus olhos tentando focar o copo, a visão embaçada pelo álcool. — Torsten matou dois cavalos com a besta em uma caçada neste verão? É verdade? Sem motivo, em um campo aberto? — Ele tentou encher de novo o copo que era alto demais.

Ulrik esticou a mão e o ajudou no movimento.

— O senhor sabe de uma coisa? Não acredite em tudo que dizem por aí. Mais ainda, por que não participa das nossas caçadas também? Daí o senhor mesmo tiraria suas conclusões.

O ministro assentiu. Era exatamente o que ele esperava e queria. Ulrik sabia disso. Mais um homem importante na rede.

Ulrik se voltou para a acompanhante, que vinha tentando chamar sua atenção durante a noite inteira.

— Isabel, você está maravilhosa hoje — comentou ele, colocando a mão sobre o braço dela. Em uma hora, Isabel saberia para que tinha sido escolhida.

Ditlev havia lhe dado essa tarefa. Não era sempre que uma mordia a isca, mas dessa vez ele tinha certeza. Isabel faria aquilo que eles pedissem — ela parecia estar disponível para todo tipo de jogo. Claro que iria choramingar no processo, porém anos de tédio e insatisfação lhe conferiam pontos positivos. Talvez o jeito como Torsten lidava com o corpo feminino fosse mais problemático para ela que as outras coisas. Por outro lado, eles já haviam parado por experiências em que justamente Torsten conseguira torná-las dependentes. Ele conhecia a sensualidade das mulheres melhor que os outros homens. Ela manteria silêncio depois, sob quaisquer circunstâncias, com ou sem estupro. Por que arriscar perder os milhões do marido impotente?

Ulrik acariciou o antebraço de Isabel e subiu pela manga de seda. Como ele amava esse tecido frio, usado principalmente por mulheres quentes!

Ele fez um movimento de cabeça para Ditlev, que estava sentado à sua frente, em diagonal. Deveria ser um sinal. No entanto, um homem estava curvado ao lado dele e roubava sua atenção. Em seguida, esse homem sussurrou algo para Ditlev, que balançou a musse de salmão na ponta do garfo, ignorando todo o resto. Franzindo a testa, Ditlev encarou o nada. Os sinais de alerta eram inconfundíveis.

Ulrik se levantou da mesa com uma desculpa adequada e deu um tapinha no ombro de Torsten ao passar pela mesa dele.

A mulher mal-amada teria que esperar a próxima oportunidade.

A suas costas, Ulrik ouviu Torsten desculpando-se com a mulher que se sentava à mesa com ele. Logo ele iria beijar sua mão. Esperava--se algo assim de um sujeito como Torsten Florin. Um heterossexual que vestia mulheres deveria também saber como despi-las.

Eles se encontraram no foyer.

— Quem era o cara que estava conversando com você? — quis saber Ulrik.

Ditlev tocou a gravata-borboleta. Ele ainda não tinha se recuperado da notícia que lhe fora sussurrada havia pouco.

— Era um dos meus agentes da Caracas. Ele veio me dizer que Frank Helmond contou a várias enfermeiras que você e eu o atacamos.

Isso era exatamente o que Ulrik detestava. Ditlev não tinha jurado que a situação estava sob controle? Thelma não havia prometido que manteria a boca fechada caso a separação e a cirurgia plástica ocorressem sem incidentes?

— Que merda! — explodiu Torsten.

Ditlev olhou para um e para outro.

— Helmond ainda estava sob os efeitos da anestesia. Ninguém vai levar isso a sério. — Ele encarou o chão. — Vamos dar um jeito. Mas tem mais uma coisa. Meu assessor recebeu uma ligação de Aalbæk. Acho que nenhum de nós estava com o celular ligado.

Ele lhes passou um bilhete e Torsten o leu sobre o ombro de Ulrik.

— Não entendi o final — declarou Ulrik. — O que é?

— Às vezes você é tão tapado, Ulrik. — Torsten o olhou com desdém, algo que Ulrik detestava.

— Kimmie está perambulando por aí — interveio Ditlev para esfriar os ânimos. — Você não está sabendo, Torsten, mas ela foi vista hoje na estação central. Um dos homens de Aalbæk escutou uma das drogadas chamar seu nome. Ele só viu Kimmie de costas, mas provavelmente já a tinha notado mais cedo. Vestia roupas caras e tinha uma boa aparência. Ficou sentada em um café por uma hora ou uma hora e meia. Ele achou que era só alguém esperando por um trem. Em um determinado momento, quando Aalbæk instruía seus homens, ela até passou bem perto deles.

— Puta merda. — Foi tudo o que Torsten conseguiu falar.

Ulrik também não sabia as últimas novidades. Isso não era nada bom. Talvez Kimmie soubesse que eles estavam atrás dela.

Merda. Claro que sabia. Afinal, tratava-se de Kimmie.

— Ela vai escapar da gente de novo, tenho certeza.

Todos três sabiam.

O rosto de raposa de Torsten ficou ainda mais estreito.

— Aalbæk sabe onde essa drogada mora?

Ditlev assentiu.

— Ele está cuidando dela, certo?

— Certo, mas a questão é se já não é tarde demais. A polícia já esteve lá.

Ulrik massageou a própria nuca. Provavelmente Ditlev tinha razão.

— Apesar disso, não entendi a última linha do bilhete. Isso quer dizer que o sujeito que está investigando o caso sabe onde Kimmie mora?

Ditlev balançou a cabeça.

— Aalbæk conhece muito bem o cara. Se ele soubesse, teria levado a drogada para a central, depois de ter encontrado com ela. Claro que ele pode fazer isso mais tarde também, ou seja, a gente tem que contar com essa possibilidade. Tente se orientar por essa linha, Ulrik. Como você a interpreta?

— Que Carl Mørck está atrás da gente. Mas sabemos disso desde sempre.

— Leia mais uma vez, Ulrik. Aalbæk escreveu: "Mørck me viu. Ele está atrás de nós."

— Qual é o problema?

— O problema é que ele está ligando tudo, Aalbæk, a gente e Kimmie com o antigo caso. E por que ele está fazendo isso, Ulrik? Como ele sabe de Aalbæk? Você fez alguma coisa que não sabemos? Você falou ontem com Aalbæk. O que disse a ele?

— Apenas o habitual, quando algo está entalado na nossa garganta. Para ele dar um bom susto no guardião da lei e da ordem.

— Seu idiota — sibilou Torsten.

— E esse susto? Quando você pretendia nos contar isso?

Ulrik olhou para Ditlev. Desde o ataque a Frank Helmond ele estava com dificuldades para voltar à realidade. Havia ido ao trabalho no dia seguinte sentindo-se invencível. A visão de Helmond, assustadíssimo e coberto de sangue, tinha funcionado como um elixir para Ulrik. Nesse dia, as transações com as ações ocorreram de maneira exemplar, todos os índices lhe estavam favoráveis. Nada deveria ou poderia segurá-lo. Nem um policial de merda que ficava remexendo em coisas que não eram de sua alçada.

— Eu só disse para Aalbæk que ele podia tranquilamente aumentar um pouquinho a pressão. Colocar um ou dois alertas em lugares que pudessem impressionar o homem.

Torsten se virou e lhe deu as costas. Ele encarava a escada de mármore a sua frente, que levava para fora do foyer. Observar suas costas era o suficiente para saber o que se passava dentro dele.

Ulrik pigarreou e contou o que havia acontecido: nada de especial, apenas alguns telefonemas e algumas manchas de sangue de galinha em uma foto. Ou seja, um tanto de vodu. Como ele disse, nada de especial.

Ambos olharam para ele.

— Ulrik, chame Visby — ordenou Ditlev.

— Ele está aqui?

— Tem gente de todo ministério saltitando por aqui hoje. O que você tinha na cabeça?

*

Visby, chefe de gabinete do Ministério da Justiça, havia batalhado durante um bom tempo por um cargo melhor. Apesar de suas qualificações, ele não podia contar em se tornar secretário de Estado algum dia. Além disso, havia muito tempo abandonara o caminho usual da carreira de um jurista de primeira linha, eliminando suas chances de acesso a postos nas instâncias mais altas do judiciário. Dessa maneira, Visby estava em uma busca voraz por novos ossos para roer, antes que a idade e a longa sombra de seus pecados o ultrapassassem.

Ditlev o havia conhecido em uma caçada e eles combinaram que, em troca de alguns pequenos favores, ele assumiria o trabalho do advogado deles, Bent Krum, que estava prestes a se aposentar. Não era um cargo de títulos pomposos, mas o expediente era reduzido e os honorários, exorbitantes.

E Visby realmente lhes tinha sido útil em algumas ocasiões. A escolha havia se mostrado corretíssima.

— Precisamos da sua ajuda mais uma vez — pediu Ditlev, quando Ulrik o trouxe ao foyer.

O chefe de gabinete da ministra olhou ao redor, como se os lustres e o papel de parede tivessem ouvidos.

— Aqui mesmo? — perguntou ele.

— Carl Mørck ainda está investigando o caso. Ele tem que ser impedido, entendeu? — explicou Ditlev.

Visby tocou sua gravata azul-escura com as vieiras bordadas, símbolo do internato. Seu olhar vasculhou o saguão.

— Fiz o que pude. Não posso dar mais ordens em nome de outros sem que a ministra da Justiça comece a fazer perguntas. Até agora, tudo pode ficar parecendo apenas um equívoco.

— O caminho precisa passar mesmo pela superintendente da polícia?

Ele assentiu.

— Indiretamente, sim. Não posso fazer mais nada em relação a esse caso.

— Você está ciente do que acabou de dizer? — insistiu Ditlev.

Visby pressionou os lábios. Ele já havia feito planos para a vida, Ulrik podia ver isso em seu rosto. A mulher em casa esperava por alguma novidade. Tempo e dinheiro. O sonho de todo mundo.

— Talvez a gente possa fazer Mørck ser suspenso — comentou Visby. — Pelo menos por um tempo. Mas depois que ele resolveu o caso Merete Lynggaard, isso não vai ser tão fácil. Um tiroteio há quase um ano baixou bastante sua bola. Talvez ele pudesse sofrer uma recaída. Pelo menos no papel. Vou me ocupar disso.

— Eu poderia fazer com que Aalbæk o acusasse de intimidação com uso de força física em via pública — sugeriu Ditlev. — É uma boa?

Visby concordou.

— Intimidação com uso de força física? É uma boa ideia. Mas tem que haver testemunhas.

19

— Tenho quase certeza de que a pessoa que entrou na minha casa anteontem foi Finn Aalbæk — declarou Carl. — Temos que dar uma olhada no seu controle de horas. É você que autoriza um pedido de busca ou eu faço isso?

Marcus Jacobsen estudava as fotografias da mulher que havia sido atacada na Store Kannikestræde. Os golpes deixaram marcas roxas em seu rosto, a área ao redor dos olhos estava muito inchada.

— Estou certo em pensar que existe algo relacionado às investigações do caso Rørvig? — perguntou ele sem erguer os olhos.

— Estou apenas querendo saber quem contratou Aalbæk, nada mais.

— Carl, você não vai em frente com as investigações desse caso; já falamos sobre isso.

Primeira pessoa do plural? O idiota tinha acabado de se referir a "nós"? Ele não sabia usar o singular? Por que ele não o deixava em paz?

Carl respirou fundo.

— É por isso que estou falando com você. E se descobrirmos que os clientes de Aalbæk estão entre os suspeitos do caso Rørvig? Isso não deixaria você desconfiado?

Jacobsen tirou os óculos bifocais e os colocou sobre a mesa.

— Carl! Em primeiro lugar, você obedece à superintendente da polícia. O caso recebeu outra prioridade lá no alto do sistema e já foi julgado. Em segundo lugar, não quero que suba aqui e me faça de idiota. Você não acha mesmo que pessoas como Pram, Florin e esse analista da bolsa seriam tão idiotas a ponto de empregar Aalbæk do jeito tradicional? *Caso*, e me deixe enfatizar: *caso* eles tenham algo a ver com Aalbæk. E agora, por favor, me deixe em paz. Vou me encontrar com a superintendente daqui a duas horas.

— Achei que tinha sido ontem!

— Sim, e hoje também. Agora vá, Carl.

— Carl! — chamou Assad de sua sala. — Venha cá e olhe isso.

Carl se levantou da cadeira. Assad não havia deixado transparecer nada diferente ao chegar, há pouco, mas dava para perceber direitinho: o olhar frio do sujeito que tinha catado Assad pelos ombros provavelmente fora construído com anos de ódio. Como ele podia dizer a um policial experiente que não era nada?

Carl passou por cima das mesas semimontadas de Rose, que estavam espalhadas pelo chão como baleias encalhadas na areia. Ela tinha que dar um jeito de tirá-las de lá rapidinho. Carl não queria ser responsabilizado caso alguém lá de cima se perdesse no porão e tropeçasse em toda essa porcaria.

Assad estava radiante.

— Sim, o que foi? — perguntou Carl.

— Temos uma foto, Carl. Uma foto de verdade.

— Uma foto? De quê?

Assad apertou algumas teclas e uma imagem apareceu na tela. Não muito nítida, não de frente, mas sem dúvida se tratava de Kimmie Lassen. Carl conseguia reconhecê-la de imediato a partir das fotos antigas. Kimmie com sua aparência atual. Um instantâneo de lado. Uma mulher de quase 40 anos, virando o rosto. Um perfil absolutamente característico. Nariz arrebitado, lábio inferior grosso, faces encovadas e, apesar da maquiagem, ruguinhas bem visíveis. Com sua habilidade, os companheiros conseguiriam aplicar esses atributos da idade em suas fotos mais antigas. Kimmie ainda era atraente, mas parecia cansada. Se os especialistas em computação conseguissem brincar com os programas de manipulação de imagens, então eles estavam com um material de busca bastante útil.

Agora lhes faltava apenas um motivo mais sério para fazer esse pedido de busca. Alguém da família poderia entrar com algo assim? Isso deveria ser checado o mais rápido possível.

— Estou com um celular novo. Por isso não sabia se estava com a foto nele. Ontem eu simplesmente apertei o disparador quando ela saiu correndo. Reflexo, você sabe. Ontem à noite, tentei passar para o computador, mas devo ter feito algo de errado.

Alguém realmente errava nisso?

— O que você me diz, Carl? Não é fantástico?

— Rose! — chamou Carl em direção ao corredor do porão.

— Ela não está. Saiu. Na estação Vigerslev Allé.

— Vigerslev Allé? — Carl balançou a cabeça. — Que merda ela está fazendo lá?

— Você não disse a ela para descobrir se havia algo sobre Kimmie em revistas?

Carl olhou para os porta-retratos com as fotos das tias carrancudas de Assad. Não demoraria muito e ele estaria igualzinho.

— Quando ela voltar, passe a foto. Rose deve levá-la junto das outras antigas até o tratamento de imagens. Você trabalhou bem, Assad. Muito bem. — Carl deu um tapinha no ombro do companheiro e torceu para que ele, em contrapartida, não lhe oferecesse nada da gororoba de pistache que mastigava. — Combinamos um horário daqui a meia hora na prisão federal em Vridsløselille. A gente precisa se apressar.

Carl começou a sentir o crescente desconforto do parceiro já na Egon Olsens Vej, que era o novo nome da rua do presídio. Não que ele estivesse suando ou mostrasse resistência. Ficou apenas insuportavelmente quieto. E encarava as torres do portão de entrada tão perdido em pensamentos que parecia que elas estavam prestes a esmagá-lo.

A reação de Carl era bem diferente. Ele encarava a prisão em Vridsløselille como uma gaveta prática, na qual era possível meter os piores canalhas do país. Somando-se as penas de todos os 250 encarcerados, o resultado ultrapassava dois mil anos. Que desperdício de vida e de força de trabalho! Isso aqui era certamente o último dos últimos lugares onde alguém desejaria passar o tempo. Mas a maioria merecia estar lá. Carl estava totalmente convencido disso.

— Temos que virar à direita em seguida — indicou Carl depois de cumpridas as formalidades.

Desde que passaram pelo portão, Assad não havia aberto a boca nem uma vez. E ele tinha esvaziado os bolsos sem que tivesse sido pedido. Seguiu cegamente todas as instruções. Parecia conhecer os procedimentos.

Carl apontou para um prédio cinza do outro lado do pátio, no qual havia uma placa branca que dizia *Visitantes*.

Era lá que Bjarne Thøgersen os esperava. Com certeza, um mestre em falar, falar e não dizer nada. Em dois ou três anos ele estaria fora dali. Manter a boca fechada era o melhor a fazer, todo o resto não era bom para a saúde.

Ele estava com uma aparência bem melhor do que Carl esperava. Onze anos de cadeia deixam marcas em todo lugar. Traços amargos ao redor da boca, olhares fugidios. Após tantos anos, o conhecimento, fortemente enraizado, de não ser necessário a ninguém se expressa até na postura. Em vez disso, porém, havia um homem de olhar límpido sentado na frente deles. Magro e alerta, mas aparentemente alguém que estava se virando direitinho.

Bjarne Thøgersen se levantou e estendeu a mão para Carl. Nada de perguntas ou explicações. Evidentemente, alguém o havia instruído sobre a natureza da visita. Carl notava essas coisas.

— Carl Mørck, detetive-superintendente da polícia — apresentou-se mesmo assim.

— Isso está me custando 10 coroas por hora — respondeu o operador da bolsa, sorrindo. — Espero que seja importante.

Ele não cumprimentou Assad, que também não contava com isso. O ajudante pegou uma cadeira e a colocou bem mais para trás, antes de se sentar.

— Você trabalha na oficina lá embaixo? — Carl olhou o relógio. Quinze para as onze. Sim, era realmente bem no meio do trabalho.

— Qual é o assunto? — perguntou Bjarne Thøgersen.

Ele se sentou na cadeira um pouco lentamente demais. Isso também era um sinal bem conhecido. Então Thøgersen estava mesmo um pouco nervoso. Melhor assim.

— Eu não passo muito tempo com os outros presos — declarou ele sem ser perguntado. — Por isso não posso dar ao senhor nenhuma informação, se é o que pretende. Seria bom se a gente pudesse fazer um pequeno acordo para que eu saia daqui mais rápido. — Ele riu e tentou sondar o jeito tranquilo de Carl.

— Bjarne Thøgersen, você assassinou dois jovens há vinte anos. Confessou o crime, de modo que não precisamos falar sobre os detalhes do caso. Mas há uma pessoa que sumiu e sobre a qual eu gostaria de mais informações.

Thøgersen franziu a testa e assentiu. Um pouco de boa vontade e uma dose de espanto — uma boa mistura.

— Estou falando de Kimmie. Soube que vocês eram bons amigos.

— Correto. Fomos colegas no internato e em algum momento ficamos mais próximos. — Ele sorriu. — Uma mulher muito excitante. — Depois de 11 anos sem sexo, isso era algo que provavelmente diria de qualquer uma. O vigia tinha dito a Carl que Bjarne Thøgersen nunca recebia visitas. Nunca. Essa era a primeira em anos.

— Vamos começar do início, certo? Tudo bem para você?

Thøgersen deu de ombros e baixou rapidamente o olhar. Claro que não estava nada bem.

— Por que Kimmie foi expulsa da escola? Você se lembra?

Ele ergueu a cabeça e encarou o teto.

— Dizem que ela se envolveu com um professor. Isso não era permitido.

— E o que aconteceu com ela depois?

— Depois, morou de aluguel durante um ano em algum lugar em Næstved e trabalhou em uma lanchonete. — Thøgersen riu. — Os pais não sabiam de nada. Eles achavam que ela continuava na escola. Mas acabaram descobrindo, é claro.

— Ela foi transferida para um internato na Suíça?

— Sim, ficou quatro, cinco anos na Suíça. Não apenas no internato mas também na universidade. Merda, como era mesmo o nome? — Ele balançou a cabeça. — Que droga, não me lembro. De qualquer maneira, ela estudava veterinária. Ops, claro, Berna! Foi em Berna. Universidade de Berna.

— Então ela falava francês fluentemente?

— Não, alemão. Era tudo em alemão, ela disse.

— E Kimmie terminou o curso?

— Não. Não sei o motivo, mas ela teve que parar.

Carl lançou um olhar na direção de Assad. Ele estava anotando tudo em seu bloco.

— E depois? Onde ela foi morar?

— Kimmie foi para casa. Ficou algum tempo em Ordrup com os pais, ou seja, com o pai e a madrasta. E depois morou comigo.

— Sabemos que ela passou um tempo trabalhando em uma loja de produtos para animais. Isso não estava abaixo do nível dela?

— Por quê? Ela não era uma veterinária diplomada.

— E você? Como se sustentava?

— Eu trabalhava no comércio de madeiras do meu pai. Mas isso está tudo escrito nos autos. O senhor sabe disso.

— Você não herdou o comércio em 1995? Um pouco mais tarde ele pegou fogo, não é? Portanto, você ficou desempregado?

O homem parecia magoado. "Filhos amados têm muitos nomes, filhos não amados têm muitas expressões faciais", era o que seu velho colega Kurt Jensen, que agora estava no Parlamento, costumava dizer.

— Isso é bobagem — protestou Thøgersen. — Nunca fui acusado pelo incêndio. E que vantagem eu levaria? O comércio do meu pai não tinha nem seguro.

Não, pensou Carl. Ele deveria ter verificado isso antes.

Carl ficou em silêncio por um tempo, encarando a parede. Já estivera nessa sala inúmeras vezes. Essas paredes já haviam escutado toneladas de mentiras. Toneladas de desculpas esfarrapadas e eufemismos, nos quais ninguém acreditava.

— Como era a relação de Kimmie com os pais? — perguntou Carl. — Você sabe?

Bjarne Thøgersen se esticou. Estava bem mais calmo. Isso aqui era conversa fiada. Não se tratava dele, e gostava disso. Estava sobre um terreno seguro.

— Ruim pra caramba. Os velhos eram uns bundões de verdade. Acho que o pai nunca parava em casa. E a velha com quem ele era casado, essa era uma babaca completa.

— O que você quer dizer?

— Ah, o senhor sabe. Uma dessas que não tem outra coisa na cabeça a não ser dinheiro. Uma piranha. — Thøgersen deixou a palavra derreter na língua. Supostamente esse era um adjetivo não muito usual em seu mundo.

— Eles brigavam?

— E como. Eles se engalfinhavam por qualquer coisinha, Kimmie dizia.

— O que Kimmie estava fazendo enquanto você assassinava os dois adolescentes?

O flashback súbito para os acontecimentos em Rørvig fizeram com que o olhar do homem literalmente congelasse no colarinho de Carl. Se Bjarne Thøgersen estivesse ligado a eletrodos, os aparelhos de medição teriam quase explodido.

Ele ficou em silêncio, parecia não querer responder. Mas então disse:

— Ela estava junto dos outros na casa de veraneio do pai de Torsten. Por que o senhor está perguntando isso?

— Os outros não notaram nada, quando você retornou? Suas roupas deviam estar bastante sujas de sangue.

Carl se irritou com a última pergunta. Ele não tinha planejado ser tão direto assim. Agora o interrogatório ficaria em suspenso durante um bom tempo. Bjarne Thøgersen responderia que havia contado aos outros que quisera salvar um cachorro que tinha sido atropelado. Era o que os autos diziam.

— Kimmie gostou disso, de você estar cheio de sangue? — A pergunta veio do canto de Assad, antes de Thøgersen ter conseguido responder.

Espantado, Bjarne Thøgersen olhou para aquele homem baixinho. Era possível esperar desdém em seu olhar, mas não algo tão vulnerável, descoberto, que mostrava tão bem que Assad havia acertado na mosca. Era bem simples — bastava fazer a pergunta correta. A história se manter coerente a longo prazo não era importante agora. Importante era saber que Kimmie gostava de sangue. Absolutamente inadequado para alguém que havia planejado dedicar a vida a salvar os animaizinhos.

Carl acenou brevemente para Assad. O suficiente para mostrar a Thøgersen que a reação dele tinha sido registrada. Que ele havia reagido errado e de maneira impetuosa demais.

— Gostou? — repetiu Bjarne Thøgersen, na tentativa de consertar as coisas. — Acredito que não.

— Então ela foi morar com você — continuou Carl. — Isso foi em 1995, certo, Assad?

De seu canto, Assad fez que sim com a cabeça.

— Sim, 1995, 29 de setembro. Nos encontramos com regularidade durante um tempo. Uma mulher muito excitante. — Ele já tinha dito isso uma vez.

— Por que você se lembra tão bem da data? Afinal, já se passaram muitos anos.

Thøgersen ergueu ambas as mãos em um gesto dramático.

— Sim, mas o que aconteceu na minha vida desde então? Para mim, essa é uma das últimas coisas que vivi antes de entrar aqui.

— Certo. — Carl tentou mostrar empatia. Em seguida, mudou o tom de voz. — Você era o pai do filho dela?

Nesse instante, Bjarne Thøgersen ergueu o olhar até o relógio. Sua pele flácida ficou levemente avermelhada. Era impossível não notar que a hora estava passando devagar demais para ele.

— Não sei.

Por um instante, Carl pensou em levantar a voz, mas se absteve. Esse não era nem o lugar nem o momento certo para isso.

— Você diz que não sabe. O que está querendo dizer, Bjarne? Kimmie também ficava com outros homens enquanto vocês moravam juntos?

Ele virou a cabeça para o lado.

— Claro que não.

— Então foi você quem a engravidou.

— Ela saiu de casa, não? Como vou saber com quem ela transava?

— De acordo com as nossas investigações, ela sofreu um aborto. O feto tinha cerca de 18 semanas. Assim, ela ainda devia estar morando com você quando ficou grávida.

De repente, Bjarne Thøgersen se levantou e virou a cadeira. Essa atitude audaz era aprendida na prisão, todos aprendiam isso. Perambular descontraidamente pelo prédio central. Balançar os braços e as pernas, de maneira relaxada, a fim de mostrar indiferença. Cigarros quase caindo dos lábios, lá fora na quadra esportiva. E esse jeito de virar a cadeira e aguardar a próxima pergunta com os braços apoiados no encosto e as pernas bem abertas. *Me pergunte o que quiser, estou cagando para tudo*, era o que essa posição devia sinalizar. *Policial babaca, de mim você não vai saber nada mesmo.*

— Enfim, tanto faz de quem era, certo? — perguntou ele. — O bebê está morto.

Dez contra um que não era dele.

— E, além disso, ela se mandou.

— Sim, ela saiu daquela clínica. Algo totalmente idiota. Era do feitio de Kimmie fazer esse tipo de coisa?

Thøgersen deu de ombros.

— Merda, como vou saber? Até onde me consta, ela não tinha sofrido nenhum aborto antes.

— Você foi atrás dela? — quis saber Assad.

O olhar que Bjarne Thøgersen lhe lançou dizia que esse assunto não era de sua conta.

— Então, você foi atrás dela? — insistiu Carl.

— A gente já estava separado fazia um tempo. Não, não fui atrás dela.

— Por que vocês não estavam mais juntos?

— Aconteceu. Não deu certo.

— Ela foi infiel?

Bjarne Thøgersen olhou mais uma vez para o relógio. Desde a última vez, tinha se passado apenas um minuto.

— Por que o senhor acha que ela foi infiel? — perguntou ele, alongando o pescoço.

Eles remoeram a relação durante cinco minutos, sem nenhum resultado. O homem era escorregadio como uma enguia.

Nesse meio-tempo, sem ser notado, Assad havia se aproximado pouco a pouco com sua cadeira. Cada vez que perguntava algo, ele vinha um pouco mais perto. Por fim, tinha quase chegado à mesa. Sem dúvida ele estava irritando Bjarne Thøgersen com isso.

— Vimos que você teve muita sorte no mercado de ações — comentou Carl. — De acordo com a sua declaração de imposto de renda, você é bastante rico, não?

Os cantos da boca se curvaram para cima. Presunção. Bjarne Thøgersen gostava de falar a respeito.

— Não posso me queixar.

— Quem conseguiu o capital necessário para você começar?

— O senhor pode descobrir isso a partir da declaração do imposto.

— Ora, acontece que não ando com a sua declaração de imposto no bolso. Por isso acho que você, Bjarne, podia me contar isso.

— Pedi o dinheiro emprestado.

— Caramba! Muito bom para alguém que está vendo o sol nascer quadrado. Agente de crédito simpático a riscos, eu diria. Um dos barões da droga daqui de dentro?

— Peguei emprestado de Torsten Florin.

Bingo, pensou Carl. Ele gostaria de ter visto a expressão de Assad, mas não tirava Thøgersen de vista nem por um segundo.

— Ah, então vocês continuaram amigos, apesar do seu segredo sobre ter matado os jovens? Esse crime hediondo, pelo qual Torsten estava entre os acusados. Isso é que eu chamo de amigo! Mas talvez ele devesse um favor a você.

Bjarne Thøgersen percebeu para onde a conversa caminhava e ficou em silêncio.

— Você conhece o mercado de ações? — A cadeira de Assad estava quase junto à mesa. Ele tinha se aproximado com os movimentos imperceptíveis de um réptil.

Bjarne Thøgersen deu de ombros novamente.

— Melhor que uns caras por aí, sim.

— Seu patrimônio chegou a 15 milhões de coroas. — Assad parecia estar sonhando. — E continua crescendo. Tenho que pegar umas dicas com você. Você dá dicas?

— Como você se informa sobre o mercado? — completou Carl. — Afinal, suas possibilidades de se comunicar com o mundo lá fora são um pouco limitadas, não? E o inverso também é assim.

— Leio jornais e envio e recebo cartas.

— Então você conhece a estratégia de *buy and hold*? E as operações de *choice*? É por aí? — perguntou Assad com serenidade.

Devagar, Carl virou a cabeça em sua direção. Ele estava falando bobagem ou o quê?

Bjarne Thøgersen deu um sorrisinho.

— Eu me fio no meu instinto e nas ações que compõem o índice da bolsa de Copenhague. Assim é difícil dar muito errado. — Ele sorriu de novo. — Foi uma boa fase.

— Sabe de uma coisa, Bjarne Thøgersen? — disse Assad. — Você tem que conversar com meu primo. Ele começou com 50 mil coroas. Já se passaram três anos e ele ainda tem 50 mil coroas, nem uma a mais. Ele ia gostar de ouvi-lo, eu acho.

— Acho que o seu primo devia deixar o mercado de ações pra lá — declarou Bjarne Thøgersen irritado e se dirigiu a Carl. — Não íamos falar sobre Kimmie? O que os meus negócios com ações têm a ver com isso?

— Você tem razão. Mesmo assim, mais uma última pergunta em relação ao meu primo — insistiu Assad. — A Grundfos está bem no índice da bolsa?

— Sim, ela não está tão mal.

— Ok. Obrigado. Eu não imaginava nem que a Grundfos estava aberta na bolsa. Mas você certamente sabe melhor que eu.

Touché, pensou Carl, enquanto Assad lhe piscava sem rodeios. Não era difícil imaginar como Bjarne se sentia no momento. Então, era mesmo Ulrik Dybbøl Jensen que investia para ele. Sem nenhuma sombra de dúvida. Bjarne Thøgersen não tinha noção do mercado de ações, mas deveria ter um pecúlio quando saísse da prisão. Uma mão lava a outra.

Eles não precisavam saber de mais nada.

— Temos uma fotografia, se você quiser ver — comentou Carl. Ele colocou uma cópia em papel da foto tirada por Assad na mesa, diante de Thøgersen. Eles mexeram um pouco nela. Estava absolutamente nítida.

Ambos observaram Bjarne Thøgersen enquanto ele olhava para a foto. Claro que esperavam alguma curiosidade. Ver como uma paixão antiga estava, depois de tantos anos, era sempre interessante. Mas eles não contavam com a intensidade da reação. Esse sujeito, que tinha vivido durante anos entre criminosos de alta periculosidade. Onze anos de humilhação. Toda essa merda, muito de perto. Lei do mais forte, homossexualidade, ataques, ameaças, chantagens, humilhações. O homem, que apesar disso ainda mantinha uma boa aparência e que certamente se parecia cinco anos mais jovem que seus contemporâneos, ficou cinza. Seu olhar voava do rosto de Kimmie para o lado e depois retornava. Carl e Assad se sentiam como espectadores de uma execução à qual não queriam assistir, mas que compulsoriamente testemunhavam. Uma espantosa alteração de atitude. Carl daria tudo para entender o que acontecia naquele momento.

— Você não parece exatamente feliz em vê-la. Mas ela está realmente bonita — comentou Carl. — Não acha?

Embora Bjarne Thøgersen assentisse bem devagar, a garganta pulsante traía sua inquietação interior.

— É muito estranho — resumiu-se a dizer.

Ele tentou sorrir, como se estivesse sentindo saudades. Mas não se tratava de saudades.

— Mas como o senhor pode ter uma foto dela, se não sabe onde ela está?

Então Thøgersen ainda estava apto a raciocinar direito. Mas suas mãos tremiam. Sua voz estava esganiçada. Seus olhos piscavam.

Ele estava com medo.

Kimmie simplesmente o havia matado de susto.

— Você precisa subir e falar com o delegado, ele está esperando — avisou o policial que estava de guarda, quando Carl e Assad passaram pela "gaiola" da central. — A superintendente também está lá. — acrescentou.

Enquanto subia as escadas, Carl ia juntando argumentos a cada degrau. Ele não iria mais receber ordens do que fazer ou deixar de fazer; de novo, não. Quem não conhecia a superintendente da polícia? Qual a diferença dela para uma advogada absolutamente normal, que não tinha conseguido avançar no caminho para ser juíza?

— Oh, oh. — A Sra. Sørensen atrás do balcão era sempre muito encorajadora. Ele iria lhe retribuir esse "oh, oh" algum dia.

— Que bom que você veio, Carl. Acabamos de repassar a coisa toda mais uma vez. — Marcus Jacobsen indicou uma cadeira vazia em sua sala. — Isso não está cheirando nada bem.

Carl franziu a testa, imaginando se Marcus não estava sendo exagerado. Ele assentiu para a chefona, que havia aparecido completamente paramentada. Ela dividia um bulezinho de chá com Lars Bjørn. Chá, claro.

— Você sabe de que se trata — continuou Marcus Jacobsen. — Só fico espantado que você mesmo não tenha mencionado isso hoje pela manhã.

— Do que você está falando? É por que eu continuo investigando o caso Rørvig? Não é exatamente isso que tenho que fazer? Decidir por conta própria qual caso antigo reabrir? Que tal me deixar trabalhar em paz?

— Que droga, Carl. Pare de uma vez com essa ladainha. — Lars Bjørn se aprumou, a fim de não parecer muito insignificante ao lado da figura imponente da superintendente da polícia. — Estamos falando sobre Finn Aalbæk, dono da Detecto, que você agrediu ontem na Gammel Kongevej. A descrição do caso está aqui, apresentada pelo advogado dele. Leia você mesmo.

Que caso? Do que eles estavam falando? Carl puxou o papel e o olhou de relance. Que palhaçada Aalbæk tinha encenado? Lá estava escrito, preto no branco, que Carl havia batido nele. Eles realmente acreditavam nessa merda?

No cabeçalho do papel lia-se Sjölund & Virksund. Ops, os pilantras da alta sociedade não deixavam por menos na hora de dar uma polida nas mentirinhas desse fracassado.

O horário batia direitinho: exatamente quando Carl interpelou Aalbæk no ponto de ônibus. E o diálogo estava reproduzido mais ou menos de maneira fidedigna. Porém o tapa nas costas tinha virado repetidos socos no rosto. E ele também teria puxado as roupas do outro. Fotos confirmavam os ferimentos. Nelas, o detetive realmente não parecia estar bem.

— Esse idiota está sendo pago por Pram, Dybbøl Jensen e Florin — defendeu-se Carl. — Eles pediram a Aalbæk para levar umas porradas para me tirar do caso. Coloco a minha mão no fogo por isso.

— Essa pode muito bem ser a sua opinião, Mørck. Apesar disso, somos obrigados a tomar uma providência. Você conhece os procedimentos no caso de agressões cometidas em serviço.

A superintendente olhou para ele. Seus olhos neutralizaram os de Carl por um instante.

— Não queremos suspendê-lo. Afinal, você nunca abusou de ninguém até hoje. Mas no começo do ano você passou por um momento trágico e traumático. Talvez isso ainda repercuta com mais intensidade do que gostaria. Não pense que não compreendemos a situação.

Carl sorriu meio distraído para ela. Até hoje ele nunca havia abusado de ninguém. Era bom ela acreditar nisso.

O delegado da Divisão de Homicídios olhou pensativo para ele.

— Claro que vai haver uma investigação agora. Mas vamos usar a oportunidade para encaminhá-lo a uma terapia intensiva. O foco será trabalhar minuciosamente com tudo que você teve que passar no último semestre. Enquanto isso, não vai ter permissão de realizar qualquer tarefa a não ser as puramente administrativas aqui da casa. Você pode ir e vir como sempre, mas tenho que te pedir, e por isso sinto muito, que entregue o distintivo e a arma. — Ele estendeu a mão. O que era isso, se não uma suspensão?

— A pistola está lá em cima, na sala de armas — avisou Carl, entregando seu distintivo. Como se a falta dele fosse impedi-lo de fazer alguma coisa. Eles não sabiam disso? Mas talvez estivessem achando que ele fosse um idiota. Que tinha se transformado em um. Pego em uma contravenção profissional. O que era isso? Eles queriam que ele se transformasse em um idiota, para se verem livres dele de uma vez por todas?

— Conheço o advogado de Aalbæk, Tim Virksund. Vou dizer a ele que você não trabalha mais no caso, Mørck. Isso certamente vai ser o suficiente. Ele conhece o jeito provocador do cliente. E ninguém ganha nada se esse contratempo chegar aos tribunais — declarou a superintendente. — Isso também resolve o seu grande problema de seguir ordens, não é? — Ela apontou o dedo para ele. — Dessa vez você está obrigado a isso. E saiba que, daqui por diante, não vou tolerar os seus subterfúgios, Mørck. Espero que a gente chegue a um acordo. Queremos que você se ocupe de outros casos, já dissemos isso explicitamente. Quantas vezes temos que repetir?

Ele assentiu e olhou de soslaio para a janela. Como odiava essas declarações de merda! Por ele, os três podiam se levantar imediatamente e saltar dali mesmo.

— Tenho o direito de perguntar por que esse caso tem mesmo que ser interrompido? — perguntou ele. — De quem vêm as ordens? Do lado político? E quais são os argumentos? Pelo que sei, todos são iguais perante a lei neste país. Isso com certeza também vale para aqueles que consideramos suspeitos, não? Ou entendi alguma coisa errada?

Os olhares cortantes de juízes da Inquisição dos três foram suficientes para Carl saber como suas perguntas foram interpretadas.

Qual seria a próxima medida? Jogá-lo no mar, para saber se ele flutuaria como o anticristo?

— Carl, tenho algo para você. Mas nunca vai adivinhar o quê. — Rose parecia animada.

Ele lançou um olhar para o corredor do porão. Sua animação não tinha nada a ver com as mesas montadas.

— Seu pedido de demissão, espero — retrucou ele bruscamente e se sentou à sua mesa.

Essa observação pareceu fazer a grossa camada de rímel parecer ainda mais pesada.

— Consegui duas cadeiras para a sua sala. — Carl olhou surpreso para o outro lado da mesa. Como era possível enfiar duas cadeiras em 10 metros quadrados de espaço?

— Vamos esperar com isso. O que mais?

— E tenho fotos das revistas, da *Gossip* e da *Hendes Liv*. — O tom de voz de Rose continuava igual, mas ela colocou as cópias dos artigos com mais força que o habitual sobre a mesa.

Carl olhou com desinteresse para o material. O que ele tinha a ver com isso agora? O caso havia sido tirado dele. Na verdade, deveria pedir que ela guardasse toda a papelada e depois sair à procura de uma alma ingênua que, em troca de palavras doces e alguns carinhos na bochecha, a ajudasse com a montagem das mesas.

Depois Carl pegou as cópias.

Um dos artigos se dedicava à infância de Kimmie. A revista *Hendes Liv* tinha montado um retrato da vida da família Lassen. O título era "Sem o conforto em casa não existe sucesso." Uma homenagem a Kassandra Lassen, a bela esposa de Willy K. Lassen. No entanto, a foto mostrava algo mais: um pai de terno cinza e calça de boca estreita e a madrasta usando cores luminosas com a maquiagem mais pesada dos anos 1970. Gente cuidada, ela com 30 e poucos, ele, dez anos mais velho. Autoconfiantes e com traços duros. Pareciam não notar a pequena Kirsten-Marie enfiada entre os dois. Mas Kimmie sabia disso, era fácil perceber. Grandes olhos amedrontados. Uma menina que simplesmente estava lá.

Na foto da *Gossip*, de 17 anos depois, Kimmie parecia totalmente diferente.

Era de janeiro de 1996, o mesmo ano em que ela desapareceu. Não dava para reconhecer onde havia sido tirada, provavelmente diante do Café Victor. Uma Kimmie de muito bom humor. Jeans justos, uma pele jogada nas costas e parecendo absolutamente pilhada. Apesar da neve na calçada, seu decote era profundo. E o sorriso, lindo. A seu redor, rostos conhecidos, entre eles Kristian Wolf e Ditlev Pram. Todos usavam sobretudos imensos. A foto era encantadora: "A noite da Folia de Reis possuía a própria rainha. Kristian Wolf, 29, o solteiro mais cobiçado da Dinamarca, tinha finalmente encontrado uma esposa?"

— O pessoal da *Gossip* foi muito legal — explicou Rose. — Talvez encontrem mais artigos para a gente.

Carl assentiu suavemente. Se ela achava os abutres da *Gossip* legais, então era realmente ingênua.

— Nos próximos dias, você vai montar as mesas lá do corredor, Rose. Ok? E o que mais encontrar sobre o caso, deixe lá em cima. Vou consultar quando tiver necessidade. Está claro?

Pela expressão dela, não estava nada claro.

— O que aconteceu lá em cima com Jacobsen, chefe? — A voz vinha da porta.

— O que aconteceu? Eles realmente me suspenderam. Apesar disso, querem que eu fique por aqui. Ou seja, se quiserem algo de mim a respeito do caso, escrevam num bilhete e deixem na mesa diante da porta. Não posso falar a respeito, senão vou ser sumariamente demitido. E, Assad, ajude Rose a montar essas mesas idiotas. — Ele apontou para o corredor. — Agora, mantenham os ouvidos atentos e escutem: se eu quiser falar com vocês algo sobre o caso ou passar orientações, então vão receber bilhetinhos feito estes. — Carl apontou para seu bloco de orçamento. — Para sua informação, a partir de agora só posso me ocupar de atividades administrativas.

— Merda de lugar. — Era Assad. Impossível descrever com mais floreios.

— Além disso, tenho que fazer terapia. Por isso talvez eu não fique o tempo todo no escritório. Bem, vamos ver que idiota essa gente vai escolher para mim.

Carl olhou para a porta com uma expectativa terrivelmente angustiante.

Sim, era Mona Ibsen. Sempre a postos, quando os alarmes de emergência soavam. E sempre que suas calças estavam bem arriadas.

— Dessa vez vai ser um longo trabalho, Carl — avisou ela, passando por Assad.

Mona Ibsen lhe estendeu a mão. Era quente e difícil de largar. Delicada e sem aliança.

20

Kimmie encontrou com facilidade o bilhete deixado por Tine. Como combinado, ele estava atrás da placa da locadora de automóveis na Skelbækgade, sobre o parafuso mais abaixo, na parte escura. As letras já começavam a borrar por causa da umidade.

Para Tine, sem instrução na escola, deve ter sido difícil encontrar espaço para tantas letras maiúsculas naquele pedacinho de papel. Mas Kimmie possuía prática em decifrar rabiscos.

OI. A POLÍCIA VEIO FALAR COMIGO ONTEM — ELE SE CHAMA CARL MØRCK — E TEM MAIS UM NA RUA QUE TÁ TE PROCURANDO — O CARA DA ESTAÇÃO. NÃO SEI QUEM ELE É — SE CUIDA — TE VEJO NO BANCO. T. K.

Kimmie leu as frases diversas vezes. No "K", ela sempre dava uma parada como um trem de carga diante do sinal vermelho. A letra ardia em sua retina. De onde vinha o K?

O policial se chamava Carl. Carl com "C". A letra era melhor. Melhor que "K", mesmo que tivessem o mesmo som. Dele ela não tinha medo.

Ela se apoiou no Nissan vinho, parado há um tempão diante da placa. As palavras de Tine a deixaram com um cansaço inacreditável. Como se o diabo entrasse em seu corpo e sugasse toda a sua vida.

Não vou sair da minha casa, pensou. Eles não vão me pegar.

Mas como Kimmie podia saber se isso não acabaria acontecendo? Evidentemente, Tine havia conversado com pessoas que estavam procurando por ela. Pessoas perguntavam coisas a Tine. Coisas que apenas ela sabia a respeito de Kimmie. Muitas coisas. E, por isso, a amiga não era mais apenas Tine-Ratazana, um perigo para si mesma. Agora ela também era um perigo para Kimmie.

Ela não deve falar com ninguém, pensou Kimmie. Quando eu der a ela as mil coroas, tenho que dizer isso e fazer com que entenda.

Instintivamente, Kimmie se virou e viu o colete azul-claro de náilon de um entregador de um daqueles jornais gratuitos.

Ele foi contratado para me observar?, pensou. Isso seria possível? Agora eles sabiam onde Tine morava. Pareciam saber também que elas mantinham contato. E se Tine tivesse sido seguida até a placa, quando prendeu o bilhete lá? E se aqueles que estavam procurando por ela também tivessem lido o bilhete?

Kimmie tentou acalmar os pensamentos. Eles não o teriam tirado de lá? Sim, claro. Apesar disso, será que o leram?

Mais uma vez olhou para o entregador de jornais. Esse sujeito de pele escura tentava viver de seu trabalho ingrato. Por que ele recusaria algumas coroas extras? Teria apenas que segui-la com o olhar, descendo a Ingerslevsgade e ao longo da margem da linha do trem. Para tanto, ele precisava somente ir até onde ficava a descida para a parada Dybbølsbro. Não havia lugar que oferecesse melhor visão. Sim, lá do alto o sujeito poderia observar exatamente para onde ela ia. Até o portão de tela e a casinha eram no máximo 500 metros. No máximo.

Ela mordeu o lábio inferior e apertou um pouco mais o casaco de lã.

Em seguida, atravessou a rua e foi até ele.

— Aqui — disse ela, entregando-lhe 15 notas de mil coroas. — Agora você pode ir para casa, não é?

Homens negros com os olhos arregalados, tão grandes e brancos como os desse indivíduo, só se viam nos filmes mudos de antigamente. Como se a mão esquálida, que era estendida em sua direção, fosse a materialização e a concretização de um sonho há muito acalentado. A passagem para casa, para uma vida sob um sol escaldante entre outros homens negros.

— Hoje é quarta-feira. O que você acha de ligar para o trabalho e dizer que só vai voltar no fim do mês? Você entendeu o que eu disse?

A neblina desceu sobre a cidade e o parque Enghave, cobrindo tudo. Os arredores desapareceram sob um manto branco. Primeiro as muitas janelas da cervejaria Kongens, depois os prédios em frente, então as tendas no final do parque, por fim a fonte. Neblina úmida com o cheiro do outono.

Aqueles homens têm que morrer, diziam as vozes em sua cabeça.

Pela manhã, Kimmie havia aberto o buraco na parede e tirado a granada de mão de lá. Ela ficou olhando para o artefato diabólico e viu tudo com muita clareza diante de si. Eles precisavam morrer, um a um. Um após o outro. O medo e o arrependimento iriam enlouquecer os outros.

Ela riu um pouco. Cerrou as mãos geladas, enterrou-as fundo nos bolsos do sobretudo. Eles já estavam com medo dela agora, esses porcos, isso era certo. E estavam fazendo de tudo para encontrá-la. Aproximavam-se cada vez mais. Independentemente dos custos. Covardes do jeito que eram.

Então parou de rir. Kimmie não tinha pensado nisso.

Eles eram covardes! Sem dúvida. E pessoas covardes não esperam. Elas tentam salvar suas vidas enquanto ainda há tempo.

— Tenho que acabar com eles de uma só vez — falou em voz alta. — Preciso conseguir, de algum jeito. Senão eles vão escapar. Tenho, tenho. — E ela sabia que podia fazer isso, porém as vozes queriam algo diferente. Elas eram teimosas. Eram assim. Enlouquecedoras.

Kimmie estava sentada no banco do parque, mas se levantou e chutou as pombas que arrulhavam a seu redor.

Que direção tomar agora?

Mille, Mille. Querida Mille pequenina, era seu mantra interior. Hoje era um dia ruim. Muitas coisas para decidir.

Kimmie baixou o olhar e sentiu como a neblina deixava um traço de umidade sobre seus ombros. Lembrou-se novamente das letras do bilhete de Tine. T. K. Mas de onde vinha esse K.?

Eles estavam no 2G. As férias antes das provas estavam muito próximas e havia apenas poucas semanas que Kimmie tinha terminado com Kåre Bruno — totalmente abalado pelo discurso dela de que ele era mediano, tedioso e que não possuía talento.

Nos dias seguintes, Kristian havia começado a perturbá-la.

— Você não tem coragem, Kimmie — sussurrava para ela todos os dias, na reunião matinal.

E todos os dias ele a beliscava e lhe dava tapas no ombro, enquanto o restante da turma ficava olhando.

— Você não tem coragem, Kimmie!

Mas Kimmie tinha coragem, sim, eles sabiam disso. E prestavam muita atenção no que ela fazia. Observavam sua grande dedicação nas aulas. As pernas esticadas entre as fileiras de cadeiras, a saia erguida. A covinha ao sorrir, principalmente quando ia à frente da classe. As blusas transparentes e a voz melíflua. Ela precisou de 14 dias até despertar o desejo no único professor da escola de quem praticamente todos os alunos gostavam. Despertado de maneira tão intensa que era risível.

Ele havia sido o último a chegar. Pele lisa, mas apesar disso um homem de verdade. A melhor nota em estudos dinamarqueses da Universidade de Copenhague, diziam. Não era o protótipo de um professor de internato, de jeito nenhum. Ele possuía um olhar crítico em relação à sociedade e lhes indicava leituras equilibradas, variadas.

Kimmie foi até ele e perguntou se a prepararia para as provas. A primeira aula ainda não tinha terminado e o professor já estava nocauteado. Levado à lona por curvas que o vestidinho de algodão leve deixavam tão à mostra.

Ele se chamava Klavs com "v", o que ele justificava com o pouco discernimento do pai e seu exagerado interesse pelo mundo da Disney. Apesar disso, ninguém ousava chamá-lo de Klavs Krikke, como o Horácio se chamava em dinamarquês.

Depois de três aulas, ele já não contabilizava mais as lições extras de Kimmie. Ele a recebia em seu apartamento, já meio despido, com o aquecimento no máximo. Atiçado por um desejo insaciável. Beijos incontroláveis, mãos incansáveis sobre sua pele nua, o cérebro totalmente desligado. Indiferente a ouvidos espiões, olhares invejosos, regulamentos e sanções.

A primeira intenção dela tinha sido contar ao diretor que ele a havia obrigado. Simplesmente para ver o que aconteceria. Porque queria saber se seria possível conduzir a situação em uma próxima vez.

Porém não chegou tão longe.

O diretor chamou ambos ao mesmo tempo. Deixou-os esperando, mudos e nervosos, lado a lado na antessala. A secretária os acompanhava para cuidar da decência.

E, após esse dia, Klavs e Kimmie nunca mais se falaram.

Ela não estava nem aí para o que aconteceria com ele.

O diretor disse a Kimmie que ela podia arrumar as coisas, pois o ônibus para Copenhague partiria em meia hora. Ela não precisava se preocupar em viajar de uniforme; muito pelo contrário, ele preferia que não o fizesse. A jovem podia se considerar sumariamente expulsa da escola a partir daquele momento.

Kimmie olhou demoradamente para as faces salpicadas de vermelho do diretor antes de encará-lo.

— Realmente é possível que você... — Ela fez uma pausa, longa o suficiente para o tratamento imperdoável fazer efeito — ... que você não acredite em mim e que ele me obrigou. Mas como pode ter tanta certeza de que a imprensa sensacionalista vai ter a mesma opinião? Você não consegue imaginar o escândalo? "Professor estupra aluna na..." Você não consegue imaginar?

A condição para seu silêncio era simples. Sim, ela queria ir embora. Simplesmente juntar as coisas e deixar a escola imediatamente. Nem seu boletim tinha importância; o principal era a escola não contar a seus pais. *Essa* era a condição.

O diretor protestou. Disse que não era decente a escola receber por um serviço não prestado. De maneira insolente, Kimmie pegou um livro da escrivaninha, rasgou uma página e anotou um número.

— Aqui. — Ela lhe entregou o bilhete. — Esse é o número da minha conta. Pode transferir as mensalidades para mim.

Ele suspirou longamente. Com esse bilhetinho, ela foi libertada de décadas de autoritarismo.

Ela levantou o olhar e sentiu a calma que a preenchia. Mas as vozes agudas de crianças no parquinho alcançaram seus ouvidos e começaram a perturbá-la.

Eram apenas duas crianças. Pequenas e com movimentos desajeitados, que brincavam de pega-pega entre os brinquedos imersos no silêncio do outono.

Saiu da neblina e as observou. A menininha segurava algo que o menino queria.

Um dia, ela também havia tido uma menininha.

Kimmie percebeu como a babá tinha fixado os olhos nela e se levantou. O alarme havia soado quando ela apareceu dos arbustos com as roupas sujas e o cabelo desgrenhado.

— Eu não estava assim ontem, você devia ter me visto! — gritou ela para a babá.

Se estivesse arrumada, com as roupas que usara na estação central, a situação teria se desenrolado de um jeito diferente. Tudo teria sido diferente. Talvez a babá tivesse até conversado com ela. Talvez tivesse escutado o que ela tinha a dizer.

Mas a babá não ouviu. Ela veio correndo e, com os braços abertos, barrou resoluta o caminho de Kimmie até as crianças. Em seguida, gritou para elas que deviam se aproximar imediatamente. As crianças não queriam. A babá não sabia que criancinhas nem sempre obedecem? Kimmie achou graça.

Então ela esticou a cabeça e sorriu para a babá.

— Venham logo — gritou a moça histérica, olhando para Kimmie como se ela fosse a escória da escória.

Por isso, Kimmie deu um passo à frente e deu um soco na mulher. A babá não devia tratá-la feito um monstro.

Caída no chão, a moça gritava que Kimmie devia parar com aquilo senão as coisas iam ficar feias para o seu lado, que ela iria apanhar tanto que ficaria surda e cega. E que conhecia muita gente disposta a fazer isso.

Nesse momento, Kimmie lhe deu um chute na lateral do corpo. Um, dois, e ela ficou em silêncio.

— Venha até aqui, baixinha, e me mostre o que você está segurando — chamou Kimmie com suavidade. — É um gravetinho?

Mas as crianças pareciam estar enraizadas. Estavam de pé e choravam, chamando a babá.

Kimmie se aproximou. Que menina doce, mesmo chorando. Ela tinha cabelos longos tão bonitos. Cabelos castanhos, iguaizinhos aos da pequenina Mille.

— Venha, baixinha, e me mostre o que está segurando — repetiu Kimmie, caminhando em direção à criança.

Ela escutou um assobio vindo de trás, mas, embora tenha se virado imediatamente, não conseguiu evitar o golpe duro e desesperado contra seu pescoço.

Ela caiu com o rosto no cascalho e bateu com o ventre em uma pedra da calçada.

Enquanto isso, a babá correu em silêncio até ela e pegou as crianças, uma de cada lado. Uma babaca total. Calças justas e cabelos oleosos.

Kimmie ergueu a cabeça e viu o rosto choroso das crianças desaparecendo por trás dos arbustos.

Ela também já teve uma menininha como aquela. Agora ela estava em casa, na caixinha sob a cama. Esperando pacientemente.

Logo elas estariam juntas novamente.

21

— Dessa vez, quero conversar abertamente sobre as coisas — começou Mona Ibsen. — Da última vez a gente não chegou aonde deveria, não é?

Carl olhou o mundo dela ao redor. Pôsteres com belas cenas de natureza, palmeiras e montanhas. Cores claras, sol. Cadeiras de madeiras nobres, plantas delicadas. E essa arrumação inacreditável. Nenhum elemento estava ali por acaso. Nada que pudesse servir como distração. E, apesar disso, deitado no divã com os sentidos bem alertas, havia essa enorme distração que não o deixava pensar em nada diferente. Nada além de arrancar as roupas daquela mulher.

— Vou tentar — disse ele. Queria fazer tudo que ela pedisse. Afinal, não havia outro jeito.

— Você bateu em um homem ontem. É possível me explicar por quê?

Ele protestou, reforçou sua inocência. Mas ela o olhou como se Carl estivesse mentindo.

— Acho que só vamos conseguir avançar se voltarmos um pouco no tempo e levantarmos a sequência dos acontecimentos. Possivelmente você vai achar isso desagradável, mas tem que ser assim.

— Manda ver — respondeu ele. Tinha fechado os olhos até conseguir enxergar apenas o que a respiração dela fazia com seus peitos.

— Em janeiro desse ano você se meteu em um tiroteio em Amager. Já falamos sobre isso antes. Você consegue se lembrar da data exata?

— Foi em 26 de janeiro.

Ela assentiu, como se se tratasse de uma data especial.

— Você se safou razoavelmente. Diferente dos seus companheiros. Um deles, Anker, morreu, e o outro está na clínica, tetraplégico. Como você lida com isso agora, oito meses depois, Carl?

Ele olhou para o teto. Como lidava com isso? Não sabia. Simplesmente não podia ter acontecido.

— Claro que sinto muito aquilo que aconteceu. — Ele enxergou Hardy a sua frente, lá na clínica. Olhos tristes, parados. Cento e vinte quilos de peso morto.

— Isso o tortura?

— Sim, um pouco. — Carl tentou sorrir, mas ela checava os papéis diante de si.

— Hardy me contou da suspeita que tem. Ele acha que quem quer que tenha atirado em vocês estava esperando lá em Amager. Ele também falou isso para você?

Carl assentiu.

— E ele acha ainda que foram alertados por você ou por Anker.

— Sim.

— E o que você sente com esse pensamento?

Agora Carl tentava avaliá-la. De acordo com sua opinião masculina e tendenciosa, os olhos de Mona Ibsen faiscavam de erotismo. Ele se perguntava se ela também sabia o quanto isso o distraía.

— Talvez ele tenha razão — respondeu.

— Mas não foi você, posso notar. Estou certa?

E, mesmo que não estivesse, o que ela podia esperar além de Carl negar isso? Achava que as pessoas eram tão burras assim? Talvez Mona Ibsen achasse que era possível ler o rosto das pessoas.

— Claro que não fui eu.

— Mas, se foi Anker, então algo de muito errado aconteceu com ele, não é?

Pode ser que eu esteja com tesão em você, pensou Carl, mas, se quiser que eu continue com isso, por favor, faça mais algumas perguntas certas.

— Sim, claro — respondeu ele e escutou a própria voz como um sussurro. — Hardy e eu temos que lidar com essa possibilidade. No momento, entretanto, sou vítima de um cão farejador nojento e algumas pessoas poderosas estão tentando puxar o meu tapete. Mas, assim que isso estiver resolvido, vamos em frente.

— Na central, eles chamam o caso pela arma do crime e esse ficou conhecido como o "caso da pistola de pregos". A vítima não foi atingida na cabeça? Ficou parecendo uma execução.

— Talvez. Não consegui ver muito, por causa da natureza da coisa. Desde então, não me ocupei mais do caso. Além disso, há uma sequência da história, mas você com certeza sabe disso. Dois jovens foram mortos da mesma maneira em Søro. Imagina-se que os criminosos sejam os mesmos.

Mona Ibsen assentiu. Claro que ela sabia.

— Carl, esse caso está torturando você, não é?

— Não, não posso afirmar que ele esteja me torturando.

— Então o que é?

Ele segurou a lateral do divã de couro. Essa era a oportunidade.

— O que me tortura? Você sempre dizer não quando tento convidá-la para sair. *Isso* me tortura.

Carl saiu do escritório de Mona Ibsen bastante confuso. Nossa, como ela havia esbravejado com ele. E depois o soterrou com perguntas, perguntas repletas de queixas e dúvidas. Ele ficou com vontade de se levantar em um salto e sacudi-la até que acreditasse nele. Mas Carl ficou deitado e respondeu com cordialidade. No fim, sem muita emoção e com um sorriso estressado, Mona Ibsen tinha aceitado o convite. *Depois* de ele não ser mais seu paciente.

Talvez ela acreditasse estar navegando em águas seguras com essa promessa vaga. Ou confiasse que ele ficaria sempre sob suspeita e, por isso, teria que se manter infinitamente em terapia. Mas Carl tinha certeza. Ele faria com que Mona Ibsen cumprisse a promessa.

Ele olhou a Jægersborg Allé na direção do maltratado centro de Charlottenlund. Cinco minutos até a estação, meia hora de viagem no trem urbano, e estaria novamente sentado, passivamente, em sua cadeira de escritório ajustável em um cantinho do porão. Não era um cenário especialmente adequado para seu recém-conquistado otimismo.

Carl precisava que algo acontecesse. Mas lá embaixo no porão nada aconteceria, *niente*. Isso era garantido.

Quando chegou ao lugar em que a Lindegårdsvej desemboca, olhou a rua. Em seu final começava o bairro de Ordrup. Fazia sentido dar uma volta por lá, Carl tinha certeza.

Teclou o número de Assad. Automaticamente, verificou a bateria do celular. Mal tinha acabado de ser carregada e já estava pela metade. Irritante.

Assad parecia surpreso. Eles tinham permissão para conversar?

— Que bobagem, Assad. Só na central não podemos ficar dando muita bandeira de que ainda estamos trabalhando. Escute, você pode fazer umas pesquisas para checar com quem podemos falar no internato? Há um livro de encerramento de ano antigo na pasta grande. Nele dá para ver quem eram os colegas dela. Ou encontre um dos professores que deram aula naquele internato de 1985 a 1987.

— Já dei uma olhada nesse livro — respondeu ele. Droga, é claro que ele já havia checado. — Já tenho alguns nomes, chefe, mas vou continuar.

— Bem. E agora me transfira para Rose, sim?

Passou um minuto até que ouviu o "Sim?" ofegante. Na retórica de Rose, o título de chefe não tinha relação com Carl.

— Você está montando as mesas, certo?

— Sim! — Se alguém tinha capacidade de demonstrar tanta raiva, irritação e frieza com uma só palavra, esse alguém era Rose Knudsen. Era impossível não perceber o quanto ela estava estressada por ser interrompida em uma atividade tão importante.

— Preciso do endereço da madrasta de Kimmie Lassen. Sei que você me deu o bilhete, mas não estou com ele agora. Me passe apenas o endereço, sim? E, por favor, nada de perguntas.

Carl estava diante de uma agência do Danske Bank, onde mulheres arrumadas e homens igualmente elegantes formavam uma fila, pacientemente. Em um dia de pagamento como hoje isso aqui não era diferente dos subúrbios de classes trabalhadoras como Brøndby e Tåstrup. Mas fora da capital isso fazia mais sentido. Por que pessoas bem de vida como os moradores de Charlottenlund faziam fila em frente ao banco? Elas não tinham empregados para pagar suas contas? Não conheciam internet banking? Ou Carl não tinha ideia das manias dos ricos? Será que eles usavam todo o troco do dia do pagamento para comprar um lote de ações? Assim como os maloqueiros em Vesterbro compram cerveja e cigarros?

Bem, cada um faz o que pode com o que tem, pensou. Carl olhou para a fachada da farmácia, do outro lado da rua, e registrou na janela do prédio a placa do advogado Bent Krum. Habilitado para o Tribunal Superior, era o que estava escrito. Com clientes como Pram, Dybbøl Jensen e Florin, certamente uma habilitação dessas era necessária.

Carl suspirou.

Simplesmente passar na frente desse escritório seria como conseguir ignorar todo tipo de tentação de uma só vez. Até o diabo iria achar engraçado. Por outro lado, se tocasse a campainha, entrasse e perguntasse algo a Bent Krum, não seriam precisos nem dez minutos para a superintendente da polícia estar ao telefone com ele. E, depois da ligação, ele poderia ir direto buscar seu chapéu e fechar o Departamento Q.

Por um instante, ficou diante da porta, indeciso. As alternativas eram: arriscar uma aposentadoria precoce compulsória ou esperar por uma possível melhor oportunidade de confronto.

Seria mais inteligente passar pela frente e continuar, pensou. Enquanto isso, seu dedo desenvolveu vida própria e apertou com força a campainha. Ao inferno todos aqueles que achavam que podiam frear sua investigação. Ele tinha que checar isso aqui. E quanto antes melhor.

Carl balançou a cabeça e tirou o dedo da campainha. Havia acabado de ser envolvido por aquilo que tinha sido sua maldição desde a juventude: ninguém fora ele, apenas ele, podia determinar seus passos.

Uma voz feminina grave disse que era preciso esperar um momento. Depois de um tempo, ele ouviu passos na escada e os contornos de uma mulher apareceram atrás da porta de vidro. Ela usava um casaco de peles autêntico e um lenço muito elegante ao redor dos ombros. Por pelo menos quatro quintos do tempo que ficaram juntos, Vigga passou admirando casacos como esse nas vitrines da Birger Christensen, na Østergade. Como se um desses fosse ficar tão bem assim nela. E, se o tivesse conseguido, hoje provavelmente estaria todo recortado por um de seus amantes designers para uma pintura bizarra.

A mulher abriu a porta e lhe deu um sorriso radiante, daqueles que só o dinheiro consegue comprar.

— Sinto muitíssimo, mas eu já estava quase de saída. Meu marido não está aqui às quintas. Talvez o senhor possa marcar um horário para outro dia.

— Não, eu...

Carl procurou involuntariamente sua identificação no bolso, mas não encontrou nada além de bolinhas de lã. Na verdade, ele queria lhe dizer que estava ali por causa de uma investigação. Que queria apenas fazer algumas perguntas de rotina e se não poderia passar dali a uma ou duas horas novamente. Só um pulinho. Mas Carl disse algo bem diferente.

— Seu marido está no campo de golfe?

Ela olhou para ele sem entender nada.

— Pelo que sei, ele não joga golfe.

— Ok. — Carl tomou ar. — Sinto muito ter que dizer isso, mas a senhora e eu estamos sendo traídos. Seu marido e a minha esposa estão tendo um caso, infelizmente. E agora quero saber em que pé estou.

Ele observou como havia machucado a mulher inocente e tentou também parecer muito abalado.

— Desculpe — continuou. — Sinto muitíssimo. — Ele colocou a mão cuidadosamente sobre o braço dela. — Foi um erro da minha parte. Me perdoe novamente.

Em seguida, Carl voltou à calçada e foi com passos rápidos em direção a Ordrup. Estava chocado como os ataques impulsivos de seu companheiro sírio o contaminaram.

Kassandra Lassen morava na Kirkevej, diante da igreja. Três garagens cobertas, duas torres de escadas, uma casinha de jardineiro recoberta por cascalho, centenas de metros de muro recém-limpos e, além disso, de 500 a 600 metros de área construída. Mais latão nas portas que em todo o iate real *Dannebrog*. Simplicidade era outra coisa.

Animado, Carl observou as sombras que se movimentavam atrás dos vidros no térreo. Então havia uma chance.

A empregada parecia exausta. Ela aceitou trazer Kassandra Lassen até a porta — caso isso fosse possível.

Esse "trazer até a porta" parecia estar sendo mais difícil que o imaginado.

Subitamente, porém, o protesto do fundo emudeceu e Carl ouviu uma voz feminina perguntar:

— Um homem jovem, você disse?

Kassandra Lassen era aquele tipo de mulher da alta sociedade que já tinha visto dias e homens melhores. Nenhum sinal da silhueta magra dos artigos de revista. Muita coisa pode mudar em trinta anos, isso era certo. Ela usava um quimono japonês, tão solto que grande parte da lingerie de seda estava à mostra. Gesticulava muito. Ela percebeu de imediato que estava com um homem de verdade diante de si. Supostamente, ela ainda não havia desistido desses.

— Por favor, entre — convidou ela. Seu hálito não era apenas de quem tinha tomado um "golinho". Mas a procedência era boa, uísque maltado, Carl apostou. Um conhecedor com certeza conseguiria adivinhar o ano, tão intenso era o cheiro.

Ele foi conduzido para dentro de braços dados com ela. Mais especificamente, ela o conduzia, enquanto grudava em Carl. Finalmente, chegaram a uma parte do térreo que ela chamou de "*My room*", com a voz grave.

Carl teve que se sentar em uma poltrona muito próxima da dela, disposta de tal forma que seus grandes cílios e os seios maiores ainda ficavam bem a sua frente. Era estranhíssimo.

Aqui, a simpatia — ou o interesse, talvez fosse possível dizer — também durou apenas até Carl falar o motivo da visita.

— O senhor quer saber algo sobre Kimmie? — Ela colocou a mão de longas unhas sobre o peito. Isso devia significar que apenas um dos dois sairia satisfeito.

Então ele tentou de outro jeito.

— Estou aqui porque ouvi dizer que essa casa é de uma elegância autêntica. Que aqui era possível contar com um tratamento decente, independentemente do motivo da visita. — Efeito zero.

Carl pegou a garrafa e encheu o copo dela de novo. Talvez isso soltasse sua língua.

— A menina ainda está viva? — perguntou ela. Não dava para distinguir nem um pouquinho de compaixão na voz.

— Sim, em Copenhague. Ela vive na rua. Tenho uma foto, a senhora quer ver?

Ela fechou os olhos e virou a cabeça de tal maneira que parecia estar com merda de cachorro diante do rosto. Deus do céu, isso já era um exagero.

— Seria possível me dizer o que a senhora e seu então marido pensaram quando ouviram falar das suspeitas contra Kimmie e os amigos dela em 1987?

Mais uma vez ela levou a mão ao peito. Dessa vez, para se concentrar — pelo menos era o que parecia. Depois, sua expressão se modificou e o uísque parecia estar fazendo efeito.

— Sabe de uma coisa, meu caro? Sinceramente, não nos preocupamos muito com isso tudo. A gente viajava muito, o senhor tem que estar ciente disso. — Com um tranco, ela virou a cabeça e o encarou. Demorou um tempo até ela recobrar a orientação. — Viajar é um elixir para a vida, dizem. E meu marido e eu sempre fizemos amigos extraordinários. O mundo é tão maravilhoso, não acha também, senhor...?

— Mørck. Carl Mørck. — Ele assentiu. E para encontrar um segundo ser tão tapado assim era preciso procurar nos contos dos irmãos Grimm. — Sim, a senhora tem toda a razão.

Ela não precisava saber que ele nunca havia se afastado mais que 900 quilômetros de Valby Bakke. Com o ônibus de turismo até Costa Brava. Naquela época, Carl ficou fritando na praia em meio a uma porção de aposentados, enquanto Vigga visitava os artistas locais.

— A senhora também acha que há algo de verossímil na suspeita contra Kimmie? — perguntou ele.

Ela repuxou os cantos da boca para baixo. Provavelmente uma tentativa de ficar séria.

— Sabe de uma coisa? Kimmie era uma garota terrível. Chegava a bater nas pessoas! Sim, inclusive quando era bem pequena. Às vezes, quando se irritava com algo, movimentava os braços como baquetas de bateria. Veja, mais ou menos assim. — Ela tentou imitar e derrubou bebida por todo canto.

Que criança normal não se desenvolve assim?, pensou Carl. Principalmente com pais como esses.

— Ah. E ela continuou desse jeito depois de ficar mais velha?

— Argh. Ela ficou nojenta. Me xingava com as palavras mais sujas. O senhor não faz nem ideia.

Oh, ele fazia, sim.

— E, além disso, ela era uma... uma garota fácil.

— Fácil? Em que sentido?

Ela massageou as pequenas veias azuis sobre o dorso da mão. Apenas agora ele notou como a artrite havia se instalado nos pulsos dela. Carl olhou para o copo de Kassandra Lassen, quase vazio de novo. Analgésicos têm muitos rostos, pensou.

— Quando ela voltou da Suíça, trouxe todo tipo de gente para casa e... sim, era isso... ela parecia um bicho, transando com os sujeitos com a porta aberta, enquanto eu passava pela casa. — Ela meneou a cabeça. — Não era fácil estar sozinha, Sr. Mørck. — Kassandra baixou a cabeça e o olhou com seriedade novamente. — Sim. Nessa época, Willy, o pai de Kimmie, já tinha feito as malas e dado no pé. — Ela tomou mais um gole. — Como se eu tivesse tentado segurá-lo. Esse ridículo...

Em seguida, ela voltou a virar o rosto na direção dele. Quando falava, dava para perceber que o vinho tinto havia tingido seus dentes.

— O senhor enfrenta a vida sozinho, Sr. Mørck? — Os movimentos dela com os ombros e o convite aberto podiam aparecer em qualquer romance barato.

— Sim. Sozinho — respondeu ele, aceitando o desafio.

Carl a encarou e manteve o olhar por bastante tempo, até que Kassandra ergueu devagar as sobrancelhas e tomou mais um gole. Apenas seus cílios estavam visíveis sobre a borda do copo. Fazia tempo que um homem não olhava dessa maneira para ela.

— A senhora sabia que Kimmie ficou grávida?

Ela respirou fundo. Por um momento, pareceu estar muito distante, mas a melancolia estava marcada em sua face. Como se a palavra "grávida" lhe doesse mais que a lembrança de um relacionamento humano fracassado. Ela própria não tinha tido filhos, até onde Carl sabia.

— Sim — respondeu ela com frieza. — Sim, ela engravidou, a tolinha. Não é de se espantar.

— E o que aconteceu depois?

— Bem, claro que ela queria dinheiro.

— E ela recebeu?

— Não de mim! — Kassandra encerrou o flerte. Sua voz agora era de puro desdém. — O pai deu 250 mil coroas. E exigiu que ela nunca mais aparecesse na frente dele.

— E a senhora? A senhora teve notícias dela?

Ela balançou a cabeça. Seus olhos diziam: Graças a Deus.

— Quem era o pai da criança? A senhora sabia?

— Ah, deve ter sido aquele pequeno fracassado que incendiou a madeireira do pai.

— A senhora está se referindo a Bjarne Thøgersen? Que acabou preso por causa dos assassinatos?

— Certamente. Eu realmente não me lembrava mais do nome dele.

— Ah, sim. — Era mentira, sem dúvida. Com ou sem uísque, as pessoas não esquecem coisas assim. — Kimmie morou um tempo por aqui, e a senhora disse que não foi fácil...

Kassandra o encarou com incredulidade.

— O senhor não está achando que eu participei desse circo por muito tempo, está? Não, nessa época eu me mudei, fui morar no litoral.

— No litoral?

— Na Costa del Sol. Fuengirola. Maravilhoso terraço, bem na frente do calçadão. Lugar maravilhoso. Conhece Fuengirola, Sr. Mørck?

Carl assentiu. Ela provavelmente havia ido para lá por causa do reumatismo. Mas também era um lugar apreciado por gente com dinheiro e um esqueleto no armário. Se Kassandra tivesse dito Marbella, ele teria entendido melhor. Afinal, ela dispunha de certa fortuna.

— A senhora acha que ainda poderia haver aqui em sua casa alguma coisa que tivesse sido de Kimmie? — perguntou ele.

Nesse momento, ela se fechou. Ficou sentada em silêncio, terminando calmamente sua bebida. Quando o copo esvaziou, o cérebro estava igualmente vazio.

— Acho que Kassandra precisa descansar agora — avisou a empregada. Ela tinha ficado o tempo inteiro nos fundos, pronta para intervir.

Carl ergueu a mão para freá-la. Uma suspeita havia germinado dentro dele.

— Sra. Lassen, a senhora me permite olhar o quarto de Kimmie? Ouvi dizer que continua como antes.

Isso havia sido um tiro no escuro. Uma dessas perguntas que os policiais guardam na caixa etiquetada com "vale a pena tentar". Elas sempre começavam com "Ouvi dizer...".

Em casos de emergência, sempre um bom início.

A empregada precisou de dois minutos para colocar a senhora em sua cama dourada. Nesse meio-tempo, Carl olhou ao redor. Tendo Kimmie morado aqui, na infância ou não, a casa era totalmente inapropriada para uma criança. Nada de cantinhos para brincar. Bibelôs demais, vasos chineses e japoneses demais. Um movimento um pouco mais forte podia ser seguido de uma apólice de seguro com seis zeros. Uma atmosfera bastante desconfortável, que certamente não havia se modificado em todos esses anos. Uma verdadeira prisão infantil, essa era a impressão.

— Sim — disse a empregada subindo a escada para o segundo andar. — Kassandra apenas mora aqui. Na verdade, a casa é de Kimmie. Por isso, no segundo andar, tudo está como era antes.

Ou seja, Kassandra vivia nessa casa por causa da misericórdia de Kimmie. Se a enteada decidisse voltar à sociedade, Kassandra teria que encontrar um lugar para ficar. O destino era engraçado. A mulher rica que vivia na rua e a pobre que aproveitava os confortos. Devia ser por isso que Kassandra tinha ido para Fuengirola, e não para Marbella. Não se tratava de uma escolha livre.

— Está uma bagunça, já vou avisando — declarou a empregada ao abrir a porta. — Mas decidimos deixar assim. A filha não deve voltar e achar que Kassandra ficou remexendo suas coisas. E acho que ela tem razão nisso.

Carl assentiu. Hoje em dia, onde se encontravam empregados tão leais assim, cegos dos dois olhos? E ela nem era estrangeira.

— Você conheceu Kimmie?

— Céus, não. Eu pareço ter idade para já estar aqui em 1995? — Ela riu com vontade.

Por sua aparência, isso era bem possível.

Era praticamente um apartamento separado. Carl tinha contado com alguns quartos, mas não com um apartamento completo no estilo do Quartier Latin de Paris. Havia até o típico balcão. Nas paredes inclinadas foram escavados nichos. Embora as pequenas janelas estivessem sujas, no geral estava tudo em ordem. Se achava isso desarrumado, a empregada iria desmaiar só de olhar o quarto de Jesper.

Havia um pouco de roupa suja espalhada, isso era tudo. Nada apontava que uma jovem tinha morado ali, nenhum papel sobre a escrivaninha ou algo sobre a mesa de centro diante da televisão.

— O senhor pode dar uma olhada. Mas primeiro eu gostaria de ver seu distintivo, Sr. Mørck. Esse é o procedimento usual, não?

Ele assentiu e revirou todos os bolsos. Essa gordinha prestativa. Por fim, ele achou um cartão de visitas que carregava havia milênios no bolso da jaqueta, coerentemente amassado.

— Sinto muito, meu distintivo está na central. Sou o chefe do departamento, por isso não saio muito. Mas esse é o meu cartão, por favor. Você pode me identificar.

Ela leu o número e o endereço, depois pegou o cartão na mão, como se fosse uma especialista em falsificações.

— Um momento — pediu ela e ergueu o fone de um Bang & Olufsen que estava sobre a escrivaninha.

Apresentando-se como Charlotte Nielsen, ela perguntou se havia algum detetive-superintendente Carl Mørck. Ela esperou um momento, enquanto sua ligação parecia estar sendo transferida.

Em seguida, a empregada repetiu sua pergunta e depois pediu uma descrição desse Carl Mørck. Ela deu um sorrisinho ao olhar para ele e então desligou.

O que era tão engraçado?, pensou. Dez contra um que ela tinha falado com Rose.

Sem motivo para explicar sua alegria, ela se retirou. Carl ficou sozinho com todas as suas interrogações no apartamento de uma jovem que parecia não ter nada a revelar.

Carl havia revistado tudo várias vezes e a empregada tinha ficado parada junto à porta o mesmo número de vezes. Ela assumira a tarefa de vigiá-lo e acreditava que o melhor a fazer era observá--lo como um mosquito faminto que pousa sobre uma mão. Mas não picou. Carl não revirou nada nem meteu nada nos bolsos da jaqueta.

A empreitada se mostrava absolutamente infrutífera. Kimmie parecia ter deixado os aposentos rapidamente, porém antes os per-correra com cuidado. Tudo o que estranhos não podiam ver com certeza tinha ido parar dentro de latas de lixo. Dava para enxergá--las do balcão, diante da entrada bem-cuidada.

Isso valia também para as roupas. Na cadeira ao lado da cama havia algumas peças, mas nada de íntimo. Alguns sapatos nos cantos, no entanto nada de meias sujas. Supostamente, ela havia pensado direitinho o que era passável e o que era íntimo demais.

Faltavam até objetos de decoração nas paredes, que normalmente dizem muito sobre o gosto e as inclinações do morador. No pequeno banheiro de mármore não se via nem uma escova de dentes. Nada de absorventes no armário ou band-aids no lixo ao lado do vaso sanitário, nada de restos de pasta na pia.

Kimmie tinha deixado esse lugar cirurgicamente livre de tudo que era pessoal. Uma mulher havia morado ali, isso era inegável. Mas podia muito bem ser alguém do coro do Exército de Salvação ou uma esfuziante celebridade da alta sociedade.

Carl ergueu a roupa de cama e tentou sentir seu cheiro. Ele olhou debaixo dos papéis, procurando bilhetinhos escondidos. Vasculhou o fundo do cesto de lixo vazio, investigou atrás das gavetas da cozinha, meteu a cabeça no interior dos gabinetes. Nada.

— Logo vai escurecer — anunciou a empregada Charlotte, certamente querendo dizer que ele devia procurar outro lugar onde pudesse brincar de polícia.

— Há um sótão ou algo mais lá no alto? — perguntou ele, cheio de esperança. — Um alçapão ou escadas, que não consigo ver daqui?

— Não, é só isso.

Carl olhou para cima. Ok. Alarme falso de novo.

— Vou dar mais uma olhadinha.

Em seguida, ergueu todos os tapetes, a fim de procurar por tacos soltos. Retirou os pôsteres de temperos da cozinha, para ver se cobriam algum buraco. Bateu nos móveis e na base do armário do quarto e da cozinha. Nada.

Carl balançou a cabeça e achou graça de si mesmo. Por que *deveria* haver algo por ali?

Ele fechou a porta do apartamento atrás de si e ficou parado por um instante no topo da escada. Em parte porque queria ver se havia algo de interessante lá fora, o que não era o caso, e em parte porque não se livrava da sensação de que havia deixado de ver alguma coisa, e isso o irritava.

O toque de seu celular o trouxe de volta à realidade.

— É Marcus — veio a voz. — Por que você não está no escritório, Carl? E o que está acontecendo lá? O corredor inteiro lá embaixo está cheio de peças para sei lá quantas mesas. E na sua sala tem bilhetes amarelos colados por todo lado. Onde você está, Carl? Você se esqueceu de que vai receber visita da Noruega amanhã?

— Merda! — exclamou Carl um pouco alto demais. Sim, felizmente ele tinha conseguido reprimir isso.

— Ok? — veio do outro lado da linha. Ele conhecia o "ok" do chefe.

— Estou a caminho da central. — Carl consultou o relógio, já eram mais de quatro horas.

— Agora?! Não, agora você não precisa se preocupar com mais nada. — O tom de voz de Marcus não parecia dizer que isso estava em discussão. Ele estava possesso. — Eu assumo a visita amanhã e eles *de maneira nenhuma* vão visitar aquele caos lá embaixo.

— A que horas eles vêm?

— Às dez. Mas relaxe, Carl. *Eu* assumo; fique à disposição *caso* sua opinião seja desejada.

Depois de Marcus ter desligado de maneira abrupta, Carl ficou um tempo olhando para o telefone em sua mão. Até aquele instante, ele não estava dando a mínima para aqueles barões do bacalhau. Porém agora não mais. Merda! O delegado queria assumir a coisa? De jeito nenhum!

Carl praguejou algumas vezes e olhou para a luz vinda do alto. Ela inundava a impressionante escadaria. Dispensado do trabalho ou não, ele não estava com vontade de ir para casa.

A cabeça ainda não estava preparada para fazer a viagem a Hestestien, ao longo de campos, para os ensopados de Morten, que certamente já o aguardavam em casa.

Ele percebeu a sombra se desenhando nitidamente na janela. E, ao mesmo tempo, sentiu uma ruga profunda sendo marcada em sua testa.

Em casas dessa idade, as esquadrias das janelas às vezes chegavam a 30 centímetros de profundidade nas paredes inclinadas. Mas essas aqui eram mais fundas. Muito mais fundas. Em todo caso, tinham ao menos 50 centímetros. Se alguém o perguntasse, ele diria que tinha havido um trabalho posterior de isolamento nesta casa.

Carl jogou a cabeça para trás. Havia uma rachadura fina entre o teto e a parede inclinada. Ele seguiu a rachadura por todo o cômodo até chegar novamente ao ponto de partida. Sim, as fissuras haviam se acomodado um pouco, a casa não foi construída inicialmente com paredes tão bem-isoladas assim, isso estava claro. Pelo menos

15 centímetros de isolamento adicional mais placas de gesso foram acrescentadas. Um bom trabalho de acabamento e de pintura. Mas as rachaduras são inevitáveis depois de um tempo.

Ele se virou e abriu mais uma vez a porta para o apartamento. Foi direto à parede que dava para o exterior e investigou todas as paredes inclinadas. E descobriu as mesmas rachaduras no alto; fora isso, porém, nada de especial.

De algum modo, devia haver um espaço oco, mas supostamente não seria possível esconder nada ali. Ao menos não do lado de dentro.

Ao menos não do lado de dentro. Seu olhar recaiu sobre a porta da varanda. Carl segurou a maçaneta, abriu a porta e foi até lá. As telhas inclinadas formavam um cenário pitoresco.

— Lembre que foi há muito tempo — sussurrou ele para si mesmo ao esquadrinhar a fila de telhas. Esta era a parte norte da casa. Os musgos absorveram todos os nutrientes da água da chuva e agora recobriam, como um cenário de teatro, quase o telhado inteiro. Ele se virou para as telhas do outro lado da porta. E imediatamente notou uma irregularidade.

As telhas estavam dispostas de maneira bem regular e lá também o verde tinha revestido tudo. Só uma delas parecia meio torta entre as outras. As telhas eram curvas, com uma pequena saliência na parte de baixo, para que não escorregassem dos caibros. No entanto, exatamente essa telha parecia prestes a escorregar. Quase como se alguém a tivesse retirado do lugar, ela estava solta entre as outras sobre o caibro.

E, por essa razão, levantá-la não foi nenhum problema.

Carl respirou profundamente o ar frio de setembro.

A sensação de estar diante de algo único se espalhava por seu corpo. Uma sensação curiosa. Howard Carter deve ter sentido algo semelhante ao conseguir abrir a porta da câmara mortuária e estar, de repente, no lugar do descanso final de Tutancâmon. Pois ali, diante de Carl, no espaço vazio da manta de lã de rocha debaixo da telha, havia uma caixa de metal, do tamanho da de uma de sapatos, embrulhada em película plástica.

A frequência cardíaca de Carl aumentou significativamente. Ele chamou a empregada da casa.

— Olhe essa caixa aqui.

Ela se curvou para a frente e olhou com má vontade debaixo da telha.

— Sim. Tem uma caixa aí. O que é isso?

— Não sei. Mas você pode testemunhar que eu a encontrei aqui.

Ela olhou irritada para ele.

— Sim, minha visão não está muito boa, se é o que quer saber.

Carl encaixou o celular no espaço vazio e tirou diversas fotos. Em seguida, mostrou-lhe as fotos.

— Estamos de acordo que estas fotografias se referem a este espaço vazio?

Ela colocou as mãos sobre os quadris. Parecia estar cheia de todas aquelas perguntas.

— Vou tirá-la agora e levá-la à delegacia. — Isso não era uma pergunta, mas uma constatação. Senão ela certamente sairia correndo e acordaria Kassandra. O que só traria confusão.

Depois, a empregada foi liberada. Balançando a cabeça e com a confiança abalada na inteligência das autoridades, ela saiu.

Por um instante ele considerou a hipótese de chamar a perícia técnica. Mas ao imaginar os quilômetros de faixas de plástico e todos aqueles homens de jalecos brancos, Carl se despediu rapidamente da ideia. Eles tinham serviço suficiente e ele não podia esperar.

Carl colocou luvas, tirou a caixa com cuidado e recolocou a telha em seu lugar. Lá dentro, tornou a tirar as luvas, depositou a caixa sobre a mesa, desembrulhou-a e a abriu sem nenhum esforço. Tudo em um movimento longo, encadeado e inconsciente.

No alto havia um ursinho de pelúcia. Não muito maior que uma caixa de fósforos. Bem claro, quase dourado. O pelo do rosto e dos braços estava envelhecido. Talvez tivesse sido a propriedade mais querida de Kimmie e seu único amigo. Talvez também de outra pessoa. Ele ergueu uma folha de jornal sob o ursinho. No canto estava escrito: *Berlingske Tidende, 29 de setembro de 1995*. Kimmie tinha se mudado para a casa de Bjarne Thøgersen naquele dia. Não havia mais nada de interessante no jornal. Só uma porção de anúncios de emprego.

Carl lançou um olhar cheio de expectativa para a caixa. Certamente esperava encontrar anotações de diários ou cartas que decifrassem pensamentos e ações. Em vez disso, encontrou seis envelopes plásticos pequenos, do tipo usado para guardar selos ou cartões de receitas culinárias. Instintivamente, tateou o bolso interno da jaqueta, pegou de novo as luvas de algodão, colocou-as e retirou os envelopes da caixa de metal.

Por que esconder algo tão bem assim?, pensou, e descobriu a resposta assim que viu os envelopes que estavam mais embaixo.

— Puta merda! — exclamou alto.

Eram duas fichas de um jogo de *Trivial Pursuit*. Cada uma em um saquinho.

Depois de cinco minutos de concentração máxima, ele pegou seu bloco e anotou cuidadosamente qual era o lugar de cada envelope plástico na pilha.

Inspecionou um após o outro.

Havia um envelope com uma pulseira de relógio masculino, um com um brinco, um com um tipo de pulseira de borracha e, por fim, um com um lenço.

Quatro saquinhos plásticos além daqueles com as fichas de *Trivial Pursuit*.

Carl mordeu os lábios.

Seis peças no total.

22

Com quatro passadas, Ditlev estava no alto da escada.

— Onde ele está? — perguntou exaltado à secretária e foi na direção que ela lhe apontou com o dedo.

Frank Helmond estava deitado lá dentro sozinho, de estômago vazio, preparado para a segunda operação.

Ele olhou para Ditlev com desdém quando ele entrou na sala.

Incrível, pensou Ditlev, cujo olhar percorreu o lençol até chegar ao rosto cheio de ataduras. Esse idiota está deitado aí, olhando para mim sem o mínimo respeito. Ele ainda não entendeu nada? Ainda não se tocou que quem destruiu o rosto dele agora o está moldando de novo?

No fim das contas, eles chegaram a um consenso sobre tudo: o tratamento dos muitos cortes profundos no rosto de Helmond deveria ser seguido por um lifting suave e um enrijecimento do pescoço e peitoral. Lipoaspiração, cirurgia e mãos habilidosas — Ditlev podia oferecer isso a ele. Levando-se em conta que, além disso, estava pagando mais uma fortuna à esposa, então era seu direito esperar da parte de Helmond, se não gratidão, pelo menos que ele seguisse o que havia sido combinado e certo grau de humildade.

No entanto, Helmond não tinha mantido o acordo, ele abrira o bico. E as enfermeiras com certeza se espantaram com o que ouviram. Havia enfermeiras, nesse momento, que deviam estar se perguntando sobre o que ouviram, e que iam precisar ser convencidas sobre a falta de sentido daquilo.

Porque, independentemente do quão fora de sintonia o paciente estivesse, estas palavras foram ditas: "Foi coisa de Ditlev Pram e Ulrik Dybbøl Jensen."

Ele tinha dito *isso*.

Ditlev economizou as preliminares. Do jeito que estava, o homem não possuía opção senão ouvir o que ele tinha a dizer.

— Você tem ideia de como é fácil matar um homem anestesiado, sem que ninguém perceba? Não? Ora. Mas nesse instante você está sendo preparado para sua próxima operação, Frank. E só espero que a mão do anestesista não trema. Afinal, pago aos médicos para que façam o trabalho direito, não é? — Ele apontou com o dedo para Helmond. — Mais uma coisa. Uma coisinha à toa. Parto do princípio de que chegamos a um acordo. Você segue o nosso trato e fecha a boca. Senão existe o risco do seu corpo se transformar em peças de reposição para pessoas mais jovens e melhores, e você não iria gostar disso, não é?

O soro já estava aplicado. Ditlev tocou de leve na bolsa de infusão.

— Não estou sendo vingativo, Frank. E você também não deve ser. Certo?

Ao sair, ele chutou a cama com força. Se isso não resolvesse a questão, a culpa seria toda do fracassado.

Ele bateu a porta com tanta força atrás de si que um enfermeiro que estava por perto ficou parado. Quando Ditlev estava distante, ele foi dar uma espiada em Helmond.

Ditlev Pram foi direto à lavanderia. A fim de se livrar dessa sensação horrível no corpo causada pela presença de Helmond, ele precisava de mais que uma explosão verbal.

Sua nova aquisição era uma jovem de uma parte de Mindanao, onde quem se deitasse com a pessoa errada tinha o pescoço decepado. Ditlev ainda não a tinha experimentado. Ela era do jeito que ele gostava. Um olhar fugidio e uma consciência muito clara de sua insignificância. Isso, combinado ao corpo muito acessível, o incendiava. E o fogo tinha que ser apagado.

*

— A situação com Helmond está sob controle — avisou mais tarde a Ulrik. Sentado atrás do volante, o outro assentiu, satisfeito. Estava aliviado, dava para perceber.

Ditlev olhou pela janela. Aos poucos a floresta ficava mais visível. Somente agora ele estava se acalmando. Desenhava-se um final muito bom para uma semana que havia saído dos eixos.

— E a polícia? — perguntou Ulrik.

— Tudo bem também. Esse Mørck foi afastado do caso.

Quando chegaram à propriedade de Torsten, pararam a 50 metros do portão e olharam diretamente para as câmaras. Em dez segundos o portão entre os pinheiros se abriria.

Ditlev chamou Torsten pelo celular enquanto se dirigiam ao pátio.

— Onde você está?

— Passe pelo prédio da administração e estacione lá. Estou no viveiro.

— Ele está no viveiro — disse Ditlev para Ulrik. Ele sentia a tensão crescer. Essa era a parte mais intensa do ritual, e para Torsten certamente a mais emocionante.

Eles já viram com frequência Torsten Florin perambulando entre modelos seminuas. Eles o viram debaixo das escaldantes luzes dos refletores, rodeado e papariçado por celebridades. Mas ele nunca se movimentava com mais prazer do que quando eles o encontravam no viveiro antes de uma caçada.

A próxima caçada deveria acontecer em um dia de semana. Ainda não havia decidido exatamente quando, apenas a semana — a próxima. Dessa vez, exclusivamente com pessoas que já levaram para casa vivências marcantes e bens materiais dessas aventuras. Pessoas nas quais podiam confiar e que eram exatamente como eles.

Quando Ulrik estacionou o Rover, Torsten saía da casa com o avental sujo de sangue.

— Bem-vindos — saudou ele, abrindo um sorriso. Ou seja, Torsten havia acabado de abater um animal.

*

Ele havia ampliado o galpão desde a última vez que eles estiveram por lá. Ele tinha ficado mais longo e, graças às grandes superfícies de vidro, também mais claro. Quarenta trabalhadores letões e búlgaros contribuíram. Dueholt começava a se assemelhar com aquilo que Torsten há 15 anos já imaginava como sua casa. Naquela época, aos 24 anos, sua conta bancária já havia chegado ao primeiro milhão.

Nesse galpão ficavam cerca de quinhentas gaiolas com animais. Todas iluminadas com lâmpadas de halogênio.

Para uma criança, visitar o viveiro de Torsten Florin certamente deveria ser mais exótico que passear pelo zoológico. Qualquer adulto com uma relação minimamente normal com os animais se sentiria chocado com a experiência.

— Olhem aqui — disse Torsten. — Um dragão-de-komodo.

Ele se maravilhava de maneira tão ostensiva que parecia haver algo quase orgástico nisso. Ditlev conseguia compreendê-lo. Não se tratava de um butim convencional, mas de um animal perigoso e, além do mais, protegido por lei.

— Quando começar a nevar, vamos levá-lo até a propriedade de Saxenholdt. A área de caça lá é mais fácil de observar, e esses demônios são incrivelmente bons em se esconder. Dá para acreditar nisso?

— A mordida deles é a mais infecciosa do mundo, foi o que eu soube — comentou Ditlev. — Então é preciso acertar de primeira, antes de o bicho atacar.

Eles observaram Torsten estremecer enquanto pensava nisso. Sim, evidente, era uma presa sofisticada essa que ele tinha arranjado. Como havia conseguido?

— E o que vamos ter da próxima vez? — perguntou Ulrik curioso.

Torsten ergueu um pouco os ombros. Isso significava que ele sabia, porém os outros tinham que descobrir por conta própria.

— Aqui temos a escolha — respondeu ele, apontando para uma quantidade imensa de gaiolas que abrigavam animais pequenos de olhos arregalados.

O viveiro era limpíssimo. Um bando de empregados de pele escura cuidava para evitar que o lugar com inúmeros animais com sistemas digestórios de quilômetros de extensão e um metabolismo correspondente fedesse como a peste. Três famílias da Somália viviam na propriedade de Torsten. Eles varriam, preparavam a comida, tiravam o pó e os dejetos. Mas se tornavam invisíveis quando havia visitas. Afinal, ninguém precisava de um falatório inútil.

Seis gaiolas altas estavam lado a lado na última fila. Era possível perceber apenas o contorno dos animais metidos lá dentro.

Ditlev sorriu quando olhou para o interior das duas primeiras. O chimpanzé tinha um corpo proporcional. Mas seus olhos, que estavam fixados no dingo da gaiola vizinha, possuíam um brilho altamente agressivo. Com o rabo entre as pernas, o dingo tremia, a saliva pingando de seus dentes arreganhados.

Torsten tinha uma criatividade realmente fantástica. Entretanto, era muito além do que se considerava aceitável. Penas de reclusão e multas milionárias o esperavam caso as organizações de proteção aos animais lançassem um olhar sequer para seu mundo. Seu império desmoronaria de uma hora para outra. As senhoras da sociedade usavam seus casacos de pele sem dramas de consciência, mas, se um chimpanzé morresse de susto por causa de um dingo ou saísse correndo, gritando de pânico, pelas florestas dinamarquesas, *então* elas estariam a postos.

As últimas quatro gaiolas continham animais mais convencionais. Um dogue-alemão, um bode gigante, um texugo e uma raposa. Com exceção da raposa, todos os animais estavam deitados no feno e os encaravam como se tivessem se rendido a seu destino. A raposa tremia em um canto.

— Sim, vocês certamente estão pensando: o que está acontecendo aqui? Prestem atenção. — Florin meteu as mãos nos bolsos do avental e balançou a cabeça na direção do dogue. — Esse aí tem uma linhagem de pelo menos cem anos. Custou a bagatela de 200 mil coroas. Mas acho que seus olhos são tão doentiamente malvados que ele não deveria reproduzir seus genes horríveis.

Ulrik riu, como era de se esperar.

— E esse aqui, vocês devem saber, é um animal muito especial. — Ele apontou com o queixo para a gaiola número dois. — Vocês com certeza se lembram de que meu grande ídolo é o advogado Rudolf Sand, que anotou cuidadosamente tudo a respeito dos seus troféus durante 56 anos. Ele era realmente um assassino espetacular. — Perdido em pensamentos, Torsten assentiu, ao mesmo tempo que batia nas grades da gaiola, de maneira que o animal com a cabeça baixa e os chifres ameaçadores se retraísse. — Sand matou exatamente 53.276 animais selvagens. E um bode como esse aqui foi seu maior e mais importante troféu. Trata-se de um bode de chifre em espiral, mais conhecido como markhor paquistanês. Sand caçou esses bodes por quase vinte anos nas montanhas do Afeganistão até conseguir, depois de 125 dias de perseguição intensa, matar um exemplar grande e muito velho. Vocês podem ler suas aventuras na internet, aconselho. Não é fácil achar um matador que chegue aos seus pés.

— E esse aqui é um markhor? — A risada de Ulrik era diabolicamente divertida.

Torsten parecia feliz.

— Sim, porra, e apenas alguns quilos mais leve que aquele de Rudolf Sand. Dois quilos e meio, para ser mais preciso. Um animal incrível. É o que acontece quando se tem contatos no Afeganistão. Longa vida à guerra.

Eles riram e depois se fixaram no texugo.

— Sim, esse passou anos bem ao sul da propriedade. Mas há pouco tempo ele se aproximou demais de uma armadilha. Saibam que tenho um relacionamento bastante pessoal com esse indivíduo aqui.

Ou seja, não devemos atirar neste, pensou Ditlev. Torsten certamente iria querer abatê-lo pessoalmente qualquer dia desses.

— E essa aqui é a nossa raposa. Vocês conseguem imaginar o que a torna especial?

Eles observaram a raposa trêmula por um bom tempo. Ela parecia assustada; apesar disso mantinha a cabeça voltada para eles — até Ulrik se aproximar das grades.

Nesse instante ela se aproximou tão rapidamente que suas mandíbulas tocaram a ponta dos sapatos de Ulrik. Ditlev e Ulrik estremeceram. Apenas agora perceberam que a boca da raposa espumava, enxergaram a loucura em seus olhos e a morte que o animal carregava em seus caninos.

— Meu Deus, Torsten, isso é o máximo. É ela, não? A raposa é o animal da nossa próxima caçada, certo? Vamos soltar o bicho explodindo de raiva! — Ulrik riu alto e Ditlev teve que acompanhá-lo. — Um animal que conhece a floresta de cor. Ainda por cima, doente de raiva. Mal consigo esperar até você contar isso ao grupo dos caçadores, Torsten. Merda. Por que não tivemos essa ideia antes?

A risada dos três fez com que o galpão ecoasse em grunhidos e rosnados de todos os animais que se espremiam nos cantinhos mais escuros de suas gaiolas.

— Que bom que suas botas são tão resistentes, Ulrik — observou Ditlev, apontando para o acabamento especial dos calçados de Ulrik. O bico estava com as marcas dos dentes da raposa. — Senão, teríamos que dar um pulo no hospital de Hillerød. E seria difícil explicar o caso, não é?

— Mais uma coisa — disse Torsten, levando-os para a parte mais iluminada do galpão. — Olhem.

Ele apontou para um estande de tiro que havia sido montado em uma extensão do galpão. Tratava-se de um túnel de cerca de 2 metros de altura e pelo menos 50 de extensão. Marcado com precisão, metro a metro. Três alvos. Um para arco e flecha, outro para rifles e, por fim, um boxe reforçado para reter os calibres mais pesados.

Impressionados, eles observaram as paredes. Pelo menos 40 centímetros de isolamento acústico. Apenas um morcego seria capaz de ouvir um tiro do lado de fora.

— Há bolhas de ar acopladas ao redor, de maneira que é possível simular todos os tipos imagináveis de forças do vento dentro do túnel. — Torsten apertou um botão. — Essa intensidade provoca um desvio de curso que exige uma correção de dois a três por cento com o arco. Dá para ver na tabela. — Ele apontou para um pequeno computador na parede. — Aqui podemos entrar com todo tipo de simulação de armas e vento. — Torsten entrou na parte fechada. — Mas primeiro é preciso sentir isso na pele. Afinal, não podemos levar todo esse equipamento para a floresta! — Torsten riu.

Ulrik também entrou. Seus cabelos espessos não se mexeram nem um milímetro. Nesse ponto, os cabelos de Torsten eram um indicador da força do vento mais confiável.

— Agora vamos ao que interessa — continuou Torsten. — Vamos soltar uma raposa com hidrofobia na floresta. Como vocês viram, ela é incrivelmente agressiva. Por isso, os açuladores estarão equipados com proteções até a região dos quadris. — Ele mostrou com as mãos o que queria dizer. — Dessa vez, vamos ser nós, os caçadores, que estaremos sendo caçados. Claro que vou providenciar para que haja vacinas à disposição, mas ainda dá para morrer com a mordida do animal em sua loucura total. Uma artéria femoral rasgada! Vocês sabem o que isso significa.

— Quando você vai contar isso para as pessoas? — A voz de Ulrik vibrava antecipando sua alegria.

— Pouco antes de começar. Mas agora é o momento, amigos. Olhem aqui.

Torsten sumiu atrás de um fardo de palha e puxou sua arma. Ditlev ficou animado de imediato. Uma besta com mira telescópica. Proibida na Dinamarca desde a mudança das leis de armamentos em 1989. Mas incrivelmente letal e precisa. E o caçador tinha, na realidade, apenas um tiro, pois recarregá-la levava tempo. A caçada teria muitos fatores desconhecidos e seria bastante arriscada. Do jeito que eles gostavam.

— Ela vai se chamar Relayer Y25. Modelo comemorativo da Excalibur, que vai ser lançada no início do ano que vem. Serão produzidos apenas mil exemplares, mais esses dois aqui! Melhor impossível! — Ele puxou uma segunda arma do esconderijo e a entregou uma para cada um.

Ditlev recebeu a sua de braços estendidos. Ela não pesava quase nada.

— A gente entra com as armas no país peça por peça e só montamos agora. Achei que uma das peças tinha se extraviado na viagem, mas ontem apareceu. — Ele riu. — Um ano em trânsito, o que vocês acham disso?

Ulrik sentiu a corda. Um som parecido com o de uma harpa. Agudo, claro.

— O manual diz que a força de tração é de 200 libras, mas acho que vai além. E com um dardo 2219, mesmo os animais grandes não vão sobreviver a um disparo de até 80 metros. Olhem isso.

Torsten pegou uma besta, colocou o estribo no chão e pressionou o sapato contra ele. Em seguida, puxou forte, tensionou e soltou. Os outros sabiam que ele já havia feito isso várias vezes antes.

Ele tirou um dardo do estojo sob o arco e o inseriu cuidadosamente. O movimento era longo, ágil e, de algum modo, silencioso. Um contraste maravilhoso com a força explosiva com a qual soltou o dardo, segundos mais tarde, sobre o alvo a 40 metros de distância.

Eles esperavam que Torsten acertasse no alvo, mas não imaginavam a grande curva que o dardo descreveria, nem que ele perfuraria totalmente o alvo e sumiria à frente.

— Se vocês mirarem na raposa, prestem atenção para que estejam em uma área mais elevada. Para o dardo não acertar um dos açuladores ao atravessar o corpo do animal, porque, a não ser que vocês atinjam exatamente a omoplata, é isso que acontece. Mas é melhor que não o façam, pois senão a raposa não morre.

Torsten lhes entregou um bilhete.

— Esse link traz informações sobre a montagem e o uso da besta. Aconselho vocês a assistirem atentamente aos vídeos de demonstração.

Ditlev olhou para o bilhete.

Nele estava o link:

http://www.excaliburcrossbow.com/demo/listings.php?category--id=47

— Por quê? — perguntou Ditlev.

— Porque vocês dois vão ganhar na hora do sorteio.

23

Quando Carl retornou ao porão, encontrou uma única mesa montada sobre pernas bambas. Rose estava ajoelhada ao lado, praguejando contra um parafuso. Bunda durinha, pensou ele enquanto passava por cima dela num passo largo, em silêncio.

Havia pelo menos vinte bilhetes amarelos grudados sobre a mesa, todos anotados com as inconfundíveis letras de forma de Assad. Cinco deles eram referentes a ligações de Marcus Jacobsen. Esses Carl amassou imediatamente. E juntou o restante, metendo tudo no bolso traseiro da calça.

Ele lançou um olhar para a sala de Assad, que mais parecia uma incubadora, porém o tapetinho de orações no chão e a cadeira da escrivaninha estavam vazios.

— Onde ele está? — perguntou a Rose.

Ela nem se deu ao trabalho de responder, apenas apontou para as costas de Carl.

Ele olhou para sua sala e lá estava Assad lendo avidamente, distante da realidade. As pernas estavam sobre a mesa, entre toda a papelada. Sua cabeça balançava no ritmo da música de origem desconhecida, que vazava de seus fones de ouvido. Um copo de chá fumegante estava bem no meio dos casos que Carl chamava de "Categoria I": casos sem criminosos. Ele parecia realmente estar muito confortável e fora do horário de expediente.

— O que você está fazendo aqui? — perguntou Carl tão bruscamente que Assad estremeceu e se dobrou como um fantoche, fazendo os papéis planarem pela luz e derramando o conteúdo do copo de chá sobre a mesa.

Desconcertado, ele se jogou sobre o tampo da mesa e usou as mangas de seu pulôver como pano. Apenas quando Carl colocou a mão sobre o ombro dele é que a expressão transtornada do rosto de Assad deu lugar ao conhecidíssimo sorriso travesso, que devia significar mais ou menos "sinto muito, não tenho culpa, preciso contar algo novo e bastante emocionante". Somente nesse momento ele tirou os fones.

— Carl, me desculpe por estar sentado aqui. Mas lá na minha sala eu estava ouvindo aquilo o tempo todo.

Ele apontou com o polegar para o corredor. As pragas e os xingamentos de Rose formavam uma corrente constante de ruídos, semelhantes ao marulhar dos canos de esgoto de quilômetros de extensão que se estendiam pelo porão.

— Assad, você não devia ajudá-la nessa montagem?

Assad colocou um dedo sobre os lábios grossos, tranquilizando-o.

— Ela quer fazer sozinha. Eu tentei.

— Venha cá, Rose — chamou Carl, deixando a pilha de papéis mais molhada de chá cair em um canto do chão.

Ela se empertigou na frente de ambos e olhou nervosa para eles. E segurava a chave de fenda com tanta força que os ossos da mão reluziam, brancos.

— Você tem dez minutos para encontrar um lugar para suas cadeiras aqui dentro, Rose — avisou Carl. — E, Assad, você a ajuda a desembalar.

Assad e Rose estavam sentados diante de Carl como dois colegiais com os rostos ansiosos. As cadeiras eram passáveis, mas ele nunca escolheria pernas de metal verdes. No entanto, seria preciso se acostumar a isso.

Carl relatou brevemente sua descoberta em Ordrup. Colocou a caixa de metal aberta diante deles.

Rose não se mostrou impressionada. Os olhos de Assad, porém, pareciam querer saltar da cabeça a qualquer momento.

— Temos que checar se conseguimos descobrir impressões digitais nas duas cartas de *Trivial Pursuit* que sejam de um dos assassinados de Rørvig ou de ambos. Se for isso, então acho que podemos partir do pressuposto de que também vamos encontrar impressões digitais de pessoas que sofreram experiências marcadas pela violência extrema nos outros objetos. — Ele esperou um pouco, até que Rose e Assad parecessem ter entendido o que tinha acabado de dizer.

Em seguida, colocou o ursinho de pelúcia e os seis saquinhos plásticos em fila diante deles. Lenço, relógio, brinco, pulseira de borracha e os dois saquinhos com uma carta de *Trivial Pursuit* em cada um.

Ora, que meigo, diziam os olhos de Rose. Afinal, o que mais diriam?

— Vocês conseguem dizer o que há de mais curioso nos sacos plásticos? — perguntou ele.

— São dois saquinhos com cartas de *Trivial Pursuit* — respondeu Rose sem hesitar. Portanto, ela estava prestando atenção. Carl não colocava fé nisso.

— Certo, Rose. Ótimo. E isso quer dizer?

— Sim, do ponto de vista lógico isso quer dizer que cada saquinho plástico representa, de certa maneira, uma pessoa e não um evento — respondeu Assad. — Senão as duas cartas de *Trivial Pursuit* estariam no mesmo saquinho, certo? No caso Rørvig, foram duas vítimas. Então, dois saquinhos. — Ele abriu os braços, uma visão panorâmica. Exatamente como o sorriso. — Então, um saquinho por pessoa.

— Precisamente — concluiu Carl. Era possível contar com Assad.

Nesse momento, Rose juntou as palmas das mãos e as levou lentamente à boca. Reconhecimento, choque ou ambos? Somente ela sabia a resposta.

— Vocês acham que são seis mortes? — indagou ela.

Carl bateu na mesa.

— Seis mortes. É isso! — exclamou ele. Agora os três estavam pensando a mesma coisa.

Rose encarou o ursinho fofo. Ela não conseguia relacioná-lo às outras coisas.

— Sim — disse Carl. — Esse animalzinho sem dúvida tem outro significado. Afinal, não estava embalado como as outras provas.

Eles olharam em silêncio para o ursinho.

— Evidentemente não sabemos se cada objeto se refere a uma morte, mas a possibilidade existe. — Carl estendeu a mão sobre a mesa. — Assad, por favor, me passe a lista de Johan Jacobsen. Está pendurada no quadro atrás de você.

Ele a dispôs de tal modo sobre a mesa que todos pudessem enxergá-la. Apontou para os vinte atentados que Johan Jacobsen havia anotado.

— Não há certeza de que esses crimes tenham alguma relação com os assassinatos em Rørvig. Possivelmente não existe nenhuma ligação nisso tudo. Mas talvez alguma coisa possa ser descoberta, se a gente revisar sistematicamente os casos. Já bastaria conseguir relacionar um desses objetos com um dos crimes. Então, vamos procurar por outro crime que possa ser ligado aos alunos do internato. Se encontrarmos, vamos estar nos movendo sobre uma área promissora. O que você acha, Rose? Você se ocuparia disso?

Ela baixou as mãos e, de repente, sua aparência já não era amável.

— Carl, fala sério, você emite sinais incrivelmente confusos. Primeiro a gente mal pode conversar, depois estamos mergulhados no trabalho. Às vezes tenho que montar mesas, depois não mais. Com que é possível contar aqui? O que você vai dizer em dez minutos?

— Ei, espera! Você me entendeu mal, Rose. Você *deve* montar as mesas. Foram encomendas suas.

— Isso é sacanagem... Dois homens me deixando fazer isso sozinha.

Então, Assad a interrompeu:

— Ah, eu queria ajudar, não foi o que eu disse?

Mas Rose estava fixada em outro ponto.

— Carl, você sabe como essas barras de ferro machucam? A gente vive prendendo o dedo nelas.

— Foi você quem as encomendou e amanhã todas elas têm que estar lá no corredor. Montadas! Vamos receber visitas da Noruega. Você se esqueceu disso?

Ela repuxou a cabeça feito um raio, como se Carl estivesse com mau hálito.

— Mais uma vez. Visitas da Noruega? — Ela olhou ao redor. — Como poderemos receber visitas da Noruega? Isso aqui está mais para um quartinho de entulho. E a sala de Assad assusta qualquer um.

— Então faça algo para melhorar isso, Rose.

— Oi? O que é para eu fazer? São muitas tarefas de uma só vez. O que você está pensando? É para fazer hora extra à noite?

Ele balançou a cabeça de um lado para o outro. Sim, isso seria uma possibilidade.

— Bem, talvez não hora extra à noite. Mas a gente poderia se encontrar amanhã às cinco.

— Às cinco! — Isso realmente tinha sido demais para ela. — Tudo bem aí? Você não está batendo bem, cara — esbravejou ela. Enquanto isso, Carl pensava quem do distrito central poderia informá-lo como eles aguentaram essa criatura por mais de uma semana.

— Então, Rose. — Assad tentou colocar panos quentes. — Isso então só está acontecendo porque as coisas estão avançando então.

Rose deu um salto.

— Assad, agora você fica tomando partido. E pare de ficar falando "então". Pare com isso, cara, você consegue evitar isso. Escutei você ao telefone, e tinha se saído muito bem.

Em seguida, ela se virou para Carl.

— Esse aí — disse ela, apontando para Assad — pode montar as mesas. Então eu me ocupo do restante. E amanhã chego às cinco e meia, porque os ônibus não circulam antes disso. — Ela tirou o ursinho de pelúcia de Carl e o meteu no bolso da camisa dele. — E você vai encontrar o dono dele, certo?

Assad e Carl olharam ambos para a mesa quando ela saiu do escritório. Parece que havia alguém à altura da Yvonne do seriado policial *Olsen-banden*.

— Nós então... — Assad fez uma pausa dramática a fim de avaliar o uso de "então". — Nós então estamos oficialmente no caso de novo, Carl?

— Não, ainda não. Temos que esperar até amanhã. — Ele segurou um maço de papeizinhos amarelos no alto. — Posso ver pelos bilhetes, Assad, quanto você teve de trabalho. Encontrou alguém do internato com quem podemos conversar. Quem é?

— Era isso que eu estava fazendo quando você chegou, Carl.

Ele estendeu o braço sobre a mesa e puxou algumas cópias. O internato tinha um jornalzinho interno e ele havia xerocado algumas edições mais antigas.

— Liguei para a escola, mas o pessoal de lá não ficou muito animado com o fato de eu querer falar sobre Kimmie e os outros. Acho que eles não ficam muito à vontade com os assassinatos. Acho também que naquela época a escola estava prestes a expulsar Pram, Dybbøl Jensen, Florin e Wolf por causa das investigações contra eles. — Assad balançou a cabeça. — Não fui muito longe nisso. Mas logo tive a ideia de procurar por alguém que tivesse estado na turma dos caras, como aquele que caiu em Bellahøj e morreu. E então encontrei um professor que esteve na escola na mesma época que Kimmie e os outros. Talvez ele esteja a fim de falar com a gente, afinal já passou tanto tempo.

Eram quase oito da noite e Carl estava de pé diante da cama vazia de Hardy na clínica de traumas na coluna vertebral.

Ele catou a primeira pessoa de branco que passou a sua frente.

— Onde ele está? — perguntou à enfermeira, nervoso.

— O senhor é parente?

— Sim — respondeu, já escaldado por dizer a verdade outras vezes.

— Hardy Henningsen está com água no pulmão. Fizemos sua transferência lá para dentro. Assim ele vai receber um tratamento mais adequado.

A enfermeira apontou para uma porta com a inscrição Terapia Intensiva.

— Seja rápido. Ele está muito cansado.

Na sala, não havia dúvidas de que o estado de saúde dele tinha piorado. Hardy estava recostado na cama. Torso nu, braços sobre o cobertor, uma máscara que cobria grande parte do rosto, soro e tubos por todo lado.

Hardy abriu os olhos, mas estava cansado demais para sorrir ao ver Carl.

— Oi, amigão — saudou Carl, pousando com cuidado uma das mãos sobre o braço de Hardy. Não que este fosse sentir algo, mas o fez mesmo assim. — O que aconteceu? Eles disseram que você estava com água no pulmão.

Ele respondeu alguma coisa, porém a voz sumiu debaixo da máscara e pelo ruído constante dos aparelhos. Carl aproximou bem o ouvido do rosto de Hardy.

— Diga mais uma vez.

— Meu pulmão estava cheio de suco gástrico. — Deve ter sido o que ele falou.

Merda, pensou Carl, apertando o braço flácido.

— Você tem que se recuperar rápido, Hardy. Ouviu?

— O ponto do braço ficou maior — sussurrou ele. — Às vezes, arde como fogo, mas eu não disse nada para ninguém.

Carl sabia o porquê e isso o deixava arrasado. Hardy ainda esperava conseguir algum dia pegar a tesoura dos curativos e enfiá-la na carótida. Será que essa era uma esperança a ser dividida com ele?

— Estou com um problema, Hardy. Você precisa me ajudar. — Carl aproximou uma cadeira da cama. — Desde os velhos tempos, você conhece Lars Bjørn muito melhor que eu. Você pode me dizer o que está acontecendo de fato no meu departamento?

Em poucas sentenças ele relatou como suas investigações foram freadas. E que Bak achava que Lars Bjørn estava diretamente ligado a isso. E que eles tinham o apoio integral da central da polícia.

— Eles tiraram o meu distintivo — concluiu ele finalmente.

Hardy encarava o teto. Se ele ainda fosse saudável, teria acendido um cigarro nesse momento.

— Lars Bjørn ainda usa uma gravata azul-escura, não? — perguntou ele algum tempo depois, com muito esforço.

Carl fechou os olhos. Sim, era isso. A gravata era parte integrante essencial de Lars Bjørn, e, sim, ela era azul.

Hardy tentou tossir, mas em vez disso soltou um som que lembrava uma panela com água fervente no fim.

— Ele foi aluno do internato, Carl. — A voz saiu fraca. — Existem quatro vieiras na gravata. É uma gravata do internato.

Carl estava sentado absolutamente em silêncio. Há alguns anos, um caso de estupro quase havia arruinado a reputação da escola! E esse caso poderia provocar muito mais estragos!

Puta merda. Lars Bjørn tinha sido aluno de lá. Caso Bjørn tivesse um papel ativo nessa história, qual seria? Uma espécie de laranja, um apoio externo? Uma vez aluno do internato, sempre aluno do internato. Pelo menos, era o que se dizia.

Ele assentiu devagar. Claro. Simples assim.

— Ok, Hardy — disse ele, tamborilando sobre o lençol. — Você é simplesmente genial. Bem, alguém já duvidou disso algum dia? — Ele passou a mão pelos cabelos do antigo colega, que estavam úmidos e pareciam sem vida.

— Você não está com raiva de mim, não é, Carl? — O som saiu baixinho por detrás da máscara.

— Por que você está perguntando isso?

— Você sabe. O caso da pistola de pressão. Aquilo que eu disse para a psicóloga.

— Ah, Hardy, vamos lá. Se você ficar melhor logo, vamos os dois resolver esse caso, certo? Entendo bem que você fique pensando coisas esquisitas já que passa o tempo todo deitado aqui. Eu entendo, Hardy.

— Não são esquisitas, Carl. Algo aconteceu. E aconteceu algo com Anker. Tenho cada vez mais certeza.

— Vamos resolver isso juntos quando chegar a hora, Hardy. Ok?

Hardy ficou um tempo deitado imóvel, deixando o respirador trabalhar. Carl não podia fazer outra coisa senão assistir a como o tórax subia e descia.

— Você quer me fazer um favor? — Hardy quebrou a monotonia.

Carl voltou a sua cadeira. Esse era exatamente o momento que sempre temia quando visitava Hardy. Esse eterno desejo de que ele o ajudasse a morrer.

Não tinha medo da punição. Nem das considerações éticas. Ele simplesmente não era capaz.

— Não, Hardy. Por favor, não me peça isso, nunca mais. Não ache que eu não pensei na possibilidade. Sinto muito, companheiro. Mas não posso.

— Não é isso, Carl. — Ele umedeceu os lábios secos, como se assim sua mensagem pudesse ser mais facilmente expressa. — Quero te perguntar se posso ir para a sua casa. Em vez de ficar aqui.

O silêncio que se seguiu era quase insuportável. Carl se sentia paralisado. Todas as palavras ficavam presas em sua garganta.

— Pensei muito sobre uma coisa — prosseguiu Hardy, baixinho. — Aquele sujeito que mora na sua casa, será que ele não poderia cuidar de mim?

Agora seu desespero parecia uma punhalada. Carl balançou a cabeça de forma imperceptível. Morten Holland como enfermeiro? Em sua casa? Isso era simplesmente de chorar.

— Carl, andei perguntando por aí. Dá para ganhar algum dinheiro sendo cuidador. Uma enfermeira vem visitar o doente várias vezes por dia na casa dele. Isso não é complicado. Você não precisa ter medo.

Carl olhou para o chão.

— Hardy, a minha casa não é ideal para algo assim. Ela não é grande. E Morten está morando no porão, o que nem é permitido.

— Eu poderia ficar deitado na sala, Carl. — A voz de Hardy estava mais rouca. Ele parecia estar lutando desesperadamente contra as lágrimas, mas talvez esse também fosse seu estado normal. — A sala é grande, não é? Fico só em um canto. Ninguém precisa ficar sabendo da questão do Morten e do porão. Não há três quartos em cima? Vocês poderiam colocar uma cama em um dos quartos e mesmo assim ele continuaria no porão, certo? — Esse homenzarrão suplicando algo para ele... Tão grande e, ao mesmo tempo, tão pequeno.

— Ah, Hardy — conseguiu dizer Carl finalmente.

Imaginar uma caixa gigante dessas diante da cama e com todo o tipo de aparelhos em sua sala não era exatamente algo sedutor. E as dificuldades iriam explodir pelos ares o pouco que ainda restava de um lar. Morten iria se mudar. Jesper ficaria reclamando de tudo e de todos o tempo inteiro. Era impossível, independentemente do quanto ele quisesse — em teoria.

— Você está doente demais, Hardy. Se pelo menos sua situação estivesse um pouco melhor. — Fez uma longa pausa, na expectativa de que Hardy fosse liberá-lo da tortura. Mas ele não disse nada. — Primeiro dê um jeito de melhorar, Hardy — continuou Carl. — Vamos dar um tempo.

Ele observou os olhos do velho companheiro se fechando devagar. A esperança desfeita havia apagado a última chama que restava.

"Vamos dar um tempo", dissera Carl.

Como se Hardy tivesse uma alternativa.

*

Desde que havia começado muito jovem na Divisão de Homicídios, Carl nunca mais tinha estado de pé tão cedo como na manhã seguinte. Era sexta-feira, porém a estrada ainda estava livre. Os policiais, chegando à garagem da sede, batiam as portas de seus carros lentamente. Quando passou pela portaria, sentiu cheiro de café. Ainda tinha bastante tempo.

Lá embaixo, no porão, uma surpresa o aguardava. Uma fila muito bem-alinhada de mesas dava as boas-vindas no corredor do Departamento Q — as pernas esticadas ao máximo, os tampos aparafusados na altura dos cotovelos. Uma quantidade incrível de papéis e pastas estava organizada de maneira sistemática em pequenas pilhas sobre as mesas — esse sistema certamente ainda iria dar muita confusão. Três quadros de cortiça estavam presos à parede, um depois do outro. Diversos recortes sobre o caso Rørvig foram pregados neles. Sobre a última mesa havia um pequeno tapete de orações e, em cima dele, Assad dormia profundamente, todo curvado.

Da sala de Rose, mais atrás, ouviam-se sons que, com grande concentração, podiam ser decifrados como uma ária de Bach, mesclados a assobios nada introvertidos. Um concerto para iniciados.

Dez minutos mais tarde, ambos estavam sentados com xícaras fumegantes diante deles na sala que, no dia anterior, Carl ainda havia chamado de seu escritório. O lugar estava irreconhecível.

Rose o observou quando ele tirou o casaco e o pendurou no encosto da cadeira.

— Bela camisa, Carl. Estou vendo que você se lembrou de trazer o ursinho. Ótimo! — Ela apontou para o bolso estufado de seu peito.

Ele assentiu. A pelúcia era para lembrá-lo de despachar Rose para um departamento desavisado qualquer na primeira oportunidade.

— E o que você me diz, chefe? — Assad acompanhou sua pergunta com um movimento amplo da mão, que englobava todos os espaços do porão. Não havia mais nada ali que ofendesse a vista. A maior alegria para os adeptos do feng shui. Linhas claras, incluindo um chão limpo.

— Convencemos Johan a descer e nos ajudar, quando ele voltou ao trabalho ontem — explicou Rose. — No fim das contas, foi ele que começou a coisa toda.

Carl se esforçou para tornar um pouco mais caloroso seu sorriso duro. Ele estava contente. Apenas um pouco surpreso.

Quatro horas mais tarde, todos três estavam sentados em seus lugares, aguardando a chegada da delegação norueguesa. Cada um sabia do seu papel. Discutiram a lista dos crimes. Eles descobriram que as impressões digitais das cartas de *Trivial Pursuit* eram iguais às de duas impressões digitais facilmente identificáveis do assassinado Søren Jørgensen e uma menos bem-conservada de sua irmã Lisbet. A pergunta que se colocava então era: quem havia tirado as cartas da cena do crime? Teria sido Bjarne Thøgersen? Mas então por que elas estavam na caixa da casa de Kimmie, em Ordrup? E será que mais alguém da turma, além de Bjarne Thøgersen, havia estado na casa de veraneio? Isso causaria uma mudança significativa da interpretação do tribunal no pronunciamento da sentença.

A sala de Rose Knudsen era só euforia. Os maus-tratos a Bach deram lugar a esforços intensos para resgatar material sobre a morte de Kristian Wolf. Assad, por sua vez, tentava descobrir onde aquele "K. Jeppesen", que tinha sido professor de dinamarquês de Kimmie & companhia, vivia e trabalhava atualmente.

Havia o suficiente a fazer até os noruegueses chegarem.

Às dez e vinte, Carl soube que a hora havia chegado.

— Se eu não os buscar, eles não vão descer — declarou ele, pegando uma pasta.

Carl correu o longo trajeto da escada de pedra até o segundo andar.

— Eles estão aí dentro? — perguntou Carl a alguns companheiros exaustos. Eles assentiram.

Pelo menos 15 pessoas estavam reunidas na cantina. Além do delegado da Divisão de Homicídios, também estavam presentes seu representante Lars Bjørn, Lis, com o bloco de notas, e alguns sujeitos jovens de ternos sem graça, que Carl imaginou serem do Ministério da Justiça, além de cinco homens vestidos com roupas coloridas e que, ao contrário dos outros, sorriam para ele. Um ponto positivo para as visitas de Oslo.

— Sim, aqui está Carl Mørck, que bela surpresa! — exclamou Marcus Jacobsen, claramente querendo dizer justo o contrário.

Carl apertou a mão de todos, até de Lis. Quando se apresentou aos noruegueses, tomou o cuidado de falar com bastante clareza. Mas não entendeu patavina daquilo que eles falaram.

— Logo vamos passar pelas salas lá de baixo — avisou Carl, ignorando o rosto fechado de Lars Bjørn. — Primeiro, porém, quero apresentar aos senhores os pontos básicos do meu trabalho como chefe do recém-organizado Departamento Q.

Ele se colocou diante de um quadro com alguma coisa que eles tinham acabado de ver e perguntou:

— Todos conseguem entender o meu dinamarquês?

Carl registrou as cabeças dos noruegueses presentes se movimentando em um "sim" ávido e as quatro vieiras sobre a gravata azul-marinho de Lars Bjørn.

Durante os vinte minutos seguintes, ele explicou em linhas gerais o desvendamento do caso Merete Lynggaard. Pelas expressões dos visitantes, eles estavam muito bem-informados a respeito. Por fim, ele lhes apresentou rapidamente o caso com o qual o departamento se ocupava atualmente.

Deu para ver nos rostos dos integrantes do Ministério da Justiça que eles nunca ouviram falar desse caso.

Carl se dirigiu ao delegado da Homicídios.

— A partir das nossas investigações suplementares nesse caso, estamos de posse de indícios muito evidentes. Pelo menos uma pessoa do grupo dos alunos do internato, ou seja, Kimmie Lassen, pode ser relacionada, direta ou indiretamente, ao caso. — Carl explicou as circunstâncias, assegurou-lhes que havia uma testemunha confiável para a apreensão da caixa de metal e observou como a expressão de Lars Bjørn se tornava cada vez mais sombria.

— Ela pode ter recebido a caixa de metal de Bjarne Thøgersen, com quem vivia — interpelou Marcus Jacobsen.

Eles já haviam discutido essa possibilidade anteriormente, no porão.

— Sim. Mas não acredito nisso. Observe a data do jornal. É do dia em que Kimmie se mudou para a casa de Bjarne, segundo ele próprio. Acho que ela reuniu e escondeu isso porque não queria que ele visse a caixa. Mas claro que outras explicações são possíveis. Temos que torcer para encontrarmos Kimmie, a fim de interrogá--la. Para isso, vamos solicitar uma busca geral e pedir o reforço de dois colegas. A região no entorno da estação central deve ser vigiada e Tine, a dependente de drogas, seguida, mas também os três senhores, Pram, Dybbøl Jensen e Florin. — Nesse ponto, encarou Lars Bjørn e seu olhar soltou faíscas. Em seguida, virou--se para os noruegueses para explicar: — São três integrantes do grupo do internato que estiveram sob suspeita de terem cometido o duplo assassinato em Rørvig. Todos são pessoas importantes na Dinamarca e, como cidadãos de bem, fazem parte da classe mais alta da sociedade.

Nesse momento, formaram-se rugas inconfundíveis na testa do delegado.

— Vejam. — Carl se virou novamente para os noruegueses. Eles tomavam café como se tivessem acabado de sair de um voo de sessenta horas sem serviço de bordo ou nunca tivessem visto um espresso desde que seu país foi invadido pelos alemães. — Como os senhores sabem pelo seu próprio trabalho e pelo trabalho em geral tão exemplar da polícia norueguesa, esses lances de sorte acabam desenterrando outros crimes. Crimes que até o momento não foram esclarecidos ou que nem foram considerados.

Um dos convidados ergueu a mão e lhe fez uma pergunta em seu norueguês cantado. Carl pediu que ela fosse repetida várias vezes, até que um dos funcionários do Ministério da Justiça veio em seu auxílio.

— O detetive-superintendente Trønnes gostaria de saber o seguinte: se é possível montar uma lista de possíveis crimes ligados aos assassinatos em Rørvig — traduziu ele.

Carl assentiu, com educação. Como ele tinha conseguido entender isso em meio a tantas palavras sibilantes?

Ele tirou a lista de Johan Jacobsen de sua pasta e a prendeu no quadro branco.

— Marcus Jacobsen, o delegado da Divisão de Homicídios, auxiliou nessa parte da investigação.

Carl olhou agradecido para Marcus, que por sua vez deu um sorriso amável para a pessoa sentada imediatamente a seu lado. Ao mesmo tempo, porém, ele parecia ser um feixe de pontos de interrogação.

— Nosso delegado da Homicídios disponibilizou as investigações individuais de um colaborador civil para o Departamento Q. E sem bons companheiros como ele e seu pessoal, sem o trabalho em conjunto, nunca teríamos chegado a esse resultado em tão pouco tempo. Não podemos esquecer que esse caso, que já tem vinte anos, é objeto do nosso interesse há apenas 14 dias. Muito obrigado, Marcus.

Ele ergueu um copo imaginário em sua direção. Mais cedo ou mais tarde isso voltaria como um bumerangue, Carl tinha certeza.

Carl Mørck não teve dificuldades em levar os noruegueses a seu porão, embora os outros estivessem muito empenhados em evitar a visita — principalmente Lars Bjørn.

O funcionário que já havia traduzido antes se esforçou para permitir que Carl compreendesse os comentários dos noruegueses. Eles admiravam a simplicidade dos dinamarqueses e a naturalidade com que cumpriam suas obrigações, sem deixar se influenciar por debates por verbas de financiamento e por aumento de pessoal, o funcionário traduziu. Essa afirmação com certeza seria ouvida com certa irritação, caso se espalhasse nos andares mais acima.

— Há um rapaz atrás de mim que fica me fazendo perguntas o tempo todo e eu não entendo absolutamente nada. Você fala norueguês? — sussurrou ele a Rose. Enquanto isso, Assad recitava um hino de louvor à polícia dinamarquesa e sua política de integração. Além disso, explicava, com uma tranquilidade e uma habilidade impressionantes, porque eles estavam trabalhando feito escravos naquele momento.

— Aqui está a chave que orienta as nossas ações — declarou Rose, repassando uma pilha de casos que ela havia organizado sistematicamente durante a noite. E sua explanação vinha em um norueguês muito compreensível e quase bonito, como Carl nunca tinha ouvido antes.

O que não era pouca coisa, por mais que ele odiasse admitir.

Quando a tropa se aproximou da sala de Carl, a tela plana exibia o vídeo de uma visita guiada à famosa pista de esqui em Holmenkollen à luz do sol. Havia sido ideia de Assad colocar um DVD sobre a cereja do bolo do turismo de Oslo. Ele o tinha comprado havia dez minutos em uma livraria e agora todos estavam comovidos. Quando eles se reunissem na sala da ministra da Justiça dali a uma hora, para o almoço, ela não seria capaz de se manter impassível, tamanho o encantamento da turma.

O norueguês, que supostamente era o chefe, convidou Carl a visitar Oslo, com uma calorosa observação sobre a ligação de seus povos irmãos. E, caso Carl não estivesse convencido disso, que ao menos se juntasse a eles para a refeição. E, caso não se convencesse nem disso, que eles ao menos tivessem um tempinho para um cordial aperto de mãos, pois ele o havia merecido.

O olhar que Carl dispensou a seus dois assistentes depois que todos já tinham ido embora podia ser interpretado como uma expressão de gratidão. Não porque os noruegueses tenham sido tão bem guiados pelo reino do porão. Mas porque provavelmente não demoraria muito até ele ser chamado ao segundo andar para dar mais explicações e receber o distintivo de volta. E, assim que o recolhesse, a suspensão seria coisa do passado, quase antes de ter sido posta em prática. E, quando *fosse* história, ele não precisaria mais fazer terapia com Mona. E, desobrigado disso, eles tinham um acordo de sair para jantar. E, se fossem jantar, ora, tudo era possível.

Carl estava prestes a dizer algumas palavras amáveis aos dois. Mesmo se não os cobrisse de elogios, pelo menos pensaria seriamente na hipótese de encerrar o expediente mais cedo.

A ligação seguinte mudou seus planos.

Um dos recados que Assad havia deixado na Escola de Rødovre fizera com que um indivíduo chamado Klavs Jeppesen ligasse para ele.

Sim, claro, ele estava disposto a se encontrar com Carl. E sim, sim, ele tinha trabalhado em meados dos anos 1980 no internato. Ele se lembrava muito bem daquela época.

Não havia sido a melhor época da sua vida.

24

Quando Kimmie a encontrou, ela estava encolhida debaixo dos degraus de uma escada na Dybbølsgade, bem próximo do parque Enghave. Toda suja, havia levado uma surra e estava com sintomas de abstinência. Estava sentada lá havia quase 24 horas e não queria sair do lugar, disse um dos mendigos da praça.

Ela estava o mais escondido possível embaixo da escada. Totalmente no escuro.

Kimmie estremeceu ao meter a cabeça lá dentro.

— Ah, é você, Kimmie, minha querida — disse Tine aliviada, atirando-se contra o peito da amiga. — Oi, Kimmie. Ei. Era você quem eu mais queria ver. — Ela tremia feito vara verde e os dentes batiam uns nos outros.

— O que aconteceu? — perguntou Kimmie. — Por que você está metida aqui? Por que está com essa aparência? — Ela acariciou o rosto inchado de Tine. — Quem bateu em você, Tine?

— Você recebeu o meu bilhete, não foi? — Tine se retraiu e encarou Kimmie com seus olhos injetados de sangue, amarelados.

— Sim, eu vi, Tine. Foi bom.

— E agora vou receber as mil coroas?

Kimmie assentiu e secou o suor da testa de Tine. O rosto dela estava terrivelmente machucado. De tão inchado, um de seus olhos se mantinha fechado. A boca toda torta. Sangue coagulado e manchas azuladas por toda parte.

— Você não pode ir a nenhum dos lugares que estava acostumada, Kimmie. — Ela cruzou os braços diante do peito, tremendo, a fim de obrigar o corpo a se acalmar, mas não conseguiu. — Os homens falaram comigo. Não foi muito bom. Mas agora vou ficar aqui, não é, Kimmie?

Kimmie estava prestes a perguntar o que havia acontecido quando escutou um rangido vindo da porta do prédio. Um dos moradores voltava para casa, trazendo as compras do dia que tilintavam em um saco plástico. Certamente ele não era daqueles que tinham acabado de se mudar para essa parte da cidade. Inúmeras tatuagens amadoras em ambos os antebraços.

— Vocês não podem ficar aqui — avisou ele nervoso. — Caiam fora, vão para a rua, suas imundas.

Kimmie se aprumou.

— Acho que é melhor você subir e nos deixar em paz — retrucou ela, dando um passo na direção dele.

— Senão...? — Ele colocou a sacola no chão entre as pernas.

— Senão acabo com você.

Era evidente que ele estava gostando daquilo.

— Oi? O que está acontecendo aqui, sua bostinha? Vamos, se manda com sua namoradinha fumada. Ou sobe comigo. Que tal? Se você for até a minha casa, por mim a imunda pode mofar onde quiser.

Ele tentou tocar Kimmie. No mesmo instante, o punho duro dela bateu em sua barriga mole como se fosse uma massa. Kimmie deu mais um soco na sequência e deformou sua expressão de espanto. Ele se ajoelhou e seu gemido ecoou na escada.

— Ahhhh — gemeu de dor, com a testa no chão. Kimmie se agachou novamente debaixo da escada.

— Quem veio? Alguns homens? Para onde eles foram?

— Aqueles lá da estação. Eles subiram até o meu apartamento e simplesmente começaram a me dar uma surra. Porque eu não queria falar sobre você, Kimmie. — Ela tentou sorrir, porém o inchaço do lado esquerdo a impedia. Em seguida, puxou os joelhos para si. — Agora vou ficar aqui. Estou cagando para eles.

— De quem você está falando? Da polícia?

Ela balançou a cabeça.

— Não. O cara da polícia até que era ok. Não, eram uns bundões que estão atrás de você porque recebem dinheiro para isso. Você precisa tomar cuidado com eles.

Kimmie catou o bracinho fino de Tine.

— Eles bateram em você! Você disse alguma coisa? Consegue se lembrar de algo?

— Kimmie, preciso de uma dose!

— Claro, você vai receber suas mil coroas. Você falou alguma coisa de mim para eles?

— Não tenho coragem de sair na rua. Você precisa arrumar para mim, Kimmie. Você vai fazer isso, não é? E achocolatado. E uns cigarros. E umas cervejas, você sabe.

— Sim, sim, você vai ganhar tudo. Mas agora me responda, Tine. O que você falou?

— Não dá para buscar isso para mim antes?

Kimmie olhou para Tine. Era claríssimo que ela estava morrendo de medo de que Kimmie não lhe desse aquilo que ela tanto ansiava caso contasse primeiro o que havia acontecido.

— Vamos, desembucha logo, Tine!

— Você *prometeu*, Kimmie! — As duas assentiram. — Bem, então eles me bateram. E não paravam de bater. Aí contei para eles onde a gente se encontra às vezes, no banco. E também que muitas vezes eu a vejo na Ingerslevsgade. E que acho que você mora em algum lugar por lá. — Ela lançou um olhar suplicante para Kimmie.

— Você não mora realmente lá, não é?

— Você falou mais alguma coisa?

A voz de Tine ficou embargada.

A tremedeira aumentou.

— Não, Kimmie. Juro. Não falei.

— E então eles se mandaram?

— Sim. Pode ser que eles voltem, mas aí não vou falar nada além do que já disse. E também não sei de mais nada.

Seus olhares se encontraram na semiescuridão. Tine tentava convencer Kimmie de sua confiabilidade, mas sua última frase não havia soado muito convincente.

Então ela sabia mais coisas.

— Tine, o que mais você tem para me dizer?

A abstinência ficava aparente agora em suas pernas, que literalmente saltavam sobre o chão, mesmo encolhidas.

— Bem, só aquilo com o parque Enghave. Só que você fica lá, vendo as criancinhas brincando. Só isso.

Então, os olhos e os ouvidos dela iam mais longe do que Kimmie havia imaginado. Isso quer dizer que Tine arrumava clientes em lugares para além da Skelbækgade ou da Istedgade, entre a estação e a Gasværksvej. Talvez ela os servisse até lá, no parque. Afinal, havia arbustos o suficiente.

— E depois? Se você receber a sua dose, vai conseguir se lembrar de outras coisas sobre mim? — Ela sorriu para Tine.

— Sim, acho que sim.

— Coisas como por onde eu ando e onde você me viu? Como é a minha aparência? Onde e quando faço compras? De que não gosto de cerveja? De que vejo as vitrines no Strøget? Que sempre estou aqui no centro da cidade? São coisas assim?

Tine parecia aliviada pelo fato de Kimmie ter falado por ela.

— É, coisas desse tipo, Kimmie. Esse é o tipo de coisa que eu não falei.

Kimmie se movimentava com extrema cautela. Na Istedgade havia inúmeras possibilidades de se manter escondida. Ninguém podia andar por essa rua e ter certeza de não haver uma pessoa 10 metros à frente, espiando.

Agora ela sabia do que eles eram capazes. Provavelmente um monte de gente estava atrás dela agora.

Exatamente por isso o momento era como o ano zero. Kimmie havia retornado mais uma vez ao ponto onde tudo parava, onde novos caminhos precisavam se abrir.

Quantas vezes ela já havia passado por isso na vida! As mudanças definitivas. A grande ruptura.

Vocês não vão me pegar, pensou e fez sinal para um táxi.

— Me leve até a esquina da Dannebrogsgade.

— Do que você está falando?

O braço escuro do taxista sobre o encosto do banco do passageiro se movimentou para a maçaneta da porta traseira.

— Desce! — exclamou ele, abrindo a porta. — Você acha que faço corrida de 300 metros?

— Toma 200 coroas. Nem liga o taxímetro.

Isso ajudou.

Ela desceu do carro na Dannebrogsgade e rapidamente chegou à Letlandsgade. Ninguém parecia a estar vigiando. Em seguida, passou pelo parque Litauens ao longo dos muros das casas, até chegar novamente à Istedgade. Kimmie olhou diretamente para a quitanda diante dela.

Mais alguns passos e chego lá, falou para si mesma.

— Olá! Você de novo? — disse o quitandeiro.

— Mahmoud está nos fundos? — perguntou ela.

Ele e seu irmão estavam atrás da cortina e assistiam a um canal árabe qualquer. Sempre o mesmo estúdio de TV, sempre a mesma produção sem graça.

— Ora — saudou Mahmoud, o menor deles. — Você já usou as granadas de mão? E a pistola é boa, não é?

— Não sei, dei de presente. Preciso de uma nova. Dessa vez com silenciador. Além disso, preciso de heroína da boa para alguns picos. Boa de verdade, certo?

— *Agora*? Ei, você está maluca? Acha que pode vir caminhando tranquilamente da rua até aqui e conseguir essas coisas? Você tem ideia do que está falando?

Kimmie tirou um maço de notas da calça. Ela sabia que havia mais de 20 mil.

— Estou esperando na frente, na loja, por vinte minutos. Depois, você nunca mais vai me ver. Certo?

Um minuto depois, a televisão estava desligada e os homens tinham saído.

Na loja, ofereceram-lhe uma cadeira, chá gelado e Coca-Cola, mas ela não queria nada.

Após meia hora, chegou um sujeito que provavelmente era parente dos outros e que não queria correr nenhum risco.

— Entre aqui pra gente conversar — chamou ele.

— Dei pelo menos uns 20 mil para os outros. Você está com as coisas?

— Só um momento — pediu ele. — Eu não conheço você, por isso levante os braços.

Kimmie fez o que ele mandou e olhou diretamente em seus olhos quando passou a ser revistada. Ele começou nas pernas, passou as mãos pelo interior das coxas até a virilha, onde parou por um instante. Depois, suas mãos ágeis passaram pelo púbis até as costas, de volta à barriga até a dobra debaixo dos seios, onde pararam por outro instante, antes de escorregarem sobre os seios e subirem até o pescoço e os cabelos. Com um pouco menos de pressão ele tateou mais uma vez os bolsos e a roupa. No fim, ele descansou as mãos sobre os seios de Kimmie.

— Meu nome é Khalid. Você está limpa, não tem nenhum gravador. Mas tem um corpo que é um tesão.

Kristian Wolf foi o primeiro a reconhecer o potencial de Kimmie e lhe dizer que ela tinha um corpo delicioso. Isso foi antes de eles terem espancado o garoto na floresta da escola, antes ainda de eles sequestrarem o representante de classe, antes do escândalo com o professor e a expulsão do internato. Kristian verificou parte por parte e chegou à conclusão de que Kimmie não teria problemas em transformar sua falta de sentimentos, surgida na infância, em uma maciça descarga sexual.

Ele precisava apenas tocar o pescoço de Kimmie e lhe dizer que estava louco por ela, que já recebia profundos beijos de língua e outras coisas com as quais os garotos de 16, 17 anos apenas sonham.

E Kristian também aprendeu que não era para perguntar antes de fazer sexo com Kimmie. Bastava apenas chegar e fazer.

Torsten, Bjarne e Ditlev logo começaram a imitar essa arte. Somente Ulrik não entendeu a mensagem. Educado e gentil como era, ele acreditava que era preciso cortejá-la primeiro. E por isso sempre ficava de mãos abanando.

Kimmie sabia de tudo isso. Também sabia que Kristian ficou alucinado de raiva quando ela começou, mais tarde, a ir com caras fora da turma também.

Algumas das meninas diziam que ele a espionava.

Isso não a surpreendia nem um pouco.

Depois de tanto o representante de classe quanto o professor terem saído do jogo e Kimmie possuir seu próprio apartamento em Næstved, os cinco passavam a maior parte dos dias de semana com ela. Os rituais já estavam preparados. Vídeos violentos, maconha, conversa sobre crimes. E, quando chegavam os fins de semana e teoricamente todos estavam a caminho de casa com suas famílias indiferentes, eles se sentavam no Mazda vermelho-pálido de Kimmie e saíam a toda velocidade. Andavam até não saber mais onde estavam. Simplesmente rodavam. Então, procuravam um parque ou uma floresta, colocavam luvas e máscaras e pegavam o primeiro que cruzasse o caminho deles. Idade e sexo não eram importantes.

Caso se tratasse de um homem que parecia poder se defender, Kimmie tirava a máscara e se posicionava na frente. O sobretudo e a blusa desabotoados e as mãos enluvadas sobre os seios. Quem não teria parado um pouco atordoado?

Após algum tempo, eles sabiam direitinho qual tipo de caça ficaria de boca fechada e qual precisava ser silenciada à força.

Tine olhou para Kimmie como se ela tivesse salvado sua vida.

— É da boa, Kimmie? — Ela acendeu um cigarro e meteu um dedo no pó. — Maravilhosa — comentou, depois de provar com a língua. Ela olhou para o saco. — Três gramas, certo?

Kimmie assentiu.

— Primeiro me diga o que a polícia queria comigo.

— Ah, era só algo sobre a sua família. Nada sobre os outros assuntos, juro.

— Como assim, minha família?

— Bem, alguma coisa sobre o seu pai estar doente e que você não ia querer telefonar quando soubesse. Por isso, sinto muito por ter que te dizer, Kimmie. — Tine tentou segurar o braço dela, mas não conseguiu.

— Meu pai? — Essa palavra era como veneno em seu corpo. — Ele ainda está vivo? Não, não está. E, se estiver, que se dane. — Se o gorducho com o saco plástico ainda estivesse por lá, ela teria chutado as costelas dele. Um chute pelo pai e mais outro.

— O policial falou que não era para eu dizer. Mas agora eu disse. Desculpa, Kimmie. — Ela estava encarando o saco plástico na mão de Kimmie.

— Qual era mesmo o nome do policial?

— Não me lembro mais, Kimmie. Isso é importante? Não escrevi no bilhete?

— Como você sabe que ele era um policial?

— Vi o distintivo dele, Kimmie. Pedi para ver.

As vozes sussurravam dentro de Kimmie. Em quem devia acreditar? Logo ela não conseguiria ouvir mais nada nem ninguém.

Um policial que veio até ela para dizer que seu pai estava doente? Claro que não. Um distintivo, o que isso tem de mais? Era fácil conseguir um.

— Kimmie, como você conseguiu 3 gramas por mil coroas? O pó não é tão bom assim? Não, claro que não, eu sou mesmo uma idiota. — Tine riu para a amiga de maneira suplicante. Com os olhos semicerrados, a pele muito fina, tremendo e nas últimas.

Kimmie sorriu de volta e entregou a Tine o achocolatado, as fritas, as latas de cerveja, o saquinho com a heroína, uma garrafa d'água e a seringa.

Ela daria um jeito no resto.

Kimmie esperou até escurecer e depois percorreu o caminho das instalações do DGI-byen até o portão de ferro em passos largos. Ela sabia o que aconteceria agora e estava muito agitada.

Nos minutos seguintes, Kimmie pegou todo o dinheiro vivo e os cartões de crédito dos nichos. Colocou duas das granadas de mão sobre a cama e meteu uma na bolsa.

Depois, jogou de qualquer jeito algumas coisas na mala, tirou a placa da porta e colocou por cima. Por fim, puxou a caixinha de debaixo da cama e a abriu.

O pequeno embrulho de tecido estava quase marrom e não pesava quase nada. Kimmie catou a garrafa de uísque, levou-a à boca e a esvaziou. Dessa vez as vozes não emudeceram.

— Sim, sim, já estou me apressando — disse ela em voz alta, então colocou o embrulho com cuidado no topo da mala e cobriu tudo com um cobertor. Após ter acariciado a coberta várias vezes, fechou a tampa da mala.

Kimmie carregou a mala para fora, até a Ingerslevsgade. Assim já ficava pronta para ser pega no caminho.

De volta à porta aberta, olhou cuidadosamente ao redor. Ela queria se lembrar bem desse intervalo de sua vida que nublou todo o resto.

— Obrigada por eu ter podido morar aqui — declarou ela e saiu. Nisso, tirou o lacre de segurança da granada e a jogou junto às outras sobre a cama.

Quando a casa explodiu, Kimmie já havia se afastado bastante do portão de ferro.

Caso ela não tivesse conseguido se distanciar, os escombros voando pelos ares teriam sido provavelmente a última coisa que ela teria visto nesta vida.

25

O estampido da explosão foi ouvido do escritório de Marcus Jacobsen como um golpe surdo contra o vidro da janela.

Carl e ele se entreolharam. Não havia sido um rojão de Réveillon antecipado.

— Ah, merda! — exclamou Marcus. — Espero que ninguém tenha morrido nisso.

Um sujeito amistoso, empático, mas que talvez estivesse pensando mais em sua falta de pessoal que nas eventuais vítimas.

Ele se dirigiu a Carl.

— Sua encenação hoje de manhã lá embaixo: foi a última vez, entendeu? Compreendo os seus motivos, mas você precisa me comunicar antes! Entendeu? Senão fico parecendo um idiota.

Carl fez que sim. O chefe tinha razão. Em seguida, ele relatou sua desconfiança em relação a Lars Bjørn. Que estava interferindo nas investigações de Carl possivelmente por motivos pessoais.

— Então precisamos trazer Lars Bjørn até aqui, certo?

Marcus Jacobsen suspirou.

Talvez ele soubesse que a coisa tinha vazado ou acreditasse que ainda poderia escapar de tudo aquilo. De qualquer maneira, era a primeira vez que Lars Bjørn não usava sua gravata azul.

O delegado da Divisão de Homicídios não fez muitos rodeios.

— Eu soube que você foi o nosso homem de ligação com o ministério e a superintendência da polícia nesse caso, Lars. Por gentileza, conte-me o que há por trás disso, para que não tenhamos que tirar as nossas próprias conclusões?

Lars Bjørn ficou sentado em silêncio por um tempo, esfregando o queixo. Treinamento militar. Um currículo clássico e impecável, antes de entrar para a polícia. Idade ideal. Educação na Universidade de Copenhague. Direito, o que mais? Além disso, uma boa dose de experiência em trabalho policial de fato. E agora ele pisava tão feio na bola! Tão óbvio! Fazendo política em causa própria no local de trabalho. Ocultando informações dos companheiros. Contribuindo para atrapalhar investigações, ainda por cima um caso com o qual, a princípio, ele não tinha relação alguma. E por quê? Por solidariedade a um internato do qual ele havia saído havia milênios? Pelas antigas amizades? O que mais ele poderia dizer agora? Uma palavra errada seria o fim, todos sabiam disso.

— Eu queria nos proteger de um fiasco que iria corroer todos os nossos recursos — respondeu ele, e se arrependeu imediatamente do que disse.

— Você está na rua se não tiver nada melhor para oferecer em sua defesa, certo?

Carl percebeu como era difícil para Marcus Jacobsen falar assim. Ele e o adjunto se complementavam de maneira brilhante, Carl não podia negar isso, independentemente do quanto Lars Bjørn o irritasse.

Bjørn suspirou.

— Evidentemente vocês perceberam que estou usando uma gravata diferente, certo?

Ambos assentiram.

— Sim, eu frequentei o internato naquela época.

Bem, isso eles já sabiam, Bjørn devia estar ciente disso.

— E há alguns anos muitas informações negativas foram publicadas na imprensa e elas tinham relação com a história do estupro. Não interessa à escola que o caso de Rørvig seja reaberto.

Os dois também já sabiam disso.

— Além disso, o irmão mais velho de Ditlev era da minha turma. Hoje ele está no conselho diretor do internato.

Isso, por sua vez, havia fugido da atenção de Carl.

— E sua esposa é irmã de um dos chefes de gabinete do Ministério da Justiça. E esse diretor foi um aliado muito importante da superintendente no tempo em que a reforma foi instituída.

Que conluio lamentável, pensou Carl. Faltava apenas todos eles serem filhos ilegítimos de um proprietário de terras.

— Fui pressionado por ambas as partes. Essa reunião de alunos do internato é um tipo de irmandade. E, nesse ponto, cometi um erro. Mas achei que o diretor trabalhasse em consonância com a ministra da Justiça e assim eu não estaria tão errado. O fato de ela não ter interesse em novas investigações no caso é, em parte, porque as pessoas em questão não foram acusadas na época do crime e em parte porque já houve um julgamento, agora com a pena quase terminada. E o acusado não é um zé-ninguém. Fiquei com a impressão de que queriam evitar que se descobrisse que houve um erro na investigação passada e outras merdas assim. Não sei por que não tirei isso a limpo com a ministra. Mas, em nosso almoço hoje, ficou bem claro que ela não sabia nada das investigações. Ela nunca esteve envolvida. Estou me inteirando disso hoje.

Marcus Jacobsen assentiu. Agora ele se preparava para o golpe mais duro.

— Você nunca me informou essas coisas, Lars. Disse que a superintendente tinha ordenado que o Departamento Q interrompesse as investigações. Eu entendi bem? Mesmo com uma informação errada, você orientou à superintendente que ela nos desse essa ordem? O que você falou para ela? Que não existe caso nenhum? Que Carl Mørck andou revirando as coisas apenas por diversão?

— Estive com ela na companhia do chefe de gabinete do ministro. Foi ele quem a orientou.

— Mais um velho aluno do internato?

Lars Bjørn admitiu, constrangido.

— Deus do céu, você não entende o que Ditlev e seus comparsas puseram em marcha, Lars? O pedido do irmão de Ditlev a você! Um trabalho altamente questionável de lobby por parte do chefe de gabinete da ministra!

— Sim, tenho consciência disso.

Transbordando de raiva, o delegado da Homicídios jogou sua caneta esferográfica com força sobre a escrivaninha.

— Você está suspenso a partir de agora. Faça-me a gentileza de escrever um relatório para eu apresentá-lo à ministra. E não se esqueça de citar o nome do chefe de gabinete.

A aparência de Lars Bjørn nunca esteve tão desoladora. Carl sempre achou Bjørn uma pústula de arrogância na bunda, mas agora estava quase sentindo pena dele.

— Marcus, tenho uma sugestão — interrompeu Carl.

Uma minúscula faísca de ódio brilhou nos olhos de Lars Bjørn. Afinal, entre os dois sempre reinou aquela maravilhosa inimizade declarada.

— Deixe a suspensão de lado. Precisamos do funcionário, não? Se fizermos um estardalhaço com isso, a coisa vai vazar. A imprensa e toda a merda ao redor. Aí você vai ficar rodeado de jornalistas, Marcus, e eles vão clamar por sangue. Além disso, as pessoas que estão sendo investigadas vão ficar alerta. Não é conveniente.

Inconscientemente, Bjørn assentiu em todos os pontos. Lamentável.

— Quero que Bjørn trabalhe no caso também. Só para a gente conseguir cumprir as tarefas dos próximos dias. Revistas, perseguição, o trabalho corriqueiro de rua. Não vamos conseguir sozinhos e, também, agora temos em que nos orientar, Marcus. Você não acha? Um pouco mais de esforço e provavelmente vamos esclarecer uma série de assassinatos. — Carl bateu com o dedo na lista de crimes elaborada por Johan Jacobsen. — Acredito muito nisso, Marcus.

*

Ninguém se feriu na explosão da casa no terreno da ferrovia, em Ingerslevsgade. Apesar disso, o helicóptero da TV2 já sobrevoava o local, como se células terroristas tivessem acabado de demonstrar sua força.

O locutor estava certamente muito agitado, mas não deixava transparecer nada. A melhor notícia era aquela que podia ser comunicada com seriedade e preocupação. Isso valia principalmente para as novidades sensacionalistas. E, mais uma vez, os funcionários da central estavam sob intensa pressão de jornalistas.

Carl acompanhou tudo pela televisão de tela plana do porão, aliviado por não ter relação com aquilo.

Rose entrou.

— Lars Bjørn mobilizou o Departamento de Buscas da polícia de Copenhague. Enviei a foto de Kimmie para eles e Assad contou tudo que chamou sua atenção enquanto espionava. Eles também estão à procura de Tine Karlsen. Ela está realmente no olho do furacão.

— O que você quer dizer com isso?

— Bem, o Departamento de Buscas fica na Skelbækgade. Não é a zona de Tine Karlsen?

Ele assentiu e voltou a olhar para as anotações.

A lista de tarefas era desencorajadora de tão longa e definir prioridades era a única maneira de começar a agir.

— Eis suas tarefas, Rose. Vá seguindo a ordem.

Ela pegou o bilhete e leu em voz alta:

1. Encontre policiais que estiveram presentes nas investigações do caso Rørvig em 1987. Entre em contato com a polícia de Holbæk e com o Grupo de Ação Tática na Artillerivej.
2. Encontre colegas de classe de Pram & Cia. Relatos de testemunhas oculares sobre o comportamento deles.
3. Hospital Bispebjerg. Encontre um médico ou uma enfermeira que tenha trabalhado no setor de ginecologia quando Kimmie esteve por lá.

4. Pesquise detalhes sobre a morte de Kristian Wolf.
5. Entre em contato com a Universidade de Berna e encontre o arquivo de Kimmie.

Prazo: hoje. Obrigado!

Carl achou que a última palavrinha teria um efeito suavizante, mas não foi o caso.

— Puxa vida, eu devia ter chegado hoje às quatro em vez de somente às cinco e meia! — exclamou ela um pouco alto demais. — Você é completamente maluco, cara. Você não disse que ia liberar a gente mais cedo hoje?

— Sim, mas isso foi há algumas horas.

Ela estendeu os braços e os deixou cair novamente.

— E...?

— Agora as coisas estão um pouquinho diferentes. Você já tem compromisso para o fim de semana.

— O quê?

— Rose, essa é a sua oportunidade de mostrar seu valor. E de aprender como funciona uma investigação de verdade. E pense no amanhã, quando puder curtir tudo que fez de horas extras.

Rose bufou. Se quisesse ouvir piadinhas, ela mesma teria que fazê-las.

O telefone tocou quando Assad entrou na sala. Era o delegado. Carl começou a espumar no ato.

— Você queria arranjar quatro homens para mim no aeroporto, mas não conseguiu? — Carl se exasperou. — É isso que está me dizendo?

Marcus Jacobsen confirmou novamente.

— Não é possível que não tenhamos pessoal para perseguir um suspeito! E o que acontece se vazar que não paramos as investigações aqui? Onde acha que os Srs. Pram, Florin e Dybbøl Jensen vão estar amanhã? Certamente não em Copenhague. Talvez no Brasil.

Ele respirou fundo e balançou a cabeça.

— Sei muito bem que não temos uma prova consistente da participação deles. Mas os indícios, Marcus! Esses não faltam!

Carl ficou sentado em sua sala encarando o teto e disparando uma saraivada de impropérios que havia aprendido com um garoto de Frederikshavn em um congresso de escoteiros em 1975. Coisas que a família Baden-Powell não aprovaria.

— O que o Marcus falou, chefe? Vamos receber ajuda? — perguntou Assad.

— O que ele falou? Marcus disse que, se eles tivessem esclarecido o caso na Store Kannikestræde, teriam gente sobrando para tudo. Além disso, precisam se concentrar na explosão no terreno da ferrovia. — Carl suspirou.

Marcus Jacobsen estava ficando muito bom nisso. Algo mais importante que a investigação do Departamento Q sempre entrava no caminho.

— Sente-se, Assad. Temos que checar se a lista de Johan Jacobsen serve para alguma coisa.

Ele se apoiou no quadro branco e começou a escrever:

14. 6. 1987: Kåre Bruno, aluno do internato, cai do trampolim de 10 metros e morre.

2. 8. 1987: as mortes em Rørvig.

13. 9. 1987: crime, praia de Nyborg. Cinco garotos/uma garota foram vistos nos arredores. A vítima (mulher) está em choque. Não diz nada.

8. 11. 1987: gêmeos, campo de futebol, Tappernøje. Dois dedos cortados. Surrados.

24. 4. 1988: casal, Langeland. Desaparecido. Diversos pertences das vítimas aparecem em Rudkøbing.

Depois de ter anotado os vinte casos, Carl olhou para Assad.

— Qual é o denominador comum de todos esses casos? Assad, o que você acha?

— Aconteceram sempre no domingo.

— Sim, percebi isso agora também. Você tem certeza?

— Sim!

Lógico. Claro que somente aos domingos. Eles não tinham outra oportunidade, pois estavam no internato. A vida lá era marcada por restrições.

— Eles devem ter adquirido o hábito de realizar os ataques aos domingos, na época da escola, e então incorporaram isso como parte do ritual depois que saíram — supôs Carl.

— E dava para chegar da casa de Kimmie em Næstved até cada local desses de carro em duas horas — acrescentou Assad. — Por exemplo, não há nenhum caso na Jutlândia.

— E o que mais chama sua atenção, Assad?

— Entre 1988 e 1992 nenhuma das vítimas some.

— Como assim?

— Exatamente isso. Foram apenas crimes violentos. Surras ou coisa parecida. Ninguém desaparecido ou encontrado morto.

Carl olhou demoradamente para a lista. Um funcionário civil da central, emocionalmente envolvido em um dos casos, havia montado a relação. Como eles podiam ter certeza de que ele não tivesse agido de maneira muito seletiva? A cada ano aconteciam milhares de delitos envolvendo violência na Dinamarca.

— Traga Johan aqui, Assad — pediu Carl, folheando os papéis.

Nesse meio-tempo, ele queria entrar em contato com a pet shop em que Kimmie havia trabalhado. De lá Carl esperava obter o tipo de informação que pudesse ajudar a montar um perfil. Sonhos, valores e coisas assim. Talvez ele pudesse marcar uma reunião para o dia seguinte bem cedo ou, pelo menos, antes do almoço. Mais tarde já havia combinado de se encontrar com o professor na Escola de Rødovre. À noite, haveria um encontro de ex-alunos lá. "Ulsassete", era como eles chamavam: o Último Sábado de Setembro, 29 de setembro de 2007. Bastante aconchegante, com jantar e dança, tinha dito o professor.

— Johan está a caminho — avisou Assad, voltando a se concentrar na lista do quadro.

— Kimmie estava na Suíça nessa época — comentou pensativo, depois de um bom tempo.

— O quê?

— De 1988 a 1992, essa época. — Carl reforçou a afirmação com um movimento de cabeça. — No tempo em que Kimmie esteve na Suíça, ninguém foi morto ou desapareceu. Pelo menos, ninguém dessa lista.

A aparência de Johan não era boa. Antigamente, ele circulava pela espaçosa central como um carneirinho na primavera, que havia acabado de descobrir o espaço e a abundância dos pastos para si. Agora, ele lembrava mais uma cabeça de gado, amarrada no estábulo.

— Você está indo a uma psicóloga, Johan? — perguntou Carl.

Sim, ele estava.

— Ela é competente, mas sou eu quem não estou me sentindo muito bem — respondeu ele.

Carl olhou para a fotografia de ambos os irmãos no quadro. Talvez isso não fosse de se espantar.

— Qual foram seus critérios para colocar os casos na lista, Johan? — quis saber Carl. — Como posso saber que não há centenas e mais centenas de outros casos que não foram incluídos?

— Bem, eu simplesmente peguei todos os crimes violentos ocorridos em um domingo e que não foram reportados pela vítima diretamente, com um local de ação a menos de 200 quilômetros de Næstved.

Ele olhou para Carl com uma interrogação. Era vital para Johan que eles estivessem em sintonia.

— Li muitas coisas sobre internatos. As necessidades e os desejos do indivíduo são totalmente reprimidos. Os alunos são metidos em uma camisa de força, tarefas e obrigações escolares estão sempre em primeiro lugar e para tudo tem horário. É assim a semana inteira. Dizem que isso é para desenvolver disciplina e espírito de comunidade. A partir daí, cheguei à conclusão de que não fazia muito sentido me ocupar com crimes violentos que aconteceram durante o horário de aulas e nos fins de semana antes do café da manhã ou depois do jantar. Resumindo, nesse período a turma tinha outras coisas para fazer. Por isso escolhi os casos dessa maneira. Domingos, entre o café e o jantar. Eles precisavam ter ocorrido nesse intervalo de tempo.

— Eles cometiam crimes nos domingos por volta da hora do almoço. É isso que está dizendo?

— Sim, essa é a minha opinião.

— E nesse período eles conseguiam percorrer, no máximo, 200 quilômetros, afinal eles ainda tinham que encontrar suas vítimas e fazer o serviço.

— Durante o ano letivo, sim. Nas férias de verão era diferente. — Johan olhou para o chão.

Carl abriu seu calendário permanente.

— Mas os assassinatos em Rørvig também aconteceram em um domingo. Foi um acaso ou se trata de uma característica do grupo?

Johan parecia triste quando respondeu:

— Acho que foi por acaso. Aconteceu pouco antes do início do ano letivo. Talvez eles tivessem a sensação de não ter aproveitado o suficiente durante as férias de verão, sei lá. Eles eram doentes.

Em relação aos anos seguintes, Johan disse que havia sido mais intuitivo. Não que Carl achasse que o homem tinha se equivocado; porém, se era para trabalhar com a intuição, que pelo menos fosse com a própria. Então, eles se concentrariam primeiro nos anos em que Kimmie estava na Suíça.

Após Johan tê-los deixado para retomar suas tarefas diárias, Carl ficou sentado um tempo diante da lista e tentou avaliá-la. Depois, ligou para Tappernøje. Os gêmeos, atacados em 1987 no campo de futebol, haviam emigrado fazia anos para o Canadá. Em uma voz que poderia pertencer a alguém com 80 anos, o oficial informou que eles herdaram uma grande quantia em dinheiro e montaram um serviço de aluguel de máquinas agrícolas por lá. Pelo menos, era o que se ouvia falar na delegacia. Ninguém sabia mais detalhes sobre a vida dos jovens. Afinal, já fazia muito tempo.

Em seguida, Carl olhou a data em que o casal mais velho havia desaparecido em Langeland. Ele deixou o olhar vagar pelas pastas que Assad tinha arranjado e lhe entregado. Eram dois professores de Kiel que velejaram até Rudkøbing, depois circularam um pouco e acabaram passando noites em hospedagens domiciliares e finalmente em Stoense.

Segundo o relatório policial, eles foram vistos no porto de Rudkøbing no dia em que sumiram. Supostamente saíram velejando e naufragaram. Entretanto, o casal chamou a atenção, no mesmo dia, de algumas pessoas em Lindelse Nor, e mais tarde alguns jovens foram vistos no porto, bem perto de onde o barco dos alemães estava amarrado. As testemunhas reforçaram que pareciam jovens decentes. Não eram nativos com seus bonés da Castrol ou da BP, mas com camisas bem-passadas e cabelos bem-cortados. Alguns achavam que os jovens haviam partido com o veleiro e não seus proprietários, mas isso era apenas especulação dos moradores locais.

O relato também mencionava alguns possíveis pertences do casal que foram encontrados na praia de Lindelse Nor. Parentes achavam que eram dos desaparecidos, mas não tinham certeza.

Carl percorreu a lista dos objetos. Uma caixa térmica sem marca, um lenço de pescoço, um par de meias e um brinco. Ametista e prata. Duas peças com encaixe. Simplesmente para enfiar, sem tarraxa. Apenas um arco de prata.

A descrição não era muito precisa, mais ou menos como um policial do sexo masculino costumava fazer. Porém, parecia exatamente com o brinco no saquinho plástico diante de Carl, ao lado das duas cartas de *Trivial Pursuit*.

Carl ainda estava completamente pasmo por essa descoberta quando Assad entrou na sala de repente, com a expressão de quem havia tirado a sorte grande.

Assad apontou para a pulseira de plástico na sacolinha ao lado do brinco.

— Acabei de descobrir que essas pulseiras eram usadas na piscina em Bellahøj. A partir delas era possível ver quanto tempo a pessoa tinha ficado dentro d'água.

Carl, perdido em seus pensamentos, esforçou-se para voltar à realidade. O que podia chegar aos pés de sua inacreditável descoberta do brinco?

— Essas pulseiras de plástico são usadas em todo lugar, Assad. Sempre foi assim.

— Pode ser. Mas, quando Kåre Bruno foi encontrado estatelado nos azulejos, ele tinha perdido a sua.

26

— Ele está esperando lá em cima na delegacia — avisou Assad.
— Devo estar aqui quando ele descer?

— Não. — Carl balançou a cabeça. Assad tinha trabalho suficiente. — Mas você pode passar um café para a gente. Só não muito forte. Por favor.

No silêncio de um sábado, mesmo os canos de esgoto borbulhavam e crepitavam com metade da força. Enquanto Assad assobiava, Carl folheou rapidamente o *Who's Who* dinamarquês. Ele procurava por informações sobre a visita que estava a caminho.

O homem se chamava Mannfred Sloth. Quarenta anos. Tinha dividido um quarto com Kåre Bruno, o representante de turma do internato que havia morrido. Conclusão do curso médio: 1987. Serviço militar: guarda pessoal da família real. Tenente da reserva. MBA. Desde os 33 anos, diretor-executivo de cinco empresas. Seis cargos em conselhos de diretoria, um deles em uma instituição de direito público. Incentivador e patrocinador de diversas exposições de arte moderna portuguesa. Desde 1994, casado com Agustina Pessoa. Ex-cônsul honorário da Dinamarca em Portugal e em Moçambique.

Não era de se espantar que Mannfred Sloth, ainda por cima, tinha sido agraciado com a cruz da cavalaria e diversas medalhas internacionais.

— Disponho de apenas 15 minutos — declarou ele durante o aperto de mãos.

Erguendo um pouco os vincos das calças, para que seus joelhos não os amarrotassem, sentou-se diante de Carl com as pernas cruzadas, o sobretudo aberto de forma displicente. Era muito mais fácil imaginar o sujeito no ambiente do internato que brincando na caixa de areia com os filhos.

— Kåre Bruno foi o meu melhor amigo, e sei que ele não dava a mínima para essas piscinas públicas, não se importava mesmo. Por isso, foi muito estranho ele ter sido encontrado justamente em Bellahøj. Um desses lugares onde as pessoas ficam muito perto umas das outras, o senhor entende — disse, sem nenhum tom de ironia. — Além disso, nunca o vi pular de um trampolim, muito menos da plataforma de 10 metros.

— O senhor está querendo dizer que não foi um acidente?

— Como pode ter sido um acidente? Kåre era um garoto inteligente. Ele não teria ficado se exercitando lá em cima, de onde qualquer um sabe que a queda é fatal.

— E não pode ter sido suicídio?

— Suicídio? Por quê? Havíamos acabado de terminar o ensino médio! O pai dele tinha lhe dado um Buick Regal Limited de presente. O modelo coupé, o senhor conhece?

Carl assentiu com cuidado. Ao menos ele sabia que Buick era uma marca de carro.

— Ele estava prestes a ir para os Estados Unidos estudar direito. Harvard, o senhor sabe? Por que ele teria feito algo tão imbecil quanto cometer suicídio? Isso não faz nenhum sentido.

— Problemas amorosos? — arriscou Carl.

— Ah, Kåre podia ficar com qualquer uma que ele quisesse.

— O senhor se lembra de Kimmie Lassen?

Mannfred Sloth fez uma expressão de desagrado. Aparentemente ele não gostava de se lembrar dela.

— Kåre estava chateado por ela ter terminado com ele?

— Chateado? Estava possesso. Claro que ele não gostou de ter levado um pé na bunda. Quem gosta? — Ao rir, ele mostrou os dentes brancos e tirou os cabelos da testa. Tonalizados e recém-cortados, claro.

— E o que ele ia fazer a respeito?

Mannfred Sloth ergueu os ombros de maneira quase imperceptível e limpou um grãozinho de pó do casaco.

— Estou aqui hoje porque acredito que temos a mesma opinião, ou seja, de que ele foi assassinado. Empurrado. Por que mais o senhor teria se esforçado para entrar em contato comigo, depois de vinte anos? Estou certo?

— Não podemos saber com certeza. Mas claro que há um motivo para retomarmos o caso. Na sua opinião, quem poderia ter empurrado Kåre?

— Não faço ideia. Kimmie era amiga de uns sujeitos doentes da turma dela. Eles a rodeavam feito satélites. Ela os guiava a seu bel-prazer. Lindos peitos, o senhor sabe? *Tits rule*, certo. — Ele riu e aquilo não combinava absolutamente com seu jeito.

— Ele tentou reatar o relacionamento? O senhor faz ideia?

— Ela já estava metida com o professor. Um professorzinho suburbano, sem bom senso. Senão ele saberia que é preciso manter distância das alunas.

— O senhor consegue se lembrar do nome dele?

Mannfred Sloth balançou a cabeça.

— Ele não ficou muito tempo lá. Dava aula de dinamarquês em alguma turma, acho. Não era alguém que chamasse atenção, caso não fosse seu professor. Ele... — Então, ergueu um dedo e seu olhar atento mostrava que se lembrava. — Sim, agora me lembrei. Ele se chamava Klavs. Com v, Deus do céu. — Ele bufou. Que nome!

— Klavs, o senhor disse. Klavs Jeppesen?

Ele ergueu a cabeça.

— Sim, Jeppesen. Isso. — Mannfred Sloth assentiu.

Me belisque, pensou Carl, estou sonhando. Ele iria se encontrar com esse homem à noite!

— Só coloque o café aí, Assad. Muito obrigado.

— Bem, vou dizer uma coisa — falou o convidado de Carl, abrindo um pequeno sorriso. — O lugar aqui embaixo não é nada luxuoso. Mas os seus funcionários são bem-treinados. — E voltou a estampar seu sorriso desagradável. Carl conseguia imaginar direitinho como ele tinha se comportado em relação aos moçambicanos.

Mannfred Sloth provou o café. Parecia que um gole havia sido o suficiente.

— Ok — disse ele então. — Sei que Kåre ainda estava a fim da gostosa, assim como muitos. E depois dela ter sido expulsa, ele bem que queria ter Kimmie só para si. Naquela época, ela morava em Næstved.

— Mas não entendo o porquê dele ter morrido em Bellahøj.

— Depois que nossas provas acabaram, ele se mudou para a casa dos avós. Kåre já tinha morado lá antes. Eles viviam em Emdrup. Gente muito simpática e amorosa, estive várias vezes lá naquela época.

— Os pais dele não moravam na Dinamarca?

Ele deu de ombros. Sem dúvida, os filhos de Mannfred Sloth também estavam em um internato, de modo que ele pudesse se dedicar a seu trabalho.

— O senhor sabe se algum dos amigos de Kimmie morava perto da piscina?

O olhar de Mannfred Sloth atravessou Carl e se perdeu na sala. Apenas agora ele compreendia a seriedade da situação. Viu as fotos nos quadros da parede. A lista com as vítimas dos crimes, encabeçada pelo nome de seu amigo Kåre Bruno.

Merda, pensou Carl, ao se virar e notar para onde o olhar do homem se dirigia.

— O que é isso? — perguntou Mannfred Sloth, subitamente muito sério, apontando para a lista.

— Ah. Os casos não têm qualquer relação entre si. Estamos colocando nossos arquivos em ordem cronológica.

Explicação idiota, pensou Carl. Por que eles iriam escrever isso no quadro se os arquivos podiam muito bem ficar enfileirados na estante?

Porém, Mannfred Sloth não insistiu. Ele não estava acostumado a fazer esse tipo de trabalho escravo, então como ele iria conhecer procedimentos tão básicos?

— O senhor tem muito trabalho por aqui — comentou ele.

Carl abriu os braços.

— Por isso é tão importante que o senhor responda às minhas perguntas da maneira mais precisa possível.

— O que o senhor estava mesmo querendo saber?

— Eu queria apenas saber se algum dos amigos de Kimmie morava perto de Bellahøj.

Sem hesitar, ele assentiu.

— Sim, Kristian Wolf. Os pais dele tinham uma casa no estilo Bauhaus perto do lago. Bastante impressionante. Depois que demitiu o pai da empresa, ele assumiu a casa. E acho que a esposa dele continua morando lá com o segundo marido.

Não dava para tirar mais nada dele. No entanto, já havia sido um começo.

— Rose — chamou Carl assim que os passos duros dos sapatos Lloyd de Mannfred Sloth não eram mais audíveis. — O que você descobriu sobre a morte de Kristian Wolf?

— Oi, Carl! — Rose tocou a cabeça com o bloco de notas. — Você está com Alzheimer por acaso? Recebi cinco tarefas e essa era sua prioridade de número quatro. O que você acha que eu sei?

Ele tinha se esquecido.

— E quando acha que vai poder dizer algo a respeito? Não dá para mudar a sequência das tarefas?

Ela apoiou as mãos nos quadris como uma *mamma* italiana prestes a xingar o vagabundo dormindo no sofá. De repente, porém, Rose deu uma risada.

— Ah, que se dane. Não consigo disfarçar mesmo. — Ela lambeu o dedo e folheou o bloco. — Você acha que pode mandar e desmandar em tudo aqui? Claro que essa foi a primeira tarefa que cumpri. Afinal, era a mais fácil.

Kristian Wolf tinha apenas 30 anos quando morreu, podre de rico. A companhia de navegação havia sido fundada por seu pai, mas Kristian o tinha colocado para fora com algumas manobras e o levou à ruína. Dizia que se tratava de um castigo merecido pela educação sem amor que o filho tivera que suportar.

Podre de rico e solteiro — por causa desses dois atributos, Kristian Wolf era um sujeito muito disputado quando se casou, em junho, com Maria Saxenholdt, uma condessa, a terceira filha do conde Saxenholdt. A felicidade mal durou três meses, dizia-se. Kristian Wolf morreu em 15 de setembro de 1996 devido a um acidente ocorrido durante uma caçada.

Talvez por essa desgraça parecer tão despropositada, os jornais se ocuparam dela durante muito tempo. Kristian Wolf produzia muito mais manchetes que o novo terminal de ônibus na praça da prefeitura e quase tantas quanto as de Bjarne Riis, vencedor do Tour de France poucas semanas antes.

Havia acontecido em sua casa, onde passava o fim de semana, na ilha de Lolland. Ele tinha saído muito cedo pela manhã. Deveria se encontrar com seus companheiros de caça em meia hora. Passaram-se duas horas até ele ter sido encontrado. Kristian Wolf possuía uma ferida feia de tiro na coxa e havia se esvaído em sangue. Segundo o relatório da necropsia, a morte tinha chegado de maneira relativamente rápida.

Fazia sentido. Carl já vivenciara isso em um caso mais antigo.

Entretanto, todos se espantaram com o fato de algo assim ter acontecido a um caçador tão experiente. Porém vários de seus colegas de caça testemunharam que Kristian Wolf sempre andava com uma arma engatilhada. Porque na Groenlândia, certa vez, ele não conseguiu abater um urso-polar. Naquele dia, seus dedos estavam gelados demais para engatilhar a arma e ele não queria que isso se repetisse.

Mesmo levando isso em consideração, como ele havia conseguido atirar na própria coxa continuava sendo um mistério. Mas chegou-se à conclusão de que ele tinha tropeçado em uma espécie de sulco de arado e sem querer puxou o gatilho da espingarda. Diversas reconstruções da cena mostraram que isso era absolutamente plausível.

O fato de a jovem condessa não ter se importado muito com o acidente era explicado, de maneira não oficial, por seu arrependimento em relação ao casamento. Afinal, seu marido era muito mais velho e bastante diferente dela — e a herança com certeza seria um belo bálsamo para a ferida.

A casa praticamente se estendia sobre o lago. Não havia muitas outras construções desse calibre nas imediações. Um imóvel do tipo com certeza valorizava todas as residências ao redor.

Quarenta milhões de coroas, antes do mercado imobiliário quebrar, avaliou Carl. Atualmente, uma casa dessas era quase invendável. Ainda assim, ele suspeitou que os moradores votaram a favor do governo, que, com sua política, abriu caminho para a situação atual. Primeiro cortejar os consumidores e incentivar a demanda. Quem se preocupava com as consequências econômicas?

Era culpa da própria população.

O garoto que abriu a porta tinha no máximo 8, 9 anos. Bastante resfriado, com o nariz escorrendo, metido em um roupão de banho e chinelos. Algo absolutamente inesperado nesse hall portentoso, que empresários e o pessoal do mercado financeiro passaram anos cortejando.

— Não posso deixar ninguém entrar — declarou ele. — Minha mãe não está em casa, mas chega logo. Ela está em Lyngby.

— Você pode ligar para ela e dizer que a polícia está aqui para conversar?

— A polícia? — O garoto olhou para Carl com ceticismo. Se ele estivesse usando uma jaqueta preta de couro, longa, assim como Bak ou Marcus, a desconfiança certamente não seria tão grande.

— Aqui — indicou Carl. — Veja meu distintivo. Pergunte para sua mãe se posso esperar dentro da casa.

O garoto bateu a porta.

Carl passou meia hora inteira no degrau diante da porta. Ele observou as pessoas que caminhavam do outro lado do lago. Era manhã de domingo e todos os cidadãos do Estado social se exercitavam.

— O senhor está procurando alguém? — perguntou a mulher que desceu do carro. Ela parecia atenta. Um movimento em falso e ela iria jogar suas compras na escada e correr para a entrada dos fundos.

Tendo aprendido com experiências anteriores, ele sacou imediatamente seu distintivo do bolso e o mostrou a ela.

— Carl Mørck, Departamento Q. Seu filho não ligou para a senhora?

— Meu filho está de cama, doente. — De repente ela parecia preocupada. — Ou não?

Então ele não havia ligado, o diabinho.

Carl se apresentou mais uma vez e pôde entrar na casa, embora fosse visível que não era bem-vindo.

— Frederik! — gritou ela para o corredor. — Comprei salsichas. — Maria Saxenholdt passava uma impressão espontânea e muito simpática. Não exatamente aquilo que se espera de uma autêntica condessa.

Os passos na escada pararam subitamente quando o menino descobriu Carl no hall. Amedrontado, ele fez uma careta. Provavelmente todas as ideias infantis duelavam entre si agora em sua cabeça a respeito de qual castigo ele receberia por não ter seguido exatamente as ordens da polícia.

Carl piscou para ele. Estava tudo bem.

— Ora, Frederik, então você precisa ficar de cama, é?

O garoto assentiu bem devagar para em seguida sumir imediatamente com seu cachorro-quente. Se não fosse visto, ninguém se lembraria dele, devia estar pensando. Menino esperto.

Carl foi direto ao assunto.

— Não sei se posso ser útil. — Ela o olhou de maneira amistosa.

— No fundo, Kristian e eu não nos conhecíamos muito bem. Por isso também não sei o que se passava em sua cabeça naquela época.

— E a senhora se casou novamente?

— Não precisa ser tão formal, pode me chamar de Maria. — Ela sorriu. — Sim. Conheci meu marido Andrew no mesmo ano que Kristian morreu. Temos três filhos. Frederik, Susanne e Kirsten.

Os nomes eram totalmente normais! Talvez Carl tivesse que repensar seus pré-julgamentos em relação à nobreza.

— E Frederik é o mais velho?

— Não, é o caçula. As gêmeas têm 11. — Ela se adiantou, pois a próxima pergunta de Carl seria sobre as idades. — Sim, Kristian é o pai biológico, mas meu atual marido sempre esteve presente. As meninas frequentam um belo internato nas proximidades da propriedade dos meus sogros em Eastbourne.

Maria Saxenholdt falou isso de maneira tão amistosa, despreocupada e sem nenhuma culpa. Uma jovem sem a consciência pesada. Como ela conseguia fazer isso com os filhos? Apenas 11 anos e já exportados para a Inglaterra, a fim de serem permanentemente adestrados.

Carl a observou com o fundamento de seu preconceito de classes recém-reforçado.

— Quando você esteve casada com Kristian, ele chegou a falar alguma vez sobre Kirsten-Marie Lassen? Bem, essa é uma coincidência curiosa de nomes, quero dizer, com o nome da sua filha. Ela era chamada de Kimmie. Eles estiveram juntos no internato. Isso diz algo a você?

Era como se um véu tivesse sido colocado sobre o rosto de Maria Saxenholdt.

Carl olhou para ela e ficou esperando, mas não houve resposta.

— Desculpe, o que aconteceu? — perguntou ele.

Ela estendeu as mãos em um gesto de repúdio.

— Não tenho vontade de falar a respeito. Isso é tudo. — Não teria sido preciso dizer, dava para perceber de qualquer jeito.

— Você acha que eles tiveram um relacionamento? Enquanto estava grávida?

— Não sei o que ele tinha com ela e também não quero saber. — Maria Saxenholdt cruzou os braços diante do peito e se levantou. Em um segundo, ela lhe pediria para ir embora.

— Hoje ela está vivendo na rua.

Essa informação aparentemente não a consolou.

— Kristian sempre me batia depois de falar com ela. Está satisfeito agora? Não sei o motivo da sua visita. Mas agora pode ir embora.

Ele não tinha a intenção de dizer, mas acabou revelando:

— Estou aqui investigando um caso de assassinato.

A resposta veio logo em seguida.

— Se acha que matei Kristian, então está mais que enganado. Não porque não tivesse vontade de fazer isso. — Maria Saxenholdt meneou a cabeça e olhou para o lago.

— Por que o seu marido batia em você? Ele era sádico? Bebia?

— Se ele era sádico? — Ela olhou para o corredor, a fim de se certificar de que nenhuma cabecinha apareceria subitamente por lá. — O senhor pode ter certeza que sim.

Antes de entrar no carro, Carl ficou parado mais um tempo, observando os arredores. Pelo que Maria Saxenholdt lhe contou, o clima naquela casa grande era terrível. Ela acabou descobrindo, pouco a pouco, tudo aquilo que um homem de 30 anos, robusto, podia fazer com uma delicada mulher de 22. A rapidez com que uma lua de mel podia se transformar em um pesadelo diário. Primeiro com palavras pesadas e ameaças, depois com agressões físicas. Ele havia sido até cuidadoso por não lhe infligir nenhum ferimento visível, pois às noites ela tinha que se apresentar maravilhosa. Em grande estilo. Foi por isso que ele a tinha escolhido. Somente por isso.

Kristian Wolf. Um sujeito pelo qual ela havia se apaixonado em segundos. Maria Saxenholdt precisaria do resto da vida para esquecê-lo novamente. Ele, seus atos, seu jeito e as pessoas que o cercavam.

No carro, Carl tentou sentir o cheiro de gasolina. Ligou para o Departamento Q.

— Sim? — Assad não falou mais nada. Nada de "Departamento Q, assistente do detetive-superintendente Hafez el Assad" ou algo no gênero. Apenas "Sim?"!

— Ao atender o telefone, você precisa se apresentar e apresentar a delegacia, Assad! — exclamou ele, sem se identificar.

— Oi, Carl! Rose me deu o gravador de voz dela. É incrível. E ela também quer falar com você.

Houve gritos, ecos de passos e então ela estava na linha.

— Encontrei uma enfermeira de Bispebjerg para você.

— Ok! Ótimo.

Rose não fez nenhum comentário.

— Ela trabalha em uma clínica particular em Arresø. — Carl recebeu o endereço. — Quando descobri o nome dela, foi fácil encontrá-la. Mas ele é *realmente* peculiar.

— Onde você o conseguiu?

— No hospital Bispebjerg, claro. Revirei os antigos armários de arquivos. Quando Kimmie esteve no hospital, a enfermeira trabalhava no setor de ginecologia. Liguei para ela, que se lembrou logo do caso. Todos que trabalharam lá naquela época se lembrariam, ela disse.

— O hospital mais bonito da Dinamarca. — Foi assim que Rose citou ao ler o site.

Carl olhou para o edifício branquíssimo e concordou. Tudo estava muito bem-cuidado. Até mesmo agora, no outono, o gramado estava à altura de um torneio de Wimbledon. Arredores incríveis. Fazia poucos meses que a rainha desfrutara da vista junto do marido.

O castelo em Fredensborg ficava no chinelo!

Por sua vez, a enfermeira-chefe Irmgard Dufner proporcionava um contraste gritante em relação a tudo isso. Ela veio sorridente e portentosa a seu encontro, como um tanque de guerra. As pessoas das quais ela se aproximava davam um imperceptível passo para o lado. Cabelos curtos, com um corte tipo coroinha, pernas de jogador de futebol, sapatos que lembravam lanchas.

— Sr. Mørck, imagino. — Ela riu e sacudiu a mão dele como se quisesse esvaziar seus bolsos.

A memória dela era tão poderosa quanto sua aparência. O sonho de qualquer policial.

Irmgard Dufner tinha sido a enfermeira responsável do setor de Kimmie em Bispebjerg. Kimmie não sumiu durante seu turno, mas as circunstâncias foram tão estranhas e tão trágicas que "ninguém se esquece dela".

— Quando foi internada, ela estava muito machucada. Por isso achávamos que perderia o bebê. Mas, na verdade, tudo ficou bem. Ela queria *tanto* aquela criança. E depois de permanecer uma semana aqui, estávamos prestes a dar alta.

Ela comprimiu os lábios.

— Porém, certa manhã, eu tinha ficado no turno da noite, tudo aconteceu de forma rápida e muito intensa. Kimmie teve um aborto. O médico falou que parecia ter sido provocado por ela mesma. De qualquer maneira, seu ventre estava cheio de manchas azuis. Mas era difícil acreditar nisso, porque ela estava tão feliz antes. Só que nessas histórias a gente nunca sabe. Quando as pessoas ficam subitamente sozinhas com um filho não planejado, muitas emoções entram em jogo.

— O que ela podia ter usado para provocar aqueles hematomas? A senhora consegue se lembrar?

— Algumas pessoas acharam que podia ter sido a cadeira que ficava no quarto. Que ela a levou para a cama e usou para bater no ventre. A cadeira estava caída no chão quando as pessoas entraram no quarto e a encontraram inconsciente, com o feto em meio a uma poça de sangue entre as pernas de Kimmie.

Carl imaginou a cena. Triste.

— E o feto era grande o suficiente para ser visto?

— Sim, claro. Na 18ª semana ele se parece com um homenzinho de verdade de cerca de 14 a 16 centímetros de comprimento.

— Braços e pernas.

— Tudo. O pulmão ainda não está desenvolvido inteiramente nem os olhos. Mas, de resto, quase tudo.

— E ele estava lá, entre as pernas dela?

— Ela expeliu a criança e a placenta normalmente, sim.

— A senhora falou da placenta. Isso indica algo de estranho?

A enfermeira assentiu.

— Essa é uma das coisas que todo mundo lembra. Isso e o fato de que ela levou o feto. Meus colegas o cobriram com um pano enquanto tentavam estancar o sangramento. E, quando voltaram depois de pouco tempo, a paciente e o feto tinham sumido. Só a placenta havia ficado. Por isso, um dos nossos médicos pôde constatar que ela tinha sido rompida. Dividida em duas, por assim dizer.

— Isso acontece em um aborto também?

— Às vezes, mas é muito raro. Talvez a violência a que foi submetido o seu ventre tenha um papel nisso. De qualquer maneira, é muito perigoso para uma mulher não passar por uma curetagem.

— A senhora está falando de infecções?

— Sim, no passado isso era um problema grave. Mas mesmo hoje em dia o risco da paciente morrer se não fizer uma curetagem é grande.

— Ah. Mas posso assegurar que isso não aconteceu. Ela ainda está viva. Não muito bem, porque está morando nas ruas. Mas *está* viva.

Irmgard Dufner colocou as mãos pesadas sobre o colo.

— Fico feliz por ouvir isso, mas é uma pena que ela esteja vivendo nas ruas. Muitas mulheres nunca superam esse tipo de experiência.

— A senhora está se referindo ao trauma de perder um bebê? Isso pode ser suficiente para a mulher se afastar completamente da sociedade?

— Ah, em uma situação dessas tudo é possível. A gente não cansa de ver. As mulheres passam a sofrer algum desequilíbrio mental e se torturam com sentimento de culpa.

— Acho que eu deveria tentar apresentar um resumo do caso para vocês, meus caros. O que acham?

Carl olhou para Rose e Assad, sabendo que ambos queriam falar algo. Mas isso tinha que esperar.

— Temos um grupo de jovens, todos indivíduos fortes que sempre cumprem o que se propõem a fazer. Cinco rapazes com suas próprias características e uma garota, que parece ser a figura central dessa turma.

"Ela é inexperiente e bonita. Começa um relacionamento breve com um colega de escola, Kåre Bruno. Ele perde a vida porque, acredito, a turma deu uma ajudinha. Um dos achados da caixa de metal escondida de Kimmie Lassen aponta nessa direção. O motivo pode ter sido ciúme ou uma briga envolvendo violência física. Mas claro que também pode ter sido uma fatalidade banal, e a pulseira de plástico escondida talvez seja apenas uma espécie de troféu. Ela não é uma resposta inequívoca à questão da culpa, ainda que levante suspeitas a esse respeito.

"Embora Kimmie saia da escola, a turma continua junta, o que supostamente resulta na fatalidade dos dois jovens de Rørvig. Bjarne Thøgersen confessa as mortes, mas provavelmente apenas para encobrir um dos seus amigos ou até o grupo inteiro. Tudo aponta para uma grande soma de dinheiro esperando por ele por causa disso. Ele vem de uma família sem grandes posses e seu relacionamento com Kimmie tinha terminado. Isso poderia ser encarado como uma solução razoável nessa situação em particular. De qualquer modo, agora sabemos que pelo menos mais uma pessoa do grupo está envolvida, pois encontramos provas com impressões digitais dos assassinados no esconderijo de Kimmie.

"O Departamento Q se depara com o caso porque um cidadão suspeita que a sentença contra Bjarne Thøgersen esteja equivocada. Nesse contexto, talvez o mais importante seja que Johan Jacobsen nos passou uma lista de pessoas atacadas e desaparecidas junto da indicação de que a turma do internato tenha participado desses crimes. A partir dessa lista, podemos determinar que os ataques ocorridos durante o tempo em que Kimmie esteve na Suíça se limitavam a agressões físicas, ou seja, as vítimas não eram mortas nem desapareciam. A lista contém algumas imprecisões, mas, no geral, a análise de Johan Jacobsen parece fazer sentido. Os suspeitos descobriram que estou investigando o caso. Não sei como, talvez por intermédio de Aalbæk, e tentaram obstruir as investigações."

Assad ergueu o dedo nesse momento.

— Obstruir? Foi isso que você falou?

— Sim, tentaram atrapalhar as coisas, Assad. Obstruir significa atrapalhar, impedir. E isso me diz que há mais coisas envolvidas nesse caso que apenas a habitual preocupação de alguns homens ricos com o seu bom nome.

Os outros dois concordaram.

— Isso fez com que eu fosse ameaçado diversas vezes: na minha casa, no meu carro e, por fim, no meu local de trabalho. Muito provavelmente são os nossos amigos do internato que estão por trás dessas ameaças. Eles usaram ex-colegas como mensageiros para expulsar a gente do caso. Mas a cadeia agora está quebrada.

— Quer dizer que a gente tem que ser discreto — afirmou Rose.

— Certo. Podemos trabalhar em paz agora, mas o grupo não deve saber disso. Principalmente porque pretendemos descobrir, a partir de um interrogatório de Kimmie, o que a turma aprontou naquela época.

— Ela não vai dizer nada, Carl — intrometeu-se Assad. — Sei pela maneira como olhou para mim na estação central.

Carl estendeu o lábio inferior.

— Sim, sim, vamos esperar. Kimmie Lassen provavelmente não está em seu juízo perfeito. Como poderia estar, se prefere morar voluntariamente na rua, tendo um palacete em Ordrup? O aborto, em circunstâncias estranhas e após o uso de violência, com certeza contribuiu para as coisas chegarem a esse ponto.

Carl pensou se pegava um cigarro, mas o olhar pretíssimo cheio de rímel de Rose descansava, pesado, sobre sua mão.

— Também sabemos que Kristian Wolf morreu poucos dias após o sumiço de Kimmie. Mas não temos certeza se ambos os casos estão relacionados. De qualquer forma, hoje a viúva dele me informou que Kristian Wolf tendia ao sadismo. E ainda deu indicações de que ele poderia estar mantendo um relacionamento com Kimmie Lassen.

Então, seus dedos agarraram o maço de cigarros. Até aqui, tudo bem.

— Porém o mais importante é que sabemos, com certeza, que um ou mais integrantes da turma cometeram atos violentos, além dos assassinatos em Rørvig. Kimmie Lassen escondeu pistas, três delas certamente com origem em casos que terminaram em morte, e os três saquinhos restantes levantam a suspeita de que foram mais.

"Por isso devemos tentar agarrar Kimmie ao mesmo tempo que observamos as ações dos outros. Sem deixar de cuidar das demais tarefas também. Vocês têm algo mais a acrescentar?"

Nesse momento Carl acendeu o cigarro.

— Vejo que você ainda está com o ursinho de pelúcia no bolso da camisa — constatou Rose olhando para o cigarro.

— Sim. Mais alguma coisa?

Assad e Rose balançaram a cabeça.

— Bem. Você, Rose. O que descobriu?

Ela olhou para a fumaça que serpenteava em sua direção. Logo iria abanar as mãos.

— Não muito, alguma coisinha.

— Sem códigos. Fale.

— Além de Klaes Thomasen, consegui falar apenas com um policial que esteve envolvido nas investigações. Um tal Hans Bergstrøm, que antigamente fazia parte do Grupo de Ações Táticas. Hoje ele se ocupa de algo bem diferente. Além disso, é impossível falar com ele. — Agora ela estava abanando a fumaça.

— Não existe ninguém com quem seja impossível falar — interveio Assad. — Ele só estava com raiva porque você o chamou de idiota. — Ele abriu um largo sorriso quando ela protestou. — Sim, Rose, eu ouvi direitinho.

— Ele não ouviu, eu tampei o telefone com a mão. Se ele não quer falar, não é problema meu. O homem fez fortuna com suas patentes; além disso, encontrei mais uma coisa a seu respeito. — Rose tinha voltado a abanar e começou a piscar também.

— E seria...?

— Ele também é um dos antigos. Ele também foi do internato. Não vamos conseguir nada dele.

Carl fechou os olhos e torceu o nariz. Companheiros para o que der e vier é legal. Mas ficar acobertando os outros é uma droga.

— É sempre igual com todos os colegas da turma. Nenhum deles quer falar com a gente.

— Com quantos você entrou em contato? Eles devem estar espalhados pelos quatro cantos. E as garotas, usando outros sobrenomes.

Rose passou a abanar de maneira ainda mais escandalosa e Assad se afastou um pouco dela. O gesto *de fato* parecia ameaçador.

— Tirando aqueles que agora estão vivendo do outro lado do mundo e por isso estão dormindo nesse exato momento, contatei quase todos. E acho que posso parar por aqui. Se eles abrirem a boca, vai ser apenas para dizer que não querem falar nada. Um único sujeito abriu rapidamente a guarda e pareceu indicar que eles eram do jeito que imaginamos.

Dessa vez Carl não assoprou a fumaça de propósito na direção dela.

— Ah? E o que ele disse?

— Que eram caras que tiravam sarro de tudo e de todos e que fumavam baseados na floresta da escola. Em si, eram pessoas legais, ele disse. Escute, Carl, você não pode guardar esses difusores de nicotina enquanto estamos reunidos aqui?

Mais dez tragadas. Precisavam ser muitas.

— Se a gente puder conversar diretamente com alguém da turma — intrometeu-se Assad. — Mas acho que isso não é possível.

— Se tentarmos entrar em contato com eles, temo que a história toda escape das nossas mãos. — Carl apagou o cigarro na xícara de café. Rose olhou para ele com ar de censura. — Não, vamos esperar. Mas o que você tem para a gente, Assad? Você não ia dar uma boa olhada na lista de Johan Jacobsen? Alguma conclusão?

Assad ergueu as sobrancelhas escuras. Ele possuía uma carta na manga, dava para notar. E estava curtindo muito o clima de suspense.

— Ora, desembuche logo, pãozinho de mel — incitou Rose, piscando para ele com seus cílios pretíssimos.

Assad riu baixinho e consultou suas anotações.

— Sim. Encontrei a mulher que foi atacada em 13 de setembro de 1987, em Nyborg. Ela está com 52 anos e se chama Grete Sonne. É proprietária de uma loja de roupas na Vestergade chamada Mrs. Kingsize. Não falei com ela porque pensei que era melhor irmos lá direto. Estou com o relatório policial aqui. Não há muito mais informações do que aquelas que já sabemos.

Pela expressão em seu rosto, isso já era bastante.

— Na época, a mulher estava com 32. Ela estava caminhando com o cão pela praia de Nyborg naquele dia de outono. O cachorro se soltou e foi até um grupo de crianças diabéticas em excursão. Por isso ela correu o mais rápido que pôde atrás dele, para segurá-lo. Entendi que o cachorro era meio bravo. Alguns jovens o seguraram para ela e depois foram ao seu encontro com o bicho. No total, eram cinco ou seis. Ela não se lembra de mais nada.

— Argh, que nojento — comentou Rose. — Os maus-tratos devem ter sido horríveis.

Sim. Ou a mulher perdeu a memória por motivos bem diferentes, pensou Carl.

— Foi mesmo — prosseguiu Assad. — No relatório está escrito que a mulher foi açoitada nua. Ela quebrou vários dedos e o cachorro estava morto ao seu lado. Havia uma grande quantidade de pegadas, mas as pistas não deram em nada. Parece que um carro de tamanho médio, vermelho, estava estacionado em frente a uma casa de veraneio marrom em Sommerbyen, número 50, bem perto da água. — Assad olhou para suas anotações. — O veículo ficou parado por lá durante algumas horas. Motoristas de passagem relataram ter visto alguns jovens percorrendo a rua a pé mais ou menos na hora do crime. Depois, claro, as viagens de balsa foram verificadas, além da bilheteria. Mas as investigações não levaram a lugar nenhum.

Assad deu de ombros, lamentando-se como se ele próprio tivesse conduzido as buscas naquela época.

— A mulher passou quatro meses no setor de psiquiatria do hospital universitário em Odense. Depois da alta de Grete Sonne, as investigações sobre o caso foram suspensas. Ele nunca foi esclarecido. Era isso. — Assad deu seu melhor sorriso.

Carl colocou as mãos na cabeça.

— Você fez uma boa apuração. Mas, sinceramente, Assad, por que está tão feliz?

Ele deu de ombros novamente.

— É que eu a encontrei. E podemos chegar lá em vinte minutos. As lojas ainda não fecharam.

Eram apenas 60 metros de Strøget até a Mrs. Kingsize, uma butique sofisticada, que se dispunha a oferecer robes de seda e tafetá, além de outros materiais caros, até a pessoas com as formas menos privilegiadas.

Grete Sonne era o único corpo normal na butique. Uma mulher elegante, ruiva e vivaz, com um porte quase majestoso.

Quando eles entraram na loja, ela olhou várias vezes em sua direção. Certamente já havia lidado com muitas drag queens e travestis tamanho extragrande. Mas esse homem absolutamente normal e seu acompanhante baixinho, mais para roliço, com certeza não se encaixavam nessa categoria.

— Sim — disse ela, olhando para o relógio. — Estávamos para fechar, mas se eu puder ajudá-los...

Carl se posicionou entre duas araras de roupas XXG.

— Podemos esperar sem problemas até a senhora ter fechado, caso esteja de acordo. A gente tem algumas perguntas a fazer.

Quando viu o distintivo que ele lhe mostrou, Grete Sonne ficou imediatamente séria. O objeto disparou de pronto um flashback, quase como se a lembrança já estivesse à espreita.

— Bem, então vou fechar de uma vez — avisou ela e passou algumas orientações para a segunda-feira a suas duas vendedoras gordinhas, acompanhadas por um "bom fim de semana". — Sim, na segunda tenho que ir a Flensburg fazer compras, de modo que... — Grete Sonne tentou sorrir e temia pelo pior.

— Por favor, desculpe por não termos ligado antes, mas se trata de um assunto urgente e, além disso, são poucas perguntas.

— Caso o assunto esteja relacionado aos roubos às lojas aqui no bairro, então é melhor os senhores falarem com os lojistas na Lars Bjørnstræde. Eles estão sendo mais afetados — disse ela, claramente ciente de que se tratava de outro assunto.

— Escute, por favor. Imagino que o crime de vinte anos ainda a perturbe e que certamente não tenha mais nada a acrescentar. Por isso, a senhora só precisa responder com "sim" ou "não". Tudo bem?

Ela ficou pálida, mas ainda estava bastante aprumada.

— Precisa apenas mexer a cabeça — prosseguiu Carl quando Grete Sonne não respondeu. Ele olhou para Assad, que já estava com o bloco e o gravador em mãos.

— Depois do crime, a senhora não conseguia se lembrar de mais nada. Ainda hoje é assim?

Após uma pausa curta, porém infinita, ela assentiu. Assad registrou, sussurrando, a resposta no gravador.

— Acredito que conhecemos os criminosos. Eram seis jovens do internato na Zelândia. A senhora consegue confirmar que se tratavam de seis?

Ela não reagiu.

— Eram cinco rapazes e uma garota. De 18 a 20 anos. Bem-vestidos, acho. Agora vou mostrar uma foto da garota que estava lá.

Carl lhe mostrou uma cópia da foto da *Gossip*, na qual Kimmie Lassen estava junto de outras garotas diante de um café.

— Isso foi alguns anos mais tarde, a moda mudou um pouco, mas... — explicou ele e olhou para Grete Sonne. Mas, com o olhar fixo na foto, ela não o escutava. Seus olhos iam de uma *socialite* de Copenhague para outra.

— Não me lembro de mais nada e não quero mais pensar nessa história — respondeu ela então, muito controlada. — Eu ficaria muito grata se o senhor pudesse me deixar em paz.

Nesse momento, Assad se dirigiu a ela.

— Observando sua declaração de imposto de renda, notei que a senhora subitamente ganhou dinheiro no outono de 1987. A senhora era empregada em uma leiteria em... — Assad olhou para seu bloco — ... em Hesselager. E então entrou algum dinheiro, 75 mil coroas. Confere, não? E depois a senhora abriu a sua loja, primeiro em Odense e depois aqui em Copenhague.

A surpresa de Carl o fez erguer uma sobrancelha. Onde Assad havia conseguido isso? E ainda por cima em um sábado. E por que ele não falou nada a respeito no caminho até lá? Tinha havido tempo suficiente!

— É possível nos dizer de onde veio esse dinheiro, Sra. Sonne? — perguntou Carl, com a sobrancelha erguida.

— Eu... — Ela buscava uma explicação, mas a foto da revista ainda estava diante de seus olhos e causava um curto-circuito em seu interior.

— Como você ficou sabendo do dinheiro, Assad? — perguntou Carl quando eles desciam a Vester Voldgade. — Você teve alguma oportunidade de vasculhar declarações de renda antigas hoje?

— Não. Eu só pensei em um ditado que meu pai inventou certo dia. Era assim: se você quer saber o que o camelo roubou da cozinha ontem, então não corte sua barriga, mas investigue sua bunda. — Assad abriu um largo sorriso.

Carl pensou por um tempo e depois desistiu.

— E isso quer dizer...?

— Por que dificultar ainda mais as coisas? Eu só pesquisei no Google para saber se havia alguém em Nyborg que se chamava Sonne.

— E então você deu uma ligadinha e perguntou se a pessoa não queria falar algo rápido sobre a situação financeira de Grete Sonne?

— Não, Carl. Você não entendeu o ditado. É preciso de algum modo ir atrás da história.

Carl continuava sem entender.

— Então. Primeiro liguei para o pessoal que morava *ao lado* daqueles que se chamavam Sonne. O que podia acontecer? Que fossem os Sonnes errados. Ou um novo vizinho, que não conheceu os Sonnes pessoalmente. — Ele estendeu ambos os braços para os lados e ergueu as mãos, questionador. — Sinceramente, Carl!

— E você acertou na mosca e encontrou o vizinho antigo dos Sonnes?

— Sim! Bem, não foi de primeira. Mas eles moravam em um pequeno prédio, havia mais outros cinco números para escolher.

— E?

— Sim, aí falei com a Sra. Balder do segundo andar, que disse que morava lá havia quarenta anos e que conhecia Grete do tempo em que ela usava saia plessada.

— Plissada, Assad. Plissada. E o que mais?

— Sim, e a senhora me contou tudo. Que a menina teve sorte e recebeu dinheiro de um homem rico, anônimo, de Fyn, que sentia pena dela. Setenta e cinco mil coroas. E que isso foi o suficiente para abrir a loja que ela tanto queria. A Sra. Balder ficou contente. O prédio inteiro ficou. O ataque que Grete sofreu abalou muito todo mundo.

— Ok, Assad, bom trabalho.

Tratava-se de um aspecto novo, importante. Carl era da mesma opinião.

Depois de os alunos do internato atacarem suas vítimas, a história podia ter dois finais diferentes: vítimas complacentes, que ficavam assustadas pelo resto de suas vidas, como Grete Sonne, eram pagas para ficar em silêncio. As outras vítimas, que não eram complacentes, não recebiam nada.

Elas simplesmente desapareciam.

27

Carl mastigava ruidosamente o folheado que Rose havia despejado sobre sua mesa. A televisão mostrava uma reportagem sobre o regime militar em Burma. As túnicas púrpuras dos monges tinham o mesmo efeito dos panos vermelhos dos toureiros sobre o touro e atraíam toda a atenção para si. Por essa razão, as necessidades dos soldados dinamarqueses no Afeganistão afundaram na lista de urgências. Algo que o ministro de Estado não lamentava.

Em algumas horas, Carl iria encontrar o antigo professor do internato Klavs Jeppesen, na Escola de Rødovre. O professor com o qual Kimmie, segundo a declaração de Mannfred Sloth, tinha mantido um relacionamento.

Carl estava tomado por uma sensação irracional que acometia muitos policiais ao longo de suas investigações.

Ele se sentia mais próximo do que nunca de Kimmie, também mais próximo que antes, quando a madrasta lhe descreveu Kimmie como uma garotinha.

Seu olhar se perdeu. Onde ela estaria nesse exato momento?

A imagem da tela mudou. A reportagem sobre a casa que explodiu no terreno da ferrovia estava sendo reprisada pela vigésima vez. O tráfego de trens havia sido interrompido porque alguns cabos de alta-tensão foram afetados. Um pouco mais à frente, várias composições amarelas de manutenção. Isso indicava que os trilhos também tinham sido arrancados.

O policial ficou em foco e Carl aumentou o volume.

— Sabemos apenas que uma mulher sem-teto estava morando nessa casa havia algum tempo. Funcionários da ferrovia observaram várias vezes nos últimos meses uma mulher saindo às escondidas da casa. Mas não conseguimos encontrar nenhuma pista, nem dela nem de outras pessoas.

— Pode-se acreditar que se trata de um crime? — O tom da repórter era excessivamente empático. Tudo indicava que ela queria transformar uma reportagem simples em um espetáculo de perplexidade.

— Posso dizer apenas o seguinte: segundo informações da ferrovia, não havia nada nessa casa que pudesse ser a causa de uma explosão dessa magnitude. A violência da explosão aqui é inexplicável.

A repórter se virou diretamente para a câmera.

— Especialistas em explosivos do Exército já estão trabalhando há algumas horas no caso. — Em seguida, ela se voltou novamente a seu interlocutor. — E o que foi encontrado até agora? O que se sabe até o momento?

— Bem... Encontramos fragmentos de uma granada de mão exatamente igual ao tipo usado por nossos soldados, mas ainda não podemos dizer com total certeza se essa é a explicação completa.

— Em outras palavras, a casa voou pelos ares por causa de granadas de mão?

A repórter era muito hábil em estender o tempo.

— Possivelmente, sim.

— A mulher. Sabe-se mais a seu respeito?

— Sim, ela ficava aqui na região. Fazia suas compras lá em cima, no Aldi. — Ele apontou para a Ingerslevsgade. — Às vezes tomava um banho ali. — Ele se virou e apontou para o DGI-byen.

— Apelamos aos espectadores para procurarem imediatamente a

polícia caso possam nos fornecer mais informações sobre a mulher. A descrição que temos dela até o momento é bastante vaga. Mas acreditamos se tratar de uma mulher branca, de 35 a 45 anos, com cerca de 1,70m de altura, compleição média. Suas roupas variam, mas, como vive nas ruas, elas estão claramente puídas.

Carl olhava para a TV, em concentração máxima. Um pedaço de folheado pendurado no canto da boca.

— Ele está comigo — avisou Carl no bloqueio e abriu caminho junto de Assad entre a fileira de policiais e técnicos do Exército.

Muitas pessoas perambulavam pelo terreno da ferrovia. Afinal, havia uma grande quantidade de perguntas. Tinha sido uma tentativa de explodir um trem? Se sim, o objetivo era um trem específico? E, com isso, alguma personalidade conhecida, que estava passando ao lado da casa? Tais perguntas e suspeitas literalmente criavam especulações e os jornalistas ligavam seus radares.

— Você começa daquele lado — ordenou Carl para Assad e apontou para os fundos da casa.

Havia escombros das paredes por todos os lados, grandes e pequenos. Lascas de madeira das portas e do telhado, pedaços do revestimento do telhado e das calhas. A cerca de tela tinha sido parcialmente arrancada. Jornalistas e fotógrafos estavam sentados nos buracos da cerca, a postos. Era possível que restos de um corpo fossem encontrados.

— Onde estão os funcionários da ferrovia que viram a mulher? — perguntou Carl a um colega da central, que apontou para dois homens que estavam juntos. Pareciam paramédicos em seus uniformes luminescentes.

Assim que Carl lhes mostrou o distintivo, ambos começaram a falar ao mesmo tempo.

— Ei! Esperem um pouco! — exclamou ele, apontando para um dos dois. — Você aí, me conte. Como ela era?

O homem parecia estar gostando da situação. Havia sido um dia bem movimentado. E em uma hora seu turno teria acabado.

— Não vi o rosto. Mas ela geralmente usava uma saia longa e um casaco forrado. Mas às vezes algo bem diferente também.

Seu companheiro assentiu.

— Sim. E, quando ela estava na rua, muitas vezes carregava uma mala.

— Ah! Que tipo de mala? Preta? Marrom? Com rodinhas?

— Sim, uma de rodinhas. E, principalmente, grande. A cor não era sempre a mesma, acho.

— Sim — concordou o primeiro. — É isso. Cheguei a ver uma preta e uma verde, acho. E ela ficava o tempo todo olhando para trás quando andava. Como se estivesse sendo seguida.

Carl fez que sim com a cabeça.

— Quem sabe. Como ela conseguiu permissão para continuar morando nessa casa depois que vocês descobriram?

O primeiro cuspiu no cascalho do chão.

— Ah, droga, a gente não estava precisando dela. E, do jeito que o país é governado, temos simplesmente que aceitar que tem gente que é deixada para trás. — Ele balançou a cabeça. — Sim. Por que eu teria avisado alguém a respeito? O que eu ia conseguir de bom com isso?

O outro apoiou.

— Temos pelo menos cinquenta casas dessas daqui até Roskilde. Basta imaginar quantas pessoas poderiam morar nelas.

Carl não queria imaginar algo assim. Alguns caubóis do asfalto embriagados e o caos reinaria sobre os trilhos.

— E como ela entrava no terreno da ferrovia?

Nesse momento, ambos riram.

— Ué, ela abria com a chave — respondeu um deles, apontando para algo que devia ter sido um portão.

— Ah, sim. E como ela conseguiu a chave? Alguém perdeu a sua ou está faltando uma?

Eles deram de ombros e riram de um jeito que contagiou os outros homens. Como eles iriam saber uma coisa dessas? Como se alguém controlasse todos esses portões.

— Mais alguma coisa? — perguntou Carl, olhando para o grupo.

— Sim — disse um. — Acho que a vi faz pouco na estação de Dybbølsbro. Era bem tarde, eu estava voltando com uma dessas composições para cá. — Ele apontou para um dos trens. — Ela estava lá na plataforma. Virada para os trilhos, como se fosse Moisés e quisesse que o mar se abrisse. Cheguei a me perguntar se ela estava querendo pular debaixo de algum trem. Mas ela não pulou.

— Você viu o rosto dela?

— Sim. E também disse à polícia a idade que eu imagino que ela tenha.

— Entre 35 e 45, certo?

— Sim. Mas pensando bem agora, está mais para 35 que para 45. Ela estava apenas terrivelmente triste. A gente fica mais velho desse jeito, não é?

Carl concordou e tirou a foto que Assad havia conseguido de Kimmie do bolso interno. A cópia já estava um pouco desgastada, principalmente no lugar das dobras.

— É ela? — perguntou Carl, segurando-a diante do nariz do homem.

— Sim, merda, é ela. — Ele estava completamente surpreso. — Não, não era essa a aparência dela. Mas eu apostaria minhas fichas se não tiver sido ela. Reconheço as sobrancelhas. Não se vê mulheres com sobrancelhas tão grossas assim. Cara, ela está bem melhor nessa foto.

Todos se juntaram ao redor da foto e começaram a fazer comentários sobre ela.

Enquanto isso, Carl dirigiu seu olhar a casa destruída. O que aconteceu por aqui, Kimmie?, pensou ele. Se a tivesse encontrado apenas 24 horas antes, eles estariam tão mais adiantados.

— Sei quem morava ali — avisou Carl um instante mais tarde para os companheiros da polícia.

Pelo modo como estavam parados ali, vestidos com suas jaquetas de couro, eles pareciam estar apenas esperando alguém que lhes dissesse essa frase.

— Liguem para a polícia da Skelbækgade e avisem ao Departamento de Buscas. A mulher que morava aí era uma tal de Kirsten-Marie Lassen, conhecida como Kimmie Lassen. Eles têm o número da identidade dela e outras informações a seu respeito. Se vocês descobrirem alguma novidade, me avisem primeiro, ok? — Ele estava pronto para ir embora quando se lembrou de algo. — Mais uma coisa. Nem uma palavra para os abutres ali. — Carl apontou para os jornalistas. — Eles não podem saber o nome dela por nada nesse mundo, certo? Isso iria atrapalhar bastante uma investigação em andamento. Transmitam isso, ok? Nem uma palavra.

Carl olhou para Assad, que se ajoelhava entre os escombros do muro. Engraçado, mas os técnicos não o incomodavam. Eles supostamente já sabiam como avaliar a situação. Já haviam abandonado fazia tempo qualquer pensamento acerca de um atentado terrorista. Agora bastava apenas convencer os jornalistas ávidos por sensacionalismo da mesma coisa.

Carl ficou feliz por não ser tarefa dele.

Ele deu um salto sobre algo largo, pesado e verde, coberto pela metade por um grafite branco. Isso tinha sido uma porta. Em seguida, atravessou um espaço no meio do portão e chegou à rua. Não foi difícil achar a placa, que ainda estava pendurada no poste galvanizado. Lá estava escrito Cercas & Portões Gunnebo, Løgstrup Hegn, com uma porção de números de telefone.

Carl pegou o celular e tentou um ao acaso. Nada. Merda de fim de semana, ele sempre odiou os fins de semana. Como era possível realizar investigações sérias se as pessoas viviam sumindo nesses dias?

Assad vai ter que falar com eles na segunda, pensou Carl. Alguém talvez possa contar como Kimmie conseguiu uma chave.

Carl estava prestes a chamar Assad com um aceno; ele não encontraria nada por ali, depois de os técnicos já terem vasculhado tudo, quando escutou um barulho de freios. Logo, viu o delegado da Homicídios descendo do carro, que mal tinha se aproximado do meio-fio. Como todos os outros, Marcus Jacobsen usava uma jaqueta preta de couro, porém a sua era um pouco mais longa, mais brilhante e supostamente também mais cara.

O que ele está fazendo aqui?, perguntou-se Carl, olhando em sua direção.

— Não foram encontrados mortos — declarou Carl quando Marcus Jacobsen cumprimentou com a cabeça alguns colegas atrás da cerca derrubada.

— Escute! Você pode me acompanhar imediatamente, Carl? — perguntou ele quando os dois ficaram frente a frente. — A gente encontrou a viciada que você está procurando. E ela está morta, bem morta.

A cena já foi vista diversas vezes. Um corpo debaixo de uma escada, pálido e encolhido. Cabelos oleosos, espalhados sobre restos de papel-alumínio e sujeira. Um corpo destruído, um rosto inchado por golpes. Uma existência miserável que não chegou a durar nem 25 anos.

Uma embalagem de achocolatado derramada sobre um saco plástico branco.

— Overdose — anunciou o médico e pegou seu gravador. Claro que ela passaria por uma necropsia, mas o médico conhecia sua freguesia. A seringa ainda estava presa à veia sobre o calcanhar.

— Também acho — concordou Marcus Jacobsen. — Mas...

Ele e Carl fizeram um sinal de cabeça, um para o outro. Marcus pensava o mesmo. Overdose, claro. Mas não é esquisito? Mesmo sendo tão calejada?

— Você subiu na casa dela, Carl. Quando foi isso?

Carl se virou para Assad, que estava com seu habitual sorriso silencioso. Incrivelmente não contaminado pela atmosfera opressiva da escadaria.

— Foi na terça, chefe. — Agora ele não precisava nem consultar seu bloco de notas, era assustador. — Terça à tarde, 25 de setembro — complementou Assad. Logo ele seria capaz também de dizer três e trinta e dois ou três e cinquenta e nove. Se Carl não o tivesse visto sangrar um dia, pensaria que é um robô.

— Isso já faz um bom tempo. Nesse intervalo, muita coisa pode ter acontecido — comentou o delegado da Homicídios. Ele ficou de cócoras, inclinou a cabeça para o lado e observou todas as manchas azuis no rosto e no pescoço de Tine Karlsen.

Sim, elas com certeza apareceram depois da visita de Carl.

— Esses ferimentos não foram causados depois da morte, certo?

— Um dia antes, eu diria — respondeu o médico.

Ouviu-se um barulho no alto da escada. Um dos homens da antiga unidade de Bak vinha acompanhado de um sujeito do qual ninguém gostaria de ser aparentado.

— Esse aqui é Viggo Hansen. Ele acabou de me contar algo que vocês certamente também vão gostar de ouvir.

O homem corpulento olhou desconfiado para Assad e recebeu um olhar desdenhoso como resposta.

— Ele tem que ficar aqui? — perguntou o homem sem nenhum constrangimento, mostrando dois antebraços tatuados. Duas âncoras, a suástica e as iniciais da Ku Klux Klan. Um sujeito realmente "simpático".

Viggo empurrou Assad com seu barrigão ao passar e Carl arregalou os olhos. Não seria nada bom se seu parceiro reagisse.

Assad assentiu e aceitou tudo. O marinheiro havia tido sorte.

— Vi essa vaca aí com outra dessas perdidas ontem.

Ele a descreveu e Carl lhe mostrou a fotografia amassada.

— Era essa? — perguntou ele, tentando controlar a respiração. O fedor de suor velho e mijo era quase tão nojento quanto o bafo de bebida que saía entre dentes podres.

Ele esfregou os olhos sonolentos, nada atraentes, e mexeu a cabeça em um sim, fazendo o queixo duplo balançar.

— Ela desceu o braço na drogada. Dá para ver os machucados todos. Mas eu entrei no meio e enxotei a outra. Me arrisquei pra caramba. — Ele tentava, sem sucesso, aprumar-se.

Que idiota. Por que essas mentiras?

Outro colega chegou e sussurrou algo no ouvido do delegado da Divisão de Homicídios.

— Ok. — disse Marcus Jacobsen. A maneira como ele estava parado lá, observando o sujeito e com as mãos enterradas nos bolsos, significava apenas uma coisa: que a qualquer momento algemas seriam usadas.

— Viggo Hansen. Acabei de ouvir que você é um velho conhecido. Resumindo, dez anos por violência sexual extrema contra várias mulheres. Então afirma que viu como essa mulher surrou a morta. Já que conhece tão bem a polícia, não devia ser um pouco mais esperto e nos poupar dessa merda toda?

Viggo Hansen respirou fundo. Como se tentasse cuspir a conversa para um ponto de partida mais favorável.

— Simplesmente diga como aconteceu. Você viu as duas de pé, conversando. Isso foi tudo, certo? Tem mais coisa?

Viggo Hansen olhou para o chão. A humilhação estava palpável no ar. Talvez fosse pela presença de Assad.

— Não.

— E quando foi isso?

Ele deu de ombros. O álcool havia nublado sua noção de tempo. E certamente há anos.

— Você bebeu desde então?

— Só socialmente. — Ele tentou sorrir. Não era uma visão bonita.

— Viggo admite que levou algumas cervejas que estavam aqui embaixo da escada — afirmou o policial que o tinha buscado no apartamento. — Algumas latas de cerveja e um saco de batatinhas. Coisas que a pobre Tine não pôde aproveitar.

Eles pediram que ele ficasse em casa e moderasse um pouco o consumo de álcool. Não conseguiram saber mais nada dos outros moradores.

Resumindo, Tine Karlsen estava morta. Supostamente havia morrido sozinha, sem que alguém fosse sentir sua falta, exceto um grande rato faminto chamado Lasso e uma amiga que ela também chamava, vez ou outra, de Kimmie. Tine era apenas mais um número nas estatísticas. Sem a polícia, já teria sido esquecida pela manhã.

Os técnicos viraram o corpo rígido. Encontraram embaixo dele apenas uma mancha escura de urina.

— Eu gostaria de saber o que ela teria para nos contar — murmurou Carl.

Marcus assentiu.

— Sim, encontrar Kimmie Lassen ainda é nosso objetivo.

A questão era apenas saber se isso ainda faria alguma diferença.

Carl deixou Assad no local da explosão e lhe pediu que ficasse atento a novidades. Dessa maneira, eles podiam saber se as investigações tinham avançado. Em seguida, devia ir à central e ver se era possível ajudar Rose.

— Vou tentar primeiro a loja de animais e depois vou à Escola de Rødovre — disse ele às costas de Assad, que caminhava decidido até os especialistas em explosivos e os técnicos da polícia, que ainda se encontravam no terreno da ferrovia.

A Nautilus Trading S/A era um pequeno oásis verde-claro em meio a todos os prédios anteriores à guerra que a cercavam, em uma pequena rua sinuosa, que sem dúvida seria a próxima a ter que abrir espaço para prédios com apartamentos invendáveis. Possuía grandes árvores com folhas amarelas brilhantes plantadas em barris de carvalho do lado de fora e cartazes com animais exóticos colados em toda a fachada. A empresa era bem maior do que Carl havia imaginado, supostamente também muito maior que antes, quando Kimmie era funcionária.

É claro que a paz dos sábados também tinha tomado conta dessa loja. Ela estava fechada.

Carl circundou o prédio e encontrou uma entrada com a porta destrancada. Estava escrito "Entrega de mercadorias".

Ele abriu e entrou. Depois de 10 metros, estava no meio de um inferno tropical e a umidade do ar era insuportavelmente alta. Imediatamente o suor começou a escorrer.

— Tem alguém aqui? — gritava ele a cada vinte segundos, enquanto caminhava ao longo de uma fileira de aquários e terrários. Em seguida, chegou a um galpão do tamanho de um supermercado de médio porte, um paraíso de trinados de pássaros que vinham de centenas e mais centenas de gaiolas.

Encontrou o primeiro ser humano apenas no quarto galpão entre gaiolas com mamíferos grandes e pequenos. O homem estava ocupado lavando uma jaula, grande o suficiente para dois leões.

Ao se aproximar, Carl sentiu no ar a repugnante nota adocicada de um animal feroz. Talvez realmente houvesse leões em algum lugar.

— Por favor, me desculpe — disse Carl gentilmente, mas supostamente ainda de maneira assustadora, pois o homem na jaula deixou o balde e a escova caírem.

Calçando luvas de borracha que iam até os cotovelos, ele se encontrava em um mar de água com sabão. Olhou para Carl como se ele tivesse vindo para esquartejá-lo.

— Me desculpe — repetiu Carl e apresentou seu distintivo ao homem. — Carl Mørck, central de polícia, Departamento Q. Sei que devia ter ligado antes, mas eu estava aqui perto.

O homem devia ter entre 60 e 65 anos, era grisalho e seus olhos eram rodeados por uma porção de marcas de expressão, que devem ter sido gravadas ao longo dos anos pela alegria em ver uma porção de filhotinhos fofos. Mas naquele momento ele parecia menos encantado.

— Muito trabalho, que jaula grande — comentou Carl a fim de dar tempo para o homem se acalmar um pouco. Ele sentiu as barras lisas de aço da jaula.

— Sim. Mas precisa estar bem limpa e arrumada. Vai ser levada para o dono da empresa amanhã.

Carl explicou seu assunto em uma sala lateral, onde a presença dos animais não era notada com tanta intensidade.

— Sim — disse o homem. — Eu me lembro muito bem de Kimmie. Ela estava junto quando isso aqui foi montado. Acho que ela ficou uns três anos com a gente, justamente o tempo em que também começamos a atuar como uma central de importação e exportação.

— Central de importação e exportação?

— Sim. Se um fazendeiro em Hammer tem uma propriedade com quarenta lhamas ou dez avestruzes e gostaria de se livrar, somos chamados. Ou quando o dono de uma fazenda de peles quer passar a trabalhar com chinchilas. Os pequenos zoológicos também mantêm contato com a gente. Empregamos um zoólogo e um veterinário. — Então, as rugas de expressão foram acionadas. — Ainda por cima, somos os maiores comerciantes da Europa para quaisquer espécies de animais certificados. Conseguimos tudo, de camelos a castores. Foi Kimmie quem começou com isso. Naquela época, ela era a única que tinha a expertise de todos esses tipos de animais.

— Ela estudou veterinária, certo?

— Bem... Ela não concluiu o curso. Mas tinha experiência no que se referia ao comércio, de modo que sabia avaliar tanto a origem dos animais como os procedimentos comerciais. E também se ocupava de toda a burocracia.

— Por que ela parou?

Ele inclinou a cabeça para um lado e para o outro. — Ora, isso já faz tempo. Mas aconteceu alguma coisa e foi quando Torsten Florin começou a comprar aqui. Ambos já se conheciam. E então ela acabou encontrando outro homem também por intermédio dele.

Carl observou o comerciante de animais por um instante. Ele parecia confiável. Boa memória. Bem-organizado.

— Torsten Florin? O cara da moda?

— Sim, esse. Ele tem um interesse incrível por animais. Na verdade, é o nosso melhor cliente. — Mais uma vez ele balançou a cabeça de um lado para o outro. — Sim, mas nesse meio-tempo isso é o de menos, porque ele detém a maioria das ações da Nautilus. Naquela época, porém, ele veio até a gente como cliente. Um jovem muito afável e bem-sucedido.

— Ah. Ele deve se interessar muito mesmo por animais. — Os olhos de Carl esquadrinharam o cenário de gaiolas. — Ambos já se conheciam, o senhor disse. Como percebeu isso?

— Bem, quando Florin veio aqui pela primeira vez, eu não estava. Devem ter se encontrado quando ele foi pagar. Ela era a responsável por essa parte naquela época. Mas, no começo, Kimmie não parecia estar muito contente com esse reencontro. E o que aconteceu depois eu não sei.

— Esse homem do qual o senhor falou, que conhecia Florin... O senhor se lembra se ele se chamava Bjarne Thøgersen?

Ele deu de ombros. Supostamente não se lembrava.

— Ela foi morar com ele em setembro de 1995. Quero dizer, com Bjarne Thøgersen. Kimmie deve ter trabalhado aqui por essa época.

— Hum, talvez. Ela nunca falava da vida particular.

— Nunca?

— Não. Eu não sabia nem onde Kimmie morava. Ela mesma se ocupava dos documentos pessoais, não posso ser útil ao senhor nesse sentido.

Ele se postou diante de uma gaiola da qual um minúsculo par de olhos escuros olhavam, confiantes.

— Esse aqui é o meu preferido — declarou ele, tirando um macaco do tamanho de um polegar dali de dentro. — Minha mão é a árvore dele — prosseguiu e o segurou na vertical. O animalzinho subiu em dois dedos.

— Ela disse por que queria parar de trabalhar na Nautilus?

— Acho que não havia um motivo específico. Kimmie simplesmente queria fazer outra coisa. O senhor não conhece a sensação?

Carl expirou com tanta força que o macaquinho se escondeu atrás dos dedos. Que pergunta idiota, que interrogatório idiota.

Então ele colocou uma máscara de raiva.

— Acho que o senhor sabe muito bem por que ela parou. Assim sendo, poderia, por gentileza, me contar a respeito?

O homem meteu a mão na gaiola e deixou o macaco sumir lá dentro.

Em seguida, ele se virou para Carl. Apesar dos cabelos e da barba brancos feito neve, já não parecia mais tão amistoso; agora, eles lembravam mais uma coroa de aço de teimosia e repugnância. O rosto continuava suave e sensível, porém os olhos se tornaram implacáveis.

— Acho que é melhor o senhor ir embora — disse ele. — Eu me esforcei para ser gentil e ajudar. E por isso o senhor não deve dizer que estou falando inverdades.

Então é assim que as coisas funcionam por aqui, pensou Carl, rindo da maneira mais desdenhosa que conseguiu.

— Me lembrei de mais uma coisa. Quando essa empresa foi fiscalizada pela última vez? As gaiolas não estão muito próximas umas das outras? E a ventilação está de acordo com as normas? Quantos animais morrem durante o transporte? E aqui dentro? — Carl começou a encarar as gaiolas na sequência, onde pequenas criaturas assustadas estavam sentadas nos cantos, respirando forte.

Os dentes que o comerciante de animais mostrava em seu sorriso agora eram muito refinados, artificiais. Por conta deles Carl não teve mais dúvidas. A Nautilus Trading S/A não tinha com o que se preocupar.

— O senhor quer saber por que ela parou? Acho melhor perguntar para Florin. Afinal, ele é o chefe aqui!

28

Era uma noite de sábado letárgica. As notícias da rádio informavam os ouvintes sobre o nascimento de uma cotia no zoológico de Randers, na Jutlândia. Em seguida, apresentaram algo sobre a reforma administrativa dos municípios. O líder da direita queria anular as modificações feitas a seu pedido.

Carl digitou um número no celular, olhou para a água e viu os reflexos do sol sobre a sua superfície, pensando: Graças a Deus ainda há algumas coisas nas quais eles não podem mexer.

Assad atendeu.

— Onde você está agora, chefe?

— Acabei de passar pela ponte Sjælland, estou a caminho da Escola de Rødovre. Tem algo específico que eu deveria saber sobre esse Klavs Jeppesen?

Dava para ouvir Assad pensando.

— Ele é um frus, Carl, é a única coisa que posso dizer.

— Frus?

— Sim, frustrado. Ele fala devagar, mas com certeza são apenas os sentimentos que impedem o fluxo das palavras.

Impedem o fluxo das palavras? Sua próxima tirada seria talvez sobre as asas do pensamento?

— Ele sabe o motivo da minha visita?

— Mais ou menos. Rose e eu nos ocupamos a tarde toda com a lista. Ela quer falar com você a respeito logo.

Carl quis protestar, mas Assad já estava longe.

Ele também estava, pelo menos em pensamentos, quando Rose soltou seu cruzado de direita.

— Sim, ainda estamos aqui — disse ela, tirando Carl de seus pensamentos. — A gente passou o dia inteiro com a lista e acho que conseguimos algo de útil. Quer ouvir?

Deus do céu, o que ela tinha na cabeça?

— Sim, por favor — pediu ele, e quase não passou para a faixa de conversão à esquerda na direção de Folehaven.

— Você lembra que a lista de Johan Jacobsen trazia um casal que tinha sumido em Langeland?

Rose achava que ele era débil mental?

— Sim.

— Bom. Eles eram de Kiel e certo dia sumiram. Alguns objetos que possivelmente pertenciam a eles foram encontrados em Lindelse Nor. Mas nada foi provado. Remexi um pouco nisso e encontrei algumas coisas.

— O que você está querendo dizer?

— Encontrei a filha deles. Atualmente, ela mora na casa dos pais, em Kiel.

— E?

— Tenha calma, Carl. É possível pedir paciência quando se faz um trabalho policial tão bom, não é?

Carl esperou que ela não tivesse ouvido seu longo suspiro.

— Ela se chama Gisela Niemüller e está realmente chocada com a forma como o caso foi tratado na Dinamarca.

— Por quê?

— O brinco, você se lembra?

— Ora, por favor, Rose! Falamos hoje de manhã sobre ele.

— Há 11 ou 12 anos, ela entrou em contato com a polícia dinamarquesa e afirmou que podia identificar com segurança, naquela ocasião, que o brinco encontrado em Lindelse Nor pertencia a sua mãe.

Nesse ponto, Carl quase bateu em um Peugeot 106 com quatro jovens barulhentos dentro.

— O quê? — gritou ele, ao mesmo tempo que pisava fundo no freio. — Um momento — pediu, aproximando-se da calçada e parando o carro. — Ela não conseguiu identificar antes, então como poderia fazer isso mais tarde?

— A filha foi a uma festa de família em Albersdorf, em Schleswig-Holstein. Lá ela viu fotos antigas dos pais em uma outra festa dessas. E o que você acha que balançava nas orelhas da mãe? Quanto vale a resposta? — Ele escutou uns arrulhos de felicidade do outro lado da linha. — Sim, exato, os brincos!

Carl fechou os olhos e cerrou os punhos. Sim!, gritou seu cérebro. O piloto de testes Chuck Yeager deve ter sentido a mesma coisa ao quebrar pela primeira vez a barreira do som.

— Que loucura! — Carl balançou a cabeça. Isso era sensacional. — Fantástico, Rose. Incrível. Você tem uma cópia da foto da mãe com o brinco?

— Não, mas a filha disse que enviou a foto por volta de 1995 para a polícia em Rudkøbing. Falei com eles e eles disseram que as coisas velhas estão todas no arquivo em Svendborg agora.

— Ela não entregou o original a eles, entregou?

— Sim, está com eles.

Merda.

— Mas ela não tem uma cópia? Ou um negativo? Ou alguém tem alguma dessas coisas?

— Não. Esse é um dos motivos para ela estar tão furiosa. Ela nunca mais ouviu nada da parte deles.

— Você vai ligar imediatamente para Svendborg, não vai?

O tom da voz de Rose parecia repleto de desdém.

— O senhor não me conhece mesmo, senhor detetive-superintendente. — E desligou.

Dez segundos mais tarde, Carl ligou novamente.

— Oi, Carl — atendeu Assad. — O que você disse para Rose? Ela está estranha.

— Não importa, Assad. Diga a ela apenas que estou orgulhoso.

— Agora?

— Sim, agora.

Ele jogou o telefone para o lado.

Se a foto da mulher desaparecida com o brinco surgisse no arquivo de Svendborg e um especialista comprovasse que a peça encontrada em Lindelse Nor fazia par com aquela da caixa de metal de Kimmie, que, na verdade, seria o mesmo brinco da foto, então eles teriam provas suficientes para levar a coisa a julgamento. Meu Deus, eles estavam com a faca e o queijo nas mãos. Iriam arrastar os Srs. Florin, Dybbøl Jensen e Pram pelos longos e sujos caminhos da máquina do judiciário. Eles precisavam apenas descobrir o paradeiro de Kimmie, afinal a caixa de metal havia sido encontrada em sua casa. Entretanto, isso era mais fácil falar que fazer e a morte da drogada não tornava as coisas necessariamente mais simples. Porém eles iriam encontrá-la.

— Alô — disse Assad do outro lado da linha. — Ela ficou contente. Me chamou de seu pequeno verme de areia. — A risada dele estalou no telefone.

Quem, além de Assad, iria aceitar dessa maneira uma manifestação tão desdenhosa com tanto bom humor?

— Mas, Carl, minhas notícias não são tão boas quanto as da Rose — comentou ele depois de parar de rir. — Não vá achando que Bjarne Thøgersen vai falar novamente com a gente. O que fazemos agora?

— Ele se recusou a nos receber?

— Sim, e de uma maneira a não deixar dúvidas.

— Tanto faz, Assad. Diga a Rose para ela conseguir a foto do brinco. Amanhã vamos tirar o dia de folga, está prometido.

Carl lançou um olhar breve ao relógio quando entrou no bulevar Hendriksholm. Ele havia chegado cedo, mas isso talvez fosse adequado. Klavs Jeppesen parecia ser o tipo de pessoa que chegava adiantada, nunca atrasada.

A escola Rødovre era constituída por uma coleção de caixas achatadas que despontavam do asfalto. Um caos de construção. Supostamente passou por diversas reformas naqueles anos em que os alunos se confraternizavam com a classe trabalhadora. Um corredor aqui, um ginásio de esportes ali, construções antigas e recentes de tijolinhos. Os jovens da periferia oeste de Copenhague deviam ter acesso aos mesmos privilégios que os do norte já possuíam havia tempos.

Carl seguiu as setas na direção de onde aconteceria a reunião "Ulsassete". Encontrou Klavs Jeppesen diante do auditório. Ele estava com os braços cheios de pacotes de guardanapos de papel e conversava com duas alunas mais velhas, bem lindinhas. Sujeito simpático. Mas a jaqueta de veludo e a barba cheia lhe davam o aspecto de um profissional pouco interessante. Um orientador escolar de primeira linha, era isso o que ele era.

Ele se despediu de suas interlocutoras com um "A gente se vê". O tom sinalizava "solteiro em busca". Klavs Jeppesen levou Carl até a sala dos professores, onde havia outros remanescentes que vagavam em nostalgia.

— O senhor sabe o motivo da minha visita? — perguntou Carl, e ouviu como resposta que seu colega com um sotaque diferente o havia informado a respeito.

— O que o senhor quer saber? — indagou Klavs Jeppesen e pediu que Carl se sentasse em uma das cadeiras com design diferente dispostas na sala dos professores.

— Quero saber tudo sobre Kimmie Lassen. E sobre aqueles que andavam com ela.

— Seu colega mencionou que o antigo caso Rørvig estaria sendo reaberto. Há alguma novidade?

— Sim, e temos motivos para acreditar que um ou mais integrantes da turma de Kimmie também participaram de outros atos violentos.

As narinas de Klavs Jeppesen se abriram, como se ele estivesse sofrendo de falta de ar.

— Atos violentos? — Ele olhou para a frente e não reagiu nem quando uma companheira entrou na sala.

— Você fica responsável pela música, Klavs?

Como se estivesse acordando de um transe, ele olhou para ela e assentiu.

— Eu estava incrivelmente apaixonado por Kimmie — declarou Klavs Jeppesen quando ficaram a sós novamente. — Desejei Kimmie como nunca havia desejado nenhuma mulher, nem antes nem depois. Ela trazia em si o céu e o inferno juntos. Tão delicada, jovem e suave, e tão absolutamente dominadora.

— Ela estava com 17, 18 anos quando o senhor se aproximou. Um relacionamento com uma aluna da própria escola! Isso é um pouco contra as regras, não é?

Sem erguer a cabeça, ele olhou para Carl.

— Não sinto nenhum orgulho disso. Eu apenas não consegui agir de forma diferente. Ainda hoje sinto a pele dela, o senhor consegue entender isso? E já se passaram vinte anos.

— Sim, e já se passaram vinte anos que ela e os amigos são suspeitos de um assassinato. O senhor acha que eles seriam capazes disso?

O rosto de Klavs Jeppesen se retorceu.

— Todos podiam ter feito isso. O senhor não poderia matar? Talvez até já tenha matado? — Ele se virou e abafou a voz. — Houve alguns incidentes que me deixaram reticente, tanto antes como depois do meu relacionamento com Kimmie. Principalmente um. Havia um garoto na escola... Eu me lembro bem dele. Um idiota metido; talvez, nesse sentido, tenha recebido o que merecia. Mas as circunstâncias eram questionáveis. De repente, certo dia, ele quis ir embora. Falou que tinha levado um tombo na floresta, mas eu conheço muito bem a aparência de quem toma uma surra.

— Qual a relação dele com o grupo?

— Não sei o que ele tinha a ver com o grupo. Mas sei que, depois que ele foi embora, Kristian Wolf perguntava diariamente sobre o menino. Onde estava, se tínhamos notícias, se voltaria para a escola.

— Isso não poderia ser sinal de um interesse genuíno?

Klavs Jeppesen virou o rosto para Carl. Ele era um professor de ensino médio, em cujas mãos pais responsáveis confiavam o desenvolvimento dos filhos. Uma pessoa que acompanharia os estudantes por anos. Ele poderia cumprimentar os pais em reuniões de pais e mestres com aquela expressão estampada no rosto? Certamente não, pois os pais tirariam os filhos da escola no mesmo instante. Não, graças a Deus era raro ver um rosto tão duro, um rosto tão marcado por sede de vingança, ódio e repulsa contra toda a humanidade como o dele.

— Kristian Wolf não se interessava de maneira genuína por ninguém além de si mesmo — comentou ele, e cada uma de suas palavras estava encharcada de desdém. — Acredite em mim, ele era capaz de tudo. Mas acho que morria de medo de ser confrontado com as próprias ações. E por isso queria se certificar de que esse garoto tinha sumido para sempre.

— O senhor disse que ele era capaz de tudo. Me dê um exemplo.

— Acredite em mim, foi ele quem juntou a gangue. Era do tipo ativista, ardendo de maldade, e alastrou seu veneno rapidamente. Foi ele quem denunciou meu caso com Kimmie. O culpado por eu ter saído da escola e pela expulsão dela. Ele empurrava Kimmie para os garotos que queria destruir e, quando ela os tinha prendido em uma rede, ele a puxava de volta. Ela era sua pequena aranha e ele era quem manejava seus fios.

— Ele está morto. O senhor certamente sabe disso, não? Um acidente durante uma caçada, uma bala da própria espingarda.

Klavs Jeppesen aquiesceu.

— Talvez o senhor ache que isso me alegra. Nem um pouco. Ele pagou muito barato.

Ouviam-se risadas no corredor e isso desconcentrou Klavs Jeppesen. Em seguida, a raiva voltou a transformar seu rosto.

— Eles atacaram o garoto no bosque, por isso ele teve que ir embora. O senhor pode perguntar ao próprio rapaz. Talvez já o conheça. Ele se chama Kyle Basset. Hoje mora na Espanha, mas deve ser fácil encontrá-lo: é dono da maior construtora espanhola, KB Construcciones S. A. — Ele assentiu enquanto Carl anotava o nome. — E eles mataram Kåre Bruno. Acredite em mim.

— Já acreditamos nisso há tempos. E de onde vem toda essa sua convicção?

— Bruno costumava me procurar depois da direção do internato ter me demitido. Primeiro éramos rivais, depois colegas. Eu e ele contra Wolf e os outros. Ele me confidenciou que tinha medo de Wolf. Que os dois já se conheciam fazia um tempo. Que Wolf morava nas proximidades da casa dos seus avós e que ele, Bruno, costumava ser ameaçado.

Klavs Jeppesen balançou a cabeça, perdido em pensamentos.

— Sei que isso não é muito, mas já basta. Wolf ameaçava Kåre Bruno, ponto. E Bruno morreu.

— Isso soa como se o senhor tivesse certeza de tudo isso. Mas o fato é que você e Kimmie já estavam separados quando Bruno e os irmãos de Rørvig morreram.

— Sim. Mas antes disso notei como os outros alunos abriam espaço quando a turma passava pelo corredor. Vi como tratavam os outros quando estavam juntos. Não, não com o pessoal da própria turma, pois a primeira coisa que se aprende nessa escola é união. Mas com todos os outros. E, em relação à surra do menino, isso eu simplesmente sei.

— Como?

— Às vezes Kimmie passava a noite na minha casa nos fins de semana. Seu sono era inquieto, como se no seu interior houvesse algo que não a deixasse descansar. Ela murmurou o nome dele enquanto dormia.

— De quem?

— Do garoto! Kyle!

— Ela parecia chocada ou atormentada?

Klavs Jeppesen deu uma risada. Esse riso veio de suas profundezas, onde isso significava uma defesa, não uma mão estendida.

— Não, ela não parecia atormentada. De maneira nenhuma. Kimmie não era assim.

Carl pensou se devia lhe mostrar o ursinho de pelúcia, mas se distraiu com o grande número de cafeteiras enfileiradas sobre o balcão fazendo barulho. Se elas continuassem assim até depois do almoço, aquilo viraria alcatrão.

— Vamos nos servir? — perguntou ele, sem esperar pela resposta. Uma xícara de café provavelmente valeria pelas cem horas nas quais Carl não tinha comido nada decente.

— Não, obrigado — respondeu Klavs Jeppesen, que sublinhou suas palavras com um gesto de recusa.

— Kimmie era... má? — perguntou Carl ao colocar café na xícara e inalá-lo.

Ele não recebeu resposta.

Quando se virou com a xícara diante da boca, a cadeira de Klavs Jeppesen estava vazia.

A audiência havia se encerrado.

29

Kimmie tinha dado a volta no lago por dez caminhos diferentes, do planetário até a Vodroffsvej e retornando. Subiu e desceu sem parar as escadas e as trilhas que ligavam o lago com a Gammel Kongevej e a Vodroffsvej. Para a frente e para trás sem parar, mas sem se aproximar demais do ponto de ônibus diante da passagem do teatro. Ela supunha que os homens estariam por lá.

Vez ou outra ela se sentava no terraço do planetário. De costas para as vidraças, observava o jogo dos raios de sol na fonte, em meio ao lago. Alguém atrás dela elogiou a vista, mas Kimmie não estava nem aí para isso. Fazia anos que ela não tinha olhos para essas coisas. Sua única intenção era ver aqueles que atacaram Tine. Descobrir quem eram seus perseguidores e para quais malditos eles trabalhavam.

Porque ela não duvidou nem um segundo de que eles voltariam. Era exatamente esse o medo de Tine, com razão. Se eles queriam Kimmie, e queriam, não jogariam a toalha tão cedo.

E Tine era o elemento de ligação. Porém, Tine não existia mais.

Kimmie tinha sido rápida quando a casa foi para os ares com um estrondo violento. Talvez algumas crianças a tivessem visto quando passou correndo pela piscina. Fora isso, certamente mais ninguém. Do outro lado dos prédios da Kvægtorvsgade, ela havia tirado seu sobretudo e o colocado dentro da mala. Logo, vestiu um casaco de couro e amarrou um pano preto ao redor da cabeça.

Dez minutos mais tarde, ela estava na recepção do Hotel Ansgar na Colbjørnsensgade. Ela apresentou seu passaporte português, que havia encontrado alguns anos antes em uma mala roubada. A foto não era cem por cento parecida com ela, mas também já tinha seis anos, e quem não muda em um intervalo de tempo desses?

— *Do you speak English, Mrs. Teixeira?* — perguntou o simpático porteiro. O resto foram só formalidades.

Kimmie se sentou por uma hora e tomou dois drinques no saguão do hotel embaixo de um aquecedor. Depois disso, podia-se dizer que o pessoal do hotel a conhecia.

Em seguida, ela dormiu quase vinte horas com a pistola embaixo do travesseiro e as imagens de Tine, trêmula, na retina.

Ela estava pronta novamente. Kimmie caminhou do hotel ao planetário e, depois de esperar por oito horas, encontrou o que procurava.

O homem era magro, quase esquálido, e seu olhar variava entre a janela de Tine, no quinto andar, e a entrada do prédio na passagem do teatro.

— Você pode esperar sentado, seu merda — murmurou Kimmie do banco na Gammel Kongevej, diante do planetário.

Por volta das onze da noite o homem foi rendido. Sem dúvida o que chegou tinha um status inferior ao do que havia saído. Dava para ver pela maneira como ele se aproximava. Como um cachorro que quer chegar à tigela de ração, mas primeiro precisa ter certeza se sua presença é bem-vinda.

Por isso era ele — e não o primeiro — que tinha que assumir os terríveis turnos das noites de sábado. E por isso Kimmie decidiu grudar nos calcanhares do magro.

Ela o seguiu a uma distância segura e conseguiu tomar o ônibus um pouco antes de as portas se fecharem.

Apenas então ela viu seu rosto machucado. O lábio inferior estava rachado e havia pontos no supercílio. Locais de sangue pisado iam da orelha ao pescoço, como se ele tivesse tingido o cabelo com hena, sem enxaguar a tinta excedente.

Quando Kimmie entrou no ônibus, ele estava olhando pela janela. Apenas olhando pela janela, encarando a calçada, na esperança de ver sua presa no último instante. Somente quando quase se aproximaram da Peter Bangs Vej ele relaxou um pouco.

Agora ele está de folga e não tem pressa, pensou ela. Ninguém em casa esperando por ele. Dava para ver pela postura. A indiferença. Caso uma menininha ou um filhote qualquer ou uma sala de estar confortável estivesse esperando por ele, onde fosse possível ficar de mãos dadas e rir, então ele iria respirar mais fundo e de maneira mais solta. Não, era impossível ocultar os nós na alma e no diafragma. Não havia nada parecido com uma casa para onde ele pudesse voltar. Nada pelo que valesse a pena se apressar.

Kimmie conhecia isso *muito* bem.

Ele desceu na boate Damhus Kro. Não perguntou sobre a programação noturna extra, já estava tarde demais — ele parecia saber disso. Muitos casais já haviam se encontrado, pelo menos para uma noite, e agora partiam juntos. O magro guardou seu casaco na chapelaria e entrou no salão de dança. Ele não parecia estar nutrindo grandes expectativas. Como era possível, com essa aparência? Ele se sentou no bar, pediu uma cerveja e observou a multidão de clientes. No fim das contas, talvez houvesse entre essas pessoas uma mulher disposta a ficar com ele.

Kimmie tirou o lenço da cabeça, o casaco de couro e pediu que a mulher da chapelaria guardasse bem sua bolsa de mão. Em seguida, entrou no salão com o peito erguido, autoconfiante. Assim ela emitia sinais a todos que ainda tivessem condições de vê-la. Uma orquestra animava os casais que dançavam e se tocavam. O som não era bom, mas muito alto. Ninguém na pista de dança sob o céu de cristal de vidro parecia ter encontrado a pessoa certa.

Kimmie sentiu os olhares que lhe eram dirigidos e a inquietação que se espalhou nos banquinhos do bar e nas mesas.

Olhando rapidamente ao redor, percebeu que tinha passado menos maquiagem que as outras mulheres. Menos maquiagem, menos gordurinhas a mais.

Ele vai me reconhecer?, perguntou-se, fazendo com que seu olhar deslizasse lentamente pelos outros olhos suplicantes até o sujeito franzino. Lá estava ele, exatamente como os outros homens, pronto para aceitar o menor dos sinais. Ele ergueu a cabeça de maneira quase imperceptível, casual, e apoiou os cotovelos no balcão. Seu olhar profissional sondava se ela estava sendo aguardada por alguém ou se estava livre.

Quando ela sorriu para ele sobre o restante das mesas, ele respirou fundo uma única vez. Não podia acreditar, mas queria tanto que fosse verdade...

Não se passaram nem dois minutos até Kimmie estar se movimentando na pista de dança com um primeiro homem, no mesmo ritmo cadenciado dos outros pares.

No entanto o magro tinha registrado os olhares dela. Ele sentiu que ela havia se decidido. E se levantou, ajeitou a gravata e se esforçou para fazer seu rosto macilento, combalido, parecer ao menos um pouco atraente naquela luz baça.

No meio da dança, ele chegou até ela e a tomou pelo braço. Um pouco desajeitado, enlaçou suas costas e a apertou um pouco. Os dedos não tinham prática, ela percebeu. O coração dele batia incrivelmente forte contra o corpo dela.

Que presa fácil.

— Bem, esse é meu ninho — anunciou ele, parecendo constrangido. A vista da sala, no quinto andar, era a estação de trens urbanos de Rødovre, uma porção de vagas de estacionamento e ruas.

Na entrada, com elevadores de portas lilases, ele havia apontado para uma placa que dizia Finn Aalbæk. E depois explicou que o prédio era seguro e estável, ainda que estivesse para ser demolido em breve. Ele tinha pegado sua mão e a levado até a varanda do quinto andar, como se fosse um cavaleiro acompanhando-a por uma ponte pênsil sobre um rio caudaloso. Aalbæk se apertou contra sua presa, para que ela não mudasse de ideia e desse no pé. A fantasia dele, incentivada por sua nova autoestima recém-adquirida, já os tinha aninhado debaixo das cobertas.

Sugeriu que ela ficasse mais um pouco na varanda e aproveitasse a vista, enquanto ele arrumava a cama, acendia os abajures, punha um CD para tocar e abria, agilmente, uma garrafa de gim.

Kimmie constatou que fazia mais de dez anos que tinha estado sozinha pela última vez com um homem a portas fechadas.

— O que aconteceu com você? — perguntou ela, aproximando a mão do rosto dele.

Aalbæk ergueu as sobrancelhas inchadas. Deve ter ensaiado diante do espelho, como parte de uma ofensiva de charme.

— Bem... Quando eu estava trabalhando, encontrei uns caras que quiseram me provocar. Mas eles não se saíram muito bem. — Ele retorceu a boca ao sorrir. Isso também era clichê. Estava mentindo, pura e simplesmente.

— O que você faz, Finn? — perguntou ela afinal.

— Eu? Sou detetive particular. — As palavras pronunciadas dessa forma davam a impressão de ser uma tarefa corriqueira, bem longe da intenção dele, de fazer o trabalho parecer exótico, cheio de mistério e perigos.

Kimmie olhou para a garrafa com a qual ele estava lidando e sentiu a garganta se fechar. Fique calma, muito calma, Kimmie, sussurraram as vozes. Mantenha o controle.

— Gim-tônica? — perguntou ele.

Ela balançou a cabeça.

— Você tem uísque?

Ele parecia surpreso, mas não insatisfeito. Mulheres que bebiam uísque eram duras na queda.

— Ora, ora, você está com sede mesmo — comentou ele, depois de ela ter virado o copo. Para não perder o embalo, Aalbæk a serviu novamente e encheu um copo para si.

Depois de ela ter virado mais três copos, ele estava bêbado.

Do lado de Kimmie, porém, não se notava nada. Ela perguntou sobre seu trabalho atual e ficou observando-o. O álcool havia eliminado as barreiras dele, que, pouco a pouco, se aproximou do sofá. Quando seus dedos finalmente começaram a dedilhar as coxas dela, Aalbæk lhe deu um sorriso rígido.

— Procuro uma mulher que pode atrapalhar muita gente — respondeu ele.

— Puxa, parece emocionante. Ela faz espionagem industrial ou é uma espécie de garota de programa? — perguntou ela, reforçando seu entusiasmo pousando a mão sobre a dele e levando-a direto para a parte interna da coxa.

— Ela é um pouco de tudo — respondeu Aalbæk, tentando abrir mais as pernas dela.

Kimmie olhou para a boca de Aalbæk e sabia que iria vomitar se ele tentasse beijá-la.

— Quem é a mulher? — indagou ela.

— É segredo profissional, querida. Não posso revelar.

Querida! Tomara que ela não vomitasse bem antes.

— Mas que tipo de pessoa contrata você para um trabalho como esse? — Kimmie deixou que a mão subisse um pouco mais em sua coxa. O hálito de álcool dele estava quente em seu pescoço.

— Gente da alta sociedade — sussurrou ele. Como se isso o colocasse em uma posição superior na hierarquia do acasalamento.

— Vamos tomar mais um traguinho? — perguntou ela. Os dedos dele tocavam a região da sua virilha.

Aalbæk se afastou um pouco e, sorrindo, observou-a. O lado inchado de seu rosto se repuxou nesse momento. Ele claramente tinha um plano. Kimmie podia beber tranquilamente, iria servi-la o quanto fosse necessário, até que ela ficasse completamente molhada e disponível.

Ele não estava nem um pouco preocupado caso ela ficasse inconsciente. Não estava nem aí para o bem-estar dela, e Kimmie sabia disso.

— Não podemos transar hoje à noite — declarou ela. Os cantos da boca de Aalbæk entortaram para baixo e as sobrancelhas se ergueram instantaneamente. — Estou naqueles dias, mas na próxima sem falta, certo?

A mentira havia sido proferida com muita facilidade por seus lábios, embora seu maior desejo era que isso fosse verdade. Havia 11 anos desde que ela tinha sangrado pela última vez. Restaram apenas as cólicas e essas não eram físicas. Eram a raiva e os sonhos destruídos de toda uma vida.

O aborto, durante o qual ela quase havia morrido, a tinha tornado estéril. Era isso.

Caso contrário talvez tudo tivesse sido diferente.

Kimmie passou o indicador com cuidado sobre o supercílio aberto dele. Mas o gesto não abafou nem sua ira crescente nem sua frustração.

Ela podia ver em que Aalbæk estava pensando. Tinha trazido a mulher errada para casa, mas não queria se conformar com isso. Por que ela havia ido ao baile dos corações solitários se estava naqueles dias?

Kimmie percebeu como a expressão do rosto dele tinha mudado. Ela pegou sua bolsa e se levantou, foi até a janela da varanda e observou o cenário desolador de conjuntos habitacionais ao longe. Escuridão em quase todos os lugares. Apenas o brilho da iluminação de rua um pouco mais adiante.

— Você matou Tine — acusou ela com calma, colocando a mão dentro da bolsa.

Kimmie ouviu Aalbæk se levantando do sofá. Em um segundo estaria ao lado dela. A cabeça dele não estava limpa, mas seu instinto de caça havia despertado.

Em seguida, ela se virou bem devagar e tirou a pistola com o silenciador.

Ele viu a arma ao se movimentar atrás da mesa de centro. Depois parou, espantado consigo mesmo e com o arranhão que estava prestes a macular sua honra profissional. Seu jeito estava engraçadíssimo. Ela amava essa mistura de espanto mudo e medo.

— Sim, mas não acabou muito bem. Sem perceber você levou para casa a pessoa que devia vigiar.

Aalbæk inclinou a cabeça e observou, desdenhoso, o rosto dela. Comparou-o com a fotografia que tinha arranjado de uma sem-teto mal-arrumada. Checou, confuso, sua memória. Como foi possível ter se enganado de tal maneira? Como ele se deixou ser enrolado por essas roupas? Como podia achar uma mulher de rua atraente?

Vamos lá, sussurravam as vozes. Acabe com ele, que é apenas o lacaio dos outros, nada mais. Ataque!

— Sem você, minha amiga ainda estaria viva — disse Kimmie, sentindo nesse instante o álcool que ardia em seu diafragma. Ela olhou para a garrafa com seu conteúdo dourado. Meio cheia. Mais um gole e as vozes e a ardência sumiriam.

— Eu não matei ninguém — retrucou ele. Seu olhar procurava o dedo dela no gatilho e a trava. Procurava qualquer coisa que reforçasse seu desejo de que ela tivesse um ponto fraco.

— E aí? Você está se sentindo como um rato em uma ratoeira? — A resposta era desnecessária e ele também não respondeu. Odiava ter que admitir isso. Compreensível.

Aalbæk tinha dado uma surra em Tine. Ele a havia traumatizado e a fragilizado, e a transformara em uma ameaça para Kimmie. Sim, talvez Kimmie tivesse sido a arma, mas Aalbæk havia sido a mão que a apontou. Ele tinha que pagar por isso.

Ele e os outros, que davam as ordens.

— Ditlev, Ulrik e Torsten estão por trás. Eu sei disso — declarou ela, mais e mais absorvida pela proximidade da garrafa e seu conteúdo curativo.

Não faça isso, disse uma das vozes, mas ela fez mesmo assim. Kimmie estendeu a mão até a garrafa. Primeiro ela sentiu o corpo dele apenas como uma vibração no ar, depois como um meteorito de braços e roupas que se debatia.

Espumando de raiva, Aalbæk a jogou no chão. Ela havia aprendido: menospreze a sexualidade de um homem e você criará um inimigo eterno. Como era verdade! Agora teria que pagar pelos olhares famintos dele e suas aproximações submissas. Expiar pelo fato de ele ter se mostrado aberto e frágil.

Aalbæk a atirou contra o aquecedor e sua cabeça bateu nas hastes de ferro. Havia uma escultura de madeira no chão, que ele usou para bater nos quadris de Kimmie. Depois, segurou-a pelos ombros e a virou de bruços. Pressionou o tronco dela contra o piso e o braço com a pistola contra as costas. Mas Kimmie não a soltava.

Ele enfiava os dedos na parte superior do braço dela. Kimmie já tinha sentido dor com frequência. Era preciso mais para fazê-la gritar.

— Você acha que pode subir aqui e me deixar de pau duro e depois cair fora?

Ele esmurrou suas costas. Depois, lançou a pistola para um canto e meteu a mão com tanta impetuosidade debaixo do vestido dela que a meia-calça e a calcinha se rasgaram.

— Sua puta, você não está sangrando! — berrou ele. Virou-a com brutalidade e deu um soco em seu rosto.

Os dois se encararam enquanto Aalbæk a mantinha presa e dava socos em locais aleatórios. Coxas vigorosas em uma calça velha pressionavam seu peito. As veias pulsantes e inchadas dele martelavam em seus antebraços.

Aalbæk bateu nela até que Kimmie começou a não se defender mais. Resistir parecia ser em vão.

— Já chega? — berrou ele, mostrando o punho e ameaçando recomeçar o castigo. — Chega ou você quer ficar parecida com sua amiga drogada?

Ele disse chega?, pensou ela.

Só chega quando se para de respirar.

Ninguém sabia disso melhor que ela.

Kristian era quem melhor a conhecia. Ele sabia quando Kimmie estava sentindo essa onda de excitação. Essa sensação química de levitar enquanto o ventre emite sensações de prazer para todas as células. E, quando eles estavam juntos no escuro assistindo a *Laranja mecânica*, ele lhe mostrava a que o prazer podia levar.

Kristian Wolf era o único com experiência. Ele já havia estado com garotas antes. Conhecia os acessos a seus pensamentos mais íntimos, sabia em que direção era preciso virar a chave no cinto de castidade. E, subitamente, ela apareceu no meio dos homens da turma, enquanto eles, excitados, observavam seu corpo nu à luz bruxuleante das imagens aterrorizantes da tela. Kristian mostrou a Kimmie e aos outros como obter prazer em diversas direções ao mesmo tempo. Como violência e luxúria caminhavam de mãos dadas.

Sem Kristian, ela nunca teria aprendido a seduzir com o corpo. Com o objetivo de caçar exclusivamente. Porém, o que ele não havia imaginado era que, dessa maneira, Kimmie poderia, pela primeira vez na vida, estar no controle dos acontecimentos a seu redor. Talvez não desde o começo, porém mais tarde.

E, ao voltar da Suíça, ela dominava integralmente essa arte.

Deitava-se com conhecidos ao acaso, sem nenhuma triagem prévia. Apossava-se deles e os abandonava. Assim eram as noites.

Durante o dia, era sempre a mesma coisa. A frieza gélida da madrasta. Os animais no trabalho na Nautilus Trading. O contato com os clientes e os fins de semana com a turma. Os ataques eventuais.

E então Bjarne se aproximou e despertou novos sentimentos. Contou-lhe que ela valia mais que isso. Afirmou que era alguém.

Alguém que podia dar algo a ele e aos outros. Que ela era inocente de seus atos e que seu pai era um nojento. Que ela devia se proteger de Kristian. Que o passado estava morto.

Aalbæk constatou sua resignação e começou imediatamente a mexer na calça. Ela lhe sorriu furtivamente. Talvez tenha acreditado que Kimmie sorria por gostar das coisas daquele jeito. Que, no fundo, tudo corria conforme o planejado. Que ela era mais complicada do que ele havia imaginado a princípio. Que a surra fazia parte do ritual.

No entanto, Kimmie sorriu porque tinha certeza de que ele estava rendido. Sorriu quando Aalbæk mostrou o pênis. Sorriu quando o sentiu sobre sua coxa nua e percebeu que não estava rígido o suficiente.

— Fique deitado um momento quieto que a gente transa — sussurrou ela, olhando-o nos olhos. — Não é uma arma de verdade. É de brinquedo. Eu só queria assustar você. Mas você sabia disso o tempo todo, não é? — Kimmie abriu levemente os lábios, para que eles parecessem mais grossos. — Acho que você vai gostar de mim — disse ela, esfregando-se nele.

— Também acho. — Seu olhar baço estava preso ao decote dela.

— Você é forte. Um homem incrível.

Kimmie encostou carinhosamente os ombros nele e percebeu como seus joelhos já não a prendiam mais com tanta força. Ela conseguiu soltar um dos braços e puxar a mão de Aalbæk para entre suas pernas. Em seguida, ele a soltou de vez e ela pôde agarrar o pau com a outra mão.

— Você não vai contar nada disso para Pram e os outros, certo? — indagou ela, manipulando-o até ele precisar tomar fôlego.

Se havia alguma coisa que Aalbæk não ia relatar a eles era isso. Ninguém desafia aqueles homens. Até ele sabia disso.

*

Kimmie e Bjarne moraram juntos por meio ano, até que Kristian resolveu não aceitar mais a situação.

Ela percebeu isso quando, certo dia, ele incitou o grupo a um ataque. Esse ataque tinha se desenrolado de maneira diferente dos outros. Kristian havia perdido o controle. E, na tentativa de reavê--lo, fez com que os outros se voltassem contra ela, Kimmie.

Ditlev, Kristian, Torsten, Ulrik e Bjarne. Um por todos, todos por um.

Kimmie se lembrou claramente disso quando Aalbæk, que estava em cima dela, não tinha mais condições de esperar e tentou possuí--la à força.

E ela odiava e amava isso ao mesmo tempo. Nada dava mais força que o ódio. Nada melhor que a vingança para redefinir parâmetros, clarear mais rapidamente os conceitos.

Kimmie se retraiu com toda a força e se apoiou na parede. A escultura de madeira que ele tinha usado para golpeá-la estava embaixo dela. Segurou novamente o pênis semirrígido de Aalbæk, massageando e puxando até ele estar à beira das lágrimas.

E, quando ele finalmente gozou em sua coxa, o ar ficou parado nos pulmões de Aalbæk. Ele era um homem que havia sido acossado várias vezes naquela noite. E era um homem que conhecia dias me-lhores e, nesse meio-tempo, tinha se esquecido da grande diferença entre a masturbação solitária e a proximidade de uma mulher. Nesse momento, estava completamente perdido. Sua pele estava úmida, mas os olhos encaravam, secos e opacos, um ponto no teto que não explicaria como era possível que Kimmie tivesse escapado dele e, de repente, estivesse sobre ele com as pernas abertas, apontando o revólver para seu ventre ainda pulsante.

— Aproveite isso que você está sentindo agora. Pois é a última vez, seu nojento. — O esperma de Aalbæk escorria pela coxa dela. O profundo desprezo e a sensação de ter sido maculada tomavam conta de Kimmie.

Como quando aqueles em quem ela confiava a deixaram na mão.

Como durante as surras do pai, quando ela não se comportava direito. Como durante as imprevisíveis reprimendas e os tabefes da madrasta, quando Kimmie lhe contava qualquer coisa, animada. Como com sua mãe, há muito esquecida, quando ainda não estava bêbada demais e a arranhava, batia e despejava palavras como "correção", "discrição" e "decência" sobre ela. Palavras cuja importância a menininha compreendia muito antes de saber o significado.

E depois havia o que Kristian, Torsten e os outros fizeram com ela. Aqueles em quem mais confiava.

Sim, Kimmie conhecia a sensação de estar maculada, profanada, e ela queria isso. A vida a havia tornado dependente dessa sensação. Esse era o longo caminho. Assim ela conseguia agir.

— Levante-se — ordenou ela e abriu a porta da varanda.

Era uma noite silenciosa, úmida. Gritos em um idioma estrangeiro dos conjuntos habitacionais à frente ressoavam como um eco pulsando na paisagem de concreto.

— Levante-se! — Ela sublinhou as palavras com o revólver e viu como um sorriso nascia no rosto inchado de Aalbæk.

— A arma não era de brinquedo? — Ele subiu o zíper da calça e, devagar, foi em sua direção.

Kimmie foi até a escultura de madeira no chão e atirou uma única vez. O ruído surdo da bala furando as costas do objeto era espantoso.

Espantoso também para Aalbæk.

— O que você quer? — perguntou ele do lado de fora, agora com uma seriedade totalmente diferente. E segurava firme o parapeito.

Ela olhou para o outro lado. A escuridão debaixo deles era como um buraco que tudo engolia. Aalbæk sabia disso e começou a tremer.

— Me conte tudo — mandou ela e se enfiou na sombra da parede.

E ele contou. Devagar, mas na sequência correta. Os eventos de uma observação sistemática, profissional. De que adiantava ocultar algo a essa altura? Era apenas um trabalho. Havia muita coisa em jogo.

Kimmie viu seus velhos amigos diante de si, enquanto Aalbæk falava para salvar sua vida. Ditlev, Torsten e Ulrik. Dizem que homens poderosos dominam a impotência dos outros. Além da própria impotência. A história mostrava isso de novo e de novo.

E, quando o homem diante dela não tinha mais nada para dizer, ela falou com frieza:

— A escolha é sua. Pular ou levar um tiro. São cinco andares até lá embaixo. Se pular, você tem boas chances de sobreviver. Os arbustos, você sabe. Não é por isso que eles são plantados tão próximos do prédio?

Aalbæk balançou a cabeça. Isso não podia ser verdade. Ele já tinha visto muita coisa. Algo assim simplesmente não acontecia.

O sorriso que Aalbæk se forçou a dar era lamentável.

— Não tem arbustos lá embaixo. Só concreto e grama.

— Você está esperando piedade de mim? Você foi piedoso com Tine?

Parado, rígido, ele não respondeu. Tenso, Aalbæk tentava se convencer de que Kimmie não podia estar falando sério. Afinal, ela havia acabado de transar com ele. Ou pelo menos feito próximo a isso.

— Pule ou eu atiro nas suas bolas. Você não vai sobreviver a isso, eu garanto.

Ele deu um passo à frente e observou, em pânico, o revólver baixando e o dedo contraído.

Provavelmente aquilo teria terminado com uma bala, se não fosse o excesso de álcool pulsando em suas veias. Ele se agarrou no parapeito e se lançou para baixo com um impulso. E talvez pudesse mesmo ter conseguido cair na varanda de baixo, caso Kimmie não tivesse dado uma coronhada em seus dedos com tanta força que se ouviu um estalo.

Um ruído surdo acompanhou sua aterrissagem no chão. Nenhum grito.

Kimmie se voltou para a porta da varanda e entrou no apartamento. Ela encarou rapidamente a escultura quebrada que estava tombada, sorrindo. Sorriu de volta, agachou-se, recolheu as cápsulas vazias e as meteu na bolsa.

Ao bater a porta do apartamento atrás de si, estava satisfeita. Durante uma hora, tinha lavado cuidadosamente os copos, a garrafa e todo o resto. A escultura estava sobre o aquecedor, delicadamente envolvida com um pano de prato.

Como um cozinheiro pronto a receber os próximos clientes do estabelecimento.

30

Dava para ouvir chiados, rangidos e solavancos da sala, como se uma manada de elefantes estivesse passando sobre os desgastados móveis da Ikea de Carl.

Ou seja, estava rolando uma festa patrocinada por Jesper.

Carl esfregou as têmporas e preparou internamente uma lição de moral.

Quando abriu a porta, a algazarra era ensurdecedora. Apenas a imagem da televisão emitia luz. Morten e Jesper estavam cada um em uma das extremidades do sofá.

— O que está acontecendo aqui? — berrou Carl, confuso com o barulho e com a sala quase vazia.

— Som *Surround* — explicou Morten orgulhoso, depois de reduzir um pouco o volume com o controle remoto.

Jesper apontou para a sequência de alto-falantes que se ocultavam atrás das poltronas e na estante de livros. *Maneiro, não?*, era o que seu olhar sinalizava.

Com isso, a tranquilidade familiar na casa dos Mørcks era definitivamente coisa do passado.

Eles lhe deram uma cerveja Tuborg morna e tentaram amolecê-lo dizendo que o sistema de som havia sido um presente dos pais de um dos amigos de Morten que não encontraram uso para a parafernália.

Pais inteligentes.

Nesse ponto, Carl ficou com vontade de virar o jogo.

— Quero perguntar uma coisa a você, Morten! Hardy perguntou se você poderia cuidar dele aqui em casa. Recebendo por isso, é claro. A cama dele teria que ficar lá onde está um dos amplificadores de vocês. Poderíamos enfiá-lo atrás da cama, seria bom para apoiar o coletor de urina.

Carl tomou um gole e se alegrou com o efeito retardado que suas palavras teriam quando a informação fosse processada em seus cansados cérebros de sábado.

— Recebendo por isso? — repetiu Morten.

— Hardy morando *aqui*? — choramingou Jesper. — Ora, por mim tanto faz. Se eu não conseguir logo um lugar no abrigo juvenil da Gammel Amtsvej, vou me mudar para a casa da mãe.

Para Carl, isso era algo que se precisava ver para crer.

— Quanto você acha que dá para tirar com isso? — continuou Morten.

Nesse momento, o martelar na cabeça começou de verdade.

Ele acordou duas horas e meia mais tarde. O despertador do rádio-relógio indicava domingo 01:39:09, e a cabeça estava repleta de imagens de brincos prateados com ametistas e nomes como Kyle Basset, Kåre Bruno e Klavs Jeppesen.

No quarto de Jesper, os *rappers gangsta* de Nova York tinham ressuscitado e Carl se sentia como se tivesse sido infectado por uma boa dose do vírus de uma gripe mutante. Mucosas secas, olhos que ardiam como se estivessem cheios de areia e um cansaço que pesava toneladas na cabeça e nos membros.

Ele ficou deitado por um bom tempo, lutando contra si mesmo, até finalmente arrastar as pernas para fora da cama. Talvez um banho bem quente pudesse afastar alguns demônios.

Em vez disso, Carl ligou o rádio e descobriu, pelo noticiário, que mais uma mulher muito ferida tinha sido encontrada. Em um contêiner de lixo, à beira da morte. Dessa vez na Store Søndervoldstræde, mas as circunstâncias correspondiam exatamente às da Store Kannikestræde.

Era uma estranha coincidência de nomes de ruas duplos, pensou Carl. Ambas começavam com "Store" e terminavam em "stræde". Ele tentou se lembrar se havia mais nomes de ruas como esses no distrito do Departamento A.

Por conta de tudo isso ele já estava bem desperto quando Lars Bjørn ligou.

— Acho que seria bom você se vestir e vir até aqui em Rødovre — disse ele.

Carl queria retrucar algo contundente, como Rødovre não fazer parte da jurisdição deles ou mencionar alguma doença epidêmica infecciosa, porém as palavras ficaram presas na garganta quando Lars Bjørn lhe disse que o detetive particular Finn Aalbæk havia sido encontrado morto no gramado cinco andares abaixo de sua varanda.

— A cabeça parece muito com a dele. Mas o corpo encurtou meio metro, com certeza. Ele deve ter aterrissado com os pés. A coluna vertebral perfurou o cérebro — explicou ele, sem deixar espaço para a imaginação.

De algum modo, essa notícia aliviou a dor de cabeça de Carl. De qualquer forma, ele se esqueceu dela.

Carl encontrou Bjørn em frente ao prédio com grafites da altura de um homem atrás dele. *Kill your mother and rape your fucking dog!* não lhe davam um ar mais alegre. Ele também não estava tentando esconder o fato de que não havia perdido nada a oeste de Valby Bakke; Bjørn estava apenas tentando se redimir.

— O que você está fazendo por aqui, Lars? — perguntou Carl, ao mesmo tempo que seu olhar vagava pelas janelas iluminadas de alguns prédios baixos na Avedøre Havnevej que não ficavam nem a 100 metros de distância, atrás de algumas árvores que já tinham perdido metade das folhas. Era a Escola de Rødovre, de onde ele praticamente havia acabado de sair. Então a festa para os ex-alunos ainda estava acontecendo.

Sensação curiosa. Há algumas horas ele tinha estado lá, conversando com Klavs Jeppesen. E agora Aalbæk estava esticado do outro lado da rua. O que estava acontecendo, afinal?

Lars Bjørn lhe lançou um olhar sombrio.

— Talvez você se lembre de que um dos colegas de confiança da central, aqui presente, tem uma acusação recente de lesão corporal contra o morto pendurada no pescoço. Por isso, Marcus e eu achamos por bem checar primeiro *in loco* o que está acontecendo aqui. Mas talvez você possa nos dizer, Carl.

Que jeito era esse de se falar em uma madrugada fria e escura de setembro?

— Se vocês o tivessem vigiado como eu pedi, então saberíamos um pouquinho mais, não é verdade? — rosnou Carl. Enquanto isso, ele tentava descobrir o que era aquilo em cima e embaixo na massa que havia se enterrado na grama, a 10 metros de distância.

— Foram os caras ali que o encontraram — indicou Bjørn. Ele apontou para um grupo de jovens imigrantes em calças de abrigos esportivos e garotas dinamarquesas pálidas usando jeans ultra-apertados. Era evidente que nem todos eles gostavam do que havia acontecido por ali. — Eles queriam ficar no playground da escolinha ou da creche, ou sei lá o que é isso, enrolar por ali. Mas não conseguiram.

— O que aconteceu? — perguntou Carl ao médico que já se preparava para ir embora.

— Bem, está bem frio essa noite. Mas ele ficou deitado aqui, protegido pelo prédio, então eu arriscaria dizer que aconteceu entre uma e uma hora e meia atrás. — Seus olhos estavam cansados e ele provavelmente estava com saudades do cobertor e das costas quentes da mulher.

Carl se dirigiu a Lars Bjørn.

— Só para você ficar ciente, estive na Escola de Rødovre por volta das sete da noite. Falei com um ex-namorado de Kimmie. É um acaso absoluto, mas inclua no relatório que eu mesmo disse isso.

Bjørn tirou as mãos dos bolsos da jaqueta de couro e puxou o colarinho para cima.

— Você não subiu até o apartamento dele, Carl?

— Não, eu não subi.

— Você tem certeza?

Ah, chega de brincadeira, pensou Carl, percebendo como as dores de cabeça começavam a querer tomar espaço de novo.

— Ah, chega de brincadeira — respondeu, pois não lhe ocorreu nada melhor. — Vá com calma. Vocês já subiram ao apartamento?

— A polícia de Glostrup está lá, junto de Samir.

— Samir?

— Samir Ghazi. Aquele que recebemos no lugar de Bak. Ele é da polícia de Rødovre.

Samir Ghazi? Parece que Assad estava ganhando um parente espiritual. Ele poderia dividir seu caldo melado com esse sujeito.

— Vocês encontraram alguma carta de despedida? — perguntou Carl, depois de ter apertado uma mão áspera.

Todos aqueles que faziam parte da polícia e que possuíam alguns anos de serviço nas costas iriam reconhecer imediatamente, pelo aperto de mão, o detetive-superintendente Antonsen. Poucos segundos nessa prensa e ninguém mais era o mesmo. Algum dia Carl diria ao colega que ele poderia pegar leve com o trabalho no sistema hidráulico.

— Carta de despedida? Não, não tinha nada disso. E coloco a minha mão no fogo se não tiver havido alguém lá em cima que deu uma ajudinha na situação.

— O que você quer dizer com isso?

— A gente não encontrou quase nenhuma impressão digital. Nada na maçaneta da porta da varanda. Nada na fileira da frente dos copos no móvel da cozinha. Nada no canto da mesinha de centro. Entretanto, temos uma série de impressões digitais no parapeito da varanda. Com certeza as de Aalbæk. Mas por que ele iria se segurar no parapeito, se tinha decidido saltar?

— Talvez ele tenha decidido no último instante. E depois não conseguiu subir de novo. Não seria a primeira vez que veríamos isso.

Antonsen soltou uns risinhos abafados. Ele fazia isso toda vez que encontrava um investigador fora de seu próprio distrito. Como era inevitável, tornava-se uma expressão de desdém bastante amigável.

— Há sangue no parapeito. Não muito, apenas um pouquinho. E eu aposto que a gente vai encontrar marcas de um golpe nas mãos dele quando descer lá. Tem alguma coisa bastante suspeita aqui.

Ele tirou alguns técnicos do banheiro e depois puxou um simpático homem de pele escura até onde estavam Carl e Lars Bjørn.

— Um dos meus melhores homens e vocês roubam logo ele de mim agora. Pelo menos nos olhem nos olhos e digam que não estão envergonhados!

— Samir. — O homem se apresentou, estendendo a mão para Bjørn. Aparentemente, os dois não tinham se encontrado antes.

— Vou dizer uma coisa a vocês: se Samir não for bem-tratado, vocês vão se ver comigo — disse Antonsen, dando um tapa no ombro de seu funcionário.

— Carl Mørck — apresentou-se Carl, constatando que seu aperto de mão não era diferente do de Antonsen.

— Sim, é ele. — Antonsen assentiu para Samir, respondendo a seu olhar interrogativo. — O homem que esclareceu o caso Merete Lynggaard e que estão dizendo que colocou Aalbæk para dormir. — Ele riu. Parecia que Finn Aalbæk não era exatamente amado no oeste.

— As lascas no tapete não parecem estar aqui há muito tempo — concluiu um dos técnicos, apontando para detalhes microscópicos diante da porta da varanda. — Elas estão acima da sujeira. — Ele se agachou com seu avental branco e observou o material mais de perto. Gente esquisita, esses técnicos. Mas muito cuidadosos, era preciso admitir isso.

— Poderiam ser de um bastão de madeira ou algo assim? — perguntou Samir.

Carl vasculhou o apartamento com o olhar. Ele não percebeu nada de extraordinário além da escultura gorda com um pano de prato ao redor da barriga sobre o aquecedor. Um belo Gordo esculpido com um chapéu-coco. O par da escultura, o Magro, estava no canto, nada paramentado. Havia algo de errado nisso.

Carl se ajoelhou, tirou o pano de prato e cutucou a escultura. Parecia promissor.

— Vocês vão ter que virá-la sozinhos. Mas, na minha opinião, as costas da escultura não estão muito bem.

Agora todos estavam em volta dela. Eles avaliavam o tamanho do buraco do tiro e o quanto de madeira havia se espalhado.

— Proporcionalmente é um calibre pequeno. O projétil nem atravessou. Ainda está preso — comentou Antonsen e os técnicos concordaram.

Carl era da mesma opinião. Uma .22. Mas incrivelmente mortal, bastava ter vontade.

— Algum vizinho ouviu algo? Quero dizer, gritos ou um tiro? — perguntou ele, aproximando o nariz do buraco da bala.

Eles menearam a cabeça.

Estranho e, por outro lado, nada estranho. O prédio se encontrava em um estado desolador e parcialmente vazio. Poucos moradores por andar. Certamente não havia ninguém morando em cima ou embaixo. Os dias daquela caixa vermelha estavam contados. A próxima tempestade podia derrubar tudo.

— Ainda cheira a fresco — avisou Carl, afastando a cabeça. — Disparado a cerca de um metro de distância e hoje à noite. O que vocês acham?

— Bate — respondeu um dos técnicos.

Carl foi até a varanda e olhou para fora. Bela altura!

Observou os prédios baixos em frente. Agora dava para enxergar um rosto em cada janela. Nem a noite mais escura conseguia abafar a curiosidade alheia.

Nesse instante, o celular de Carl tocou.

Ela nem se identificou. Para quê?

— Você não vai acreditar, Carl — começou Rose. — Mas o turno da noite em Svendborg encontrou o brinco. O plantonista sabia de cara onde procurar no sistema que gerencia o depósito. Isso não é fantástico?

Carl consultou o relógio. O mais fantástico era Rose achar que ele estava apto a ouvir novidades a essa hora.

— Você não estava dormindo, não é? — perguntou ela, sem esperar pela resposta. — Estou indo para a central imediatamente. Eles vão enviar um e-mail com a foto agora.

— Isso não pode esperar até o dia amanhecer? Ou até segunda? — Sua cabeça latejava de novo.

— Alguma ideia de quem poderia tê-lo obrigado a pular? — perguntou Antonsen, quando Carl fechou o celular.

Carl balançou a cabeça em um não. Quem poderia ter sido? Com certeza alguém cuja vida havia sido arruinada pelas investigações de Aalbæk. Alguém que achava que ele sabia demais. Essa era uma possibilidade. Mas também poderia ter sido alguém da turma. Carl tinha muitas ideias, mas infelizmente nenhuma com uma prova com a qual pudesse se vangloriar.

— Vocês checaram o escritório de Aalbæk? — perguntou ele. — Documentos de clientes, agenda, mensagens na secretária eletrônica, e-mails?

— Mandamos o nosso pessoal até lá. Eles disseram que era um cubículo vazio, velho, com uma caixa de correio.

Carl franziu o cenho e olhou ao redor. Em seguida, foi até a escrivaninha perto da parede, pegou um dos cartões de visita de Aalbæk e discou o número do escritório do detetive.

Nem três segundos depois, um celular começou a tocar no corredor de entrada.

— Bingo! Agora a gente sabe exatamente onde fica o escritório dele — declarou Carl olhando para os lados. — Aqui.

À primeira vista, não dava para afirmar isso. Nenhum arquivo, nenhuma pasta com recibos. Nada semelhante. Apenas livros de edições de clubes de leitura, badulaques e uma porção de CDs com músicas do versátil e prolífico Helmut Lotti e outros de igual calibre.

— Revirem o apartamento — ordenou Antonsen. Isso iria demorar.

Carl estava deitado na cama havia menos de três minutos, com todo sintoma de gripe presente de novo, quando Rose voltou a ligar. A voz dela estridulava pelo telefone.

— Carl, é o brinco! É o par daquele que foi encontrado em Lindelse Nor! Agora a gente pode relacionar, com toda certeza, o brinco do saquinho plástico de Kimmie com ambos os desaparecidos de Langeland. Maravilhoso, não é?

Sim, sim. Mas não era muito fácil seguir seu ritmo.

— E isso não é tudo, Carl. Recebi a resposta de alguns e-mails que tinha mandado no sábado à tarde. Você pode ir falar com Kyle Basset. Isso é ótimo, não é?

Com esforço, Carl se ergueu na cabeceira da cama em uma posição semissentada. Kyle Basset? O garoto do internato que a turma ficou perturbando? Sim, isso era... ótimo!

— Ele pode se encontrar com você amanhã à tarde. Tivemos sorte, porque Kyle Basset normalmente nunca fica no escritório, mas na tarde de domingo ele vai estar lá. Vocês vão se ver às duas, assim dá tempo de você pegar o voo de volta às quatro e vinte.

Carl se sentou instantaneamente na cama, como se uma mola tivesse se soltado.

— *Voo?* Que merda é essa, Rose?

— Bem, ele está em Madri. Você sabe, o escritório dele fica em Madri.

Carl arregalou os olhos.

— Madri! Eu não vou de avião para Madri nem fodendo. Vá você.

340

— Já reservei o voo, Carl. Você sai às dez e vinte de SAS. A gente se encontra lá uma hora e meia antes. O check-in também já está feito.

— Não, não, não vou voar para lugar nenhum. — Ele tentou engolir. — Nem sonhando!

— Uau! Carl, você tem medo de avião? — Rose riu. Um riso que tornava qualquer resposta plausível impossível.

Carl *tinha* medo de voar. E como! Pelo menos era o que ele achava, pois só havia tentado uma vez, quando precisou ir a uma festa em Aalborg. Como medida profilática, Carl se embebedou tanto na ida e na volta que Vigga teve que carregá-lo. Duas semanas mais tarde ele ainda se agarrava nela durante a noite. Em quem iria se agarrar dessa vez?

— Não tenho passaporte, Rose. Não vou. Estorne o bilhete.

Ela riu de novo. Uma mistura absolutamente desagradável essa combinação de dor de cabeça, medo terrível e a risada barulhenta de Rose no ouvido.

— A questão do passaporte eu já resolvi com a polícia federal — retrucou ela. — Amanhã o documento vai estar disponível para você. Tenha calma, Carl. Vou dar uns comprimidos a você. Frisium. Você só precisa estar uma hora e meia antes da partida no terminal três, sem falta. O metrô chega lá direto e não é preciso levar nem escova de dentes. Mas se lembre do cartão de crédito, ok?

Em seguida, ela desligou e Carl se viu sentado sozinho no escuro. Sem condições de se lembrar quando as coisas começaram a sair do controle dessa maneira.

31

— **B**asta você tomar dois desses comprimidos de Frisium — tinha dito ela ao lhe enfiar dois comprimidos minúsculos garganta abaixo e mais dois, para o voo de volta, junto do ursinho de pelúcia no bolso da camisa.

Carl olhou perplexo para todos os lados do saguão, procurando nos balcões uma autoridade que pudesse impedi-lo de viajar. Roupas erradas, jeito de ser errado, qualquer coisa! O principal era fazer com que ele não tivesse que subir nessa escada rolante e começar sua viagem rumo à danação.

Rose havia lhe dado uma folha impressa com o endereço da empresa de Kyle Basset, que também trazia a rota de viagem de maneira muito detalhada além de um pequeno guia de conversação. Ela o alertou mais uma vez, enfaticamente, a não tomar os outros dois comprimidos antes de fazer o check-in do voo de volta. E desfiou mais uma lista de coisas, da qual Carl não conseguia repetir nem metade cinco minutos depois. Como poderia, se não tinha pregado o olho nem por um minuto na noite anterior e sua barriga não parava de emitir uns ruídos estranhos, prenúncio de uma diarreia muito forte.

— Pode ser que você fique um pouco sonolento — comentou ela por fim. — Mas eles funcionam, acredite em mim. Com esses comprimidos, você não vai ter mais medo de nada. O avião pode até cair sem que você dê a mínima.

Carl percebeu que Rose se arrependeu por ter dito a última frase. Em seguida, ela o levou pela mão, com seu passaporte provisório e o cartão de embarque, até a escada rolante.

Carl estava encharcado de suor já na pista de decolagem. Sua camisa ficava evidentemente mais escura e os pés escorregavam dentro dos sapatos. Embora pudesse perceber que os comprimidos estavam fazendo efeito aos poucos, seu coração ainda batia tão forte que ele previa um infarto.

— O senhor está se sentindo bem? — perguntou com delicadeza a mulher a seu lado, estendendo-lhe a mão.

Ele ficou com a impressão de estar prendendo a respiração o tempo inteiro, a 10 mil metros de altura. A única coisa que percebeu foram as turbulências e os rangidos inexplicáveis no corpo da aeronave.

Carl abriu e fechou o botão do ar-condicionado. Baixou o banco. Verificou se o colete salva-vidas estava mesmo sob o banco e dizia "não, obrigado" assim que a comissária se aproximava.

E então apagou.

— Olhe, lá embaixo está Paris — disse a mulher a seu lado em algum momento. A voz vinha de longe. Carl abriu os olhos e se lembrou do pesadelo, do cansaço, dos sintomas de gripe e, por fim, em uma mão que apontava para as sombras de alguma coisa, e a dona dessa mão afirmava serem a Torre Eiffel e a Place de l'Étoile.

Carl assentiu. Ele não estava dando a mínima para nada disso. Paris que se... Ele só queria sair dali.

Ela percebeu e tomou novamente a mão de Carl e continuou segurando-a até ele acordar com um tranco, porque o avião havia tocado a pista de aterrissagem.

— O senhor estava muito grogue — comentou ela, apontando para a placa do metrô.

Ele bateu em seu pequeno talismã no bolso da camisa e depois no bolso interno da jaqueta, onde estava a carteira. Por um instante combalido, Carl se perguntou se poderia usar o cartão Visa em um lugar tão distante como aquele.

— É muito simples — declarou a mulher. — O senhor compra o bilhete para o metrô logo ali. Desce a escada rolante e segue na direção da cidade até Nuevos Ministerios, onde é preciso fazer uma baldeação para a linha seis e ir até Cuatro Caminos, então com a linha dois até a ópera e depois com a cinco, só mais uma estação, até Callao. De lá são apenas 100 metros até o local da sua reunião.

Carl procurou um banco onde pudesse descansar o cérebro e as pernas, tudo parecendo chumbo.

— Eu mostro o caminho, tenho que ir para lá também. Vi como o senhor passou no avião — disse uma alma caridosa em um dinamarquês perfeito e Carl direcionou o olhar para um homem de origem inegavelmente asiática. — Meu nome é Vincent — apresentou-se ele e começou a caminhar, puxando sua bagagem.

Ao se deitar, cansado, a apenas dez horas atrás, não era isso que ele esperava de um domingo tranquilo.

Após uma viagem de metrô semiconsciente, Carl emergiu das profundezas labirínticas da estação de metrô Callao para a luz do dia. Como icebergs gigantes, os edifícios monumentais da Gran Vía se erguiam a seu redor. Colossos, neoimpressionistas, classicistas, funcionalistas, como ele os descreveria depois. Carl nunca tinha visto algo semelhante. Barulho, cheiros, calor e um fervilhar de pessoas de cabelos escuros com pressa. Ele se identificava com apenas uma pessoa, um pedinte quase desdentado que estava sentado na rua. Diante dele havia uma cornucópia de tampas de plástico coloridas, cada uma delas aberta para doações. Havia moedas e cédulas em todas. Dinheiro do mundo inteiro. Carl não entendeu nem metade do que estava acontecendo, mas sentia uma ironia espreitando dos olhos brilhantes do homem. *Escolha uma*, dizia seu olhar. *Você vai doar cerveja, vinho, aguardente ou cigarro?*

As pessoas ao redor riam e uma delas sacou uma máquina fotográfica e perguntou ao pedinte se podia fotografá-lo. Um sorriso sem dentes se abriu em seu rosto e ele ergueu uma placa.

Fotos: 280 euros, era o que ela dizia.

Funcionou. Não somente para todos os espectadores como também para o estado de espírito atônico de Carl e seus enferrujados músculos do riso. Sua gargalhada foi tão surpreendente quanto libertadora. A autoironia superava qualquer expectativa. O pedinte lhe entregou até um cartão com um site. Nesse momento, Carl voltou subitamente à realidade. E cada fibra de seu corpo estava embebida com o desejo de dar um chute muito bem-dado em certa funcionária do Departamento Q.

Lá estava ele em um país desconhecido. Entupido com comprimidos que nocautearam seu cérebro. Todos os membros doíam pela luta contra o começo da gripe. Durante toda a sua vida tinha ouvido histórias sobre turistas descuidados. E agora isso havia acontecido com ele, o detetive de polícia, aquele que suspeitava de perigos e via figuras suspeitas em todo lugar. Quão idiota uma pessoa pode ser?, pensou Carl. E isso em um domingo.

Nada de carteira. Nem mesmo uma bolinha de lã no bolso da jaqueta. Trinta minutos espremido em um metrô lotado cobravam seu preço. Nada de cartão de crédito, passaporte temporário, carteira de motorista, reluzentes notas de cinquenta, bilhetes de metrô, lista de telefones, cartão do seguro, passagem de avião.

Era impossível afundar mais.

Por fim, ele recebeu uma xícara de café em uma das salas da KB Construcciones S. A. e foi deixado em paz. Carl ficou sentado diante de janelas bastante sujas e adormeceu. Quinze minutos antes, ele foi parado pelo porteiro no saguão de entrada da Gran Vía, 31. Como não podia se identificar, o vigilante demorou muito tempo para verificar se seus dados estavam corretos e se tinha mesmo uma reunião com o chefe. O homem falava aos borbotões, porém ele não entendia nem uma palavra. Finalmente, Carl balançou a cabeça furioso, procurou o trava-língua mais complicado para ser dito em dinamarquês a estrangeiros e gritou: "Rødgrød med fløde!" ("Morangos com creme!").

Ajudou.

— Kyle Basset. — Uma voz vinda a quilômetros de distância entrou no ouvido de Carl, que havia acabado de pegar no sono de novo.

Ele abriu cuidadosamente os olhos. Pensou que estivesse acordando bem no meio do purgatório de tanto que sua cabeça e seus membros doíam.

Em seguida, sentou-se diante das janelas gigantes do escritório de Kyle Basset e mais uma xícara de café lhe foi servida. Carl estava diante de um homem de 30 e poucos anos, que parecia saber muito bem o que importava. Riqueza, poder e autoconfiança inabalável.

— Sua funcionária me informou da situação — declarou Kyle Basset. — O senhor está investigando uma série de assassinatos. E possivelmente há uma ligação com as pessoas que me atacaram na época do internato. É isso?

Ele falava dinamarquês com sotaque. Carl olhou ao redor. O escritório era portentoso. Lá embaixo, na Gran Vía, as pessoas saíam de lojas que se chamavam Sfera ou Lefties. Nesse entorno, era um milagre Kyle Basset ainda dominar o dinamarquês.

— *Pode ser* que se trate de uma série de assassinatos. Não sabemos ainda com certeza. — Carl engoliu o café. Sabor muito acentuado. Não era o mais indicado a seus intestinos fermentando. — O senhor afirma com certeza que eles o atacaram. Por que o senhor não disse isso quando eles foram acusados?

Kyle Basset riu.

— Eu fiz isso muito antes. Com a pessoa certa.

— E quem era?

— Meu pai. Antigo colega de internato do pai de Kimmie.

— Ah, é? E o que o senhor conseguiu com isso?

Kyle Basset deu de ombros e abriu uma caixinha de cigarros de prata maciça. Essas coisas realmente ainda existiam. Ele ofereceu um cigarro a Carl.

— Quanto tempo você tem?

— Meu voo sai às quatro e vinte.

Ele olhou o relógio.

— Ops. Não temos muito tempo. Certamente o senhor tomará um táxi, não?

Carl tragou profundamente a fumaça. Ajudava um pouco.

— Estou com um probleminha — respondeu ele, sentindo-se absolutamente constrangido.

Carl explicou o problema para Kyle Basset. Batedores de carteira no metrô. Nada de dinheiro, passaporte temporário, passagem do voo.

Kyle Basset apertou um botão do interfone. Suas ordens soavam não exatamente amistosas. Esse devia ser seu tom com os subordinados.

— Vou ser breve.

Ele olhou para os edifícios brancos em frente. Talvez fosse possível reconhecer lembranças de uma dor antiga em seu olhar. Mas sua expressão estava tão rígida e dura que era difícil afirmar isso.

— Meu pai e o pai de Kimmie fizeram um acordo: em determinado momento, ela seria punida. Concordei. Eu conhecia bem o pai dela. Willy K. Lassen. Continua no meu círculo de conhecidos. Ele tem um apartamento em Mônaco que fica a apenas dois minutos a pé do meu. Ele não se liga a muitos compromissos. Não é alguém para desafiar. Pelo menos, não no passado. O pobre-diabo está com uma doença terminal. Não tem muito tempo de vida. — Kyle Basset riu. Reação curiosa.

Carl pressionou os lábios. Então o pai de Kimmie estava mesmo muito doente, exatamente o que ele tinha dito a Tine. Que surpresa! Mas já havia aprendido que não era raro a realidade e a fantasia se aproximarem.

— E por que Kimmie? — perguntou ele. — É só ela que o senhor cita. Os outros também não participaram? Ulrik Dybbøl Jensen,

Bjarne Thøgersen, Kristian Wolf, Ditlev Pram, Torsten Florin? Naquela época, eles não estavam todos juntos?

Kyle Basset cruzou as mãos, o cigarro acesso pendurado nos lábios.

— Você está dizendo que eles me escolheram conscientemente como vítima?

— Não sei. Não sei muita coisa sobre essa história toda.

— Então vou contar. Foi puro acaso os seis me surrarem. Estou convencido disso. E também foi um acaso a surra começar. — Ele colocou uma das mãos sobre o peito e se curvou para a frente. — Três costelas quebradas. E as outras foram separadas da minha clavícula. Urinei sangue durante dias. Eles podiam ter me matado sem mais. E foi mais um acaso isso não ter acontecido.

— Ah. Mas aonde o senhor está querendo chegar? Isso ainda não explica por que sua vingança só iria atingir Kimmie Lassen.

— Sabe de uma coisa, Mørck? No dia em que aqueles porcos me atacaram, aprendi uma coisa com eles. Em certo sentido, sou até grato pela lição. — Ele bateu na mesa a cada palavra da frase seguinte. — Quando a oportunidade aparece, você ataca, foi isso que aprendi. Não importa se é por acaso ou não. Sem se importar com a justiça ou se a outra pessoa é culpada ou inocente. Essa é a essência do mundo dos negócios, sabe? Aponte suas armas e faça uso delas. Sempre. Simplesmente ataque. E, no meu caso, minha arma era poder influenciar o pai de Kimmie.

Carl respirou fundo. Isso não soava muito simpático aos ouvidos de um menino do interior. Ele semicerrou os olhos.

— Acho que ainda não entendi bem.

Basset balançou a cabeça. Ele não esperava por isso. Ambos eram de planetas diferentes.

— Só estou dizendo que, como era mais fácil ir atrás de Kimmie, era ela quem devia sentir a minha vingança.

— O senhor não se importava com os outros?

Kyle Basset deu de ombros.

— Se eu tivesse tido oportunidade, teria devolvido na mesma moeda. Mas nunca tive. Eu e você temos os nossos próprios territórios de caça, por assim dizer.

— Então Kimmie não participava mais ativamente do que os outros? E, na sua opinião, quem era o líder dessa corja?

— Kristian Wolf, é claro. Mas, quando todos os diabos saíam do inferno ao mesmo tempo, então eu certamente manteria distância de Kimmie.

— Como assim?

— No começo, ela ainda era neutra. Eram principalmente os três: Florin, Pram e Wolf. Mas, quando eles já haviam conseguido o que queriam, pois eu sangrava por uma orelha e isso deve ter assustado, *então* foi a vez de Kimmie.

Suas narinas se abriram, como se ainda sentisse a presença dela.

— Eles a incentivaram, entende? Principalmente Wolf. Ele e Pram ficaram apalpando Kimmie até ela ficar excitada e aí a empurraram para cima de mim. — Kyle Basset cerrou os punhos. — Ela me deu um tapa e mais outro e mais outro. Quando percebeu que estava doendo, seus olhos se arregalaram e ela passou a respirar mais fundo e a bater mais forte. Ela chutou meu peito. Com a ponta do sapato, bem fundo.

Kyle Basset apagou o cigarro em um cinzeiro semelhante à estátua de bronze do telhado em frente. Seu rosto parecia muito enrugado. Apenas agora, com a claridade do sol batendo de lado, é que Carl percebeu. Bastante cedo para um sujeito tão jovem.

— Se Wolf não tivesse se metido, ela teria continuado até eu morrer. Tenho certeza.

— E os outros?

— Sim, os outros. — Ele refletiu um pouco. — Eles já estavam ávidos pelo próximo, eu acho. Como espectadores de uma tourada. Acredite em mim, conheço isso!

A secretária que havia trazido café para Carl entrou na sala. Magra e bem-vestida. Com roupas tão escuras quanto seus cabelos e suas sobrancelhas. Segurava um pequeno envelope, que entregou a Carl.

— *Now you have some euros and a boarding pass for the trip home* — disse ela, sorrindo amistosamente para ele.

Em seguida, ela se virou para o chefe e lhe entregou um bilhete, que foi lido em segundos. A raiva que isso provocou em Kyle Basset fez Carl se lembrar de Kimmie com os olhos arregalados — do jeito que tinha sido descrito há pouco.

Sem hesitar, Kyle Basset rasgou o bilhete e soterrou a secretária com uma enxurrada de impropérios. Os traços do rosto do homem estavam desfigurados, as rugas ainda mais fundas. Uma reação extremamente violenta que fez a mulher olhar envergonhada para o chão e começar a tremer. Não era uma cena agradável, de modo algum.

Depois de ela fechar a porta atrás de si, Kyle Basset olhou sorrindo para Carl, como se nada tivesse acontecido.

— Uma burocratazinha idiota. Não se preocupe com ela. Você já está com tudo que precisa para voltar para a Dinamarca?

Carl assentiu, mudo, e se esforçou a mostrar alguma forma de gratidão, porém estava difícil. Kyle Basset era exatamente como aqueles que o maltrataram tanto no passado. Sem nenhuma empatia. Havia acabado de demonstrar isso diante dos olhos de Carl. Que gente nojenta, ele e seus iguais.

— E o castigo? — quis saber Carl por fim. — A pena de Kimmie. Como foi?

Basset riu.

— Ah, no fundo isso também foi um acaso. Ela havia tido um aborto e estava completamente abatida e, no geral, muito doente. Então pediu ajuda ao pai.

— E não a recebeu, imagino.

Carl viu a jovem diante de si, cujo pai lhe nega auxílio no momento de sua maior necessidade. Essa falta de amor que já estava estampada no rosto da garotinha na foto da *Gossip* que posou entre o pai e a madrasta?

— Ah, foi bem desagradável, ouvi dizer. Naquela época, o pai dela morava no Hotel D'Angleterre. Era sempre assim quando estava na Dinamarca. E então ela apareceu na recepção do lugar. Sim, cacete, o que mais ela esperava?

— Ele a expulsou?

— Quase que imediatamente. — Kyle Basset riu. — Primeiro Kimmie pôde rastejar um pouco pelo chão e catar as notas de mil coroas que ele tinha jogado para ela. Ou seja, um pouquinho Kimmie acabou recebendo. Mas a ordem foi: adeus e até nunca mais.

— Ela é proprietária da casa em Ordrup. Por que Kimmie não foi para lá?

— Ela foi e recebeu o mesmo tratamento. — Basset balançou a cabeça. Ele era totalmente indiferente. — Bem, Carl Mørck. Se quiser saber mais, vai precisar pegar um voo mais tarde. Aqui é preciso fazer o check-in com muita antecedência. E, se quiser embarcar às quatro e vinte, precisa sair agora.

Carl respirou fundo. Ele já sentia a turbulência do avião na central de ansiedade do cérebro. Então ele se lembrou dos comprimidos e tirou o ursinho de pelúcia, pois eles haviam escorregado bem para baixo, evidentemente. Colocou o bichinho sobre a mesa e tomou um gole de café para ajudar a engolir o remédio.

Seu olhar passou sobre a borda da xícara e atravessou o inferno de papéis sobre a escrivaninha, a calculadora de bolso, a caneta-tinteiro, o cinzeiro meio cheio até enfim chegar aos punhos cerrados com os nós brancos dos dedos do homem. Apenas então ele ergueu o olhar até o rosto de Kyle Basset e enxergou alguém que, supostamente pela primeira vez, estava tendo que se submeter à dor lancinante da memória, dor essa que as pessoas podem aplicar em si mesmas e nas outras com tanta eficiência.

O olhar de Kyle Basset estava fixo no inocente ursinho de pelúcia. Era como se um raio de sentimentos represados o tivesse atingido.

Em seguida, ele se sentou de volta em sua cadeira.

— O senhor reconhece esse ursinho? — perguntou Carl, com os comprimidos grudados em algum lugar entre o céu da boca e as cordas vocais.

Ele assentiu e na sequência a raiva veio ajudá-lo a retomar o rumo.

— Sim, ele ficava o tempo todo balançando no pulso de Kimmie na época do internato. Não sei por quê. Havia uma fita vermelha ao redor do pescoço dele que ficava amarrada no pulso dela.

Por um breve instante, Carl supôs que Kyle Basset iria baixar a guarda e chorar. Mas seu rosto se enrijeceu e ele estava novamente diante de um homem que era capaz de esmagar uma burocratazinha com dois impropérios.

— Sim, eu me lembro muito bem dele. Ele também balançava no pulso dela enquanto ela me surrava. Como o encontrou?

32

Já eram quase dez horas quando Kimmie acordou na manhã de domingo, no Hotel Ansgar. A televisão ao pé da cama ainda estava ligada, agora reprisavam as notícias dos acontecimentos da noite. Apesar da intensa investigação, ainda não havia novidades sobre a explosão na estação Dybbølsbro. Por isso, outro assunto havia ganhado destaque. Agora se tratava do bombardeio americano contra os rebeldes em Bagdá e da candidatura de Kasparov à presidência da Rússia, porém o mais importante era uma morte ocorrida diante de um edifício vermelho condenado à demolição em Rødovre.

Suspeitava-se de um homicídio. Vários indícios apontavam nessa direção, explicou o porta-voz da polícia. Principalmente a maneira como a vítima se agarrou ao parapeito da varanda, recebendo um forte golpe nos dedos com um objeto maciço. Talvez tivesse sido com a arma que foi usada na mesma noite no apartamento, contra uma estátua de madeira. A polícia não divulgava mais informações. Ainda não havia suspeitos.

Era o que os noticiários diziam.

Kimmie apertou seu pequeno embrulho contra si.

— Agora eles sabem, Mille. Agora os meninos sabem que estou atrás deles. — Ela tentou sorrir. — Você acha que eles estão reunidos agora? Acha que Torsten e Ulrik e Ditlev estão tramando o que fazer quando a mamãe for atrás deles? Imagino se estão com medo.

Ela ninou o pequeno embrulho nos braços.

— Acho que deveriam, depois de tudo que fizeram com a gente, não é? E sabe de uma coisa, Mille? Eles têm todos os motivos do mundo para estar com medo.

O cameraman tentava dar um zoom nos homens do serviço de resgate que retiravam o corpo do local. Mas estava escuro demais.

— Sabe de uma coisa, Mille? Eu não deveria ter dito nada sobre a caixa de metal para os outros. Foi um erro.

Kimmie secou os olhos. As lágrimas vieram de repente.

— Eu não deveria ter dito. Por que eu fiz isso?

Ela estava morando com Bjarne Thøgersen e isso tinha sido um sacrilégio. Se tivesse que transar, que fosse secretamente ou com todos da turma. Não havia outra possibilidade. E depois essa quebra fatal de todas as regras. Não apenas tinha escolhido um do grupo como também aquele na pior posição na hierarquia.

Isso era completamente inaceitável.

— Bjarne? — vociferou Kristian Wolf. — O que você quer com esse fracassado? — Ele desejava que tudo permanecesse como antes. Que eles viajassem juntos e que Kimmie estivesse disponível para todos, sempre.

No entanto, apesar das ameaças de Kristian e da pressão que ele exerceu, Kimmie permaneceu firme. Ela havia se decidido por Bjarne. Os outros tinham que se contentar com as lembranças.

Durante um tempo, o grupo continuou se reunindo regularmente. Eles se viam a cada quatro semanas, cheiravam cocaína e assistiam a filmes violentos. Em seguida, andavam juntos com o jipe de Torsten ou de Kristian, caçando pessoas que pudessem humilhar e surrar. Às vezes, eles faziam um acordo posterior com as vítimas e lhes davam dinheiro como reparação pelos maus-tratos e pelos ataques físicos; às vezes, atacavam suas vítimas por trás e as nocauteavam, antes que pudessem ver o rosto dos agressores. E havia raras ocasiões, como quando encontraram um velho pescando absolutamente sozinho no lago Esrum, em que sabiam que a vítima não ia sair viva.

Ataques desse tipo eram os preferidos, quando as circunstâncias eram favoráveis e eles podiam fazer tudo que constava no cardápio. Quando todos seis podiam exercer seus papéis até o final.

Mas no lago Esrum as coisas saíram dos trilhos.

Eles notaram o quanto Kristian estava excitado. Esse era seu estado constante, mas dessa vez seu rosto estava escuro e crispado. Nada de lábios entreabertos e pálpebras pesadas. Ele havia enfiado a frustração bem fundo em si e estava muito quieto e passivo, observando a movimentação dos outros e como as roupas de Kimmie grudavam no corpo dela quando puxaram o homem para dentro d'água.

— Agora dá um jeito nela, Ulrik! — exclamou ele de repente, quando Kimmie chegou com o vestido de verão pingando na margem, observando o corpo se afastar lentamente e submergir. E, com os olhos brilhando, Ulrik tomou consciência da oportunidade, ao mesmo tempo que temia não conseguir de novo. Antes de ela ter ido para a Suíça, ele teve que desistir várias vezes, pois não conseguiu penetrá-la. Enquanto isso, os outros aproveitavam. De alguma maneira, esse coquetel de violência e sexo não funcionava tão bem para Ulrik quanto para os outros. Era como se a pulsação precisasse baixar para que outra coisa se levantasse.

— Não enrole, Ulrik — falaram os outros. Bjarne, por sua vez, gritou e xingou pedindo que parassem. Ditlev e Kristian o imobilizaram.

Kimmie viu Ulrik arriando as calças, pela primeira vez parecendo estar pronto. O que não viu foi que Torsten se aproximava por trás e a jogou no chão.

Se Bjarne não tivesse conseguido se soltar e Ulrik não perdesse rapidamente sua força masculina, eles teriam estuprado Kimmie naquele dia na clareira de juncos.

Porém, não demorou muito para Kristian começar a procurá-la sistematicamente. Não se importava nem um pouco com Bjarne ou com os outros. Enquanto *ele* pudesse tê-la, estava satisfeito.

Bjarne mudou. Quando conversava com Kimmie, ele perdia a concentração. Não retribuía os carinhos dela como antes e em geral não estava em casa quando ela voltava do trabalho. Gastava dinheiro que não tinha. Falava ao telefone quando achava que ela estava dormindo.

Agora Kristian a cortejava cada vez mais. Na Nautilus, no caminho para casa vindo do trabalho ou na casa dela, onde podia entrar e sair sem se preocupar, pois os outros ocupavam Bjarne com algum trabalho temporário.

E Kimmie o desdenhava. Desdenhava Kristian Wolf por sua dependência e sua falta de noção da realidade.

Ela percebeu rapidamente como a raiva crescia nele. Como o aço de seus olhos ficava mais duro e a perfurava.

Mas Kimmie não tinha medo de Kristian. O que mais ele poderia fazer com ela que já não havia sido feito tantas vezes?

Enfim aconteceu naquele dia de março, quando foi possível enxergar o cometa Hyakutake de maneira muito clara e precisa no céu estrelado sobre a Dinamarca. Bjarne havia ganhado um telescópio de Torsten e Ditlev tinha disponibilizado seu barco para ele. O plano era que Bjarne ficasse no meio do lago, com cerveja suficiente e a sensação de grandeza, enquanto Kristian, Ditlev, Torsten e Ulrik entravam em sua casa.

Kimmie nunca descobriu como eles arranjaram a chave. Mas, de repente, apareceram diante dela, com as pupilas retraídas e as narinas irritadas pela cocaína. Não falaram nada, apenas foram em sua direção, pressionaram-na contra a parede e rasgaram roupa o suficiente para Kimmie ficar acessível.

Mas eles não conseguiram fazer com que ela emitisse um som sequer. Kimmie sabia que isso apenas os deixaria ainda mais enlouquecidos. Ela já tinha visto isso muitas vezes quando todos juntos partiam para atacar alguém.

Os homens da turma detestavam gemidos. Assim como ela.

Eles a jogaram sobre a mesa de centro, sem se dar ao trabalho de retirar os objetos que estavam sobre ela antes. O estupro começou com Ulrik montado sobre a barriga de Kimmie, abrindo suas pernas com as manzorras. Primeiro, ela deu socos nas costas dele, mas o torpor da cocaína e a camada de gordura anulavam os efeitos dos golpes. E de que adiantaria, afinal? Ela sabia que Ulrik adorava isso. Surras, humilhações, atos forçados. Tudo o que servia para afrontar a moral corriqueira. Para Ulrik, nada era tabu. Não havia nenhum fetiche que ele já não tivesse experimentado. Nenhum. E, apesar disso, não conseguia uma ereção como todos os outros.

Kristian se meteu entre as pernas dela e estocou sua vontade até o limite, até a autossatisfação brilhar de todos os seus poros. Ditlev foi o segundo e terminou muito rápido, com sua curiosa tremedeira habitual. Então veio Torsten.

E justamente quando esse sujeito magro tinha se metido nela, Bjarne surgiu de repente à porta. Ela o encarou. Mas, nesse momento, ele teve consciência de sua inferioridade e a união dos homens minou sua atitude anterior, de modo que ele também entrou na fila. Kimmie gritou que era para Bjarne ir embora, mas ele não foi.

E, depois de Torsten ter saído de dentro dela, a respiração ofegante dos homens se transformou em gritos de triunfo quando Bjarne os acompanhou.

Kimmie olhou seu rosto fechado, vermelho-azulado. Pela primeira vez ela percebia claramente o rumo que sua vida havia tomado.

Nesse instante, ela se resignou. Fechou os olhos e se distanciou daquilo.

As risadas do grupo, quando Ulrik realizou uma nova tentativa e teve que abortá-la, foi a última coisa que ela ouviu. Tinha submergido na neblina protetora do inconsciente.

Foi a última vez que Kimmie viu o grupo junto.

— Minha princesa, agora mamãe vai mostrar o que ela trouxe para você.

Kimmie desembrulhou a pessoinha do tecido e a observou com grande delicadeza. Que obra divina! Esses dedinhos das mãos e dos pés, essas unhas minúsculas.

Em seguida, tirou o papel do pacote e segurou no alto o conteúdo sobre o pequeno corpo ressequido.

— Veja só, Mille, você já viu algo assim? Isso não é exatamente do que precisamos em um dia como hoje?

Com um dedo, ela tocou a mãozinha.

— Você não acha que a mamãe está muito quente? — perguntou ela. — Sim, mamãe está muito quente. — Kimmie riu. — Mamãe sempre fica assim quando está tensa. Você já sabe.

Kimmie olhou pela janela. Era final de setembro. Como no passado, há 12 anos, quando ela se mudou para a casa de Bjarne. Só que naquela época não chovia.

Ao menos não em sua memória.

Depois de terem estuprado Kimmie, deixaram-na deitada sobre a mesa de centro, fizeram um semicírculo no chão e cheiraram carreiras até ficarem totalmente chapados. Quando Kristian deu uns tapas fortes sobre suas coxas nuas, eles quase choraram de rir.

— Chega disso, Kimmie — disse Bjarne. — Não seja tão pudica. Somos nós.

— Acabou — rosnou ela. — Chega.

Kimmie percebeu que não acreditaram. Que achavam que ela era dependente deles e que depois de um tempo voltaria rastejando. Mas ela não faria isso. Na Suíça, Kimmie também tinha conseguido se virar sem eles.

Demorou até ela conseguir se levantar. O períneo ardia, as articulações do quadril estavam machucadas, a nuca doía. E a humilhação pesava.

Essa sensação foi mais que retomada quando Kassandra a recepcionou cheia de desdém na casa em Ordrup.

— Você consegue fazer algo de útil nessa vida, Kimmie?

No dia seguinte, Kimmie soube que Torsten Florin tinha comprado seu local de trabalho, a Nautilus Trading S/A e que ela estava sem emprego. Um dos funcionários, que Kimmie considerava seu amigo, entregou-lhe o cheque e disse que, infelizmente, ela teria que deixar a empresa imediatamente. Torsten Florin havia organizado uma mudança de pessoal, explicou ele. Caso ela quisesse reclamar com alguém, era preciso falar diretamente com o chefe.

Quando Kimmie foi ao banco sacar o dinheiro, descobriu que Bjarne tinha limpado e fechado sua conta.

Ela não deveria escapar de maneira alguma das garras deles. Esse era o plano.

Nos meses seguintes, Kimmie viveu na casa em Ordrup, em seu quarto. À noite, descia para buscar algo para comer na cozinha e dormia durante o dia. Ficava deitada lá, com as pernas encolhidas, apertando seu ursinho de pelúcia. Kassandra ficou muitas vezes diante da porta, tentando abri-la. Mas ela estava surda para o mundo.

Pois Kimmie não devia nada a ninguém. Kimmie estava grávida.

— Fiquei tão feliz quando descobri que eu ia ter você — declarou ela, sorrindo para a bebezinha. — Eu soube imediatamente que você seria menina e que nome teria. Mille. Esse foi o seu nome, desde o começo. Não é engraçado?

Ela embalou um pouco a bebê e voltou a embrulhá-la no pano, como um minúsculo menino Jesus envolto em linho branco.

— Eu quase não cabia em mim de felicidade. Íamos morar na casa e teríamos uma vida normal. Logo depois de você nascer, mamãe tinha se decidido a procurar um emprego. E depois do trabalho mamãe buscaria você na creche, então a gente ficaria o tempo todo juntas.

Ela pegou a bolsa, colocou-a sobre a cama e meteu um dos travesseiros do hotel dentro dela. Parecia quentinho e aconchegante.

— Sim, eu e você, a gente teria morado na casa sozinhas. Kassandra teria que sumir de lá.

Kristian Wolf começou a ligar para ela. Isso foi nas semanas anteriores a seu casamento. O pensamento de logo estar comprometido o deixava tão louco quanto a rejeição de Kimmie.

O verão estava cinza, mas cheio de alegria, e Kimmie aos poucos começou a retomar o controle sobre sua vida. Todas as coisas terríveis que ela havia feito estavam ficando para trás. Agora ela era responsável por uma nova vida.

O passado estava morto.

Apenas quando Ditlev Pram e Torsten Florin apareceram certo dia na sala, diante de Kassandra, esperando por Kimmie, é que ela tomou consciência da impossibilidade disso. Ao ver os olhares interessados dos dois, lembrou-se de como eles podiam se tornar perigosos.

— Seus velhos amigos estão aqui para fazer uma visita — avisou Kassandra em um timbre agudo, metida em seu vestido de verão quase transparente. Ela protestou quando foi expulsa de seus domínios, "*My room*". Mas o que eles tinham para conversar não era adequado para os ouvidos da madrasta.

— Não faço ideia do motivo para vocês estarem aqui, mas quero que saiam — disse Kimmie. Mas ela sabia exatamente o porquê desse encontro. Suas palavras apenas iniciaram as negociações que decidiriam quem estaria no comando e quem não ao final do encontro.

— Kimmie, você está metida demais nisso — declarou Torsten. — Não podemos permitir que você tire o corpo fora. Quem sabe o que mais pode fazer?

Ela balançou a cabeça.

— O que vocês estão querendo dizer? Que estou carregando pensamentos suicidas e que vou deixar cartas comprometedoras?

Ditlev assentiu.

— Por exemplo. Mas a gente pode imaginar outras coisas que você seria capaz de fazer.

— Como o quê?

— Isso faz alguma diferença? — retrucou Torsten, aproximando-se mais de Kimmie.

Se eles quisessem agarrá-la de novo, ela pegaria um dos vasos chineses bem pesados que ficavam nos cantos.

— O ponto mais importante é que sabemos que temos você quando está com a gente. Venha, você também está sentindo a nossa falta. Vamos lá, confesse, Kimmie — continuou ele.

Ela se esforçou para dar um sorriso.

— Talvez você seja pai, Torsten. Ou talvez você, Ditlev. — Ela não queria ter dito isso, mas os rostos petrificados valiam a pena.

— Por que eu deveria ir com vocês? — Kimmie colocou a mão sobre a barriga. — Vocês acham mesmo que isso seria bom para o bebê? Acho que não.

Quando ambos os homens se entreolharam, ela soube de imediato no que eles pensavam. Ambos tinham filhos, separações e escândalos nas costas. Um escândalo a mais ou a menos não faria diferença. Era a rebelião de Kimmie que trazia dificuldades para eles.

— Você tem que tirar — mandou Ditlev, inesperadamente ríspido.

Você tem que tirar. Depois dessas quatro palavras, Kimmie sabia que o bebê estava em perigo.

Ela ergueu uma das mãos, como se para abrir uma distância.

— Se preocupem com suas vidas e me deixem em paz, certo? Em paz para sempre.

Satisfeita, viu como os dois semicerraram os olhos, surpresos com sua mudança de atitude.

— E se vocês não fizerem isso... Saibam que existe uma pequena caixa que pode destruir suas vidas. Essa caixa é meu seguro de vida. Estejam certos de que o conteúdo dela vai ser revelado caso algo aconteça comigo.

Isso não era verdade, Kimmie não tinha feito nenhum arranjo desse tipo. Sim, ela possuía uma caixa escondida. Mas nunca havia pensado em mostrá-la a ninguém. Guardava apenas seus troféus. Um pequeno objeto que representava cada vida que eles apagaram. Como o escalpo dos índios. As orelhas do touro dos toureiros. Os corações arrancados das vítimas dos incas.

— Que caixa? — perguntou Torsten e as rugas em seu rosto de raposa se aprofundaram.

— Peguei uma coisinha dos lugares de todos os ataques. Tudo o que fizemos vai ser revelado com o conteúdo dessa caixa. E, se tocarem em mim ou no meu filho, vocês vão mofar atrás das grades. Eu juro.

Ditlev parecia ter acreditado. Torsten, por sua vez, parecia cético.

— Cite um exemplo.

— Um dos brincos da mulher de Langeland. A pulseira de borracha de Kåre Bruno, lá da piscina. Vocês ainda se lembram de como Kristian o pegou e o jogou pela borda? Então também se lembram dele depois, segurando a pulseira diante de Bellahøj, sorrindo. Acho que ele não vai rir quando souber que essa pulseira está na minha caixa, junto com duas cartas de *Trivial Pursuit*, de Rørvig. Vocês não concordam comigo?

Torsten Florin desviou o olhar. Como se ele quisesse se assegurar de que ninguém escutava do outro lado da porta.

— Sim, Kimmie, também acho.

Certa noite, Kristian foi até o quarto de Kimmie quando Kassandra estava muito bêbada e fora de combate.

Ele ficou junto a sua cama e se curvou sobre ela. Falou tão lentamente e de maneira tão clara que cada uma de suas palavras ficou profundamente gravada no cérebro de Kimmie.

— Diga para mim onde está a caixa, Kimmie. Senão eu te mato agora.

Kristian bateu nela com muita brutalidade e durante tanto tempo que mal conseguia erguer os braços. Surrou seu ventre, seu peito, até os ossos da mão começarem a doer. Mas Kimmie não revelou onde estava.

Finalmente ele se foi. Sua agressividade havia sido completamente descarregada e ele estava cem por cento seguro de que sua empreitada fora concluída e que a caixa era mera invenção.

Quando Kimmie retomou a consciência, ela mesma chamou a ambulância.

33

E la acordou de barriga vazia, mas sem apetite. Era tarde de domingo e Kimmie ainda estava no hotel. Durante uma hora, os sonhos lhe deram a certeza de que, a partir de agora, tudo finalmente iria ser resolvido. Por que se alimentar então?

Ela se voltou para a bolsa com o embrulho, que estava a seu lado na cama.

— Hoje você vai ganhar um presente meu, pequena Mille. Vou dar a você a melhor coisa que já tive na vida, você vai ganhar o meu ursinho de pelúcia. Mamãe pensou tanto nisso e hoje chegou o dia. Você está contente?

Ela sentiu que as vozes estavam aguardando por um momento de fraqueza. Mas, nesse momento, Kimmie colocou a mão sobre o embrulho e deixou os sentimentos amorosos fluírem soltos.

— Sim, minha querida, agora estou bem calma. Bem calma. Hoje nada nem ninguém pode nos fazer mal.

Ela havia sido levada ao Bispebjerg com fortes sangramentos. O pessoal do hospital não parava de perguntar o que de tão terrível tinha acontecido. Um dos médicos sugeriu até chamar a polícia. Mas Kimmie conseguiu convencê-lo do contrário. Os inchaços e as manchas arroxeadas pelo corpo eram resultado de uma queda. Ela tinha despencado de uma escada longa e íngreme, foi o que disse para acalmar as enfermeiras e os médicos. Sofria, havia tempos, de crises de tontura e tinha perdido o equilíbrio no degrau superior da escada. Não, ninguém tinha atentado contra sua vida, garantiu. Morava sozinha com a madrasta na casa. Foi apenas azar, infelizmente com consequências graves.

No dia seguinte, as enfermeiras asseguraram a ela de que o bebê iria conseguir sobreviver e Kimmie acreditou. Apenas quando lhe transmitiram as lembranças de seus velhos amigos do internato que soube da necessidade de ficar alerta.

No quarto dia, Bjarne veio visitá-la. Ela estava em um quarto individual. Claro que não havia sido por acaso que eles o escolheram como seu garoto de recados. Bjarne não era famoso como os outros, esse era um ponto. Além disso, era o mais capaz de conversar sem usar palavras vazias e mentiras deslavadas.

— Kimmie, você falou que tem provas contra a gente. É verdade?

Ela não respondeu. Ficou encarando a janela, observando os edifícios pomposos, antigos.

— Kristian pediu desculpas pelo que fez com você. Ele perguntou se você quer ser transferida para uma clínica particular. O bebê está bem, não é?

Ela o olhou com desdém durante bastante tempo até Bjarne fechar os olhos. Claro que ele sabia que não tinha o direito de fazer nenhuma pergunta.

— Diga a Kristian que aquela foi a última vez que ele pôs as mãos em mim. Entendeu?

— Kimmie, você conhece Kristian. Ninguém se livra dele assim. Ele disse que você não tem nem um advogado. Você não tem nem um advogado para contar seja lá o que for a nosso respeito, Kimmie. Ele também falou que mudou de opinião. Agora ele *acredita* nessa caixa com as coisas que você disse ter. Que isso é a sua cara. Kristian até riu quando falou isso.

Bjarne tentou imitar o sorriso torto do amigo, mas não chegou nem perto. E ele não convencia Kimmie de maneira nenhuma, pois ela sabia que Kristian nunca teria rido de algo que pudesse ameaçá-lo.

— E, como você não tem um advogado, Kristian estava se perguntando quem é o seu aliado — comentou Bjarne. — Você não tem amigos, Kimmie. Você não tem ninguém além da gente. Todos sabemos disso. — Ele tocou o braço dela, porém Kimmie o retraiu rapidamente. — Acho que você deve simplesmente dizer onde está essa caixa. Está na sua casa, Kimmie?

— Você acha que eu sou idiota? — perguntou ela, furiosa.

Ficou claro que Kristian a estava levando a sério.

— Diga a Kristian que, enquanto ele não encostar em mim, vocês podem continuar fazendo o que quiserem, não dou a mínima. Eu estou grávida, Bjarne. Vocês ainda não se deram conta disso? Se as coisas da caixa vierem à tona, eu também estou encrencada. E o que vai ser do meu filho? Para mim, a caixa é simplesmente uma segurança, minha última cartada, que só vou usar se vocês me obrigarem.

Essa era a última coisa que ela deveria ter dito.

A última cartada. Se Kristian pudesse se sentir ameaçado por algo, era por palavras como essas.

Após a visita de Bjarne, Kimmie não dormiu mais à noite. Ficava acordada no escuro, esperando, com uma das mãos na barriga e a outra na campainha.

Na madrugada do dia 2 de agosto, Kristian veio em um avental branco.

Ela havia adormecido por apenas poucos segundos. Foi então que sentiu a mão dele sobre sua boca e a forte pressão de seu joelho contra o peito. Sem rodeios, ele ameaçou:

— Quem sabe para onde você vai desaparecer quando receber alta daqui, Kimmie. Estamos vigiando, mas nunca se sabe. Diga onde está a caixa e aí eu deixo você em paz.

Ela não respondeu.

Então, ele bateu com toda a força na barriga de Kimmie. E, como ela continuou em silêncio, Kristian continuou batendo, por muito tempo até as contrações começarem, as pernas tremerem e a cama balançar.

Kristian poderia tê-la matado. Se a cadeira ao lado da cama não tivesse caído fazendo um barulho infernal. Se as luzes de uma ambulância diante do prédio não tivessem clareado o quarto e revelado Kristian em toda sua terrível torpeza. Se ela não tivesse pendido a cabeça para trás e, em choque, perdido a consciência.

Se ele não estivesse totalmente convencido de que ela estava morrendo.

Kimmie não fez o check-out do hotel. Deixou as malas no quarto e levou apenas a bolsa com o embrulhinho e algumas outras coisas, então foi até a estação central. Eram quase duas da tarde. Agora iria buscar o ursinho de pelúcia para Mille como havia prometido. E, depois disso, ela queria completar seu objetivo.

Era um dia claro de outono, o trem interurbano estava cheio de criancinhas e seus professores. Talvez estivessem voltando de um museu, talvez estivessem indo a um parque para passar algumas horas. Talvez a criançada de bochechas rosadas estivesse voltando para as mães e os pais levando imagens vívidas das folhagens multicoloridas e bandos de cervos em volta do Castelo Eremitage.

Quando ela e Mille finalmente se reunissem, seria muito mais adorável. Na beleza infinita do Paraíso. Lá elas poderiam passar o tempo inteiro se olhando e rindo.

Por toda a eternidade.

Kimmie assentiu e olhou pela janela, para além da caserna Svanemøllen, na direção do Hospital Bispebjerg.

Há 11 anos, ela havia se erguido de sua cama de hospital e pegado a bebezinha que estava debaixo de um pano sobre a mesa de metal ao pé da cama. Eles a deixaram sozinha por apenas um minuto porque outra mulher estava passando por complicações no parto.

Kimmie se vestiu e embrulhou a bebezinha no pano. E, uma hora mais tarde, depois de seu pai tê-la humilhado no Hotel D'Angleterre, ela estava sentada no mesmo trem, indo para Ordrup.

Naquela época, sabia perfeitamente que não podia ficar naquela casa, pois lá seria o primeiro lugar onde os outros iriam procurá-la e não daria para escapar com vida mais uma vez.

Mas também sabia que precisava urgentemente de ajuda. Kimmie ainda sangrava e as dores eram tão insuportáveis que pareciam quase irreais.

Por isso ela queria pedir dinheiro a Kassandra.

No entanto, ela percebeu naquele dia, mais uma vez, do que as pessoas são capazes.

Kassandra lhe entregou ridículas 2 mil coroas. Espumando de raiva, é claro. Duas mil dela e 10 mil do pai, isso era tudo que Kassandra e Willy K. Lassen se incomodaram em lhe entregar. Uma piada. Era evidente que a quantia não dava para nada.

Logo Kimmie foi convidada a se retirar e em meio àquelas mansões ela estava, literalmente, na rua. Com o embrulho debaixo do braço e o absorvente encharcado de sangue entre as pernas, Kimmie sabia apenas uma coisa: um dia, todos aqueles que a maltrataram e humilharam pagariam por isso.

Primeiro Kristian, depois Bjarne. Em seguida Torsten, Ditlev, Ulrik, Kassandra e seu pai.

Essa era a primeira vez em muitos anos que ela estava novamente diante dessa casa na Kirkevej. Tudo se mantinha como sempre: os sinos da igreja, que chamavam os cidadãos de bem ao culto de domingo, e as casas que se erguiam tão descaradamente. A porta da casa ainda era igualmente difícil de abrir.

Quando Kassandra a abriu, Kimmie reconheceu imediatamente seu rosto conservado com muito esforço e a postura que a madrasta sempre assumia na presença dela.

368

Kimmie não sabia quando a inimizade entre as duas havia nascido. Supostamente naquela época quando a educação infantil de Kassandra se limitava a trancar a garota em quartos escuros e soterrá-la com palavras cruéis que a menininha compreendia apenas pela metade. O fato de a madrasta também sofrer com a frieza de sentimentos da casa era outra história. Isso garantia alguma compreensão, mas não era desculpa. Kassandra era um demônio.

— Você não entra aqui! — rosnou ela e quis bater a porta na cara de Kimmie. Exatamente como no dia do aborto.

Naquela ocasião, ela havia sido mandada ao inferno e o que lhe esperava era realmente isso. Apesar de seu estado lastimável, pelo qual tanto os golpes de Kristian quanto o aborto eram igualmente responsáveis, Kimmie teve que vagar durante dias pelas ruas sem que alguém fizesse alguma menção de se aproximar dela, muito menos de ajudá-la.

As pessoas enxergavam apenas os lábios rachados e os cabelos oleosos. Elas se afastavam de suas mãos e braços, marrons do sangue velho, segurando um embrulho repugnante. Não enxergavam o ser humano em necessidade extrema. Não viam o ser humano que se extinguia naquele momento.

E ela própria havia pensado que isso era seu castigo, sua fogueira pessoal, a expiação de seus erros.

Foi uma drogada de Vesterbro que a auxiliou, por fim. Apenas Tine não se preocupou com o fedor do pacote nem com a saliva seca nos cantos da boca de Kimmie. Ela já tinha visto coisa muito pior e levou a outra até um quarto em uma rua secundária em Sydhavnen. Lá morava mais um drogado, que em outros tempos havia sido um médico.

Seus comprimidos controlaram a inflamação e a curetagem que ele realizou parou o sangramento — para sempre, infelizmente.

Na semana seguinte, mais ou menos na época em que o embrulhinho deixou de feder tanto, Kimmie estava pronta para uma nova vida, uma vida nas ruas.

Todo o resto havia se transformado em história.

Era como ficar presa em um pesadelo. O perfume pesado de Kassandra preenchia os cômodos e os antigos fantasmas lhe sorriam das paredes — nada tinha mudado.

Kassandra levou um cigarro à boca. A cor de seu batom já tinha desbotado havia muito nos incontáveis cigarros fumados antes. Sua mão tremia levemente, porém seu olhar seguia Kimmie com atenção através da fumaça, quando ela descansou a bolsa no chão. Kassandra se sentia claramente desconfortável. A qualquer momento seus olhos poderiam começar a soltar faíscas. Ela não esperava essa aparição.

— O que você quer aqui? — Ela usou as mesmas palavras há 11 anos.

— Você gostaria de ficar nessa casa, Kassandra? — Kimmie inverteu os papéis.

Sua madrasta olhou para o alto. Por um momento, ficou sentada em silêncio, refletindo. A fumaça envolvia seus cabelos, que se tornavam grisalhos.

— Você veio por causa disso? Você está aqui para me expulsar?

Como ela lutava para manter a calma! Que maravilha! Essa pessoa, que teve a oportunidade de pegar uma garotinha pela mão e tirá-la da sombra de uma mãe indiferente. Essa mulher lamentável, egoísta, que tinha dominado a vida de Kimmie com abuso emocional e negligência diária. Essa mulher, que havia moldado a vida de Kimmie, levando-a aonde ela estava agora: desconfiança, ódio, frieza e falta de empatia.

— Tenho duas perguntas, Kassandra, e, se você for esperta, vai responder sem enrolar.

— E aí você vai embora de novo? — Ela encheu um copo de vinho do Porto que estava em uma garrafa que devia estar tentando esvaziar antes da chegada de Kimmie. Esforçando-se para controlar os movimentos, Kassandra levou o copo à boca e tomou um gole.

— Não prometo nada — respondeu Kimmie.

— O que você quer saber? — Kassandra tragou tão profundamente a fumaça do cigarro que não exalou nada depois.

— Onde está a minha mãe?

— Ah, Deus, essa é a pergunta? — Com a boca um pouco entreaberta, ela ergueu a cabeça. Em seguida, voltou-se lentamente para Kimmie. — Kimmie, ela está morta. Há trinta anos! Pobrezinha. Nunca contamos isso? — Ela voltou a deitar a cabeça para trás e emitiu um som que deveria expressar surpresa. Porém, quando virou o rosto de novo na direção de Kimmie, ele estava duro, implacável. — Seu pai deu dinheiro a ela, e ela o bebeu. Preciso contar mais? Incrível nunca termos dito isso a você. Mas agora você sabe. Está feliz?

A palavra "feliz" ecoou em Kimmie. *Feliz?!*

— E o meu pai? Você tem notícias dele? Onde ele está?

Kassandra sabia muito bem que essa pergunta seria feita e foi tomada por nojo. A mera menção à palavra "pai" era suficiente para isso. Se alguém odiava Willy K. Lassen, esse alguém era ela.

— Mesmo com toda boa vontade, não consigo entender por que está perguntando isso. Você não o deixaria queimando no inferno? Ou quer apenas se certificar de que ele realmente esteja lá? Então posso dar uma boa notícia: seu pai realmente está sofrendo dores infernais no momento.

— Ele está doente? — Talvez o que o sujeito da polícia tinha dito a Tine fosse realmente verdade.

— Doente? — Kassandra amassou seu cigarro e estendeu os braços diante de si, com os dedos esticados. — Como eu disse: ele já está ardendo no inferno, o câncer tomou conta de todos os ossos. Não falei com ele, mas soube por terceiros que está sofrendo muito.

— Ela fez um biquinho e expirou de maneira tão pesada que parecia estar exalando o próprio diabo. — Ele vai morrer ainda antes do Natal. E isso não me incomoda, eu não me importo.

Kassandra alisou o vestido e aproximou mais de si o copo de vinho que estava sobre a mesa.

Sobravam então apenas Kimmie, Mille e Kassandra. Duas vezes o maldito K e o anjinho da guarda.

Kimmie ergueu a bolsa do chão e a colocou sobre a mesa, ao lado da garrafa de vinho do Porto da madrasta.

— Foi você quem deixou Kristian entrar aqui, quando eu estava grávida?

Kassandra viu como Kimmie entreabriu a bolsa.

— Deus do céu! Não vá dizer que você carrega essa coisa asquerosa na bolsa. — Mas estava escrito no rosto de Kimmie que era exatamente isso. — Você é doente, Kimmie. Tire isso daí.

— Por que você deixou Kristian entrar? Por que você permitiu que ele subisse até o meu quarto, Kassandra? Afinal, você sabia que eu estava grávida. Eu falei que queria sossego.

— Por quê? Você e seu filho bastardo, eu não estava nem aí para vocês. O que você achava?

— E você ficou simplesmente sentada aqui embaixo enquanto ele me dava uma surra. Você deve ter ouvido os golpes. Deve ter percebido que ele estava me machucando. Por que não chamou a polícia?

— Eu sabia que você merecia isso.

As vozes na cabeça de Kimmie ressoaram.

Tapas. Quartos escuros. Desdém. Incriminações. Tudo isso se agitava dentro de sua cabeça. Mas agora era hora de dizer um basta!

Kimmie se levantou em um salto, segurou o coque de Kassandra e puxou sua cabeça para trás. Assim dava para entornar o resto de vinho do Porto direto na garganta de sua madrasta, que olhava aterrorizada para o teto enquanto o líquido seguia o caminho da traqueia. Então, ela começou a tossir.

Nesse momento, Kimmie pressionou a boca de Kassandra com força e deu uma chave no pescoço dela. A tosse aumentou, assim como o sufocamento.

Kassandra agarrou o antebraço de Kimmie, a fim de afastá-lo. Mas a vida nas ruas deixava os ligamentos fortes. Ao menos, mais fortes do que alguém que fica apenas dando ordens e que, ainda por cima, é velho. Os olhos de Kassandra foram tomados pelo pânico. Seu estômago se retraiu e excretou suco gástrico para o alto, na delicada região entre a traqueia e o esôfago.

Algumas tentativas desesperadas e infrutíferas de respirar pelo nariz aumentaram o pânico no corpo idoso, que agora se mexia para todos os lados. No entanto Kimmie continuava segurando e fechou todo acesso de oxigênio. Kassandra foi tomada por convulsões, seu peito fremia e suas lamúrias emudeceram.

E depois ela ficou imóvel.

Kimmie a deixou cair no mesmo lugar, no cenário de sua última luta. O copo quebrado de vinho do Porto, a mesa de centro fora do lugar e o líquido que escorria da boca da mulher deveriam falar por si mesmos.

Kassandra Lassen havia aproveitado bem tudo aquilo que a vida oferece e esses ingredientes também ajudaram a matá-la.

Uma fatalidade, diriam. Previsível, outros completariam.

Essas foram as mesmas palavras usadas por um dos antigos companheiros de caça de Kristian Wolf, quando ele foi encontrado com uma artéria da coxa atingida por um tiro em sua propriedade em Lolland. Uma fatalidade, sim, mas previsível. Ele sempre foi imprudente com o rifle. Cedo ou tarde algo daria errado, disse esse colega.

Mas não foi uma fatalidade.

Desde o primeiro dia em que a viu, Kristian passou a controlar Kimmie. Ele usou de chantagem para fazer com que ela e os outros participassem de seus jogos. E se aproveitou de seu corpo. Lançou-a em relacionamentos e depois a fisgou de volta. Ele havia feito com que Kimmie convencesse Kåre Bruno a ir a Bellahøj, com a promessa de um recomeço. Instigou-a, até ela chamá-lo para que pudesse empurrar Kåre sobre a borda. Kristian a estuprou e a surrou, uma, duas vezes, provocando o aborto. Ele tinha mudado sua vida muitas vezes, cada vez para pior.

Após seis semanas vivendo na rua, ela o viu na capa de uma revista. Ele sorria, havia acabado de fechar alguns negócios fantásticos e agora queria descansar por alguns dias em sua propriedade em Lolland.

— Nenhum animal se sente protegido na minha propriedade — foi como ele se expressou. — Minha pontaria é excelente.

Kimmie roubou sua primeira mala e, impecavelmente vestida, tomou um trem para Lolland. Desceu em Søllested e caminhou os últimos 5 quilômetros ao anoitecer até chegar diante da propriedade.

Ela passou a noite entre arbustos, enquanto Kristian berrava dentro de casa até que sua jovem esposa sumiu no andar superior. Ele dormiu na sala e, apenas poucas horas mais tarde, estava pronto para liberar a agressividade e as frustrações em faisões vulneráveis ou, melhor, em toda criatura viva que aparecesse em sua mira.

A noite foi gelada, porém Kimmie não sentiu frio. O pensamento no sangue de Kristian, que logo iria jorrar, fez com que ela percebesse o clima como quase um verão. Revitalizante e animador.

Desde o tempo do internato Kimmie sabia que Kristian, torturado por uma inquietação interior, acordava cedíssimo, antes de todos os outros. E ele fazia uma caminhada nas horas que restavam até o horário habitual do início da caçada com o objetivo de conhecer o terreno, para que açuladores e caçadores pudessem trabalhar em conjunto da melhor maneira possível. Muitos anos depois de seu assassinato, Kimmie ainda conseguia se lembrar da sensação de olhar para Kristian Wolf naquela manhã, quando ele caminhou através do portão da propriedade e seguiu para a plantação. Vestido e equipado com perfeição, como um matador da alta-roda deveria ser: alinhado, presunçoso e com botas brilhantes. Mas o que a alta sociedade sabia a respeito de matadores?

Ela o seguiu mantendo alguma distância e protegida pelas cercas vivas, sempre parando, assustada, quando pequenas folhas e galhos estalavam sob seus pés. Se Kristian a descobrisse, atiraria sem a menor hesitação. E, mais tarde, diria que foi um acidente. Um erro de cálculo. Ele havia imaginado que uma corça estivesse saindo do meio das árvores.

Mas Kristian não a ouviu. Apenas no instante em que Kimmie se jogou contra ele e enfiou a faca em seus órgãos sexuais.

Em seguida, Kristian tombou para a frente e se virou no chão com os olhos arregalados. Totalmente consciente de que o rosto sobre ele seria a última coisa que veria na vida.

Kimmie pegou a espingarda e o deixou esvair em sangue. Foi rápido.

Depois, rolou o morto, limpou a arma com sua manga, colocou-a na mão dele, o cano apontado para o baixo-ventre e apertou o gatilho.

O relatório da polícia concluiu que foi um tiro disparado acidentalmente e a *causa mortis*, um sangramento, após ter atingido a artéria da coxa. Nenhum outro acidente recebeu mais atenção naquele ano.

Sim, foi rotulado como um acidente, porém não para Kimmie, que sentiu uma rara tranquilidade.

Diferentemente dos outros integrantes da turma. Ela havia desaparecido e eles tinham absoluta certeza de que Kristian jamais morreria daquele jeito sem a interferência de alguém.

Inexplicável, dizia-se da morte de Kristian.

Para Ditlev, Ulrik, Torsten e Bjarne, não.

*

Logo depois, Bjarne se entregou.

Talvez ele soubesse que seria o próximo. Ou talvez tivesse feito um acordo com os outros. Não tinha importância.

Kimmie acompanhou, pela imprensa, como Bjarne assumiu a culpa pelas mortes em Rørvig, e sabia que agora podia viver em paz com o passado.

Ligou para Ditlev e explicou que ele devia fazer com que ela recebesse uma pequena bolada, a fim de que também pudesse viver em paz.

O procedimento foi acertado e os homens mantiveram a palavra.

Isso foi inteligente. Assim ganharam alguns anos até o destino agarrar os calcanhares deles.

Kimmie olhou por um instante para o corpo de Kassandra e se admirou por não estar sentindo uma satisfação maior.

É porque você ainda não terminou, disse uma das vozes. *Ninguém fica feliz a meio caminho do Paraíso*, acrescentou outra.

E a terceira se manteve em silêncio.

Ela assentiu e tirou o embrulho da bolsa. Devagar, foi até o andar de cima. Enquanto isso, contava à bebê como costumava brincar na escada e escorregava pelo corrimão quando ninguém estava vendo. E como ela sempre cantarolava a mesma música, quando seu pai e Kassandra não estavam escutando.

Pequenos momentos da vida de uma criança.

— Você pode ficar deitadinha aqui, querida, enquanto a mamãe busca o ursinho para você — declarou ela, colocando o embrulho com cuidado sobre a almofada.

Seu quarto não havia mudado nada. Kimmie tinha passado alguns meses deitada ali, sentindo a barriga crescer. Essa seria a última vez que entraria nele.

Kimmie abriu a porta da sacada e, naquele anoitecer, tateou pela telha solta. Sim, ela continuava exatamente no lugar de que ela se lembrava. E foi facílimo afastá-la, ela nunca teria imaginado isso. Como uma porta com dobradiças recém-engraxadas. Nesse instante, Kimmie foi tomada por uma suposição temerosa e sua pele gelou. E o frio deu lugar a ondas de calor quando meteu a mão no espaço vazio e percebeu que não havia nada lá.

Seus olhos esquadrinharam febrilmente as telhas ao redor. Mas ela tinha absoluta certeza de que não encontraria nada.

Pois era a telha certa, o espaço vazio certo. E a caixa havia sumido.

Todos os lamentáveis Ks de sua vida se erguiam agora diante dela e todas as vozes em seu interior uivavam e riam de maneira histérica, xingando-a. Kyle, Willy K., Kassandra, Kåre, Kristian, Klavs e todos os outros que cruzaram seu caminho. Quem mais o havia cruzado e pegado a caixa? Foram aqueles em cujas gargantas ela queria enfiar as provas? Os sobreviventes? Ditlev, Ulrik e Torsten? Eles realmente encontraram a caixa?

Tremendo, Kimmie percebeu como as vozes formaram um uníssono. Como faziam as veias pulsarem no dorso de suas mãos.

Pela primeira vez em anos, as vozes estavam totalmente concordantes entre si: os três tinham que morrer.

Exausta, Kimmie se deitou na cama ao lado do pequeno embrulho, soterrada pelas humilhações do passado, pela opressão. As primeiras surras do pai. O hálito de álcool da mãe que escapava entre lábios vermelho-fogo. As unhas afiadas. Os beliscões. Os puxões nos cabelos finos de Kimmie.

Sempre que eles batiam muito em Kimmie, ela se sentava em um canto e abraçava seu ursinho de pelúcia. Isso a consolava. Embora fosse pequeno, ele possuía muita força.

— Fique calma, Kimmie — dizia o animal de pelúcia. — São apenas pessoas más. Algum dia elas vão sumir. Em algum momento elas de repente não vão mais existir.

Quando ela cresceu, o tom mudou. Agora o ursinho podia lhe dizer que ela não deveria nunca mais aceitar ser surrada de novo.

Kimmie não devia mais abaixar a cabeça. Se fosse para alguém bater, que esse alguém fosse ela.

E agora o ursinho havia sumido. O único objeto que a recordava dos poucos momentos de felicidade da infância.

Ela se voltou para o embrulho, acariciou-o com delicadeza e disse, totalmente abalada, porque não conseguiu cumprir a promessa:

— Você não vai ganhar seu ursinho agora, minha querida. Sinto muito, muitíssimo.

34

Como de costume, Ulrik estava muito bem-informado sobre as notícias mais importantes. Entretanto, ele não havia usado seu fim de semana para treinar com a besta. Eles eram muito diferentes nisso, sempre foram. Quando possível, Ulrik escolhia o caminho mais simples.

Quando o celular tocou, Ditlev já tinha atirado toda uma sequência de dardos sobre um alvo, tendo o estreito de Øresund como visual. No começo, vários deles não o acertaram e foram para a água, mas nos últimos dois dias quase nenhum dardo havia deixado sua besta sem aterrissar exatamente onde ele desejava. Hoje, segunda-feira, Ditlev tinha se divertido fazendo desenhos com os disparos no centro do círculo; naquele instante, era a vez de uma cruz. A voz em pânico de Ulrik deu um fim à brincadeira.

— Kimmie matou Aalbæk — avisou ele. — Escutei no noticiário. Eu simplesmente sei que foi ela.

Em uma fração de segundo, essa informação e tudo o que ela representava tomou conta de Ditlev. Como um prenúncio da morte.

Concentrado, ele escutou o relato de Ulrik, breve e meio desarticulado, sobre as circunstâncias da queda fatal de Aalbæk.

A polícia tinha dado apenas indicações nebulosas. Segundo a interpretação da mídia, não era possível descartar totalmente um suicídio. Em bom dinamarquês, isso significava que havia a chance de também ser um assassinato.

Essas eram notícias terrivelmente sérias.

— Nós três precisamos nos reunir agora, entendeu? — sussurrava Ulrik como se Kimmie já estivesse em seu encalço. — Se não ficarmos juntos agora, ela vai acabar com a gente, um por um.

Ditlev observou a besta, que balançava na correia de couro presa em seu punho. Ulrik tinha razão. Estava ficando sério.

— Ok. Até segunda ordem, vamos agir como tínhamos combinado. Amanhã cedo a gente se encontra na casa de Torsten para a caçada. Depois, vamos discutir tudo. Pense que é a primeira vez que ela está atacando depois de mais de dez anos. Minha impressão, Ulrik, é que ainda temos tempo.

Ele olhou sobre o estreito de Øresund, sem enxergar realmente alguma coisa. Abafar a situação e pintá-la de cores bonitas não adiantava nada. Tudo se resumia a um ponto: ou Kimmie ou eles.

— Escute aqui, Ulrik — continuou ele após uma curta pausa. — Vou ligar para Torsten e o aviso. Enquanto isso, fique pendurado no telefone tentando descobrir o máximo possível. Ligue, por exemplo, para a madrasta de Kimmie e a informe sobre a situação. Peça às pessoas que avisem se ouvirem algo. Não importa o que seja.

"E mais uma coisa, Ulrik — falou com veemência. — Até nos vermos, permaneça, tanto quanto possível, em casa, certo?"

Em seguida, desligou.

Ditlev não havia nem guardado o celular no bolso quando o aparelho tocou novamente.

— É o Herbert. — A voz parecia distante.

Na verdade, o irmão mais velho de Ditlev nunca ligava. Naquela época, quando a polícia estava investigando o caso de Rørvig, Herbert compreendeu, imediatamente, o papel do irmão. Mas ele nunca falou nada a respeito. Nunca discorria sobre sua suspeita e também não tentava se meter. Entretanto, isso não aumentava o amor entre os irmãos. Não que alguma vez esse amor tivesse existido. Sentimentos não faziam parte da família Pram.

Apesar disso, dava para contar com Herbert nos momentos cruciais. Provavelmente porque seu medo constante de escândalos, de que seu nome ficasse manchado, era maior que todo o resto.

Por isso, há mais ou menos duas semanas, Ditlev cogitou a possibilidade de usar Herbert como um instrumento adequado para fazer com que as investigações do Departamento Q não avançassem mais.

E era por isso que Herbert ligava.

— Eu queria apenas dizer que as investigações do Departamento Q estão a todo o vapor. Não posso dar informações mais precisas a você, porque meu contato da central precisou sair de cena. De todo modo, porém, Carl Mørck, que lidera as investigações, sabe que tentei freá-lo. Sinto muito, Ditlev. Segure a onda, ok?

Nesse instante, o pânico também tomou conta de Ditlev.

Pelo celular, Ditlev conseguiu interceptar o rei da moda quando este estava estacionando de ré, em sua vaga particular. Torsten havia acabado de ouvir a notícia sobre Aalbæk. Exatamente como Ditlev e Ulrik, imediatamente apostou em Kimmie. Entretanto, ele ainda não sabia que Carl Mørck e o Departamento Q estavam totalmente dedicados ao caso de novo.

— Que merda, cara! Aos poucos a coisa está ficando desconfortável.

— Você prefere desmarcar a caçada? — perguntou Ditlev.

O longo silêncio do outro lado falava por si.

— Não gostaria. A raposa vai acabar morrendo de qualquer jeito — comentou Torsten, por fim. — Você devia ter visto o bicho ontem de manhã — continuou ele. — Completamente zureta. Mas me deixe pensar um pouco.

Ditlev conseguia imaginar com facilidade Torsten refestelando-se com as torturas que a raposa hidrofóbica sofria.

Ditlev conhecia Torsten. No momento, seus instintos assassinos brigavam com sua razão, que também era uma força muito poderosa. Desde os 20 anos, ele se apoiava nela para dirigir seu florescente império. Logo daria para ouvi-lo rezando. Uma pequena oração. Ele era assim. Se não conseguia resolver algo por si, havia sempre um ou outro deus à disposição para ser invocado.

Ditlev enfiou os fones do celular no ouvido, tensionou a corda da besta e tirou um novo dardo do estojo. Em seguida, carregou-a e a apontou para um pequeno poste para amarrar o cabo das âncoras, que ainda sobrava da antiga plataforma de natação. Uma gaivota havia acabado de pousar ali e começava a limpar as penas. Ditlev calculou a distância e o vento, disparando com tanta suavidade como se passasse o dedo pelo rosto de um bebê.

A gaivota não percebeu nada. Perfurada de repente, ela tombou na água. Enquanto Ditlev acompanhava a ave flutuando, Torsten recitava sua oração.

Esse disparo maravilhoso fez com que Ditlev abrisse os preparativos do evento.

— Não vamos desmarcar a caçada, Torsten. Hoje à noite, você reúne todos os somalis e os instrui a ficar muito atentos em Kimmie. Prometa a eles uma baita recompensa, caso vejam alguma coisa.

Depois de uma pequena pausa, Torsten concordou.

— Ok. E o que fazer com o espaço da caçada? Não podemos deixar Krum e todos aqueles idiotas correndo por lá.

— Do que você está falando? Quem quiser, pode participar! Se ela se aproximar da gente, então vai ser ótimo ter testemunhas dos dardos perfurando Kimmie.

Ditlev tocou a besta e observou a pequena mancha branca que lentamente era levada pelas ondas.

— Sim — continuou ele, em voz baixa. — Se Kimmie aparecer, vai ser mais que bem-vinda. Estamos entendidos, Torsten?

Ele não ouviu a resposta, porque uma secretária tinha chamado do terraço da Caracas. À distância, dava para ver que ela agitava as mãos e, logo, tampava os ouvidos.

— Acho que estão precisando de mim, Torsten. Vou desligar. Até amanhã cedo, certo? Se cuida.

Eles desligaram ao mesmo tempo e, imediatamente, o celular de Ditlev voltou a tocar.

— O senhor desligou a chamada em espera?

Sua secretária. Agora ela estava tranquila, de pé no terraço da clínica.

— O senhor não deveria fazer isso, senão é impossível encontrá--lo. Aqui em cima o pessoal está meio em pânico. Um homem está vagando por toda parte, bisbilhotando. Ele afirma ser o detetive--superintendente Carl Mørck. O que é para fazermos? O senhor vai falar com ele? Ele não nos mostrou uma ordem de busca e acho também que não possui qualquer documento.

Ditlev sentiu como o ar salgado se depositava sobre seu rosto. E isso era tudo. Vinte anos se passaram desde o primeiro ataque. Em todo esse tempo, ele sempre sentiu uma comichão, uma inquietação e uma preocupação latente, que gradualmente foram transformando--se em uma de suas fontes de energia.

No momento, ele não sentia nada, o que não era um bom sinal.

— Não — respondeu ele. — Diga que estou fora.

A gaivota havia sumido totalmente nas águas escuras.

— Diga que estou fora. E faça com que ele seja expulso daí. Quero que esse sujeito vá para o inferno.

35

Para Carl Mørck, a segunda-feira havia começado muito cedo, fazia exatamente dez minutos, após ele ter caído na cama no domingo à noite.

Ele tinha passado o domingo inteiro de molho. Dormiu quase o tempo todo durante o voo de volta e as comissárias mal conseguiram acordá-lo. Carl precisou ser retirado da aeronave. Em seguida, o pessoal do aeroporto teve que levá-lo de carro elétrico até a ambulância de plantão.

— Quantos Frisiums o senhor acha que tomou? — perguntaram eles. Mas Carl já estava dormindo de novo.

E, por incrível que pareça, ele despertou completamente no instante em que se deitou em sua cama.

— Onde você esteve hoje? — perguntou Morten Holland, quando Carl tropeçou para dentro da cozinha como um zumbi.

Mais rápido que dizer não, obrigado, um martíni se materializou sobre a mesa e a noite ficou longa.

— Você devia arranjar uma namorada — espinafrou Morten quando o relógio marcou quatro horas. Jesper estava voltando para casa e também acrescentou mais alguns bons conselhos sobre mulheres e amor.

Carl havia descoberto que o Frisium funcionava melhor em pequenas doses. De qualquer maneira, a pessoa tinha que ter ido muito baixo para receber conselhos amorosos de um rapazinho punk enrustido de 16 anos e de um gay ainda no armário. Só faltava aparecer a mãe de Jesper, Vigga, e também se intrometer. Ele conseguia ouvi-la falando:

— O que aconteceu com você, Carl? Se o seu metabolismo está problemático, devia dar uma chance à raiz-de-ouro. Ela faz bem para muita coisa.

Ele encontrou Lars Bjørn na mesa de recepção da delegacia. O sujeito também não parecia estar vendendo saúde.

— São esses malditos casos de violência — explicou Bjørn.

Eles cumprimentaram o policial atrás do vidro com um meneio de cabeça e passaram juntos pelas colunas.

— Vocês com certeza já se deram conta da similaridade dos nomes da Store Kannikestræde e Store Søndervoldstræde. Estão vigiando as outras ruas?

— Sim. A gente está com mulheres policiais à paisana tanto na Store Kannikestræde como na Store Søndervoldstræde. Vamos ver se isso vai seduzir os criminosos. E é por isso que eu queria dizer logo que não podemos emprestar nenhum homem para o seu caso, mas acho que você sabe disso.

Carl assentiu. No momento, ele pouco se importava. O jet lag dava a mesma sensação de privação de sono, idiotice e perda de foco? Por que as pessoas se aventuravam em viagens? "Se arriscavam" seria mais adequado.

Rose veio a seu encontro no corredor do porão com um sorriso largo no rosto. Bem, ela o fecharia rapidamente.

— Como foi em Madri? — foi a primeira coisa que ela disse. — Você assistiu a um pouco de flamenco?

Ele simplesmente não tinha forças para responder.

— Ora, vamos, Carl. O que você viu por lá?

Então, ele direcionou os olhos cansados para ela.

— O que eu vi? Fora a Torre Eiffel e o interior das minhas pálpebras, não vi absolutamente nada.

Ela já queria começar a protestar. Não pode ser verdade, era o que seu olhar dizia.

— Rose, vou dizer com todas as letras: se me meter em outra dessas de novo, pode se considerar uma ex-colega de trabalho no Departamento Q.

Carl passou por ela e foi até sua cadeira. O assento baixo esperava por ele. Quatro ou cinco horas de sono com os pés sobre a mesa e se sentiria renovado — disso tinha certeza.

— O que aconteceu? — A voz era de Assad, justamente no momento em que Carl adentrava o mundo dos sonhos.

Ele deu de ombros. Nada de mais além de ele estar quase se desfazendo. Assad era cego ou o quê?

— Rose está arrasada. Você foi mau com ela, Carl?

Ele estava prestes a ficar nervoso de novo quando seu olhar recaiu sobre os papéis que Assad carregava debaixo do braço.

— O que você trouxe para mim? — perguntou Carl, cansado.

Assad se sentou em uma das horríveis cadeiras de metal de Rose.

— Kimmie Lassen ainda não foi encontrada. Mas a busca continua, então é uma questão de tempo.

— Tem algo de novo do local da explosão? Encontraram alguma coisa por lá?

— Não, nada. Pelo que sei, eles encerraram por lá. — Assad pegou seus papéis e deu uma conferida. — Consegui falar com o pessoal da empresa de cercas Løgstrup. Eles foram muito solícitos. Tiveram que percorrer a seção inteira antes de encontrar alguém que pudesse falar algo a respeito da chave.

— Ah. — Carl havia fechado os olhos novamente.

— Naquela época, um dos sujeitos enviou um chaveiro para Ingerslevsgade para ajudar uma senhora da companhia dinamarquesa de trens que havia solicitado algumas chaves extras.

— E você conseguiu uma descrição dessa mulher, Assad? Certamente era Kimmie Lassen, não?

— Não consegui. Eles não conseguem descobrir quem foi o chaveiro. Por isso não tenho nenhuma descrição. Falei isso para o pessoal lá da seção. Eles também querem saber quem tinha acesso à casa que explodiu.

— Ok, Assad, tudo bem. As coisas nos conformes.

— Nos conformes?

— Tanto faz, Assad, esqueça. Sua próxima tarefa: abra pastas para nossos três amigos do internato, Ditlev, Ulrik e Torsten. Quero informações sobre tudo que for possível: situação com impostos, criação de empresas, local de moradia, estado civil e todo o resto. Monte as pastas com muita calma.

— Por quem eu começo? Já separei algumas coisas para cada um deles.

— Beleza, Assad. Você tem mais alguma coisa sobre a qual a gente possa conversar?

— A Homicídios me pediu para informar que o celular de Aalbæk possuía muitos registros de ligações com Ditlev Pram.

Claro que possuía.

— Beleza, Assad. Então há uma relação entre os caras e o caso aqui. Usando as informações como pretexto, podemos logo ir até eles.

— Pretexto?

Carl abriu os olhos e enxergou dois pontos de interrogação bem a sua frente. Honestamente, às vezes era cansativo. Talvez algumas aulas particulares de dinamarquês pudessem diminuir a barreira linguística em alguns metros. Por outro lado, fazer isso era arriscar que o homem começasse a falar como um executivo de negócios.

— E também encontrei Klavs Jeppesen — continuou Assad, depois de Carl não ter reagido a sua pergunta.

— Beleza, Assad. — Ele tentou se lembrar de quantas vezes já tinha dito "beleza". Estava ficando exagerado. — E onde ele está?

— No hospital.

Nesse instante, Carl se aprumou na cadeira. O que *houve*?

— Bem, você sabe. — Carl imitou um corte no pulso.

— Ah, que merda! Por que isso? Ele vai sobreviver?

— Sim. Fui até lá. Ontem mesmo.

— Legal, Assad. E?

— Nada. Apenas um cara sem autoamor.

Autoamor? O que era isso?

— Ele me disse que há anos estava flertando com a ideia.

Carl balançou a cabeça. Nenhuma mulher havia tido esse efeito com *ele*. Infelizmente.

— Ele não tem mais nada a dizer?

— Acho que não. As enfermeiras me expulsaram.

Carl deu um sorriso frouxo. Assad já estava acostumado com isso. Em seguida, a expressão do rosto de seu assistente mudou de repente.

— Vi um sujeito novo lá no segundo andar. Iraquiano, acho. Você sabe o que ele está fazendo aqui?

Carl assentiu.

— Sim, é o sucessor de Bak. Esteve em Rødovre antes. Eu o conheci anteontem de madrugada lá no prédio da periferia. Talvez você o conheça. Ele se chama Samir. Não consigo me lembrar do sobrenome.

Assad ergueu levemente a cabeça. Seus lábios grossos se entreabriram um pouco e um conjunto de rugas finas surgiu ao redor de seus olhos. Mas não eram marcas de riso. Por um momento, ele pareceu estar muito distante.

— Ok — disse ele em voz baixa, assentindo devagar. — Sucessor de Bak. Então ele vai ficar aqui?

— Sim, parto desse princípio. Algo de errado?

De repente, a expressão de Assad mudou de novo. O rosto relaxou e ele tornou a mirar Carl com seu habitual olhar despreocupado.

— Você precisa encontrar uma maneira de você e Rose se tornarem amigos, Carl. Ela é tão prestativa e tão... tão adorável. Você sabe como ela me chamou hoje de manhã?

Ele sem dúvida descobriria logo em seguida.

— Seu "beduíno predileto". Não é adorável? — Ele mostrou as gengivas e meneou, enlevado, a cabeça.

A ironia não era o forte desse homem.

Carl colocou seu celular para carregar e olhou para o quadro branco. O próximo passo seria uma conversa direta com Ditlev, Ulrik e Torsten. Ele levaria Assad junto, para que houvesse testemunhas caso os senhores falassem algo.

Além disso, o advogado dos três ainda estava na lista.

Carl passou a mão pelo queixo e mordeu o lábio. Que coisa idiota, o desentendimento que ele teve com a mulher de Bent Krum. Inventar para ela que o marido estava tendo um caso com sua esposa! Como uma pessoa pode ser tão estúpida? Isso certamente não facilitaria um novo encontro com o advogado.

Ele procurou o número de Bent Krum e ligou.

— Agnete Krum — respondeu uma voz.

Carl pigarreou e usou um tom de voz mais agudo. Reconhecimento é bom quando se é famoso. Não quando se é infame.

— Não — respondeu ela. — Não, ele não mora mais aqui. Se o senhor quiser falar com ele, ligue para o celular. — Ela lhe deu o número. Sua voz parecia triste.

Ele digitou imediatamente o outro número, mas ouviu apenas a gravação da caixa postal, informando que Bent Krum estava fora preparando seu barco, mas que no dia seguinte ele atenderia ao telefone entre as nove e as dez horas.

Que idiota, pensou Carl, ligando outra vez para a mulher. O barco ficava no porto de Rungsted, disse ela.

Bem, ao menos isso não era surpresa.

*

— Temos que ir, Assad. Você pode se aprontar? — gritou Carl pelo corredor. — Vou apenas fazer mais uma ligação, certo?

Ele digitou o número de seu antigo amigo e rival do distrito do centro, Brandur Isaksen. Um pé nas ilhas Faroé e outro na Groenlândia. E cem por cento setentrional na alma e no jeito de ser. Ele era chamado de "A Estalactite de Halmtorv".

— O que você quer? — perguntou ele.

— Quero fazer umas perguntas sobre Rose Knudsen, que herdei do seu departamento. Ouvi dizer que ela causou alguns problemas por aí. Você pode me dizer o que houve?

Ele não esperava o acesso de riso. As risadas de Isaksen eram tão raras quanto sua simpatia.

— Então ela foi parar com você?

Isaksen não conseguia se conter. Carl estava ficando desconfortável.

— Vou fazer um relato rápido — continuou ele. — Primeiro, ela bateu no carro particular de três colegas ao dar marcha a ré. Depois, colocou a garrafa de café sobre as anotações manuscritas do chefe sobre os relatórios semanais. A garrafa estava vazando. Ela ficava dando ordens às outras mulheres do escritório. Ficava dando ordens a todos os investigadores e se metia no trabalho deles. E, finalmente, ela transou com dois colegas durante uma festa de Natal, se eu entendi bem. — A voz de Isaksen era de quem estava para cair da cadeira de tanto rir. — E ela foi parar logo com você, Carl? Então o meu conselho é não oferecer nada para ela beber.

Carl respirou fundo.

— Mais alguma coisa?

— Ela tem uma irmã gêmea. Sim, não univitelina. Mas tão estranha quanto ela.

— Ah. Como assim?

— Bem, espere até ela começar a ligar para Rose no trabalho. Você nunca viu duas mulheres fofocarem tanto. Resumindo: ela é teimosa, desavergonhada, indisciplinável e às vezes extremamente do contra.

Nada que Carl não soubesse, exceto a história com a bebida.

Carl desligou. E apurou os ouvidos para entender o que estava acontecendo na sala de Rose. Por fim, ele se levantou e foi de mansinho até o corredor. Sim, ela estava ao telefone.

Ele ficou parado um pouco antes de sua porta, ouvindo.

— Sim — respondeu ela com tranquilidade. — Sim, vamos deixar como está. Ah, sim. O senhor acha... Ah, sim, ok. — E mais coisas nessa linha.

Carl apareceu na porta aberta e a olhou com severidade. Afinal, era permitido esperar que isso tivesse algum efeito.

— Bem, você está aí batendo um papinho com os amigos? — perguntou ele ríspido, mas Rose não se preocupou com o tom.

— Amigos? — questionou ela, respirando fundo. — Sim, talvez dê para chamá-los assim. Era um chefe de gabinete do Ministério da Justiça, que fica aqui em frente. Ele só queria dizer que receberam um e-mail da Kripo de Oslo. A polícia de lá elogiou o nosso departamento, dizendo que éramos a coisa mais interessante surgida na história da polícia nórdica nos últimos 25 anos. E o ministério resolveu se perguntar por que você não foi nomeado para a superintendência da polícia.

Carl engoliu em seco. Iam começar com essa merda de novo? Ele não queria voltar à escola, de jeito nenhum. Ele e Marcus Jacobsen já tinham abandonado essa ideia há um bom tempo!

— O que você respondeu?

— Eu? Simplesmente mudei de assunto. O que você gostaria de ter ouvido como resposta?

Boa menina, pensou Carl.

— Ei, Rose — recomeçou ele, muito focado. Não era fácil pedir desculpas quando se era de Brønderslev. — Fui um pouquinho ríspido hoje. Esqueça aquilo. Na verdade, foi tudo bem com a viagem para Madri. Sim, se eu pensar bem, ela nem foi só uma viagem a trabalho, consegui me divertir um pouco. De qualquer forma, vi um pedinte desdentado e roubaram todos os meus cartões de crédito e fiquei de mãos dadas com uma mulher estranha por mais de 200 quilômetros. Na próxima vez, porém, me avise com um pouco mais de antecedência, ok?

Ela sorriu.

— E mais uma coisa, Rose. Lembrei agora. Você falou com uma empregada que ligou da casa de Kassandra Lassen? Eu não estava com o meu distintivo, por isso ela ligou para cá, você se lembra?

— Sim, fui eu.

— Ela pediu uma descrição minha. O que você disse? Daria para repetir?

Covinhas traiçoeiras surgiram nas maçãs do rosto dela.

— Bem, eu só falei que se era um sujeito usando um cinto de couro marrom, sapatos velhos pretos, tamanho 43, então muito provavelmente seria você. E, se ela conseguisse perceber um espaço careca na sua cabeça que lembra o contorno de uma bunda, então não haveria dúvida.

Ela não tem nenhuma misericórdia, pensou ele, passando a mão pelos cabelos.

Eles encontraram Bent Krum no porto do iate clube, bem afastado no ancoradouro 11. Estava sentado em uma cadeira acolchoada sobre o deque de uma lancha, que seguramente valia mais que um homem como ele.

— O iate ali é um V42 — disse um jovem do restaurante tailandês junto à margem. Um verdadeiro especialista.

A felicidade de Bent Krum foi moderada quando o guardião da lei, seguido por um representante bronzeado da Dinamarca alternativa, adentrou seu paraíso.

Porém Carl não permitiu que o advogado fizesse nenhuma objeção.

— Falei com Valdemar Florin — disse Carl. — E ele me orientou a procurá-lo. Ele acha que o senhor seria a pessoa certa para dar informações sobre assuntos da família. O senhor teria cinco minutinhos?

Bent Krum posicionou seus óculos escuros no alto da cabeça. Eles bem que podiam ter ficado lá o tempo todo, pois não havia nem sinal de sol.

— Então vão ser cinco minutos e nada mais. Minha mulher está me esperando em casa.

Carl abriu um sorriso. Ah, claro, era o que o sorriso dizia, e na condição de homem calejado, Bent Krum percebeu isso. Talvez agora ele pensasse duas vezes antes de mentir de novo.

— Valdemar Florin e o senhor estiveram presentes quando os jovens alunos do internato foram levados à delegacia em Holbæk em 1987. Eles eram suspeitos de terem cometido os assassinatos em Rørvig. Florin me informou que dois deles eram muito diferentes do restante da turma. E que o senhor poderia me explicar isso com mais detalhes. O senhor sabe o que ele queria dizer?

À luz do dia, Bent Krum estava incrivelmente pálido. Não sem pigmentação, mas parecendo anêmico. Seu sangue sugado por toda indignidade e vileza que teve que abafar e consertar durante os anos. Carl sempre notava: ninguém parecia mais pálido que policiais com muitas tarefas inacabadas nas costas e advogados com muitas tarefas já realizadas.

— Muito diferentes, o senhor disse? Todos eram. Jovens maravilhosos, na minha opinião. Eles comprovaram isso com suas histórias de vida depois desse tempo, não é?

— Bem, não entendo muito disso. Mas um que atira nas próprias partes, outro que vive de rechear as mulheres com Botox e silicone, um terceiro que deixa meninas subnutridas tropeçarem em passarelas, um quarto que está cumprindo um tempo na prisão, um quinto que é especialista em deixar os ricos ainda mais ricos à custa de pequenos poupadores incautos e, por fim, uma sexta que vive há 11 anos nas ruas. Ora, realmente, não entendo muito bem o que o senhor está dizendo.

— Acredito que o senhor não deva manifestar tais afirmações em público — retrucou Bent Krum, sempre pronto a apresentar uma acusação.

— Público? — Carl aproveitou a deixa e olhou ao redor para a fibra de vidro, o cromo e a teca muitíssimo polida por todos os lados. — Existe lugar menos público que esse aqui?

Ele abriu os braços e sorriu. Dava para dizer que se tratava de um elogio.

— E Kimmie Lassen? — prosseguiu Carl. — Ela não era diferente dos outros? Ela não era uma figura central nas empreitadas do grupo? Florin, Dybbøl Jensen e Pram não teriam certo interesse no sumiço dela, em silêncio, da face da terra?

Rugas verticais, provocadas pelo riso, tomaram conta da cabeça de Bent Krum. A visão não era particularmente inspiradora.

— Ela *já* sumiu, caso possa lembrá-lo disso. E por conta própria, note bem.

Carl se virou para Assad.

— Você ouviu isso, Assad?

Ele ergueu o lápis, confirmando.

— Obrigado — disse Carl. — Foi tudo.

Eles se levantaram.

— Como assim? — perguntou Bent Krum. — Ouviu o quê? Não entendi!

— Ora, o senhor acabou de dizer que os cavalheiros citados estavam interessados no sumiço de Kimmie.

— Não, não foi isso que eu disse na verdade.

— Ele disse, não foi, Assad?

O baixinho assentiu com veemência. Ele era leal.

— Temos alguns indícios que apontam que o grupo assassinou os irmãos em Rørvig — declarou Carl. — E não estou falando apenas de Bjarne Thøgersen. Vamos voltar a nos ver, Sr. Krum. Além disso, o senhor deve encontrar uma série de outras pessoas de quem talvez já tenha ouvido falar. Um monte de gente interessante com boa memória. Por exemplo, Mannfred Sloth, o amigo de Kåre Bruno.

Bent Krum não reagiu.

— E um professor do internato, Klavs Jeppesen. Sim, e sem falar de Kyle Basset, que interroguei ontem em Madri.

Agora Bent Krum reagiu.

— Um momento — pediu ele, segurando o braço de Carl.

Carl olhou com desdém para a mão, motivo pelo qual Krum a afastou rapidamente.

— Sim, Sr. Krum. Sabemos que seu interesse no bem-estar desses amigos é grande. O senhor, por exemplo, é integrante da diretoria da Clínica Caracas. Apenas isso já é um motivo para estar aqui, nessa região tão bonita. — Carl apontou para os restaurantes da margem e sobre o estreito de Øresund.

Sem nenhuma dúvida, Bent Krum iria ligar como um raio para Pram, Dybbøl Jensen e Florin.

Bem, nesse caso pelo menos estariam no ponto quando Carl fosse até eles. Talvez até bem-passados.

Carl e Assad entraram na Clínica Caracas como dois homens em busca da beleza, que queriam observar um pouco o ambiente antes de se decidir eventualmente por aspirar um pouco de gordura aqui e ali. Claro que a recepcionista quis impedi-los, mas Carl simplesmente continuou caminhando até a área que parecia ser a administração.

— Onde está Ditlev Pram? — perguntou ele a uma secretária, quando finalmente encontrou a placa com os dizeres Ditlev Pram, CEO.

Ela já estava com o telefone em mãos para chamar os seguranças. Nesse momento, ele lhe mostrou o distintivo e a presenteou com um sorriso que mesmo sua profundamente racional mãe teria achado irresistível.

— Sim, me desculpe por termos entrado assim. Mas temos que falar com Ditlev Pram. A senhora pode localizá-lo? Todos sairiam ganhando, ele e nós.

Mas ela não caiu na armadilha.

— Infelizmente, ele não está na casa hoje — respondeu ela com firmeza. — Mas devo marcar uma reunião? Que tal o dia 22 de outubro às duas e quinze, seria conveniente para o senhor?

Então ela não falaria imediatamente com Pram. Que droga.

— Obrigado, entraremos em contato — avisou Carl, puxando Assad consigo.

Sem nenhuma dúvida, alertaria Pram. Ela já estava se virando e saindo para o terraço com o celular. Secretária eficiente.

— Fomos enviados para lá — falou Carl, passando pela recepção novamente e seguindo em direção aos quartos.

Olhares atentos os seguiram, e eles respondiam a cada um com um aceno amigável.

Após passarem pelo setor de cirurgias, pararam um instante para ver se Pram apareceria. Em seguida, passaram pela série de quartos individuais, dos quais se ouvia música clássica. Por fim, terminaram no setor de serviços, onde pessoas menos bem-conservadas andavam com aventais menos prestigiosos.

Eles acenaram para os cozinheiros e, por fim, acabaram na lavanderia do lado de fora. Viram uma porção de mulheres de aparência oriental que os olhavam incrivelmente assustadas.

Se Pram soubesse que ele havia estado lá embaixo, Carl apostava que elas seriam despachadas em menos de uma hora.

No caminho de volta, Assad estava muito calado para seus padrões. Apenas nas proximidades de Klampenborg ele voltou a abrir a boca.

— Se você fosse Kimmie Lassen, aonde iria?

Carl deu de ombros. Como ele podia saber? Afinal, ela era imprevisível. Parece que tinha o talento de se virar na vida como mais ninguém. Ela podia estar em todo lugar e em lugar nenhum

— A gente concordou que ela devia ter um imenso interesse em que Aalbæk parasse de procurá-la. Ou seja, ela e o restante do grupo não eram exatamente amigos do seio.

— Amigos do peito, Assad. Amigos do peito.

— Na Homicídios, diziam que Aalbæk esteve no sábado à noite em uma boate chamada Damhus Kro. Já falei isso?

— Não, mas também ouvi.

— E quando ele foi embora estava acompanhado por uma mulher, certo?

— Já isso eu não ouvi.

— Então, Carl. Se foi ela quem matou Aalbæk, o restante da turma não está muito contente.

Isso era um eufemismo.

— Eles devem estar em pé de guerra agora.

Carl assentiu, cansado. A correria das últimas 24 horas não só atrapalhava sua atividade cerebral como também todo o sistema nervoso. De repente parecia impossível pisar no acelerador.

— Você não acha que Kimmie vai voltar para a casa onde você achou a caixa? Para buscar as provas contra os outros?

Carl meneou a cabeça devagar. A possibilidade era mais que plausível. Outra era parar no acostamento e tirar uma soneca.

— A gente não deveria ir até lá? — perguntou Assad em seguida.

Ao chegarem, a casa estava escura e trancada. Eles tocaram a campainha diversas vezes. Procuraram o número do telefone e ligaram. Escutaram o toque dentro da casa, mas ninguém atendia. Parecia inútil. Carl não possuía forças para avançar. Mulheres mais velhas também tinham o direito de ter uma vida fora de casa.

— Venha — chamou ele. — Vamos embora. Você dirige e eu tiro um cochilo.

Quando Carl e Assad chegaram à central, Rose estava arrumando suas coisas. Ela queria ir para casa e desaparecer por dois dias. Estava cansada, tinha trabalhado muito — na sexta à noite, no sábado e em parte do domingo. Não dava para fazer mais *nada*.

Carl se sentia exatamente igual.

— Além disso — disse ela —, consegui falar com a Universidade de Berna e recuperaram o arquivo de Kimmie Lassen.

Rose tinha mesmo feito todas as tarefas da lista, pensou Carl.

— Ela foi uma boa aluna. Sem arranjar nenhum problema. Só que perdeu o namorado em um acidente de esqui. Mas, fora isso, sua estadia na Suíça transcorreu bem, conforme seus registros.

— Um acidente de esqui?

— Sim. E a mulher do escritório disse que foi curioso. Tão curioso que virou motivo de falatório. O namorado dela era um ótimo esquiador e não do tipo que teria saído da pista aberta para cair nas encostas rochosas.

Carl assentiu. Esporte perigoso.

Carl encontrou Mona Ibsen diante da central. A bolsa que ela carregava pendurada no ombro era grande e seu olhar disse *Não, obrigado*, antes mesmo de ele abrir a boca.

— Estou pensando seriamente em trazer Hardy para minha casa — comentou ele cansado. — Mas acho que sei muito pouco sobre como isso pode afetá-lo e a nós em casa, psicologicamente.

Ele olhou para Mona Ibsen com os olhos exaustos. Evidentemente isso não era necessário, porque, quando Carl lhe perguntou em seguida se ela queria almoçar com ele, para que ela pudesse falar das consequências de uma decisão tão grande assim para todos os envolvidos, a resposta foi positiva.

— Ah, por que não? — disse ela e sorriu. Esse sorriso, que o atingia com tanta força na barriga. — Já estou mesmo com fome.

Carl estava atônito. Ele apenas a encarou e ficou na expectativa de que seu charme discreto fosse suficiente.

Depois de uma hora sentados no restaurante, Mona Ibsen começou a baixar a guarda. Carl foi tomado por um alívio que o deixava tão feliz que ele finalmente pôde relaxar e simplesmente adormeceu.

Lindamente arrumado no meio do prato, entre a carne e os brócolis.

36

Na manhã de segunda, as vozes silenciaram.

Kimmie acordou aos poucos. Confusa, ela olhou ao redor de seu antigo quarto. Por pouco tempo, imaginou estar com 13 anos e ter perdido a hora de novo. Quantas vezes ela não foi colocada à força para fora de casa, alimentada apenas com os xingamentos de Kassandra e do pai. Quantas vezes ela não frequentou a escola em Ordrup com a barriga roncando e os pensamentos distantes?

Em seguida, Kimmie se lembrou do que havia acontecido no dia anterior. Dos olhos arregalados de Kassandra, mortos.

Nesse momento, começou a cantarolar sua antiga música.

Após ter se vestido, pegou o embrulho e desceu. Ela olhou rapidamente para o corpo de Kassandra na sala, sentou-se na cozinha e sussurrou para a menininha tudo o que tinha para comer.

Kimmie estava se sentando quando o telefone tocou.

Ela ergueu ligeiramente os ombros e ergueu o fone, hesitante.

— Alô? — respondeu ela com a voz afetada, rouca. — Kassandra Lassen falando. Pois não?

Ela reconheceu a voz na primeira palavra. Era Ulrik.

— Alô, por favor, me desculpe. Meu nome é Ulrik Dybbøl Jensen, talvez a senhora se lembre de mim? — perguntou ele. — Achamos que Kimmie pode estar a caminho da sua casa, Sra. Lassen. Gostaríamos de pedir que seja cuidadosa e nos avise imediatamente assim que ela chegar aí.

Kimmie olhou pela janela da cozinha. Caso eles viessem por esse caminho, os três não conseguiriam vê-la atrás da porta. E as facas da cozinha de Kassandra eram excelentes. Cortavam carnes duras e macias com a mesma facilidade.

— Acredito que a senhora precise prestar muita atenção ao ver Kimmie, Sra. Lassen. Mas não demonstre nada. Deixe que ela entre e a mantenha aí. E nos ligue para que possamos ir ajudar. — Ele riu de maneira cuidadosa, a fim dar alguma plausibilidade a suas palavras. Porém, Kimmie sabia. Nenhum homem deste mundo poderia ajudar Kassandra quando Kimmie aparecesse. Foi o que aconteceu.

Ele lhe passou três celulares que Kimmie ainda não conhecia. O de Ditlev, de Torsten e o próprio.

— Muito obrigada pelo alerta — disse ela enquanto anotava os números. E falava sério. — Posso perguntar onde você está no momento? Você vai conseguir chegar rápido a Ordrup caso isso seja necessário? Não seria melhor eu chamar a polícia?

Ela conseguia imaginar o rosto de Ulrik. Apenas uma crise em Wall Street deixaria seu semblante mais preocupado. A polícia! Que palavra horrível nesse contexto.

— Não, acredito que não. A senhora não sabe que a polícia pode demorar horas até aparecer? Isso se eles resolverem se mexer. Agora funciona assim, Sra. Lassen. As coisas não são mais como eram antes. — Ulrik deu algumas risadinhas desdenhosas que deveriam convencê-la da duvidosa eficácia dos guardiões da ordem. — A gente não está longe da senhora. Hoje estamos trabalhando e amanhã passaremos o dia na casa de Florin, em Ejlstrup. Vamos fazer uma caçada na floresta de Gribskov, que faz parte das terras dele. Mas vamos manter os três celulares ligados. Ligue a qualquer hora, chegaremos aí dez vezes mais rápido que a polícia.

Ah, eles estão em Ejlstrup, na propriedade de Florin. Ela sabia exatamente onde.

E os três juntos. Melhor, impossível.

Ou seja, ela não precisava se apressar.

Ela não escutou quando a porta da casa foi aberta, mas ouviu os chamados da mulher.

— Bom dia, Kassandra, sou eu. Hora de levantar!

Kimmie estarreceu.

Quatro portas saíam do hall de entrada. Uma direto para a cozinha, onde Kimmie estava. Uma para o lavabo. Uma para a sala de jantar e adiante para *"My room"*, onde se encontrava o corpo enrijecido de Kassandra. E, por fim, uma para o porão.

Se tivesse apreço pela própria vida, a mulher deveria escolher qualquer uma das portas, menos as das salas de jantar e de estar.

— Olá — chamou Kimmie.

Os passos cessaram e, quando ela abriu a porta, uma mulher com o olhar perplexo estava a sua frente.

Kimmie nunca a tinha visto antes. Supostamente uma empregada doméstica, a julgar pelo avental azul que amarrava naquele instante.

— Bom dia. Sou Kirsten-Marie Lassen, filha de Kassandra — apresentou-se ela, estendendo a mão para a mulher. — Kassandra está doente e teve que ir para o hospital. Por isso não precisamos da senhora hoje.

Ela segurou a mão da empregada, que ainda hesitava.

Não havia dúvida de que ela já havia ouvido o nome de Kimmie. Seu aperto de mão foi superficial e rápido, os olhos muito alertas.

— Charlotte Nielsen — respondeu ela friamente e, por cima dos ombros de Kimmie, olhou para a sala de estar.

— Acho que a minha mãe vai voltar na quarta ou na quinta. Eu ligo para a senhora antes disso. Nesse meio-tempo, vou cuidar da casa. — Kimmie sentiu como a palavra "mãe" queimava nos lábios. Uma palavra que ela nunca tinha usado para se referir a Kassandra. No momento, porém, era imprescindível.

— Está uma bagunça por aqui — comentou a empregada, olhando para a cadeira Luís XVI, sobre a qual Kimmie tinha jogado o casaco. — Acho que vou dar uma ajeitada rápida nisso. Afinal, eu teria mesmo que passar o dia inteiro aqui.

Kimmie se postou diante da porta da sala de jantar.

— É muito gentil da sua parte. Mas hoje não, obrigada. — Ela pousou a mão sobre o ombro da mulher e a levou até seu casaco no vestíbulo.

A mulher não se deu nem ao trabalho de tirar o avental ou de se despedir ao partir com as sobrancelhas erguidas.

Temos que nos livrar da velha o mais rápido possível, pensou Kimmie, questionando se devia enterrá-la no jardim ou sumir com ela em algum outro lugar. Se ela tivesse um carro à disposição, então sabia de um lago no norte da Zelândia que certamente ainda tinha lugar para mais um corpo.

Em seguida, ela parou. Ficou escutando as vozes e se lembrou de que dia era aquele.

Por que tanto esforço?, perguntaram as vozes. *Afinal, amanhã é o dia em que tudo vai ser resolvido.*

Kimmie estava prestes a subir quando ouviu a vidraça do "*My room*" estilhaçar.

Em uma fração de segundo estava na sala de estar, admitindo a si mesma que, se tivesse sido a empregada, em pouquíssimo tempo ela estaria deitada ao lado de Kassandra, com a mesma expressão espantada e definitiva.

A barra de aço, com a qual a mulher havia arrombado a porta do terraço e que agora movimentava como uma clava, passou raspando por seu rosto.

— Você a matou, sua maluca. Você a matou. — A mulher não parava de gritar. Seus olhos estavam cheios de lágrimas.

Como a medonha Kassandra podia despertar tamanha afeição? Isso lhe era totalmente incompreensível.

Kimmie foi para trás, até a lareira e os vasos. Você quer lutar?, pensou ela. Então escolheu a pessoa certa.

Violência e vontade caminhavam indissoluvelmente juntas, e ninguém sabia disso melhor que Kimmie. E ela dominava ambas com perfeição.

Ela pegou uma peça *art déco* de latão e a sopesou. Lançada corretamente, os braços graciosamente esticados da peça estilhaçariam qualquer crânio.

Ela mirou, lançou e olhou com surpresa para a mulher, que se defendeu da peça com a barra de aço. Os braços de latão fizeram um buraco fundo no papel de parede.

Kimmie foi até a escada, a fim de se esconder no alto, onde sua pistola estava pronta para atirar, engatilhada. Afinal, era isso que essa idiota estava pedindo.

Ela percebeu que a mulher não a seguiu. Era possível ouvir passos e soluços vindos da sala, nada mais.

Kimmie desceu novamente e espiou a sala pela fresta da porta, onde a mulher estava ajoelhada ao lado do corpo inerte de Kassandra.

— Quem fez essa maldade? — sussurrava a mulher com a voz embargada.

Kimmie franziu a testa. Em todos os anos em que ela e seus amigos torturaram pessoas, nunca havia visto sinais de luto. Horror e choque, sim, porém esse sentimento delicado que é o luto ela conhecia apenas de si própria.

A porta rangeu quando Kimmie a empurrou levemente a fim de aumentar a fresta e conseguir enxergar melhor. A mulher ergueu a cabeça de súbito.

No segundo seguinte, a empregada estava de pé e ia na direção de Kimmie com a barra de ferro em punho. Ela bateu a porta e correu, completamente atônita, escada acima. A pistola estava em seu quarto. Precisava acabar com isso. Não queria matar a mulher. Apenas amarrá-la e neutralizá-la. Não, ela não queria atirar nela.

Atrás de Kimmie, na escada, a mulher não parava de berrar; por fim, acabou batendo com a barra nas pernas de Kimmie, que caiu de cabeça no patamar da escada.

Demorou apenas um instante até ela se recuperar, mas já era tarde demais. A empregada pressionava a barra de ferro contra sua garganta.

— Kassandra falou de você muitas vezes. Ela chamava você de "meu monstrinho". Você acha que fiquei contente quando a vi lá embaixo? Que acreditei que você queria ajudar Kassandra, fazer algo de bom para ela?

A empregada levou a mão ao bolso do avental e tirou um Nokia velho de lá.

— Tem um policial que se chama Carl Mørck. Ele está a sua procura, você sabia? Salvei o número dele aqui, ele foi gentil me deixando seu cartão. Você não acha que a gente deveria dar a ele a oportunidade de conversar um pouquinho com você?

Kimmie balançou a cabeça. Esforçou-se para parecer chocada.

— Não, escute, não tenho culpa na morte de Kassandra. Ela engasgou com o vinho quando estávamos sentadas, conversando. Foi terrível.

— Ah, é.

Era inegável que a empregada não acreditava nela. Em vez disso, pressionou o joelho brutalmente contra o peito de Kimmie e apertou a extremidade da barra de ferro com força contra sua garganta. Ao mesmo tempo, procurava o número de Carl Mørck.

— E você, sua fracassada miserável, não fez nada para ajudar — continuou a mulher. — Estou certa de que a polícia está muitíssimo interessada no que você tem a dizer. Mas não ache que vou ajudar você. Dá para ver de longe o que você fez. — Ela bufou. — "Teve que ir para o hospital", você disse. Devia ter visto sua cara!

Ela encontrou o número e ao mesmo tempo Kimmie deu um chute, acertando-a diretamente no púbis. Em seguida, chutou-a mais uma vez. Com os olhos arregalados, a mulher passou a segurar a barra sem forças e curvou as costas para a frente.

Kimmie não disse nem uma palavra enquanto a mulher continuava digitando no celular. Pisou com o calcanhar na perna da mulher e deu um tapa na mão dela, o celular indo bater na parede. Então se afastou da barra de ferro, que agora estava solta na mão de sua adversária. Logo, Kimmie ficou de pé e arrancou a barra da mão da mulher.

Levou menos de cinco segundos até ela recobrar o equilíbrio.

Kimmie ficou um tempo parada, ofegante, enquanto a mulher tentava se erguer. Seu olhar estava repleto de ódio.

— Não vou machucar você — declarou Kimmie. — Vou apenas amarrá-la em uma cadeira.

Mas a mulher balançou a cabeça e tateou o chão atrás de si. Parecia estar à procura de algo para se apoiar. Seu olhar tremia. Ela estava longe de entregar os pontos.

Então ela deu um salto para a frente com os braços esticados e agarrou o pescoço de Kimmie, enfiando as unhas nele. Nesse instante, Kimmie a pressionou com as costas contra o corrimão e ergueu uma perna até o peito, colocando-a entre os dois corpos. Assim, ela conseguiu impulso para fazer com que metade do corpo da mulher pendesse do outro lado da balaustrada, a 5 metros do chão de pedra do hall.

Kimmie gritou para ela parar. Mas, como a empregada continuou resistindo, ela inclinou a cabeça para trás e deu uma cabeçada na mulher. Sua visão escureceu e relâmpagos espocaram em seu cérebro.

Demorou um tempo até ela conseguir abrir os olhos e se curvar sobre o corrimão da escada.

A mulher estava no chão de pedra como se tivesse sido crucificada, os braços esticados para o lado, as pernas cruzadas. Completamente parada e morta.

Ela ficou sentada durante dez minutos no hall, na cadeira de gobelino, observando o corpo com os membros retorcidos. Pela primeira vez enxergava uma vítima como aquilo que ela era na realidade.

Como um ser humano com vontade própria e direito à vida. Kimmie ficou espantada por nunca ter sentido isso antes. E não estava gostando nada. As vozes começaram a repreendê-la por estar pensando dessa maneira.

A campainha tocou. Ela escutou vozes. As vozes de dois homens. Eles pareciam ter pressa, a porta foi sacudida e logo em seguida o telefone tocou.

Se eles derem a volta na casa, vão ver o vidro quebrado. Vamos, rápido, a pistola, era o que martelava em seu interior.

Kimmie subiu em poucos passos abafados e pegou a pistola. Agora estava no começo da escada, apontando a arma contra a porta da casa. Se os sujeitos entrassem, eles não subiriam, de maneira nenhuma.

Um homem alto com passos largos e um pequeno, mais moreno, com passos curtos.

37

O final catastrófico do dia anterior — a gargalhada de Mona Ibsen diante de seu rosto assustado, emoldurado por brócolis macio — ainda doía. Mais ou menos tão constrangedor quanto uma diarreia quando se usa pela primeira vez o banheiro de uma potencial namorada.

Ah, meu Deus, como continuar depois disso?, pensou ele, e acendeu o primeiro cigarro.

Carl se concentrou. Talvez hoje fosse o dia decisivo. Talvez hoje ele pudesse convencer o Ministério Público a partir das informações definitivas e conseguir um mandato de prisão. O brinco de Lindelse Nor, o conteúdo da caixa, isso devia ser suficiente. E havia também a ligação entre Aalbæk e Ditlev Pram. Para Carl, não importava o motivo pelo qual eles fossem levados à central para serem interrogados. Quando estivessem lá, ele daria um jeito de eles falarem.

O que havia começado apenas com os assassinatos de Rørvig poderia resolver vários outros crimes. Talvez até assassinatos.

A única coisa que faltava era sua acareação com esses peixes grandes. Teria que fazer perguntas muito precisas, que os deixassem em pânico, talvez até causar desentendimentos entre eles. Mas, se não pudesse fazer isso com o grupo sob custódia, teria que ser no próprio terreno deles.

O problema tinha sido apenas encontrar o elo mais fraco. Aquele sobre o qual Carl se concentraria na primeira investida. Bjarne Thøgersen seria o mais provável, porém os muitos anos na prisão o ensinaram a ficar de boca fechada. Além disso, atrás das grades ele estava bastante afastado. Não poderia ser obrigado a falar com eles, afinal já estava condenado. Se quisesse fazê-lo falar, seria preciso primeiro apresentar provas irrefutáveis sobre novos crimes.

Não, Thøgersen estava fora de cogitação. Quem, então? Florin, Dybbøl Jensen ou Pram? Qual deles estaria mais vulnerável?

Para decidir isso, ele teria que conhecer os três pessoalmente, mas a visita malsucedida do dia anterior à clínica particular de Pram tinha dado a dimensão da empreitada. É claro que Ditlev Pram estava ciente, desde o primeiro segundo, que a polícia se encontrava na clínica. Talvez ele estivesse até nas proximidades, talvez não. De qualquer forma, ele sabia que estavam lá.

E, apesar disso, permaneceu invisível.

Não, Carl precisava tirar algum coelho da cartola se quisesse que esses homens falassem alguma coisa. Era por isso que ele e Assad já estavam trabalhando tão cedo pela manhã.

Eles decidiram que Torsten Florin seria o primeiro, e isso tinha um motivo. Em muitos aspectos, ele realmente parecia ser o mais frágil. Sua compleição magra, a profissão mais ligada ao universo feminino e suas afirmações sensíveis na mídia sobre as tendências atuais da moda o faziam parecer vulnerável. Pelo menos, mais vulnerável que os outros.

Em dois minutos, Carl iria buscar Assad em Trianglen. Se tudo corresse bem, em meia hora estariam diante da propriedade em Ejlstrup para uma visita surpresa bastante inconveniente.

— Estou com as informações sobre todos os integrantes do grupo — disse Assad no banco do passageiro. — Essa aqui é a pasta de Torsten Florin.

Ele puxou uma pasta do interior da bolsa enquanto dirigiam pela Lyngbyvej.

— A propriedade dele parece uma fortaleza — continuou Assad. — Uma cerca de ferro gigante separa a casa da rua. E li

409

que, quando ele promove festas, os carros dos convidados entram apenas de um em um.

Carl deu uma olhada na cópia colorida que Assad lhe mostrava. No entanto, como ele precisava prestar atenção ao mesmo tempo à estradinha estreita que serpenteava pela floresta de Gribskov, era difícil conseguir ler alguma coisa.

— Olhe aqui, Carl. Pela foto aérea dá para ver direitinho. Aqui está a propriedade de Florin. Tirando a construção antiga, onde ele mora, e mais essa casa de madeira aqui — Assad apontou para uma mancha no mapa —, tudo é novo, feito depois de 1992, inclusive essa construção imensa e as muitas casinhas atrás.

O empreendimento parecia mesmo bastante estranho.

— Isso não fica no meio da região de floresta de Gribskov? Ele conseguiu uma licença para construir? — perguntou Carl.

— Não, não fica na floresta. Entre a floresta de Gribskov e a pequena floresta de Florin há uma zona desmatada, um auteiro... um outeiro? Como é o nome disso, Carl?

— Você está querendo dizer um aceiro?

Ele sentiu o olhar confuso de Assad.

— Ok, então. De qualquer maneira, dá para ver isso claramente na foto aérea. Há uma faixa marrom estreita. E ele ergueu uma cerca ao redor da propriedade inteira, incluindo os lagos e as colinas.

— Gostaria de saber o motivo. Ele tem medo de paparazzi ou algo assim?

— Acho que tem a ver com o fato de ele ser caçador.

— Sim, sim, ele não quer que seus animais saiam das suas terras e cheguem às do Estado. Conheço gente assim. — Bem no norte da Jutlândia, em Vendsyssel, terra natal de Carl, as pessoas que faziam algo assim eram ridicularizadas. Mas parece que esse não era o caso no norte da Zelândia.

Eles haviam chegado a um ponto onde a paisagem se abria, primeiro para uma clareira na floresta e depois para campos e plantações bem amplas.

— Você consegue ver a casa que parece um chalé suíço, Assad? — Carl apontou para o norte, onde havia uma casa à direita. Ele não esperou pela resposta. Era possível observá-la claramente, no vale formado por água de degelo. — A estação Kagerup fica ali atrás. Encontramos uma garotinha lá uma vez. Achamos que estava morta. Ela tinha se escondido em uma serraria, porque estava com medo do cachorro que seu pai tinha trazido para casa.

Carl balançou a cabeça. Teria sido por isso mesmo? Subitamente, a explicação parecia falsa.

— Carl, você tem que virar aqui — indicou Assad, apontando para uma placa que indicava Mårum. — E lá em cima precisamos virar à direita. De lá são só mais 200 metros até o portão. Eu já devo ligar para ele?

Carl sinalizou um não com a cabeça. Senão Florin Torsten teria a mesma oportunidade de virar fumaça como Ditlev Pram, no dia anterior.

Era verdade, Torsten Florin havia cercado totalmente sua propriedade. Em grandes letras de latão estava escrito Dueholt em um bloco de granito ao lado do portão de ferro fundido que era muito mais alto que a cerca.

Carl se inclinou para o porteiro eletrônico que ficava na altura do vidro do motorista.

— Aqui é o detetive-superintendente Mørck — anunciou ele. — Falamos ontem com o advogado Bent Krum. Gostaríamos de fazer algumas perguntas a Torsten Florin. Vai ser rápido.

Passaram-se pelo menos dois minutos até o portão se abrir.

Do outro lado da cerca viva a paisagem se revelava. A sua direita, havia lagos e colinas e um campo gramado espantosamente viçante para essa época do ano. Bem mais embaixo, uma série de arbustos, que seguiam até a floresta, e ao fundo as colunas enormes dos carvalhos já quase sem folhas.

Cacete, passear por tudo isso deve levar uma semana, pensou Carl. Pelo preço do terreno nessa região, a propriedade devia valer vários milhões.

Quando finalmente foram em direção à propriedade que ficava bem perto do limite da floresta, a impressão de absurda opulência ficou ainda mais forte. O solar Dueholt era maravilhoso, com cornijas cuidadosamente reformadas e telhas recobertas por um esmalte preto. Havia vários jardins de inverno de vidro, provavelmente um para cada ponto cardeal, e a casa e a área atrás estavam tão bem-cuidadas que mesmo a equipe real de jardinagem ficaria impressionada.

Atrás da casa principal havia uma casa de madeira pintada de vermelho, provavelmente tombada pelo patrimônio histórico. Sem dúvida, o maior contraste em relação à incrível construção de aço que se erguia atrás. Grande, mas bem bonita. Vidro e metal polido, como a *orangerie* em Madri, que ele tinha visto em um outdoor no aeroporto.

O próprio Palácio de Cristal de Ejlstrup.

E ainda havia um agrupamento de várias casinhas menores perto da floresta, quase como um vilarejo, com jardins e varandas, rodeadas por campos arados, que deveriam servir para cultivar. Era possível enxergar grandes áreas com plantações de alho-poró e repolho.

Meu Deus, esse lugar é gigante, pensou Carl.

— Puxa, isso é realmente bonito — comentou Assad.

Eles não viram vivalma nessa paisagem até tocarem a campainha e Torsten Florin em pessoa atender.

Carl lhe estendeu a mão e se apresentou. Porém Torsten Florin só olhava para Assad. Ele estava parado como um bloco de granito, bloqueando a entrada da casa.

Atrás de Florin, uma escada subia entre um labirinto de pinturas e lustres de cristal. Bastante vulgar para um homem que vivia do bom gosto.

— Gostaríamos de discutir alguns incidentes que achamos ter relação com Kimmie Lassen. O senhor poderia nos ajudar?

— Que incidentes?

— A morte de Finn Aalbæk na noite de sábado. Sabemos que há registros de várias ligações entre Ditlev Pram e Aalbæk. Finn Aalbæk estava à procura de Kimmie Lassen, disso também sabemos. Quem de vocês o contratou? E por quê?

— Realmente ouvi esse nome algumas vezes nos últimos dias. Fora isso, não conheço nenhum Finn Aalbæk. Se Ditlev Pram conversou com ele, então seria melhor os senhores se dirigirem a ele. Até logo.

Carl colocou um pé na frente da porta.

— Perdão, mais um instante. Há mais um incidente em Langeland e outro em Bellahøj, que podem ter relação com Kimmie Lassen. Supostamente foram três assassinatos.

Torsten Florin piscou algumas vezes, mas seu rosto parecia de pedra.

— Não sei como ajudá-los. Se quiserem falar com alguém, então falem com Kimmie Lassen.

— O senhor sabe onde ela se encontra?

Ele balançou a cabeça. A expressão de seu rosto era estranha. Durante toda a vida, Carl havia visto vários rostos estranhos, porém não compreendia esse.

— O senhor tem certeza?

— Absoluta. Não vejo Kirsten-Marie desde 1996.

— Temos uma série de indícios que a relacionam a esses incidentes.

— Sim, ouvi isso do meu advogado. Nem ele nem eu temos conhecimento desses casos aos quais o senhor se refere. Preciso pedir licença. Estou com pressa. E, da próxima vez, pensem em trazer um mandado judicial quando passarem por aqui.

Seu sorriso era incrivelmente provocador. Carl queria disparar mais algumas perguntas, mas Torsten Florin deu um passo para o lado e três homens morenos, que deviam estar esperando atrás da porta, apareceram.

Dois minutos depois, eles estavam sentados no carro, furiosos.

Se, na viagem de ida, Carl ainda achava que Torsten Florin era fraco, era hora de repensar esse ponto.

38

Pela manhã do dia em que a caça à raposa havia sido marcada, Torsten Florin foi acordado, como sempre, por música clássica e passos leves, graciosos. Diante dele estava uma jovem negra de torso nu, oferecendo-lhe nos braços estendidos, como sempre, uma bandeja de prata. Seu sorriso era duro e forçado, porém Torsten Florin não se importava com isso. Ele não precisava de seu carinho nem de sua devoção. Ele precisava de ordem na vida, e ordem significava que o ritual tinha que ser cumprido à risca. Fazia isso havia dez anos e assim deveria continuar. Ele sabia que havia gente rica que precisava de rituais para divulgar a si próprias. Torsten precisava deles para sobreviver.

Ele colocou o guardanapo perfumado sobre o peito. Pegou o prato com os quatro coraçõezinhos de galinha com a mais profunda convicção de que, sem esses órgãos recém-abatidos, acabaria sucumbindo.

O primeiro coração foi engolido de uma só vez, então ele orou para ter sorte na caçada. Em seguida, comeu os outros três. Depois, a mulher limpou com destreza o rosto e as mãos dele com um pano que cheirava a cânfora.

Obedecendo com um aceno, a mulher saiu do quarto, seguida por seu marido, que tinha ficado de guarda durante a noite. Torsten gostava das madrugadas, dos primeiros raios de sol sobre as árvores. Faltavam duas horas para começar. Às nove, os caçadores estariam a postos. Dessa vez eles não procurariam a presa na alvorada, pois o animal era muito ardiloso e estava completamente louco. A caçada deveria acontecer à luz do dia.

Ele imaginou como a hidrofobia e o instinto de sobrevivência lutariam entre si no interior da raposa assim que fosse solta. Como ela se encolheria no chão, esperando pelo momento certo. Se um dos açuladores chegasse perto demais, um salto e uma mordida na região da virilha seriam suficientes para enviar o homem ao além.

Mas Torsten conhecia seus somalis. Eles não permitiriam que a raposa se aproximasse tanto assim deles. Estava mais preocupado com os caçadores. Tudo bem, "preocupado" talvez fosse a palavra errada, pois a maioria deles era experiente, já havia participado várias vezes de seus jogos e sabia valorizar uma pequena ida além dos limites. Eram todos homens influentes, que deixaram sua marca no país. Homens cujos pensamentos eram maiores e cujos talentos e interesses eram mais abrangentes que os de um sujeito normal. Por essa razão eles estavam ali hoje. Não, ele não se preocupava com eles, tratava-se antes de uma inquietação que o excitava.

Na verdade, era o dia perfeito. Se não fosse Kimmie e esse maldito policial, que tinha ido falar com Bent Krum e que parecia estar tirando casos cheios de teias de aranha do baú. Langeland, Kyle Basset, Kåre Bruno. Como esse policial lamentável, que de repente apareceu a sua porta, sabia tudo isso?

Envolto pelo barulho dos animais, Torsten estava no galpão de vidro e encarava a raposa, enquanto os somalis tiravam a jaula do canto. O animal avançou nas barras de ferro e começou a mordê-las, como se fossem algo vivo. Essa combinação entre dentes afiados e o vírus fatal que matava o animal aos poucos fazia Torsten Florin estremecer.

Ah, à merda com a polícia, com Kimmie e com essa gente pequena que está em todo lugar. Soltar o animal no meio de todos, dar esse passo além do limite: isso sim importava.

— Daqui a pouco você vai encarar seu destino, Sra. Raposa — disse ele, socando as barras de ferro da jaula.

Olhou satisfeito para o galpão. Maravilhoso. Mais de cem jaulas e gaiolas, que abrigavam todo tipo de animal. Havia poucos dias, ele recebera uma jaula com um predador. Era uma hiena furiosa com as costas curvas e um olhar traiçoeiro. Essa jaula seria colocada posteriormente no lugar da jaula da raposa, onde ficavam os outros predadores. Todas as caçadas até o Natal estavam asseguradas. Ele tinha tudo sob controle.

Quando escutou os carros entrando no pátio, ele se virou sorrindo para a entrada do galpão.

Ulrik e Ditlev chegaram, pontuais como sempre. Mais uma coisa que diferenciava o joio do trigo.

Dez minutos depois, eles haviam descido até o estande de tiro, com as bestas prontas e os olhos atentos. Ulrik estava agitado de um jeito masoquista, ele tremia de excitação por causa da conversa deles sobre Kimmie. Não dava para saber se ele estava realmente preocupado por causa do desaparecimento dela. Talvez tivesse somente cheirado uma carreira a mais. Ditlev, por sua vez, estava totalmente lúcido, a expressão de seus olhos era muito límpida. A besta estava segura por seu braço como se fosse um prolongamento orgânico do próprio corpo.

— Obrigado pela pergunta, dormi muito bem essa noite. Já estou pronto para rever a boa e velha Kimmie e qualquer outro que vier — respondeu ele a Torsten. — Estou pronto.

— Bom. — Torsten não queria estragar o humor dos companheiros de caça com informações sobre esse maçante policial. Ainda. Dava para esperar até eles terem testado alguns disparos. — Que bom que você está pronto. Acho que vamos precisar disso.

39

Durante alguns minutos, eles ficaram sentados dentro do carro, no acostamento, repassando o encontro com Torsten Florin. Assad achava que deviam voltar lá e confrontá-lo com o fato de terem encontrado a caixa de metal de Kimmie. Em sua opinião, isso abalaria a autoconfiança de Florin. Para Carl, isso era inconcebível. Eles só falariam da caixa com um mandado de prisão em mãos.

Assad resmungou. Ao contrário do senso comum, a paciência não parecia ser muito difundida lá no deserto onde ele havia sujado as fraldas.

Carl olhou para a estrada e viu dois carros que vinham a uma velocidade bem acima da permitida naquele local. Era um veículo quatro por quatro com vidros escurecidos — do tipo que adolescentes só conseguem vislumbrar em catálogos.

— Ah, maldição! — exclamou Carl, quando o primeiro passou voando ao lado deles. Deu partida e seguiu o segundo carro.

Quando chegaram ao desvio que levava a Dueholt, Carl estava apenas a 20 metros deles.

— Posso jurar que reconheci Ditlev Pram no primeiro carro. Você conseguiu ver quem estava no segundo? — perguntou ele quando ambos os veículos entraram na estradinha para a propriedade de Florin.

— Não, mas anotei a placa. Estou checando.

Carl esfregou o rosto. Maldição, e se realmente estivessem indo se encontrar com Florin nesse momento? Caso fossem eles mesmo, quando teria outra oportunidade de observar os três juntos?

E, *se tivesse* a chance, o que conseguiria disso?

Não demorou muito e Assad estava com a informação.

— O primeiro carro está licenciado em nome de Thelma Pram. Bingo.

— E o segundo é da consultoria de mercado UDJ.

Bingo outra vez.

— Então o trio está completo. — Carl consultou o relógio. Ainda era cedo, nem oito horas. O que eles tinham em mente?

— Carl, acho que deveríamos observá-los.

— Como assim?

— Ora, você sabe. Ir à propriedade e ver o que estão fazendo.

Carl meneou a cabeça. Às vezes, o baixinho era criativo demais.

— Você ouviu o que Florin disse — retrucou ele. — A gente precisa de um mandado. E não vamos conseguir nada parecido com o que temos até agora.

— Não. Mas, se arranjarmos mais coisas, conseguiremos um, não é?

— Sim, claro. Mas não vai adiantar de nada ficarmos nos escondendo lá dentro. Assad, não temos permissão para isso. Precisamos da instância jurídica.

— E se eles mataram Aalbæk para apagar as pistas?

— Que pistas? Contratar alguém para espionar uma cidadã não é ilegal.

— Não. Mas e se Aalbæk tiver encontrado Kimmie? E eles estão prendendo-a ali dentro? A possibilidade é grande. Se eles tiverem pegado Kimmie, então apenas os três sabem disso, já que Aalbæk está morto. Ela é a sua principal testemunha, Carl.

Carl percebeu como Assad acreditava cada vez mais nessa ideia. E então disse:

— E se eles estiverem matando Kimmie nesse exato momento? Temos que entrar.

Carl suspirou. Eram perguntas demais.

O homem tinha razão; mas também não tinha.

Eles estacionaram o carro na pequena estação Duemose, na Ny Mårumvej. Partindo na direção de Gribskov, seguiram uma trilha ao longo da floresta até o aceiro. De onde estavam, podiam avistar o pântano e também um pedaço da floresta de Florin. O grande portão de entrada se insinuava sobre a colina, no horizonte. Carl e Assad não queriam seguir nessa direção de maneira alguma, pois já tinham visto quantas câmeras de segurança estavam instaladas por lá.

Mais interessante era o espaço diante do solar, onde os dois jipes enormes estacionaram. Ele ficava bem visível.

— Acho que há câmeras por todo o aceiro — comentou Assad. — Se quisermos atravessar, temos que seguir por aqui.

Ele apontou para a área de charco do pântano. Quase não dava mais para enxergar a cerca, de tanto ela havia se afundado. Mas realmente esse parecia ser o único lugar onde era possível entrar de maneira despercebida no terreno.

Nada especialmente encorajador.

Eles tiveram que esperar deitados por meia hora com as calças ficando úmidas até encontrar os três homens. Eram seguidos por dois indivíduos magros, de pele escura, que seguravam algo parecido com um arco. Os três conversavam, dava para notar, mas a distância e o vento impediam de ouvir o que era dito.

Em seguida, o trio sumiu na construção principal, enquanto os negros foram até as pequenas casinhas vermelhas.

Após cerca de dez minutos, apareceram vários negros que entraram no grande galpão. Ao saírem novamente, pouco depois, carregavam uma jaula que colocaram na caçamba de uma picape e seguiram até a floresta.

— Ou seja — disse Carl —, tem que ser agora.

Ele puxou Assad, que protestava um pouco, ao longo de uma sebe que servia com proteção do vento. Quando se aproximaram das casinhas, ouviram vozes estrangeiras e choro de criança. Supostamente, uma pequena sociedade.

Os dois passaram na frente da primeira casa. E se depararam com uma placa na porta, repleta de nomes exóticos.

— Lá também — sussurrou Assad, apontando para a placa na casa seguinte. — Você acha que ele mantém escravos por aqui?

Provavelmente não, embora com certeza parecesse ser algo assim. Lembrava um vilarejo africano em meio ao parque. Ou casebres à sombra de uma mansão sulista antes da Guerra Civil Americana.

Logo, escutaram latidos de cães por perto.

— Será que ele deixa os cachorros soltos? — sussurrou Assad preocupado, como se os animais já os tivessem escutado.

Carl encarou o parceiro. *Fique calmo*, dizia sua expressão. As pessoas que nascem no norte aprendem à força que os seres humanos têm poder diante dos cães. A não ser que sejam ferozes cães de briga. Um chute no momento certo restabelece, na maioria das vezes, a hierarquia. A pergunta é apenas por que eles precisam sempre fazer tanto barulho.

Quando saíram correndo pelo espaço aberto do pátio, descobriram que por esse caminho conseguiriam chegar atrás da mansão com facilidade.

Vinte segundos mais tarde, estavam apertando os narizes contra as vidraças. O ambiente com os móveis de cedro se parecia com um escritório clássico. As paredes estavam cheias de troféus de caça. Tudo tranquilo e discreto, nada apontando para algo estranho.

Eles se viraram. Se houvesse algo de especial nas proximidades, era preciso descobrir rapidamente.

— Você viu aquilo? — sussurrou Assad, apontando para uma construção que parecia um tubo e que começava no galpão envidraçado e avançava bastante para dentro da floresta. Quarenta metros, no mínimo.

O que é isso?, Carl se perguntou.

— Venha, vamos dar uma olhada.

A expressão de Assad ao entrar no grande galpão era digna de ser imortalizada. O mesmo se podia dizer de Carl. Se a Nautilus era um choque para os amantes de animais, aquilo era puro terror. Lado a lado, jaulas com animais totalmente amedrontados, apáticos ou histéricos. Penduradas nas paredes para secar, peles ensanguentadas de todos os tamanhos. De hamster a bezerro, havia de tudo. Cães de briga bastante agressivos latiam. Certamente eles os escutaram antes. Monstros parecidos com lagartixas e visons enfurecidos. Animais domésticos e exóticos reunidos em um só lugar.

Mas não se tratava de uma arca de Noé. Nenhum animal saía de lá vivo.

Carl reconheceu de pronto a jaula da Nautilus. Estava no meio do galpão, com uma hiena rosnando. Um pouco mais adiante, um macaco grande estava aos gritos, e daquela direção também era possível ouvir o grunhido de um javali e o balido de ovelhas.

— Você acha que Kimmie está em algum lugar aqui dentro? — perguntou Assad, avançando mais alguns passos para o interior do galpão.

Carl esquadrinhou as jaulas com o olhar. A maioria era pequena demais para um ser humano.

— E isso aqui? — perguntou Assad, apontando para uma série de freezers.

Eles estavam em um corredor lateral e faziam barulho. Ele abriu uma tampa e estremeceu, enojado.

— Argh!

Carl olhou para dentro do freezer. Uma montanha de animais escalpelados o encarava.

— Tudo igual — comentou Assad, que abriu um freezer depois do outro.

— Acredito que a maior parte seja usada como alimento — arriscou Carl, olhando para a hiena. Qualquer tipo de carne seria devorado em segundos por uma criatura faminta como aquela. Um pensamento horrível.

Cinco minutos mais tarde eles estavam convencidos de que Kimmie deveria estar em outro lugar.

— Olhe isso, Carl — indicou Assad, apontando para os tubos que ele tinha visto do lado de fora. — Isso é um estande de tiro.

Era verdade. Se eles tivessem algo semelhante na central, as pessoas estariam formando filas para usar. A mais sofisticada tecnologia, com aeração e todo tipo de penduricalho.

— Fique aqui — pediu Carl, quando Assad atravessou os tubos em direção aos alvos de tiro. — Se alguém aparecer, você não vai ter onde se esconder.

Mas Assad não lhe deu ouvidos. Ele só tinha olhos para os grandes alvos.

— O que é isso aqui? — perguntou ele do outro lado dos tubos.

Carl se virou e olhou para o galpão, antes de seguir Assad nos tubos.

— É um dardo? — perguntou seu parceiro, apontando para uma haste de metal que havia perfurado o centro do alvo.

— Sim — respondeu Carl. — É um dardo de besta.

Assad o observou intrigado.

— Como assim? O que uma besta tem a ver com isso?

Carl suspirou.

— Uma besta é um arco tensionado de maneira especial. O tiro é muito potente.

— Ok. Estou vendo. E bastante preciso.

— Sim, muito preciso.

Eles se viraram, sabendo que haviam caído na armadilha. Na extremidade dos tubos, estavam Torsten Florin, Ulrik Dybbøl Jensen e Ditlev Pram. Pram apontava uma besta tensionada na direção deles.

Isso não pode ser verdade, pensou Carl e gritou:

— Já! Atrás dos alvos, Assad!

Carl puxou sua pistola do coldre axilar e a apontou para o trio ao mesmo tempo que Ditlev Pram soltou o dardo.

Ele ouviu Assad se jogando para trás do alvo e, em seguida, o dardo perfurou o ombro direito de Carl e sua arma caiu no chão.

Curiosamente, não doía. Ele constatou apenas que o disparo o atirou meio metro para trás e que agora estava espetado no alvo. Só as penas estavam do lado de fora da ferida ensanguentada.

— Meus senhores — disse Florin. — Por que nos colocam nessa situação? O que devemos fazer com vocês?

Carl se esforçou para controlar os batimentos cardíacos. Eles haviam arrancado o dardo e espirrado um líquido no ferimento, o que quase o fez desmaiar. Porém a hemorragia estava mais ou menos controlada.

Era uma situação terrível. Os homens pareciam inflexíveis e absolutamente frios, e Carl se sentia como o último dos idiotas.

Assad esbravejou quando eles os obrigaram a entrar no galpão e se sentar no chão de costas para uma jaula.

— Os senhores sabem o que acontece quando alguém trata policiais em trabalho dessa maneira?

Carl tinha dado um ligeiro cutucão no pé de Assad. Mas isso o manteve quieto por pouco tempo.

— No fundo, é muito simples — respondeu Carl, enquanto seu tronco latejava a cada palavra. — Os senhores nos deixam ir embora. Estivemos aqui e não vimos nada. Os indícios desapareceram, acontece. Se nos mantiverem aqui, tudo vai ser descoberto.

— Ah — soltou Ditlev Pram. Ele havia recarregado a besta e continuava apontando-a para os dois. — Com quem o senhor acha que está lidando? O senhor nos acusa de assassinato. Contatou nosso advogado. Citou diversos nomes. Inventou uma ligação entre mim e Finn Aalbæk. O senhor acha que sabe tudo a nosso respeito. E, subitamente, nasce daí uma verdade. — Ele se aproximou e colocou a bota de couro bem perto dos pés de Carl. — Mas essa verdade atinge muito mais gente que apenas nós três, o senhor compreende? Assumimos responsabilidades, Carl Mørck. Em nome de milhares de funcionários. Das suas famílias. Da nossa sociedade. Se o senhor realmente conseguir convencer as autoridades da sua opinião, todas essas pessoas perderiam seu meio de subsistência. Nenhuma verdade é simples, Carl Mørck.

Ele apontou para o galpão.

— Fortunas gigantescas seriam congeladas. Não é o que os outros nem nós queremos. Por isso, repito a pergunta de Torsten: O que devemos fazer com vocês?

— Temos que limpar absolutamente tudo — comentou o gordo, Ulrik Dybbøl Jensen. Sua voz tremia, as pupilas estavam imensas. Não havia dúvidas, sobre o que ele queria dizer. Porém Torsten Florin hesitava, Carl podia sentir. Ele hesitava e refletia.

— O que o senhor me diz se simplesmente os soltarmos e cada um receber um milhão. Simples assim. Assim que as questões forem engavetadas, o dinheiro surge. Parece razoável?

É claro que tinham que dizer sim, o que mais poderiam fazer? O mero pensamento nessa alternativa era insuportável.

Carl olhou para Assad. Ele concordou. Sujeitinho esperto.

— E você, Carl Mørck? Também está tão a fim de cooperar como o Mustafá aqui?

Carl o olhou friamente. Em seguida, assentiu.

— Estou sentindo que isso não é o suficiente. Bem, então dobramos. Dois milhões por seu silêncio. Vamos fazer tudo com discrição, entendeu? — perguntou Torsten.

Ambos assentiram.

— Primeiro tem mais uma questão que preciso esclarecer. Responda com honestidade. Vou perceber imediatamente se você mentir e, se for assim, o combinado está encerrado, certo?

Ele não esperou pela resposta.

— Por que você me falou de um casal em Langeland hoje cedo? Kåre Bruno eu até entendo, mas o casal? O que isso tem a ver com a gente?

— Investigações minuciosas — respondeu Carl. — Tem uma pessoa na central que acompanhou esses casos durante anos.

— Isso não tem nenhuma relação com a gente — apartou Florin, bruscamente.

— O senhor quis uma resposta honesta. Investigações minuciosas *é* a resposta — repetiu Carl. — O tipo de crime, o lugar, o método, o momento. Tudo combina.

Nesse momento, Carl foi lembrado do que eles eram capazes.

— Me responda! — gritou Ditlev Pram, batendo com o cabo da besta no ferimento de Carl.

Ele não conseguiu nem gritar, pois a garganta estava contraída de tanta dor. Ditlev bateu de novo. E de novo.

— Me responda! Seja preciso! Por que vocês estão nos relacionando a esse casal em Langeland?

Ele estava se preparando para bater mais uma vez quando Assad o interrompeu.

— Kimmie tinha um dos brincos. Ele combinava com o outro que foi encontrado. Ela o guardava em uma caixa com outras provas dos seus crimes. Mas com certeza você sabe disso.

Se Carl tivesse uma única fagulha de força sobrando no corpo, ele teria demonstrado a Assad, de forma bastante contundente, que era para ficar de boca fechada.

Mas agora era tarde demais.

Isso estava absolutamente claro no rosto de Florin. Tudo o que esses três homens temiam era verdade. Havia provas contra eles. Provas materiais.

— Pressuponho que outros colegas na central também saibam da existência dessa caixa. Onde ela está agora?

Carl não disse nada. Ele olhou ao redor.

De onde estava sentado até o portão eram 10 metros, até o início da floresta pelo menos mais 50. E a floresta federal de Gribskov começava apenas depois de mais de um quilômetro através da floresta privada de Florin. Aquele seria o esconderijo ideal. Mas impossível de ser alcançado. E não havia nada por perto, absolutamente nada, que pudesse ser usado como arma. Três homens munidos de bestas estavam diante deles. O que havia para fazer? Nada.

— Temos que resolver aqui e agora — sussurrou Ulrik Dybbøl Jensen. — Vou dizer mais uma vez: não podemos confiar neles. Eles não são como os outros.

As cabeças de Pram e Florin se voltaram lentamente para seu companheiro. *Não foi inteligente dizer isso*, era o que dizia a expressão de seus rostos.

Enquanto Pram, Dybbøl Jensen e Florin discutiam, Assad e Carl trocaram olhares. Assad se desculpou e Carl o perdoou imediatamente. Qual era a importância do pequeno erro de seu assistente se suas mortes estavam sendo decididas nesse exato momento por esses três homens completamente inescrupulosos?

— Ok, vamos fazer assim. Mas não temos muito tempo. Os outros vão chegar daqui a cinco minutos — declarou Florin.

Ulrik Dybbøl Jensen e Ditlev Pram se jogaram, sem nenhum aviso prévio, sobre Carl, enquanto Torsten Florin dava cobertura à ação a poucos metros de distância com a besta. Seu ímpeto tomou Carl completamente de surpresa.

Eles colaram uma fita adesiva grossa sobre sua boca, puxaram suas mãos até as costas e as prenderam com a mesma fita. Em seguida, empurraram sua cabeça para baixo e colaram seus olhos. Como Carl se mexeu, a fita pegou uma de suas pálpebras e a manteve um milímetro aberta. Por essa frestinha ele conseguia ao menos ter uma noção da intensa resistência de Assad. Viu como ele protestava violentamente, chutando e batendo, até que um deles caiu com força no chão. Era Dybbøl Jensen, quase paralisado por um golpe de caratê no pescoço. Florin largou a besta e foi ajudar Pram. E, enquanto os dois seguravam Assad, Carl se levantou e correu em direção à luz que vinha do portão.

Da maneira como estava colado, ele não conseguiria ajudar Assad na luta. Apenas se saísse dali.

Carl os escutou gritando, dizendo que ele não iria longe. Os empregados iriam prendê-lo e trazê-lo de volta. E seu destino era o mesmo que o de Assad: a jaula da hiena.

— Prepare-se para a fera! — gritaram eles.

Eles são completamente insanos, pensou Carl ao tentar se orientar pela fresta minúscula.

Foi neste momento que ele ouviu carros passando pelo portão de entrada. Todo um séquito.

Se as pessoas dos carros fossem como os três no galpão, o melhor era mesmo entrar logo na jaula.

40

Assim que o trem se pôs em movimento e os ruídos da viagem passaram a seguir um ritmo constante, as vozes na cabeça de Kimmie se tornaram audíveis novamente. Não muito altas, mas constantes e assertivas. Ela já havia se acostumado a isso.

O trem possuía um desenho aerodinâmico, muito diferente das composições antigas, vermelhas, de Gribskov, que levaram Bjarne e ela a esse lugar pela última vez. Tanta coisa havia mudado desde então.

Naquela época, foi animado. Eles tinham bebido, cheirado e passado os dias fazendo festas. Torsten a conduziu, orgulhoso, por sua recente aquisição. Floresta, zonas úmidas, lagos, campos. Para um caçador, era simplesmente perfeito. Era preciso apenas tomar cuidado para que o animal abatido não entrasse na floresta do Estado.

Kimmie e Bjarne riram muito dele. Não havia nada mais engraçado que um homem que usava, com seriedade, galochas verdes com cadarço. No entanto, Torsten não percebeu nada. A floresta era dele e aqui Torsten era o dono irrestrito de toda criatura selvagem dinamarquesa que pudesse receber uma bala.

Durante algumas horas, eles ficaram matando veados-vermelhos e faisões e, no final, também o urso que ela própria havia arranjado para ele na Nautilus. Um gesto que Torsten sabia valorizar. E, em seguida, mantiveram o ritual, assistindo a *Laranja mecânica* no home theater de Torsten. Tinha sido um dia com muita cocaína e álcool, eles estavam moles e sem energia para sair à procura de uma vítima.

Essa foi a primeira e a última vez que Kimmie esteve na propriedade. Mas ela se lembrava disso como se tivesse sido ontem. As vozes se ocupavam disso.

Os três estão lá hoje, Kimmie. Você tem consciência disso? A oportunidade chegou, ecoava dentro de sua cabeça.

Ela observou rapidamente os outros passageiros. Depois, colocou a mão na grande bolsa de linho e sentiu a granada de mão, a pistola, a pequena bolsa a tiracolo e seu amado embrulhinho. Tudo do que ela precisava estava ali.

Na estação Duemose, Kimmie esperou até os outros passageiros madrugadores serem pegos por alguém ou terem saído com suas bicicletas, estacionadas no bicicletário vermelho.

Um motorista parou e perguntou se ela queria carona, mas Kimmie apenas sorriu. Dava para usar o sorriso para isso também.

Quando a plataforma estava vazia e a estrada tão deserta como antes de sua chegada, ela foi até o fim da plataforma, pulou e seguiu os trilhos até o limite da floresta. Lá, procurou um lugar onde pudesse deixar a bolsa.

Pegou a bolsinha a tiracolo, ajeitou-a, meteu as pernas dos jeans dentro das meias e empurrou a bolsa grande para debaixo de um arbusto.

— Mamãe vai voltar logo, minha fofinha. Não precisa ter medo — disse ela. As vozes a incitavam a se apressar.

Caminhando apenas por alguns metros ao longo da estrada, passando por um pequeno comércio, Kimmie já estava no caminho que levava aos fundos do terreno de Torsten. Localizar-se na floresta estatal era fácil.

Mesmo que as vozes não cansassem de pressioná-la, ela tinha bastante tempo. Observou a folhagem colorida e respirou fundo. A força e a beleza dos tons do outono pareciam estar contidas no aroma que impregnava o ar.

Havia muitos anos ela não tinha tamanha consciência da natureza. Havia muitos e muitos anos.

Quando alcançou o aceiro, percebeu que ele estava mais largo que da última vez. Ela se deitou e observou a cerca que ficava depois dele, separando a floresta de Torsten da do governo. Os muitos anos nas ruas de Copenhague ensinaram a Kimmie que até as câmeras de vigilância tinham um campo de visão limitado. Com calma, deixou o olhar esquadrinhar as árvores, até descobrir onde as câmaras haviam sido instaladas. Eram quatro no trecho em que estava deitada. Duas fixas e duas que se movimentavam o tempo todo em um ângulo de 180 graus. Uma das fixas estava direcionada exatamente em sua direção.

Kimmie se abrigou junto às árvores e refletiu sobre a situação.

O aceiro em si possuía 10 metros de largura. A grama tinha sido cortada recentemente, em nenhum lugar passava de 20 centímetros, tudo muito aberto e sem ondulações. Ela olhou em ambas as direções. O mesmo em todo lugar. Havia realmente apenas uma possibilidade de atravessar o aceiro sem ser vista, e não era pela grama.

E sim de árvore em árvore. De galho em galho.

Kimmie se concentrou. O carvalho a seu lado do aceiro era bem mais alto que a faia do outro lado. Galhos fortes, que avançavam 5, 6 metros, sobre o aceiro. Pulando da árvore mais alta para a mais baixa, a distância do salto era de alguns metros. E, ao mesmo tempo, era preciso saltar para a frente, a fim aterrissar mais perto do tronco. Senão, os galhos não suportariam o peso.

Ela nunca foi uma grande entendida em árvores. Sua mãe a proibia de brincar em lugares onde poderia se sujar. E, quando a mãe foi embora, sua vontade foi junto.

O grande carvalho era uma árvore realmente bela. Havia galhos tortos e bem ramificados e a casca do tronco era bastante irregular. Subir nela não era um problema.

A escalada foi até divertida.

— Você tem que experimentar fazer isso algum dia, Mille — disse ela baixinho e continuou subindo.

Kimmie começou a ter dúvidas apenas quando estava sentada no primeiro galho. De repente, a distância até o chão era muito real. O salto até os galhos lisos da faia era intimidador demais. Ela era mesmo capaz de fazer isso? Se caísse, seria o fim. Quebraria todos os ossos. Iriam vê-la nos monitores de vigilância e a capturariam, e assim tudo estaria perdido. Kimmie conhecia os três. A vingança seria deles, não dela.

Ficou sentada durante um tempo e tentou calcular a força do impulso que deveria dar. Por fim, ergueu-se com cuidado, agarrando os galhos do carvalho.

Durante o salto ela percebeu que havia exagerado no impulso. Enquanto estava no ar viu que aterrissaria muito próximo do tronco da faia. Ao tentar evitar a colisão, sentiu na hora que tinha quebrado um dedo. Mas não se preocupou muito, as dores precisavam esperar. Afinal, ainda possuía nove dedos. Kimmie confiava neles para a descida. Nesse momento, percebeu que as faias têm menos galhos na parte inferior do tronco que os carvalhos. A distância entre o galho mais baixo e o chão era de 4 ou 5 metros. Ela ficou pendurada no galho por alguns instantes. Os dedos que obedecessem. Por fim, agarrou o tronco, envolveu-o com os braços da melhor maneira possível e se soltou. Ao escorregar para baixo, feriu os antebraços e o pescoço, que sangravam.

Kimmie examinou o dedo quebrado e, em seguida, colocou-o no lugar com um puxão. A dor foi infernal, mas ela se manteve calada. Se fosse preciso, também teria atirado nele.

Limpou o sangue do pescoço e entrou na sombra da floresta, agora do lado certo da cerca.

A vegetação era mista. Ela se lembrava disso da última caçada. Grupos dos abetos, pequenas clareiras com árvores recém-plantadas e, sobre grandes extensões, bétulas, espinheiros, faias e alguns carvalhos dispersos.

Havia um cheiro intenso de folhas apodrecendo. Após uma década na selva de pedra, a pessoa se torna muito sensível a esse tipo de aroma.

Mais uma vez, as vozes a pressionaram a se apressar e resolver logo a situação. E, principalmente, para que o confronto se desse sob suas condições. Porém Kimmie não prestava atenção. Ela sabia que tinha tempo. Quando Torsten, Ulrik e Ditlev estavam jogando seus joguinhos sangrentos, podia demorar até ficarem satisfeitos.

— Vou caminhar pelo limite da floresta, junto ao aceiro — disse ela em voz alta e as vozes tiveram que se retrair. — É um trecho comprido, mas sem dúvida vamos chegar à propriedade.

E foi então que viu homens negros virados em direção à floresta, esperando. Ela viu a jaula com o animal enfurecido. E também notou as proteções de perna que eles usavam sobre as calças, até a região da virilha.

Por isso, Kimmie recuou até a floresta para ver o que aconteceria. Ela estava na terra dos caçadores.

41

Carl correu com a cabeça curvada para a trás, conseguindo vislumbres do chão em alternâncias oscilantes entre folhas secas e galhos. Por algum tempo, escutou a gritaria de Assad atrás de si. Depois, tudo ficou em silêncio.

Ele diminuiu a velocidade. Lutou contra a fita adesiva nas costas. O nariz estava totalmente seco por causa da respiração difícil. Carl inclinou o pescoço para tentar enxergar.

Precisava remover a fita dos olhos, antes de qualquer coisa. Eles logo chegariam por todos os lados. Os caçadores do pátio da propriedade e os açuladores sabe Deus de onde. Ele se virou em todas as direções e conseguiu enxergar um pouco das árvores pela fresta. Voltou a correr, mas depois de poucos segundos um galho baixo bateu em sua cabeça e o derrubou de costas.

— Merda!

Carl se levantou com esforço e tateou o tronco à procura de um galho quebrado na altura da cabeça. Aproximou-se dele e se contorceu de todas as formas possíveis para enfiar a extremidade do galho ao lado do nariz, sob a fita adesiva, para depois movimentar o corpo devagar para baixo. Embora a fita tensionasse na nuca, ela não descolava dos olhos. Estava presa nas pálpebras com muita força.

Ele puxou mais uma vez, tentando manter os olhos fechados, porém sentiu como as pálpebras acompanhavam a fita adesiva.

— Merda, merda, merda — praguejou ele e começou a virar a cabeça lateralmente, fazendo com que o galho arranhasse a pálpebra.

Nesse instante, escutou pela primeira vez os chamados dos açuladores. Eles não estavam tão distantes quanto Carl esperava. Talvez algumas centenas de metros, era difícil avaliar isso na floresta. Ele levantou a cabeça e soltou a fita adesiva do galho. Então notou que todo esse trabalho tinha dado algum resultado, pois agora conseguia enxergar parcialmente.

Carl estava cercado pela floresta fechada. A luz vinha de maneira irregular pelas árvores, e ele não fazia a mínima ideia de onde ficavam norte, sul, leste ou oeste. Isso o fez se dar conta de que o fim da linha para Carl Mørck poderia estar bem perto.

Os primeiros tiros foram disparados quando Carl se encontrava em uma clareira. Os açuladores se aproximaram de tal maneira que ele teve que se jogar no chão. Em sua avaliação, estava próximo do aceiro e atrás disso ficava a floresta estatal. Até o estacionamento, onde se encontrava seu carro, não deviam ser mais de 700, 800 metros em linha reta. Mas de que adiantava isso se não sabia a direção?

Ele viu pássaros levantando voo sobre as copas das árvores. Algo se movia no chão. Os açuladores gritavam e faziam barulho com pedaços de madeira, batendo-os uns contra os outros. Os animais fugiam.

Se eles estiverem com cães, vão me achar em um segundo, pensou Carl. Nesse instante, seu olhar recaiu sobre uma pilha de folhas que o vento havia formado diante de alguns galhos jogados no chão.

Quando o primeiro veado saiu da floresta com seus grandes saltos, Carl estava tão assustado que tremia. Instintivamente, lançou-se sobre o monte de folhas e se revirou por bastante tempo no meio delas, afundando-se o máximo possível.

Ele tentou respirar devagar e com calma. Puta merda, pensou. Carl torceu para que Torsten Florin não tivesse equipado os açuladores com celulares e assim não pudesse avisar que havia um policial fugitivo se aproximando deles. Como desejou que Florin não tivesse feito isso! Mas quais eram as chances de um homem como ele não tomar todas as precauções? Pouquíssimas. Os açuladores com certeza já sabiam o que deviam procurar.

Embaixo das folhas que exalavam seu aroma, Carl percebeu que o ferimento do disparo tinha se reaberto e que a camisa empapada de sangue colava em seu corpo. Se houvesse cães, eles o farejariam imediatamente. E, se ficasse deitado assim, iria se esvair em sangue.

Como poderia ajudar Assad? E, por mais improvável que pudesse ser, como conseguiria se encarar no espelho de novo caso Assad morresse e ele sobrevivesse? Simplesmente não conseguiria. Ele já havia perdido um parceiro uma vez. Ele já havia deixado um parceiro na mão uma vez. Isso era um fato.

Carl respirou fundo. Ele não poderia deixar isso se repetir. Mesmo que tivesse que acabar na prisão, perder a vida ou arder no inferno.

Ele tirou algumas folhas de cima dos olhos e escutou um resfôlego, que aos poucos se transformou em um rosnado e, por fim, em um latido fraco. Sua pulsação aumentou e a ferida latejava. Se fosse um cão, logo estaria terminado.

Os passos determinados dos açuladores já eram audíveis a alguma distância. Eles riam e gritavam, sabendo muito bem o que deviam fazer.

Logo os estalidos no chão cessaram e, de repente, Carl soube: o animal estava diante dele, encarando-o.

Ele tirou mais folhas de cima dos olhos e se percebeu encarando o focinho de uma raposa. Os olhos dela possuíam manchas vermelhas e sua boca espumava. O animal arquejava como se tivesse uma doença mortal e tremia como se sofresse convulsões.

A raposa rosnou ao vê-lo piscar entre as folhas. Rosnou quando ele prendeu a respiração. Mostrou os dentes, rosnou e se aproximou de Carl com a cabeça baixa.

De repente, ela enrijeceu. Ergueu a cabeça e olhou para trás, como se tivesse percebido algum perigo. Virou-se novamente para Carl e de súbito, como se fosse capaz de refletir, ela se arrastou pelo chão na direção dele e se posicionou próximo de seus pés, cavando sob as folhas com o focinho escorrendo.

Ela se deitou, com a respiração leve e aguardando. Completamente escondida pelas folhas. Exatamente como Carl.

Um pouco mais adiante, iluminado por um raio de sol, um bando de perdizes se juntava. Espantadas pelos ruídos dos açuladores, elas voaram e imediatamente se ouviram vários tiros. Carl estremecia a cada estampido, arrepios gelados percorriam seu corpo e a raposa estava junto a seus pés, tremendo.

Ele viu os cães dos caçadores recolherem os pássaros, e logo em seguida as silhuetas dos próprios caçadores diante de arbustos desfolhados.

Eram nove ou dez no total. Todos usando botas de amarrar e uma espécie de bombachas. Quando se aproximaram, Carl reconheceu imediatamente diversos representantes ilustres das altas-rodas da sociedade de Copenhague. Devo me identificar?, pensou. Mas abandonou a ideia assim que viu o anfitrião e seus dois amigos na retaguarda do grupo, ambos com bestas prontas para atirar. Caso Florin, Dybbøl Jensen ou Pram o vissem, atirariam nele sem hesitar. Depois, diriam que foi um acidente de caça e convenceriam sem muito esforço o restante dos caçadores dessa explicação. O grupo era unido, Carl sabia disso. Eles tirariam a fita adesiva e montariam a cena como um acidente.

A respiração de Carl ficou cada vez mais superficial, como a da raposa. O que aconteceria com Assad? E com ele próprio?

Os homens estavam a apenas alguns metros do monte de folhas, os cães rosnavam e o animal a seus pés respirava de forma audível. Subitamente, a raposa avançou sobre o caçador mais próximo e o mordeu na região da virilha com toda a força que pôde reunir. O grito do jovem foi de gelar o sangue. Um berro com um medo mortal. Os cachorros se viraram para a raposa, mas ela se colocou diante deles espumando, então urinou com as pernas abertas antes de correr pela própria vida. Ditlev Pram mirou e disparou.

Carl não ouviu o som do dardo no ar, apenas o gemido da raposa, seus ganidos e a luta contra a morte lenta.

Os cães farejavam a urina da raposa e um deles meteu o focinho onde ela havia estado deitada até pouco tempo atrás. Ele não percebeu o cheiro de Carl.

Abençoadas sejam as raposas e seus mijos, pensou Carl quando os cachorros se reuniram ao redor dos donos. O caçador ferido estava deitado a poucos metros de distância. Ele se contorcia e gritava. Os companheiros de caçada se curvaram sobre ele e cuidaram de sua ferida. Rasgaram panos, fizeram curativos e o levantaram.

— Belo disparo, Ditlev — escutou Torsten Florin dizer, quando Ditlev foi até eles com a faca suja e o rabo da raposa nas mãos. Então Florin se dirigiu aos outros homens. — Meus caros, sinto muito, mas por hoje é só. Façam com que Saxenholdt seja levado o mais rápido possível a um hospital, certo? Vou chamar os açuladores. Eles podem carregá-lo. Façam com que ele seja vacinado contra raiva, nunca se sabe. E, até lá, mantenham a artéria pressionada com um dedo, certo? Senão talvez seja o seu fim.

Ele gritou algo na direção das árvores e um grupo de negros saiu das sombras. Florin ordenou que quatro deles fossem com os caçadores e pediu que outros quatro ficassem. Dois deles tinham espingardas de caça leves, assim como Torsten Florin.

Quando o grupo de caçadores havia sumido com o ferido, que não parava de gemer, os três amigos se juntaram aos negros em um círculo.

— Vocês sabem que não temos muito tempo — declarou Florin. — Não podemos subestimar esse policial.

— O que a gente faz quando o vir? — perguntou Ulrik.

— Finjam que ele é a raposa.

Ele ficou bastante tempo prestando atenção nos ruídos até ter certeza de que os homens haviam se dividido e estavam indo em direção ao outro extremo da floresta. Dessa maneira, o caminho até o pátio da propriedade devia estar livre, enquanto os outros negros não voltassem para terminar seu trabalho.

Corra!, pensou e ficou de pé. Com a cabeça baixa e tentando enxergar pela fresta, ele começou a atravessar a floresta da melhor maneira possível.

Talvez eu encontre uma faca no galpão. Talvez eu possa cortar a fita. Talvez Assad ainda esteja vivo. Talvez Assad esteja vivo, pensou; e a folhagem se prendia em suas roupas e a ferida não parava de gotejar sangue.

Carl estava com frio. As mãos nas costas tremiam. Quanto de sangue ele havia perdido?

Nesse momento, ele ouviu vários jipes acelerarem por perto e partirem. Não devia estar muito longe.

Mal tinha acabado de organizar as ideias quando um dardo passou raspando por sua cabeça, tão próximo que ele sentiu o deslocamento do ar. O dardo fez um furo profundo no tronco da árvore a sua frente. Ninguém conseguiria arrancá-lo mais de lá.

Carl se virou, mas não viu nada. Onde eles estavam? Em seguida, escutou um disparo muito próximo e a casca de outra árvore foi estilhaçada.

Os gritos dos açuladores ficavam mais claros. Corra, corra, corra, berrava em sua cabeça. Não caia. Atrás do arbusto, depois atrás do próximo, saindo da linha de tiro. Onde vou me esconder? Não há nenhum esconderijo por aqui?

Eles logo o alcançariam. E Carl sabia que sua morte não seria imediata. Afinal, o barato desses porcos vinha disso.

O coração batia com tanta força que chegava a doer.

Ele saltou sobre um riacho. Os sapatos ficaram presos na terra úmida. As solas estavam pesadas como chumbo, as pernas não queriam mais continuar. Corra, corra, corra!

Carl supôs que havia uma clareira de um dos lados. Assad e ele deviam ter entrado por ali e visto que o riacho havia ficado para trás. Então ele tinha que seguir à direita. Não podia estar longe!

Dessa vez, o dardo passou distante. De repente, ele estava no pátio da construção principal. Totalmente sozinho, com o coração batendo forte e a menos de 10 metros do portão.

Ele havia chegado até metade do caminho quando o dardo seguinte perfurou o chão a seu lado. Não era por acaso que não o atingiam. Queriam lembrá-lo de que ele devia ficar parado. Senão disparariam outro dardo.

Subitamente, sua resistência desmoronou. Carl ficou parado, olhando para baixo, esperando por eles. Esse belo pátio seria o lugar de seu sacrifício.

Carl respirou fundo e se virou. Não apenas os três homens e os quatro açuladores estavam parados em silêncio observando-o. Um pequeno bando de crianças negras com olhos enormes fazia o mesmo.

— Tudo bem, vocês estão dispensados — orientou Torsten Florin. Os negros deixaram o pátio e afastaram as crianças de sua frente.

Agora eles estavam a sós. Carl e os três homens: suados e sorridentes. O rabo da raposa balançava na frente da besta de Ditlev Pram.

A caçada havia chegado ao fim.

42

Eles o empurraram até o galpão. A luz artificial que entrava pela fresta de seu olho era muito dolorosa. Piscando, Carl olhou para o chão. De maneira nenhuma queria ver os restos mortais de Assad sob essa luz, de maneira nenhuma queria saber o que uma hiena poderia fazer com um corpo humano.

Carl estava a ponto de não querer ver mais nada. Eles que fizessem o que lhes desse na telha. Mas nada de assistir.

De repente, um dos homens riu. Uma risada profunda, vinda da barriga, que contagiou os outros dois. Um coro terrível, que fez com que Carl instintivamente fechasse os olhos atrás da fita adesiva.

Como é possível alguém rir quando uma pessoa está desesperada, à beira da morte?, pensou. Qual o grau de perturbação mental de uma pessoa que se diverte com isso? O que tinha transformado esses indivíduos nisso?

Carl ouviu uma voz praguejar em árabe. Sons guturais, feios. Mas que deixaram Carl tão feliz que ele imediatamente ergueu a cabeça.

Assad estava vivo.

A princípio, ele não conseguiu descobrir de onde vinham os sons. Carl conseguia ver as barras brilhantes das jaulas e a hiena, que o encarava com um olhar furioso. Foi só ao deitar a cabeça completamente para trás que descobriu Assad, pendurado no topo da jaula como um macaco. Com um olhar selvagem e braços e pernas feridos.

Então Carl percebeu que a hiena mancava. Como se uma perna traseira tivesse sido machucada com um golpe. O animal gania a cada passo. A risada dos homens emudeceu aos poucos.

— Bicho de merda — gritou Assad, sem nenhum respeito, lá do alto.

Carl quase riu debaixo da fita adesiva. Esse homem se mantinha fiel a si mesmo, sempre.

— Mais cedo ou mais tarde você vai cair. E então o animal vai saber o que fazer — comentou Torsten Florin. A raiva por Assad ter aleijado o exemplar magnífico de seu zoológico queimava em seus olhos. Mas ele tinha razão. Assad não conseguiria ficar lá em cima para sempre.

— Não sei, não. — Essa era a voz de Ditlev Pram. — O orangotango lá de cima não é exatamente um peso-pena. Se ele cair sobre a hiena, ela vai levar a pior.

— Quero que a hiena vá à merda! Ela não fez o que devia ter feito. — Florin estava claramente nervoso.

— O que vamos fazer com eles agora? — Ulrik Dybbøl Jensen se meteu na conversa, mas seu tom de voz era bem diferente do dos outros, muito mais baixo e contido. Ele parecia menos pilhado que antes. Menos protegido. Depois de um pico de cocaína, muita gente se sentia assim.

Carl se virou para ele. Se conseguisse falar, diria que eles deviam simplesmente deixá-los ir embora. Que matá-los era perigoso e absolutamente desnecessário. Que Rose iria movimentar todos os departamentos caso eles não aparecessem no escritório no dia seguinte. Que as autoridades iriam procurá-los imediatamente na propriedade de Florin e, claro, encontrariam algo. Que eles deveriam dar um jeito de se mandar o mais rápido possível para o outro lado do mundo para se esconder por lá pelo resto de suas vidas. Que essa era sua única chance.

No entanto, com aquela fita adesiva na boca, Carl não conseguia dizer nada. Além disso, os homens não iriam entrar na sua conversa.

Pois Torsten Florin não pouparia nenhum esforço para apagar todos os vestígios de seus atos. Mesmo se tivesse que incendiar aquela porcaria toda. Carl sabia disso agora.

— Vamos trancá-lo junto do outro. E observamos o que vai acontecer — sugeriu Florin calmamente. — Hoje à noite voltamos para ver. E, caso a coisa ainda não tenha chegado a um fim, podemos colocar mais alguns animais na jaula. Temos muitas opções.

Carl gritou e começou a dar chutes. Não deixaria que eles se aproximassem dele novamente sem nenhuma resistência. Não de novo.

— Ora, ora, ora. O que aconteceu, Carl Mørck? Algum problema?

Ditlev Pram se aproximou dele, sem se impressionar com seus chutes. Ergueu a besta e a apontou diretamente para o olho pelo qual Carl conseguia enxergar.

— Quieto! — ordenou ele.

Carl pensou por um instante, avaliou suas chances de modo realista e abandonou a resistência. Pram estendeu a mão livre, segurou a fita adesiva que estava enrolada ao redor da cabeça e dos olhos e a arrancou de uma vez.

Para Carl, era como se suas pálpebras estivessem sendo arrancadas. Como se os globos oculares estivessem subitamente soltos nas cavidades. A luz bombardeou a retina e o deixou cego por um instante.

Mas então ele os viu. Todos três de uma vez. Os braços abertos como se fossem se abraçar. Seus olhares diziam que essa era sua última luta.

E, a despeito da perda de sangue e da fraqueza no corpo, Carl começou a chutar e rosnar por trás da fita que cobria sua boca que eles eram filhos da puta que receberiam o que merecem.

Em meio a isso, uma sombra passou correndo a seu lado. Ele viu que Florin também a registrou. Em seguida, ouviu algo batendo na outra extremidade do galpão, de maneira contínua. Gatos passavam por ele e saíam em direção à luz. E os gatos foram seguidos por guaxinins, arminhos e pássaros, que trombavam contra as estruturas de aço do telhado de vidro.

— Que merda é essa? — gritou Florin. Ulrik Dybbøl Jensen acompanhou o porco-vietnamita que corria com suas perninhas curtas pelos corredores e ao redor das jaulas. A postura de Ditlev Pram mudou, seu olhar estava muito alerta quando ele se agachou com cuidado para pegar a besta no chão.

Carl deu um passo para trás. Ele escutou como o barulho nos fundos do galpão continuava e, ao mesmo tempo, o ruído dos animais soltos se multiplicava. Era uma confusão de bramidos, grunhidos, latidos estrídulos e bater de asas.

Ele ouviu Assad rir no alto entre as barras da jaula e os xingamentos dos três homens.

Mas não ouviu a mulher antes de ela aparecer.

De repente, estava ali. Os jeans metidos nas meias, uma pistola nas mãos, um pedaço de carne congelada na outra.

Ela era delicada e elegante com sua pequena bolsa a tiracolo. Bonita, na verdade. Com uma expressão pacífica e olhos radiantes.

Os três homens emudeceram ao vê-la. Esqueceram completamente os animais soltos, estavam paralisados. Não era a pistola nem a presença da mulher, mas aquilo que ela representava. O medo deles era palpável. Como a vítima de linchamento nas garras da Ku Klux Klan. Como o ateu diante da Inquisição.

— Oi — disse ela, cumprimentando cada um com um aceno de cabeça. — Jogue isso, Ditlev. — Ela apontou para a besta. Logo fez um sinal para darem um passo para trás.

— Kimmie...! — Esse foi Ulrik Dybbøl Jensen. Sua voz expressava medo e afeição. Talvez até um pouco mais de afeição que medo.

Ela sorriu quando duas lontras se enroscaram nas pernas de Florin e o farejaram antes de fugir para a liberdade.

— Hoje vamos ser todos livres. Não é um dia maravilhoso?

Então ela se voltou para Carl Mørck.

— Você aí! Chute a correia de couro com o nó até aqui.

Kimmie lhe mostrou o que queria dizer, pois a tira de couro havia escorregado parcialmente para baixo da jaula da hiena.

— Venha até aqui, pequena — sussurrou ela para o animal com a respiração pesada dentro da jaula, mas sem se descuidar um instante sequer dos três homens. — Venha até aqui, tem uma coisa gostosa para você.

Ela colocou a carne no interior da jaula e esperou o momento em que a fome do animal fosse maior que seu medo. Quando a hiena se aproximou, Kimmie pegou a correia do chão e a colocou cuidadosamente entre as barras, preparando uma armadilha em volta do pedaço de carne.

Confusa com todas as pessoas em volta e o silêncio delas, levou um tempo até a hiena se entregar à fome.

Quando ela finalmente se aproximou do pedaço de carne, Kimmie puxou a correia e prendeu a hiena na armadilha. Ditlev Pram deu meia-volta e correu para o portão sob os protestos dos outros dois.

Kimmie ergueu a pistola e atirou. Ditlev caiu, batendo com cabeça no chão, onde ficou deitado, gemendo de dor. Enquanto isso, ela amarrava com alguma dificuldade a correia nas barras. O animal moveu a cabeça de um lado para o outro tentando se soltar

— Levante-se, Ditlev — disse ela com muita calma. Como ele não conseguia, Kimmie pediu a seus amigos que o ajudassem.

Carl já havia visto disparos contra fugitivos antes, mas nunca algo tão limpo e eficaz quanto o ferimento que dividiu o encaixe do quadril de Ditlev em dois.

Pram estava branco feito cera, mas ficou em silêncio. Era como se os três homens e Kimmie estivessem participando de um ritual que não admitia quaisquer desvios. Uma cerimônia sem palavras, mas compreendida por todos.

— Abra a jaula, Torsten. — Ela olhou para Assad, no alto. — Foi você quem me viu na estação central. Agora pode descer em segurança.

— Que Alá seja louvado! — exclamou Assad ao desprender os pés das barras. Ele se deixou cair, mas não conseguia ficar de pé ou andar. Seus membros estavam dormentes, era um milagre ele ter conseguido se segurar.

— Tire-o daí de dentro, Torsten — ordenou Kimmie, observando cada um de seus movimentos, até Assad ficar deitado diante da jaula. — E agora vocês entram — disse ela tranquilamente para os homens.

— Oh, meu Deus, não, Kimmie, me deixe ir embora — sussurrou Ulrik. — Eu nunca fiz nada contra você, Kimmie. Você sabe disso, não é?

Ele tentou arrancar piedade com um olhar patético, mas ela não reagiu.

— Vamos, entrem — foi tudo o que ela disse.

— Você pode matar a gente logo também — retrucou Torsten, ajudando Ditlev a entrar. — Você sabe muito bem que nenhum de nós vai sobreviver à prisão.

— Eu sei disso, Torsten.

Ditlev Pram e Torsten Florin não falaram nada, porém Ulrik Dybbøl Jensen não se envergonhou de gemer.

— Ela vai matar a gente, vocês não estão entendendo?

Quando a porta da jaula se fechou atrás dos três, Kimmie sorriu e jogou a pistola longe.

A arma caiu com um som pesado, metal contra metal.

Carl olhou para Assad, que massageava as pernas. Apesar de suas mãos ensanguentadas, ele ria novamente. O coração de Carl ficou uma tonelada mais leve.

Foi então que os prisioneiros da jaula começaram a gritar.

— Ei, você aí! Faça alguma coisa. Ela não é páreo para você — gritou Pram para Assad.

— Não achem que ela vai poupá-los! — atiçou Florin.

Kimmie não se mexeu nem um milímetro. Ela ficou lá, olhando para os três, como se estivesse assistindo a um filme antigo, já há muito esquecido.

Em seguida, ela se aproximou de Carl e arrancou a fita adesiva de sua boca.

— Eu sei quem você é — declarou ela. Mais nada.

— A recíproca é verdadeira — respondeu Carl. Ele respirou fundo, como se fosse a primeira vez.

A troca de palavras deles fez o trio emudecer.

Depois de um tempo, Torsten Florin se aproximou das barras da jaula.

— Se vocês dois não reagirem já, daqui a cinco minutos ela vai ser a única respirando por aqui. Vocês não percebem? — Ele encarou Carl e Assad. — Kimmie não é como a gente! Ela mata, a gente não. Sim, atacamos pessoas, batemos nelas até ficarem inconscientes. Mas nunca matamos. Só Kimmie.

Carl riu e balançou a cabeça. Sobreviventes como Torsten Florin eram exatamente assim. Para eles, as crises não eram nada além do início de um sucesso. Enquanto a morte não fosse fazer uma visita segurando uma foice, eles continuariam tentando. Florin se mantinha na luta, com todos os meios e sem quaisquer escrúpulos. Assim como ele jogou Assad para ser devorado pela hiena. Assim como ele tentou apagar Carl.

Carl se virou para Kimmie. Ele havia esperado encontrar um sorriso, não essa expressão feliz, serena. Ela parecia estar em transe, apenas ouvindo.

— Sim, olhem para ela. Vocês estão vendo qualquer manifestação de sentimento? Olhem para a mão dela e o dedo inchado. Ela está reclamando? Não, ela nunca reclama de nada, ela não se incomoda com nada, nem com a nossa morte — foi o que alguém dentro da jaula falou, onde Ditlev Pram estava deitado, mantendo a mão sobre o terrível ferimento no quadril.

Rapidamente, os crimes da turma passaram pela cabeça de Carl. Havia alguma verdade naquilo que Florin tinha dito ou era apenas parte de sua estratégia?

Nesse instante, Florin tentou mais uma vez. Ele havia perdido o posto de rei, de líder, há muito tempo. Era apenas ele mesmo.

— Agíamos de acordo com as ordens de Kristian Wolf. Escolhíamos as vítimas de acordo com as instruções de Kristian Wolf. E todos nós batíamos nelas até não ser mais divertido. E durante o tempo inteiro essa mulher diabólica esteve por lá, excitada, esperando pela vez dela. Claro que vez ou outra ela também agredia. — Florin parou e assentiu, como se visse tudo diante de si. — Mas sempre foi ela quem matou, acreditem na gente. Exceto quando Kristian teve problemas com o ex-namorado dela, Kåre. Fora essa vez, sempre foi ela. A gente apenas abria o caminho, mais nada. Ela é a assassina. Somente ela. E ela *queria* que fosse assim.

— Merda — gemeu Ulrik Dybbøl Jensen. — Façam alguma coisa, pelo amor de Deus. Vocês não entendem? O que Torsten está dizendo é verdade.

Carl sentiu a atmosfera do lugar mudar aos poucos, inclusive dentro dele próprio. Ele viu como Kimmie abriu lentamente sua bolsa a tiracolo, mas sem forças e amarrado como estava, ele não conseguiria fazer nada. Viu como os homens prenderam a respiração. Notou como Assad ficou tenso de repente e sua tentativa desesperada de ficar de pé.

Kimmie encontrou o que procurava na bolsa. Ela pegou a granada de mão, tirou o pino e puxou a alavanca.

— *Você* não tem culpa de nada, querido animal — disse ela, encarando a hiena. — Mas não dá para viver com a perna desse jeito. Você sabe disso, não é?

Depois, Kimmie se virou para Carl e Assad, enquanto Ulrik Dybbøl Jensen gritava e suplicava no interior da jaula, como se algo pudesse vir em seu auxílio.

— Se vocês prezam por suas vidas, então se afastem. *Agora!*

O que ele poderia fazer com as mãos amarradas? Carl foi para trás, com a pulsação a mil. Assad também se afastou escorregando pelo chão, o mais rápido possível.

Quando eles se encontravam distantes o suficiente, Kimmie colocou a mão com o explosivo dentro da bolsa a tiracolo e a lançou na jaula, então correu enquanto Torsten Florin se jogava em vão na direção da sacola para tentar jogá-la para fora através das barras. Ela explodiu, transformando o galpão em um inferno de animais amedrontados e ecos infinitos.

O deslocamento de ar lançou Carl e Assad em uma pilha de jaulas menores, que caiu sobre eles fazendo muito barulho e os protegeu da chuva de cacos de vidro.

Quando a poeira baixou e o único ruído era dos animais em pânico, Carl sentiu a mão de Assad tatear sua perna em meio à confusão de jaulas de metal.

Assad puxou Carl para fora, assegurou-se de que ele estava bem e libertou seus pulsos da fita adesiva.

A visão que se descortinava para eles era tenebrosa. Onde a jaula da hiena estivera havia apenas pedaços de metal e de corpos. Um torso aqui, braços e pernas ali. Expressões de terror congeladas em rostos mortos.

Carl já tinha visto muita coisa ao longo dos anos, porém nunca algo assim. Mais tarde, quando ele e os técnicos chegassem à cena do crime, o sangue já teria parado de escorrer.

Aqui, porém, o limite entre a vida e a morte ainda era visível.

— Onde ela está? — perguntou Carl, virando o rosto do que antes era três homens em uma prisão de aço inoxidável. Os peritos certamente teriam que remexer bastante naquilo.

— Não sei — respondeu Assad. — Talvez esteja deitada aqui em algum lugar.

Assad colocou o chefe de pé, e os braços de Carl pendiam inertes, como se não fizessem parte dele. Apenas seu ombro latejante parecia ter vida.

— Vamos sair daqui — disse Carl, caminhando rumo ao portão com seu amigo.

Kimmie estava esperando por eles no pátio. Os cabelos dela estavam desgrenhados e cheios de poeira. Seus olhos profundos pareciam transmitir toda a aflição e tristeza do mundo.

Eles disseram para os negros ficarem longe dali. Que eles estavam fora de perigo. Que deveriam se ocupar dos animais e apagar o fogo. As mulheres partiram e levaram os filhos. Os homens ficaram observando, aturdidos, a fumaça saindo pelo telhado de vidro quebrado do galpão.

Então um deles gritou algo, reavivando o grupo.

Kimmie seguiu voluntariamente com Assad e Carl. Mostrou-lhes o caminho até o aceiro. Foi ela quem, com poucas palavras, guiou-os pelos caminhos da floresta banhados de sol até os trilhos do trem.

— Você pode fazer o que quiser comigo — declarou ela. — Sei da minha culpa. Vamos até a estação. Minha bolsa está lá. Registrei tudo por escrito. Tudo que lembro.

Carl tentou acompanhar seu ritmo enquanto contava a ela da caixa de metal que havia encontrado e da incerteza na qual tantas pessoas que conheciam as vítimas viveram durante anos e que agora tinha se transformado em certeza.

Kimmie ficou em silêncio conforme ele falava sobre os sofrimentos das pessoas ao perder um ente querido. Sobre não saber quem havia assassinado os filhos ou como o desaparecimento dos pais tinha deixado neles uma cicatriz por toda a vida. Pessoas que Kimmie não havia conhecido. Pessoas que sofreram sem serem vítimas.

Suas palavras não pareciam atingi-la. Kimmie apenas caminhava à frente deles através da floresta, seus braços flácidos ao lado do corpo e seu dedo quebrado projetando-se para fora. O assassinato dos três antigos amigos também havia significado o fim para ela.

Na prisão, pessoas como ela não vivem muito, pensou Carl.

Ao chegarem à ferrovia, faltavam talvez cerca de 100 metros até a plataforma. Como se desenhados com o auxílio de uma régua, os trilhos cortavam a floresta.

— Vou mostrar a vocês onde está a minha bolsa — disse Kimmie e se dirigiu a um arbusto perto dos trilhos.

— Não a levante, eu faço isso — interveio Assad, passando a sua frente.

Ele pegou a bolsa e a carregou pelos 20 metros restantes até a plataforma com os braços bem esticados à frente do corpo, como se algum mecanismo dentro dela fosse ser acionado caso a balançasse demais.

O bom e velho Assad.

Na plataforma, ele abriu o zíper, virou a bolsa de ponta-cabeça e a sacudiu, apesar dos protestos de Kimmie.

Realmente havia um caderninho dentro. Uma breve folheada mostrou a Carl que as primeiras páginas continham os crimes descritos, com hora e local exatos.

Era uma visão incrível.

Quando Assad pegou um pequeno embrulho de pano e o desamarrou, Kimmie suspirou de maneira ruidosa e colocou as mãos diante do rosto.

Uma ruga profunda se formou na testa de Assad ao perceber o que havia dentro dele.

Uma pessoinha minúscula, mumificada, com globos oculares vazios. A cabeça preta, os dedos esticados e rijos, o corpo frágil metido em roupas de boneca.

Aturdido, Carl viu como Kimmie se precipitou até Assad, arrancando o embrulho das mãos dele e segurando-o contra o rosto.

— Pequena Mille, minha pequena e querida Mille. Vai ficar tudo bem. Mamãe está aqui e não vai mais deixar você sozinha. — O rosto de Kimmie estava lavado pelas lágrimas. — Vamos ficar juntas para sempre. E você finalmente vai ganhar o ursinho de pelúcia e vamos brincar o dia inteiro.

Nunca na vida Carl havia sentido aquela conexão definitiva que parece assaltar as pessoas quando, logo após o nascimento, tomam um filho nos braços pela primeira vez. Mas de vez em quando ele sentia a ausência desse sentimento, um vazio dentro de si.

Ao observar Kimmie nesse momento, ele foi tomado por uma sensação de vazio que o fez compreendê-la. Ainda um pouco desajeitado com os braços sem forças, ele pegou o pequeno talismã do bolso da jaqueta — o ursinho de pelúcia da caixa de metal de Kimmie — e o entregou a ela.

Kimmie não falou nada. Ficou imóvel, olhando para o brinquedo. Lentamente, ela abriu a boca e ergueu a cabeça. Estendeu os lábios como se fosse gritar, hesitando em um momento eterno entre risos e lágrimas.

Assad estava a seu lado, sem reação e com a testa franzida. Desarmado e completamente desamparado.

Ela pegou o ursinho com cuidado. Assim que o sentiu em sua mão, algo aconteceu dentro dela. Kimmie respirou profundamente e deitou a cabeça para trás.

Carl secou os olhos úmidos e olhou para o lado, para não se render às lágrimas. Olhou de relance para o outro lado dos trilhos, onde um grupo de viajantes esperava pelo trem na plataforma e onde seu carro estava estacionado. Ele se virou e viu o trem vindo da direção oposta.

Ao olhar novamente para Kimmie, ela respirava calmamente, abraçada à bebê e ao ursinho.

— Bem — disse ela, dando um suspiro profundo, como se um nó de anos estivesse sendo desatado. — Agora as vozes estão completamente mudas. — Kimmie riu e chorou ao mesmo tempo. — As vozes estão mudas, elas sumiram — repetiu ela e olhou para o céu, irradiando uma paz inacreditável.

Carl não entendeu.

— Ah, minha pequena Mille, agora somos só nós duas. — Em seu alívio, ela rodopiou com a filha em uma dança sem passos elaborados, mas que a fazia quase levitar.

E, quando o trem estava a apenas 10 metros de distância, Carl viu como seus pés saltaram para o lado, para a beirada da plataforma.

Assad gritou um alerta. Carl ergueu o olhar e o fixou nos olhos de Kimmie, repletos de gratidão e paz de espírito.

— Só nós duas, minha garotinha mais querida — declarou ela, estendendo um braço para o lado.

No segundo seguinte, Kimmie havia deixado de existir.

Permaneceram apenas os guinchos frenéticos dos freios do trem.

Epílogo

O anoitecer foi cortado pelas luzes frias dos giroscópios e pelos choros das sirenes. Dezenas de viaturas da polícia e dos bombeiros estavam na plataforma e na estrada que levava à propriedade de Florin. Fitas amarelas e ambulâncias por todos os lados. Um mar de jornalistas e fotógrafos, voluntários da Defesa Civil e moradores curiosos fervilhavam pelo local. Nos trilhos, os técnicos da polícia e o pessoal das ambulâncias tentavam abrir passagem. Todos estavam no caminho de todos.

Carl ainda se sentia tonto, porém o ferimento no ombro não sangrava mais, os paramédicos da ambulância resolveram isso. Somente no interior dele ainda sangrava. E o nó na garganta não queria sumir.

Ele estava sentado no banco da salinha de espera da estação Duemose, folheando o caderno de Kimmie. Os atos da turma estavam descritos de maneira detalhada e com uma sinceridade inclemente. O ataque aos irmãos em Rørvig: mero acaso. O jovem despido após o assalto mortal: apenas uma humilhação posterior. O casal que sumiu no mar. Kåre Bruno e Kyle Basset. Animais e pessoas, o tempo inteiro. Estava tudo descrito ali. Também que Kimmie era quem matava. Os métodos eram distintos, mas ela sabia como fazer. Carl simplesmente não podia acreditar que se tratava da mesma pessoa que havia salvado sua vida e a de Assad. E que tinha terminado, junto com a filha morta, sob o trem.

Carl acendeu um cigarro e leu as últimas páginas. O assunto era arrependimento. Não em relação a Aalbæk, mas a Tine. Que ela não queria ter lhe dado a overdose. Havia algo carinhoso por trás das palavras, uma forma de proximidade e cuidado, que faltava nas descrições de todas as outras terríveis ações. "Adeus", estava escrito e "a última viagem feliz de Tine".

Esse caderno iria incendiar a mídia. E as ações despencariam quando a cumplicidade dos homens fosse revelada.

— Leve o caderno e faça cópias imediatamente, certo, Assad?

Ele assentiu. O acréscimo final seria curto, mas intenso. Sem outro acusado além de um homem que já estava na cadeia, o trabalho seria apenas informar os familiares das vítimas. As vultosas somas a título de reparação que certamente seriam pagas da herança de Pram, Dybbøl Jensen e Florin teriam que ser distribuídas de maneira adequada.

Ele abraçou Assad. Quando o psicólogo de crises sinalizou para Carl que era sua vez, ele apenas balançou a cabeça.

Quando fosse a hora, ele procuraria sua própria psicóloga de crises.

— Estou indo para Roskilde. Você segue com os técnicos até a central? Até amanhã, Assad. Então vamos falar sobre tudo isso, certo?

Assad fez que sim mais uma vez. Ele já havia rearrumado todas as coisas em sua cabeça.

Nesse momento, estava tudo bem entre os dois.

A casa na Fasanvej, em Roskilde, estava escura. As persianas foram fechadas, tudo estava em silêncio. Todas as estações do rádio do carro falavam ao mesmo tempo sobre os dramáticos acontecimentos em Ejlstrup e sobre a prisão de um dentista, acusado pelos ataques ocorridos atrás dos contêineres no centro da cidade. Ele havia sido preso no parque Nikolaj, próximo da Store Kirkestræde, quando tentava atacar uma policial. O que esse idiota tinha na cabeça?

Carl consultou o relógio e depois olhou para a casa escura novamente. Gente idosa dorme cedo, disso ele sabia, mas eram apenas sete e meia.

Ele meneou a cabeça para as plaquinhas Jens-Arnold & Yvette Larsen e Martha Jørgensen e tocou.

Seu dedo ainda estava sobre a campainha e a delicada mulher já abria a porta.

— Sim? — respondeu ela, sonolenta, olhando-o confusa. Ela ajeitou seu quimono bonito para se proteger do frio.

— Desculpe-me, Sra. Larsen. Sou Carl Mørck. O policial que esteve aqui há pouco tempo. A senhora se lembra?

Ela sorriu.

— Ah, sim. Certo, agora eu me lembro.

— Trago boas notícias, eu acho. Gostaria de transmiti-las pessoalmente para Martha Jørgensen. Encontramos os assassinos dos filhos dela. A justiça foi feita, se podemos dizer isso.

— Oh! — exclamou ela, colocando a mão sobre o peito. — Que pena. — Em seguida, ela voltou a sorrir, de um jeito diferente. Não apenas constrangida mas também se desculpando. — Eu deveria ter ligado. Sinto muito. Então o senhor poderia ter economizado a viagem. Martha morreu. Ela morreu no mesmo dia em que o senhor esteve aqui. Não, não foi sua culpa. Ela simplesmente não tinha mais forças.

Depois, a Sra. Larsen pousou uma das mãos sobre as mãos de Carl.

— Mas obrigada. Estou certa de que ela ficaria muito feliz.

Carl ficou um bom tempo sentado no carro, olhando fixamente para o fiorde de Roskilde. As luzes da cidade se espelhavam na água escura. Em outras circunstâncias, isso teria lhe trazido calma. Mas não nesta noite.

"Não deixe para amanhã o que se pode fazer hoje." Essas palavras ficavam girando em sua cabeça. Não deixe para amanhã o que se pode fazer hoje, pois de repente é tarde demais.

Poucas semanas antes e Martha Jørgensen podia ter morrido com a certeza de que os assassinos de seus filhos estavam mortos.

Quanta paz isso não teria lhe trazido! E quanta paz isso teria trazido a Carl, caso ela soubesse.

"Não deixe para amanhã o que se pode fazer hoje."

Ele voltou a consultar o relógio e depois pegou o celular. Ficou um tempo olhando para as teclas antes de apertá-las.

— Clínica de traumas na coluna — atendeu uma voz. Nos fundos, uma televisão estava ligada com o som alto. Ele escutou palavras como "Ejlstrup", "Dueholt", "Duemose" e "missão de resgate de animais".

Então, as notícias já chegaram lá também.

— Meu nome é Carl Mørck. Sou amigo de Hardy Henningsen. Por favor, faça a gentileza de dizer que vou visitá-lo amanhã.

— Tudo bem, mas Hardy está dormindo agora.

— Sim. Mas transmita o recado assim que ele acordar, a primeira coisa.

Ele mordeu o lábio quando voltou o olhar sobre a água. Ele nunca havia tomado decisão maior na vida.

E a dúvida espetava como uma faca no peito.

Em seguida, Carl respirou fundo e digitou o próximo número. Ele teve que esperar segundos infinitos até a voz de Mona Ibsen responder.

— Oi, Mona, é o Carl. Por favor, me desculpe pelo que aconteceu.

— Ah, esqueça. — Ela parecia positiva. — Soube o que aconteceu hoje, Carl. Todos os canais estão falando disso. Imagens o tempo inteiro. Onde você está? E seu ferimento é tão grave como eles dizem?

— Estou no meu carro, olhando para o fiorde de Roskilde.

Ela ficou em silêncio por um instante. Devia estar tentando imaginar a profundidade de sua crise.

— Você está bem? — perguntou ela.

— Não. Não, não posso dizer que estou.

— Estou indo até aí imediatamente. Fique sentadinho aí, Carl. Não se mexa. Olhe a água e mantenha a calma. Estou aí em um minuto. Me diga exatamente onde você está, Carl, e eu chego.

Ele suspirou.

— Não, não — retrucou ele e se permitiu dar uma risadinha. — Não precisa ficar preocupada, eu estou bem. Preciso conversar algo com você. Algo com que não consigo lidar sozinho. Você pode ir a minha casa? Eu ficaria muito, muito contente.

Carl se esforçou. Ele havia neutralizado Jesper com dinheiro para a Pizzaria Roma, o cinema em Allerød e um *schawarma* na estação depois. Suficiente para dois. Ligou para a locadora e pediu que Morten fosse direto ao porão depois do trabalho. Ele tinha passado café e colocado água para o chá. O sofá e a mesinha de centro estavam arrumados como nunca.

Mona Ibsen se sentou a seu lado no sofá, as mãos cruzadas no colo. Os olhos dela viam tudo. Ela escutava todas as palavras que Carl dizia e assentia quando as pausas se tornavam muito longas. Mas ela própria não dizia nada antes de ele ter terminado tudo que era possível ser terminado.

— Você quer cuidar de Hardy na sua casa e está com medo disso — resumiu ela e meneou a cabeça. — Sabe de uma coisa, Carl?

Ele sentiu como se todos os seus movimentos estivessem em câmera lenta. Como se ficasse balançando a cabeça durante muito tempo. Como se seu pulmão trabalhasse como um fole furado. Sabe de uma coisa, Carl?, ela havia perguntado e ele não queria saber a resposta. Mona Ibsen tinha apenas que ficar eternamente sentada assim, com a pergunta em seus lábios, que ele adoraria passar a vida beijando. Se recebesse a resposta a sua pergunta, então pouco depois o cheiro de Mona seria uma lembrança e a visão de seu olhar, algo absolutamente irreal.

— Não, eu não sei — respondeu ele, vacilante.

Ela colocou a mão sobre a dele.

— Você é simplesmente maravilhoso — declarou ela, curvando-se até Carl, de maneira que sua respiração encontrasse a dele.

Ela é maravilhosa, pensou, no instante em que o telefone tocou e Mona Ibsen fez questão que Carl o atendesse.

— Oi, aqui é a Vigga! — A voz de sua ex-esposa era impossível de não ser ouvida. — Jesper ligou. Ele disse que quer se mudar para cá.

A sensação de paraíso que havia acabado de tomar Carl de assalto foi brutalmente apagada.

— Mas isso é impossível, Carl. De maneira nenhuma! Temos que conversar a respeito. Estou indo até aí. Daqui a vinte minutos eu chego. Tchau.

Ele quis protestar, porém Vigga já havia desligado.

Carl olhou para os olhos encantadores de Mona e riu, desculpando-se.

Essa era sua vida, exatamente essa.

Agradecimentos

Um obrigado de coração a Hanne Adler-Olsen pelo encorajamento diário e pela sagaz troca de ideias. Também devo agradecer a Elsebeth Wæhrens, Freddy Milton, Eddie Kiran, Hanne Petersen, Micha Schmalstieg e Henning Kure por seus comentários valiosos, precisos, assim como a Jens Wæhrens pela consultoria e a Anne C. Andersen, que, além de terem sido abençoados com olhos de águia, sabem fazer mil coisas rápida e simultaneamente. Agradeço a Gitte & Peter Q. Rannes e ao Centro Dinamarquês para Escritores e Tradutores na Hald Hovedgaard pela hospitalidade. Agradeço também a Poul G. Exner por sua total disponibilidade. Meu obrigado também vai para Karlo Andersen, que me disponibilizou, entre outros, seu conhecimento sobre caçadas, e ao detetive de polícia Leif Christensen, que generosamente compartilhou sua experiência e que corrigiu tudo o que se referia aos procedimentos policiais.

Obrigado a vocês, todos os fantásticos leitores que visitaram meu site, www.jussiadlerolsen.dk, e me encorajaram a continuar escrevendo.

Este livro foi composto na tipologia Sabon LT Std,
em corpo 11,5/16, e impresso em papel off-white
no Sistema Digital Instant Duplex da
Divisão Gráfica da Distribuidora Record.